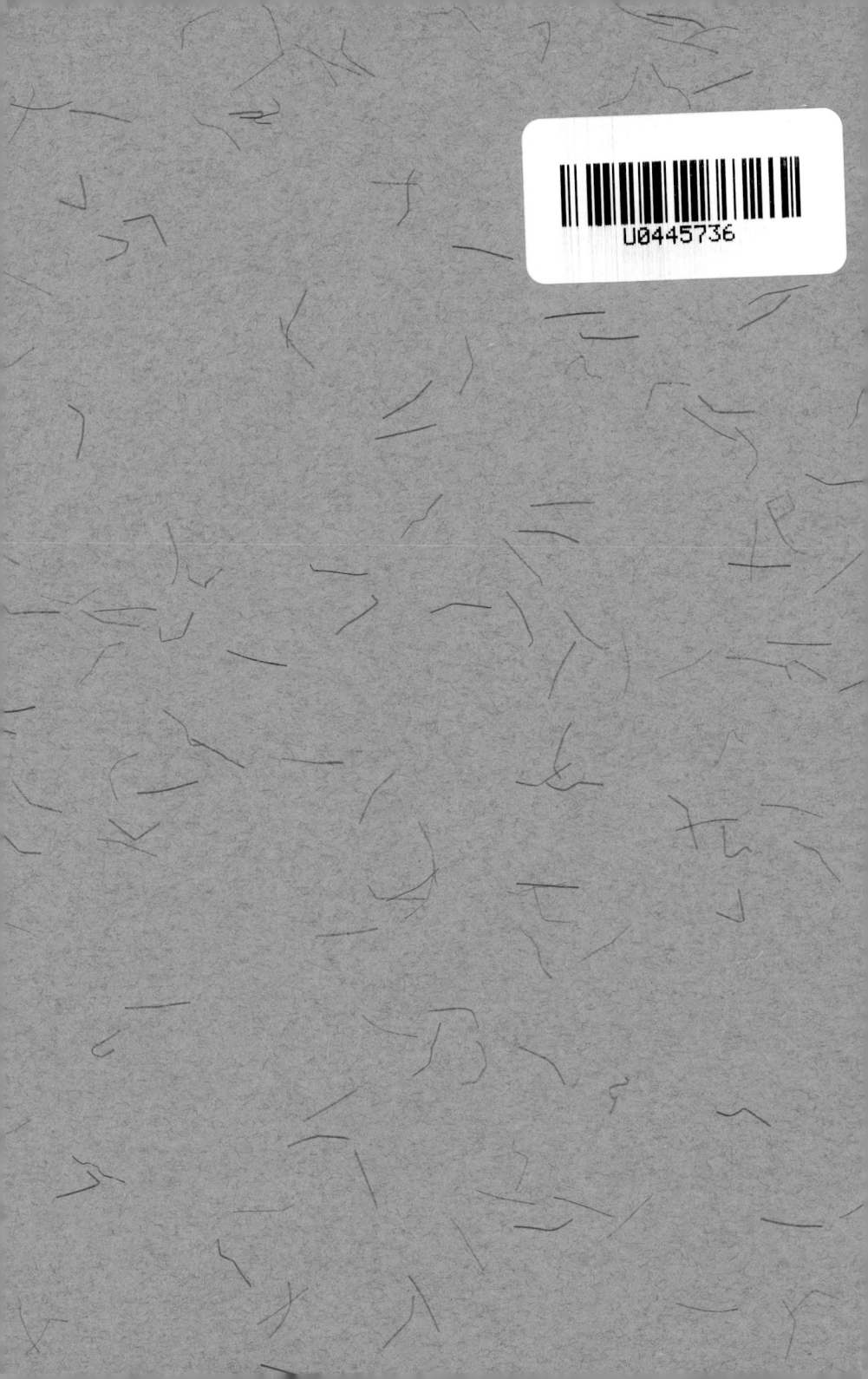

独角兽书系

作者简介

骁骑人

真名李从兵,中国作家,起点小说家,幻想文学家。生于1972年,毕业于上海师范大学中文系。已出版中短篇小说集《奇幻十八怪》,特种关王·骑猎人》,长篇小说《玄机川系》及古纪中国古代幻想小说系列的长篇作品《幡与弃》;整理翻印中国神话与幻人》等,最佳《九州幻城》执行主编,并身为幻想文学电子杂志《九歌》。

画师简介

ESC,插画家、漫画家、GGAO多媒体美术概念及艺术总监与某因素美术专家,作品《幻想东风人》《幻想东风人》《幽灵车》《紫刀》等;只接到系列拟人系列》《红骑士》《幻魔东风人》等,参与绘画《珍藏王图13周书图集》。

屠龍花

DRAGON SLAYER

暴君 著

九州系列 長篇巨作

图书在版编目(CIP)数据

九州·刺龙 / 潇楣入篆. —重庆：重庆出版社, 2021.11
ISBN 978-7-229-15819-4

I.①九… II.①潇… III.①长篇小说—中国—当代
IV.①I247.5

中国版本图书馆CIP数据核字(2021)第082646号

九州·刺龙
JIUZHOU · CILONG

潇楣入篆 著

责任编辑：邓 米 唐云燃 陈 蕾
装帧设计：潇楣设计工作室
特别鸣谢：胡馨蔓
封面 / 插图：ESC
地图绘制：骁 默
责任校对：朱彦谚

出版 重庆出版集团
重庆出版社

重庆市南岸区南滨路162号1幢 邮政编码：400061 http://www.cqph.com
重庆出版社艺术设计有限公司制版
重庆新华印务有限公司印刷
重庆出版集团图书发行有限公司发行
E-MAIL:fxchu@cqph.com 邮购电话：023-61520646
全国新华书店经销

开本：890mm×1230mm 1/32 印张：13.25 字数：290千
2021年11月第1版 2021年11月第1次印刷
ISBN 978-7-229-15819-4
定价：68.00元

如有印装质量问题，请向本集团图书发行有限公司调换：023-61520678

版权所有 侵权必究

熹帝国全图

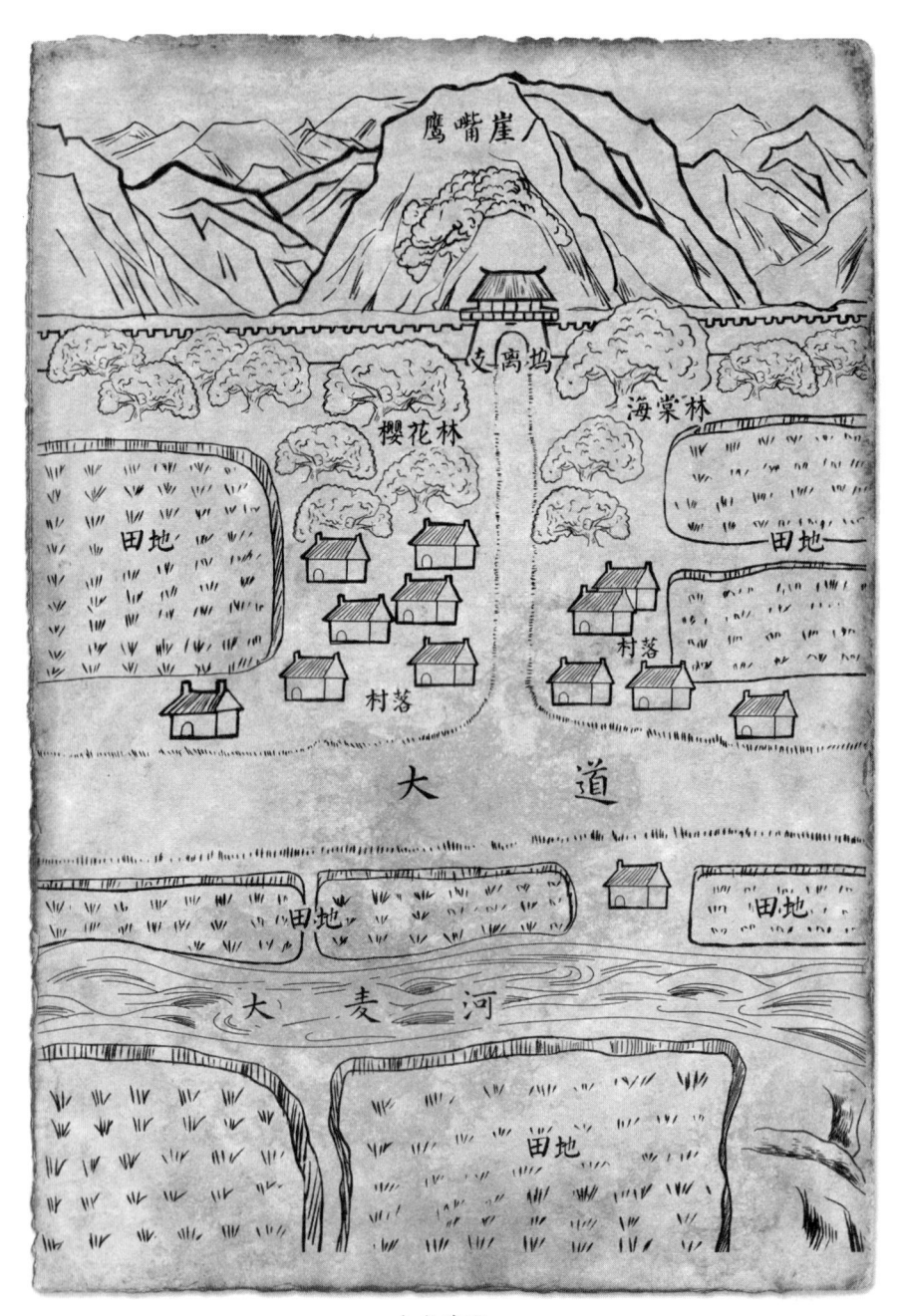

支离坞图一

支离坞图二

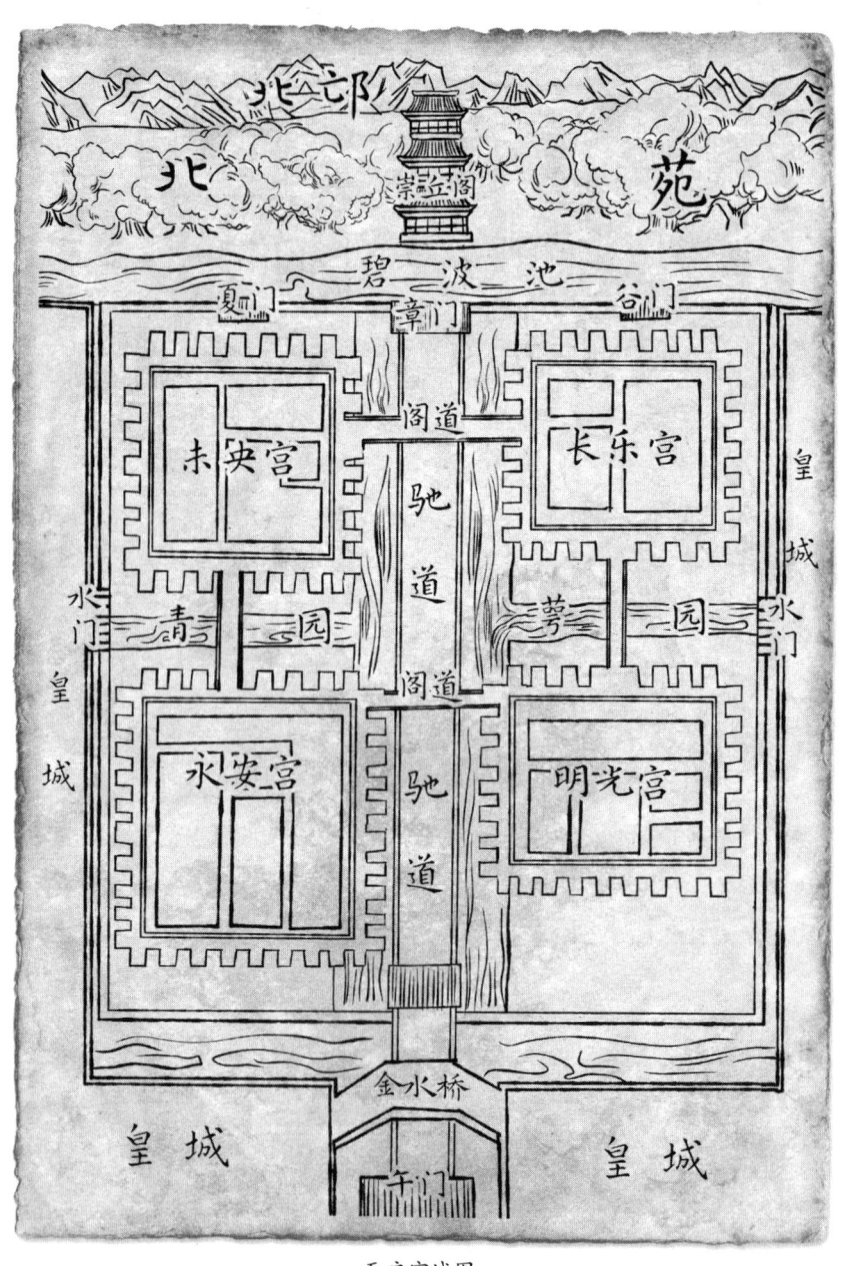

天启宫城图

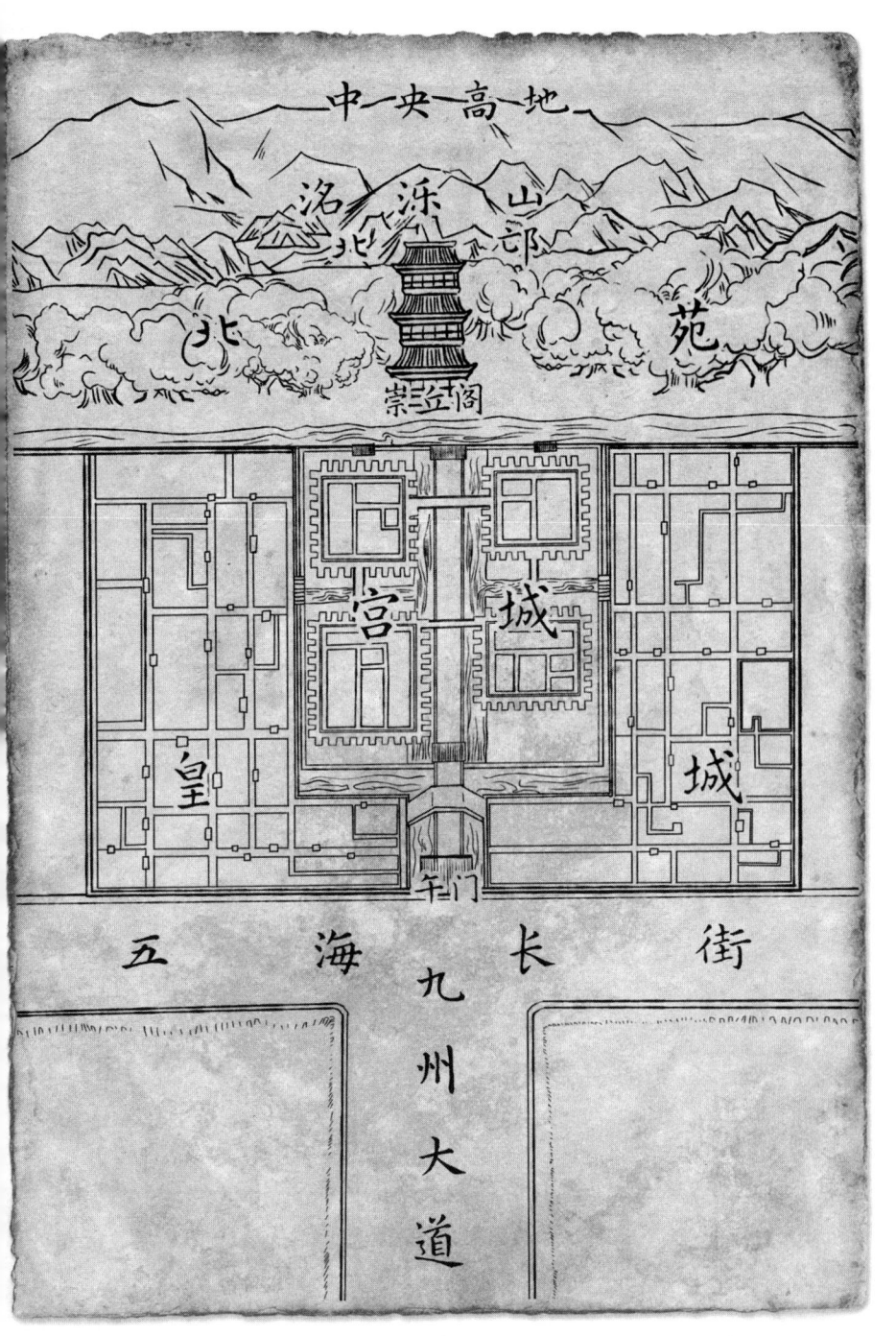

天启城图

目录

- 001 楔　子

支离氏家族树

支离坞篇
- 011 第一章　婚礼
- 038 第二章　支离晋
- 071 第三章　支离海
- 098 第四章　支离兰与支离暮澜
- 121 第五章　朱悲

支离屠篇
- 155 第一章　新天启城
- 172 第二章　宗主们
- 191 第三章　潍海上

· 二〇九 第四章 暗月城
· 二四〇 第五章 令良与令无言
· 二六一 第六章 青石奥罗
· 二七七 第七章 丝虫古泾
· 二九二 第八章 启明星城
· 三〇四 第九章 青水湖
· 三一七 第十章 黑须陀

天启篇
· 三三一 第一章 挑战
· 三四三 第二章 决斗
· 三六〇 第三章 秋决
· 三七八 第四章 宫刑
· 三九一 第五章 刺龙
· 四〇二 大事记

支离氏家族树

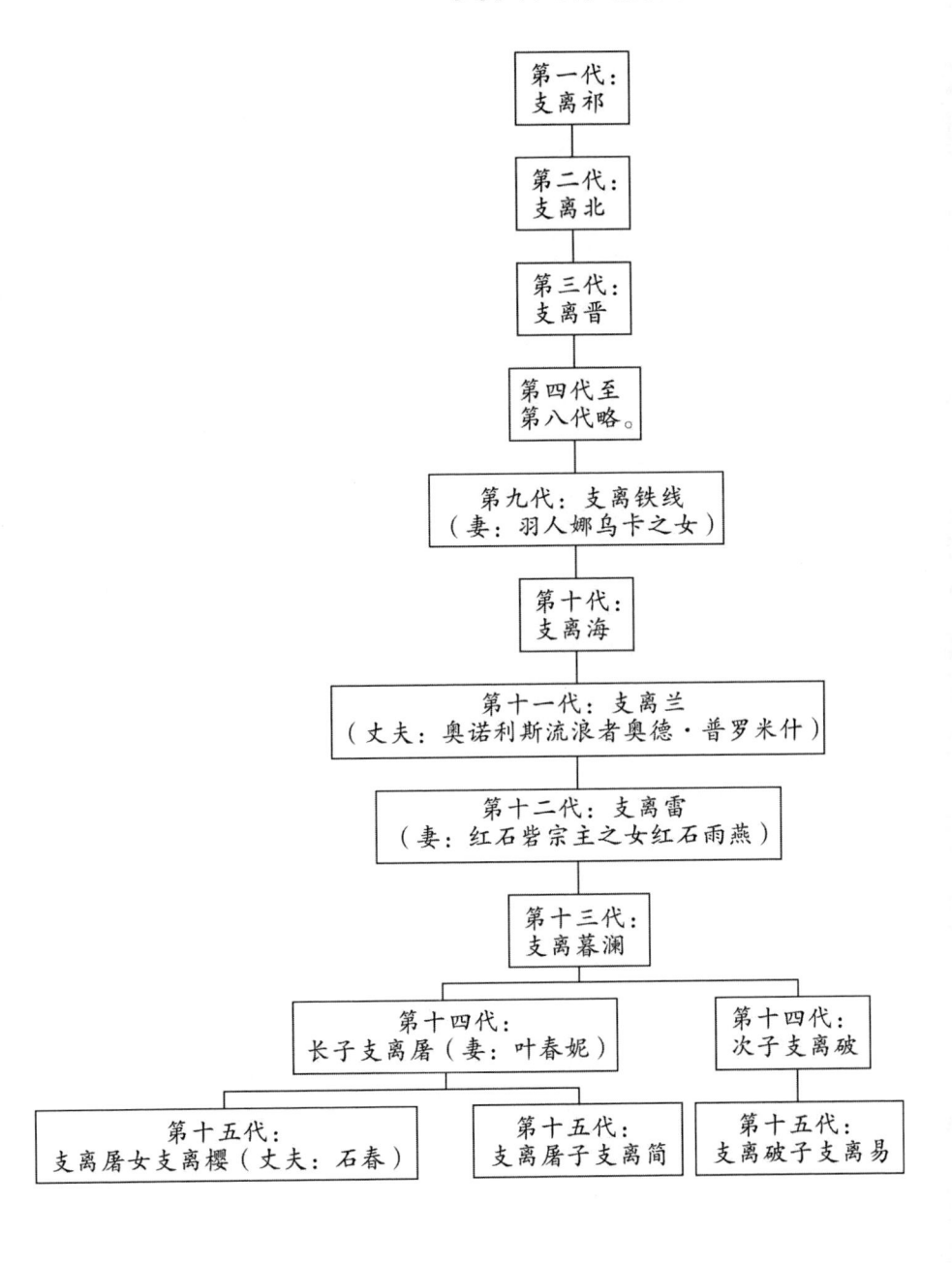

- 第一代：支离祁
  - 第二代：支离北
    - 第三代：支离晋
      - 第四代至第八代略。
        - 第九代：支离铁线（妻：羽人娜乌卡之女）
          - 第十代：支离海
            - 第十一代：支离兰（丈夫：奥诺利斯流浪者奥德·普罗米什）
              - 第十二代：支离雷（妻：红石砦宗主之女红石雨燕）
                - 第十三代：支离幕澜
                  - 第十四代：长子支离屠（妻：叶春妮）
                    - 第十五代：支离屠女支离樱（丈夫：石春）
                    - 第十五代：支离屠子支离简
                  - 第十四代：次子支离破
                    - 第十五代：支离破子支离易

楔子

这世界有九个州，它们是殇州、瀚州、宁州、中州、澜州、宛州、越州、云州和雷州。

殇州位于西北极苦极寒之地，那里的人很少能活到成年，常常在他们才刚刚品尝到人世的最初一点点甘甜的时候，他们就死了。他们以雪为食，以冰为鼓，他们用最嘶哑的嗓音歌唱："人世何苦，人生何辜！生亦何欢，死亦何苦！"有一个男人，他有幸活到了成年，并且成为殇州有史以来最为强壮的男人，他给自己起名叫"殇"。他告诉所有人，他要离开殇州，向东走，向南走，去找温暖的、有阳光的地方。

于是他就向东走，向南走。

他来到了瀚州。这里只有阳光——和沙漠，浩瀚得像海一样的沙漠，沙漠上几乎没有植物，更没有动物。这里的人只能活在沙里，以沙为食，他们的喉咙已经因为吃了太多的沙而变得嘶哑无声。他们只能匍匐于地，因为站立和行走会消耗太多的体力。

殇只能继续向东走，向南走。

他来到了宁州。这里安静得就像没有声音存在一样。实际上这里真的没有声音存在，这里的人只能通过手势来交谈。他们像野人一样生活，因为他们没有音乐、诗歌，没有呢喃和话语。他们总是陷入战争，因为他们只有相互靠近了才能沟通，而靠近陌生人是很危险的事，于是他们就无法靠近，更无法沟通。他们相互仇视，战争成了他们唯一的沟通方式。

殇只能继续向东走，向南走。

他终于来到中州。这是九州的中心，也是传说中最美、最富裕的大州。这里的人生活优裕，穿着绫罗，喝着美酒，出门乘坐华丽的马车和轿子。他们美丽而且傲慢，因为他们是世界的中心。他们的眼睛高高地抬起，根本就看不到殇——虽然殇已经是殇州最高的男人，但在中州人眼中他仍不过是一个侏儒。

殇只能继续向东走，向南走。

他来到了澜州。澜州是一片大海，荒凉而苍茫，平静时黑得像铁，风暴刮起时波澜壮阔。殇站在海边喊："有人能帮我吗？我要渡过这大海，往更东更南的地方去！"一个长尾的、长着鳞片的鲛人浮上来，让殇乘上他的背。他告诉殇，鲛人生活在大海的深处，以鱼为食，以珊瑚为屋，以珍珠为货币，但殇并不能潜入到深海去，他只能继续向东走，向南走。

于是他来到了宛州。这里的人类宛约多姿，无论男女，都是这样的美丽。他们多情、淫荡，无物不交，似乎来到这世上就是为了交欢和生殖。这真是一个可怕的大州，殇差点儿就不愿意继续往东走、往南走了，因为有很多美丽的人——男人和女人，甚至还有很多美丽的兽央求他留下，但是殇终究还是离开了。

他继续向东走，向南走。

他已经走了很久。最初从殇州出来时，他还只是一个少年，当他到达越州的时候，已经快要死了。但他只能继续往前走。越州是一座巨大无朋的高山，他像壁虎一样地往上爬，想象着越过这座山，就一定会有一个美丽而和善的大州在等着自己吧？否则这世界还有什么值得留恋的呢？

终于，他爬到了越州的顶端，却再也无处可去，前面是深不见底的深渊。绝望的殇在越州的最高处号啕大哭，再也无处可去了呀，这世界，我将死在这里，永远无法回归。

可是有人在喊他："喂，你是谁，你在哭什么？"殇停止了哭泣，转头四顾，可是四周并没有人。这时声音从他的头顶上传来："喂，我在这里呀！"于是殇抬起头来，看到一个洁白的羽人漂浮在云端。殇说："我是殇，来自殇州！"羽人说："殇，你好，这里是云州，欢迎你的到来！"

羽人背着殇，向上飞，向上飞。云州全是云呀，羽人们在云上飞翔，他们以鸟为食，以云为衣，他们身轻如燕，洁白如雪。他们邀请殇留下来，但是殇说："可我还要到雷州去！""那真是可怕的地方。"羽人们沉默不语，但是有一个羽人站了出来，他健壮、勇敢，他说："殇，你好，我叫羽，我愿意带你去雷州！"

于是羽把殇驮在背上，向着更高的、更高的天空飞去。那里由雷与电构成，从来没有人到那里去过，那里就是雷州。

殇州上的人并没有忘记殇，那里一直流传着这样一个传说：有一个伟大的人，他离开了殇州，经过了瀚州、宁州、中州、澜州、宛州、越州和云州，终于到达了雷州，他终有一天会回来。

他回来那一天，殇州上将响起隆隆的雷声，亮起巨树一般的闪电，那时，殇州上将会降下有史以来的第一场雨，第一场巨大的、能够滋润一切的、温暖的暴雨。

支离坞篇

深山老林

九州·刺龙

DRAGON
SLAYER

第一章　婚礼

两百年前，这里还是一片深山老林。

高大挺拔的青冈树紧紧挨在一起，立在蓝天和雪山之下，如同没有尽头的绿色城墙；山风吹来，辽阔的青冈树林在风中摇动，又如同巨神轻柔纤细的毛发。即便是在晴朗的午后，阳光也无法穿过树冠，照在长满灌木的黑色林地上。从山顶流下的银白雪水在密林里哗哗流淌，溪旁生长着暗红的野石楠和墨绿的毛蕨。在低洼的地方，在黑黑的、静默的水边，蜈蚣蕨和金钱草肆意生长。密林里还有各种动物：驼鹿、狐狸、野猪、熊罴、白虎还有金钱豹，色彩斑斓的雉鸡在灌木丛里奔跑，而灰羽的斑鸠从人们头顶上扑棱棱飞过。

支离祁的家族总共有二十七口人，他们穿着破烂的棉袍，忍饥挨饿、跋涉千里来到这里，只为了逃避中州的战火。他们离开生活已久的家园，向着最荒凉的地方踽踽行去，足足走了好几个月，损失了一半的人口，才来到这一片似乎从未有人涉足的山林。

虽然大灾变已经过去了一百多年，但痕迹仍在，山林的青绿被裸露的山石切开，被赤红的熔岩吞没，冰蓝的湖泊像蓝宝石一般洒落在山谷里,而年轻的、湍急的河流则在谷地里喧嚷着,奔腾不息。

最初的支离坞就是靠着这二十七个人建起来的,他们把青冈树砍倒,削去枝叶,拉到半山坡上,在那里建起木头的堡砦,而砍去树木之后的空地,则被放起火来烧荒,种上人们视如珍宝的、从天启废城历经千辛万苦带来的小麦种子。

在此之前,他们住在用树枝搭起的棚子里,靠采摘果实和捕猎为生。他们赶在冬天到来之前建立堡砦,并储存了足够的皮毛和干肉,用来取暖的干柴也高高地垛起,他们度过了一个温暖饱足的冬天,人口不仅没有减少,反倒还增加了。

开春,山径上的雪化成了水,不断有逃荒者相互扶携着来投奔他们,支离祁也不问这些人的来历和出身,全都收留。到这一年的夏天,麦熟的时候,支离坞的人口已增加到近百人。原来的堡砦不够住了,支离祁又带人去砍来更多的树,开辟出更多的荒地,堡砦扩大了一倍,而可以用来种植小麦的田地更是扩大了好几倍。

几年之后,支离坞就拥有了近千的人口,堡砦比它最初时大了五倍还不止。支离祁为支离坞的所有人定下简单的律条:不准杀人、不准偷盗、不准抢劫、不准凌辱妇女。他们还组建了坞兵,以防备山匪和小股的流寇。

这时候,贯穿晋北走廊的商道也被开辟出来,中州和澜州之间的商路得以贯通。虽然利润丰厚,但这条商路的风险也很大——即便商人们结队而行,甚至重金请来保镖,也往往被抢劫一空,甚至命丧山贼之手。

从晋北走廊的西口进来,沿着青绿而湍急的大麦河迤逦往东北行去,在谷地的两边,陆续建起了新的堡砦,这些堡砦有些也像支离坞那样,以垦植和打猎为生,有些则不仅垦植、打猎,还要打劫过往的行商。商会的首领想出一个办法:请支离坞的坞兵保护过往商队，而商会则定期向支离坞交纳金铢作为报酬。支离祁对商会首领说：与其只给我们一家，不如把钱交给晋北走廊的所有堡砦，以换取这些堡砦共同的保护。支离祁花了一年的时间，走遍了晋北走廊大大小小的堡砦，甚至那些没有堡砦住在山洞里的流亡者，支离祁也带了礼物去拜访。在他的努力下，晋北走廊的大部分堡砦都接受了这个支付保护费的方案，而晋北盟也这样建立起来了。

然而直到支离祁去世，晋北走廊中仍然有几个堡砦游离于晋北盟之外，继续以打劫商队为生，而晋北盟内部也有一些堡砦，在收了商会的钱以后，仍然偷偷打劫商队。支离祁临终前告诉他的长子支离北，一定要小心应付。

来参加葬礼的人不仅有晋北盟内的各个宗主，还有商队的首领们，以及来自澜州和越州的远客。在夜里，奸细在支离坞内放起了火，而山匪们则从外面攻进来，企图把晋北盟的宗主们一网打尽，然而支离北早有准备，偷袭者落入了陷阱里，全都被捆绑起来。支离北打开支离坞的大门，只带着几个坞兵，骑着马由西往东，不管白天黑夜一路奔驰。他推开晋北走廊每一座堡砦的大门，将发生在支离祁葬礼上的一切告诉堡砦里的人，再回到支离坞，给那些背叛的宗主松绑，任由他们茫然无措地回到自己的堡砦里去，而山匪则被砍下头颅。借着这次胜利，支离北彻底控制了整个晋北走廊。之后支离北又提出不再收取商会的保护费，而是由晋北盟与商会一起合伙做生意，商会自然同意。这个办法给晋北盟带来更多的财富。

延续至今的这座由花岗岩和大理石建成的支离坞，就是由支离北建起来的。

从最初的木头坞堡往上爬，沿着陡峭的山脊爬上将近两里路，就是高耸入云的鹰嘴崖。支离北把新的堡砦建在了鹰嘴崖之下，他抽出三分之一的人力去开采岩石垒砌石墙，剩下三分之二的人力则在田里耕种。石墙砌起来了，又高又厚，上面又建起女墙，女墙上再开出箭孔，然后又用木头建起高高的角楼和谯楼。这石头的坞堡，足足建了十年才初具雏形，当它最终完工的时候，支离北已经年过古稀。

这座伟大的坞堡呈半月形，里面可供数千人居住。它紧贴着鹰嘴崖红色的山岩建起，最高处的坞壁高达五丈，最低的也有四丈余，坞壁上建有三座角楼和一座谯楼，谯楼下是支离坞唯一的大门，大门由厚重的青冈木制成，上面打上巨大的铜钉。坞堡内除了住人的房子，还建有巨型的谷仓，里面可以储藏足够几千人吃上三年的粮食。除了谷仓，坞内还有数眼山泉，泉水四季不竭，所以饮水也不成问题。环绕着坞堡，还挖出了一道宽达数丈的壕沟，壕沟之外插有鹿角。鹰嘴崖高达百丈，支离北命人在岩壁上开出台阶，台阶旁打上铁链以助人攀爬，然后在岩顶上建起高达数丈的石制望楼，站在望楼上，整个谷地尽收眼底。

这座伟大的坞堡，是中、澜、越三州数千座坞堡中最为牢固、最为宏伟也最为美丽的。它自从建成以来，就成为九州大地上所有坞堡的翘楚，人们甚至觉得，只要支离坞还牢牢地矗立在鹰嘴崖之下，只要它那红色的坞壁还没有坍塌，那九州大地就终究还有希望，就终究还没有败坏到所有人都无处可逃的境地。

然而这一切都是很多年前的事了，到支离坞的最后一任宗主支离屠出生的时候，支离坞早已破败。年久失修的坞壁坍塌了大半，绿色的藤蔓在石墙上攀爬，角楼和谯楼都已倒塌，只剩几根柱子还立在石基上，护城河被填得只有一人深，沟内生满杂草，而沟外的鹿角早已无影无踪。

经过一个漫长的冬季,春天再次来到了支离坞。

一大早,支离坞那破旧的大门就被"嘎吱嘎吱"推开了,从坞内走出四个人。

领头的是一个老汉,黑,瘦,背有点驼,年纪在五十开外,瘸了一条腿,穿一身粗布的短衣,背着柳条粪筐,手里抓着捡粪的小铲儿。他身后跟着一个二十出头面容严肃的年轻人,穿着一身新夹袄,身材不高,身板结实,双手粗糙,指节粗大,眼珠子是灰色的,颧骨突出如同拳头,颌下一撮灰黑色短须。年轻人的身后,又跟着两个老坞兵,穿着洗得发白的"勇"字兵衣,头发花白,一个牵着一头大黄牛,另一个则挑着担子,担子两头是红漆的木箱子,却看不出里边装了啥。

一行人慢悠悠地向山下走去,一边走一边躲开大道上的水洼。山上的冰还没有融化,但山脚下的雪已经化成了水。路两旁的乌黑土地上,腾腾地冒着白气,一些急不可耐的海棠已经挣扎着长出了花骨朵,而樱花树却还沉默着。

老汉一路走着,一路弯腰铲起牛粪和马粪,甩进背上的粪筐里,年轻人则不声不响,眼睛直视着前方,神情有些紧张,又有些期待,他们身旁的两个老坞兵,不时互相对对眼,偷偷地笑。

渐渐离村子近了,路上开始有了行人,他们见到这一队人,都站在路边,恭敬地打招呼:"宗主,少宗主!"

老汉朝问候的人点头致意,年轻人则对别人的问候不理不睬。等小小的队伍走过,打招呼的人笑眯眯凑到一起,低声说:"瞧少宗主那张脸,红得跟猴腚似的。"

几个脏兮兮的小孩,还有两条老狗,跟在了这个小小队伍的后面。

这行人走到一户农家前停了下来。孩子们高声喊起来:"哦哦哦!春妮要嫁男人喽!"

狗也跟着"汪汪"叫。

一个老坞兵回身冲着孩子和狗瞪眼,把他们轰走了。

这户人家的屋子,不过是片石垒的墙,茅草的顶,院门没上漆,门框上还贴着崭新的春联。屋子虽简陋,但屋前屋后却拾掇得很干净。隔着半人高的篱笆墙,可以看到院子里圈着大约十几只黑山羊,有大有小,它们焦急地"咩咩"叫着,想出去吃刚长出来的新鲜春草。一个身材略有些胖的农家姑娘坐在门槛上给小山羊喂食,听到孩子们的呼喊,猛抬头看见门外的小队伍,转身就往屋里跑。过了一会儿,一个穿着围裙卷着袖子的大娘小碎步跑出来打开院门,一边大声问好,一边呼叫她的老汉出来迎客。

一个四十多岁的农家汉子弯着腰从旁边放农具的小棚子里走出来,手里还拿着一把磨了一半的镰刀。

那个背着粪筐的老汉,一瘸一拐走进院内,放下背上的粪筐,皱起鼻子闻了闻,大声说:"好香!"

农家汉子把镰刀放下,吼道:"春妮她娘,快把馒头端上桌,咱们宗主又来咱家蹭吃的了!"

两人都呵呵笑起来,肩并肩往里走。两个老坞兵,一个把牛系在院子的大树下,另一个把担子挑到门边放下,也都跟着宗主进了屋。少宗主却还磨蹭着不进去,他在门外扯着新做的夹袄,想把上面的褶子整平。叶大娘走出去,一边把他往屋里拉,一边说:"屠哥儿哟,你还害起臊来了,你小时候可没少给咱家捣蛋,什么偷果子偷鸡子儿的事没少干,咱们家春妮小时候跟着你到处瞎跑,可没少被她爹教训……"

支离屠听到叶大娘这么说,脸更是红得像是要滴出血来。

两家的老汉大口喝着刚挤出的羊奶,又抓起桌上的白面馒头塞进嘴里大嚼,两个坞兵也不客气,"呼噜呼噜"地喝羊奶,又拿起白面馒头往嘴里塞。刚出笼的馒头热腾腾香喷喷,嚼在嘴里甜滋滋的。叶大娘招呼着支离屠,把好吃的往他的碗里堆,但支离屠却吃得不多。

两个老汉吃饱了,点起旱莯,你一口我一口地吞云吐雾,有一搭没一搭地唠起农事来,墒情、天气、农具、牲口……好像支离坞的宗主一大早到这里来,并不是为了给他的儿子支离屠下聘礼,而是为了唠嗑这些农事。

直到两个老汉抽够了旱莯,宗主支离暮澜才在桌子腿上敲了敲旱莯杆,把莯灰敲出来,说:"老兄弟,你也知道,我这次来,是给我儿下聘礼来的。你们家的春妮,今年开了春,就十八岁了,咱们就在三月间把婚事办了吧!转过年去,就能抱个大胖小子……"

春妮的父亲叶松说:"中!就赶三月间把婚事办了,忙完正好把牛套了开犁,也耽误不到农活。"

婚礼的事情,就这么两句话给定下来了。支离暮澜点点头,让坞兵把礼箱都扛进来,里边是一匹匹的料子,有给春妮制婚服的重锦,有给叶松和叶大娘制新衣的绸料子、皮料子和白叠布,料子下面,还有几盒给春妮戴的首饰……坞兵一件一件拿出来摆在桌上。叶松也不看,只由着叶大娘上前去把东西收起。

等东西都搬出来了,支离暮澜说:"那头大黄牛,三岁的齿,已经能下地了,正好你开春了派用场。这些都是老规矩,你也不用跟我客气,还缺什么,老兄弟你开个口,我让人给送下来。"

"中,咱也想不出还缺啥,先就这么着吧!"

叶大娘说:"让春妮出来打个照面吧,小妮子脸皮薄,连规矩也不管了。"

叶松对着里屋吼起来："还不赶紧出来，跟宗主少宗主问个好，在里头孵蛋呢你！"

姑娘带着股风从屋里冲了出来，侧着身子行了个礼，说："宗主好！少……宗主好！"

一个老坞兵笑起来。"这就不对了，该叫爹爹和夫君！"

大家都笑起来，两个年轻人面红耳赤地站在那里，相互觑了对方一眼，又赶紧闪过一边去。

支离屠和叶春妮的婚事，是早就说定了的。支离坞两百年来的规矩，是宗主的长子，必须娶本坞农户的女儿为妻，而这农户，按着多年来的传统，总是支离坞庄稼种得最好的那一户。

婚礼的日期，定在了三月初三。婚期一定下，整个支离坞就忙碌起来：破了的屋子要翻修，要重新上漆，坞内大大小小的道路也要重新整平再洒上新的黄砂，青石路面则要补上缺了的青石板，下水道全都要疏通。雪一化，聘礼都还没下呢，支离坞的马帮就提前上路了。一支马帮向北往澜州去，他们最远要到秋叶城，在那里采办来自厌火城的羽人土产：青囊面粉、黄囊面粉，还有宁州出产的各种水果、蔬菜，这些都是中州难得一见的珍奇；另一支马帮则向南，到旧天启城去，在那里采买铁、盐、酒、鲛人的海味、河络的土产——地鼠肉、沙虫肉、各种菌菇和各种奇怪的河络才有的食物，最后，他们还想试试运气，看能不能买到来自雷州的货物。

到了二月下旬，支离屠的两个姐姐，也带着她们的孩子回来了，她们都嫁去了晋北盟别的堡砦，难得回来一次。女人和孩子们一回来，支离坞就热闹起来，每天都嘈闹得像集市一样。两个姐姐立即把支离暮澜踢过一边去，全权掌控了坞内的一切事宜——没办法，谁让她们的母亲早就去世了呢，家里自然只能由她们说了算。她们对之前准备好的一切百般挑剔：洞房的布置、婚床的摆放、被子的用料和式样、帐幕的颜色和厚薄、婚宴的菜单、客人的主次等等，她们全都要推翻重来。她们对一切细节都要再三讨论，而做所有这些事情的目的只有一个，就是让支离屠和叶春妮早生贵子。

随后就是两个姐夫——他们都不是各自堡砦的少宗主，而只是没有继承权的宗主之子，因为就如支离坞一般，他们的少宗主娶的也都是本坞农户之女。他们带来了许多礼物，都是用驼马给驮来的。姐夫们来了之后，支离坞更是闹翻了天，两个姐夫天天不是打猎就是喝酒，大姐夫还跟大姐打了起来，大姐认为他在勾引支离坞内的一个姑娘，那姑娘一头乌黑发亮的头发梳成一根长长的麻花辫子，走起路来一对奶子颠啊颠的，真是太诱人了。

支离暮澜乐得撒手不管，由着他们去闹，自己天天背着粪筐去捡粪，又到田头去看墒情，闲了就到下面村子里去喝酒唠嗑。而支离屠更是两耳不闻坞内事，每天一大早，就背上花锄、带上花枝剪，让骡子驮上花肥，到樱花树林和海棠树林里去，一直忙到天黑才出来。绯樱的花骨朵已经长出来了，而海棠更是着急，还没进三月，就已经开了。

二月底，客人们陆续来了。最先到的是支离暮澜的两个亲家：石堡的宗主石大炮和雷火砦的宗主雷火无明，以及他们各自的少宗主。然后是晋北盟其他堡砦的宗主和少宗主们，商会的会长和各个商队的首领，澜州和越州的商会也派了使者来。

三月初二那天的一早，支离暮澜终于没有背着粪筐去捡粪，支离屠也终于没有去樱花树林和海棠树林照料他的花木，倒不是因为明天就要举行婚礼了，而是因为今天有一个尊贵的客人要来，这个客人就是晋北府的府君：猛虎扎卡大人。

帝国把天下分成了十六个郡，其中海郡五，陆郡十一。晋北府虽然隶属于八松郡，但其实却是一个三不管地带，真正掌握了晋北府大权的，是河络猛虎扎卡大人。

猛虎扎卡大人的家族，控制晋北府已有近百年。

自从河络跟鲛人达成了和平的协议，从地底下爬出来到地面上来生活，他们的许多习俗就改变了：他们不再使用母姓而是改用父姓，他们像崀人一样结成夫妻，组成家庭，他们甚至还放弃了真神信仰和对火的崇拜，成为潮神教的信徒。

但他们仍然擅长使用火，擅长冶炼和制造武器，同时他们还成为了帝国商业的真正控制者。许多河络都是大商人，他们有敏锐的商业头脑和为了金钱不惜失去性命的贪婪，不仅崀族的农民和匠人们不能离开他们，甚至连鲛人贵族们，也必须依靠河络的商队，才得以维持他们奢靡的生活。

然而当官的河络并不多，可能是因为河络普遍对读书和当官都不感兴趣，而更满足于当个守财奴。因此猛虎扎卡大人的家族算是河络里的异类，远在帝国还没有成立之前，猛虎扎卡大人的家族就靠着财富成为了晋阳城的统治者。一般来说，河络商人对组建军队并不感兴趣，但猛虎扎卡大人的先祖却拿出大量的金铢，组建了一支装备精良的军队，以至于帝国成立之后，皇帝陛下也不得不任命猛虎扎卡大人的曾祖为晋北府的府君。

到猛虎扎卡大人这一代，已经是第四代的府君大人了。

帝国成立之后，晋北走廊再无战事，商业空前发展起来，府君衙门仅仅是收商业税就收得盆满钵满，再加上他们自己还有数支商队，以及晋阳城里的许多铺面，到猛虎扎卡大人这一代，已经富有到连府君大人自己也搞不清自己究竟拥有多少财富。然而即便如此，府君大人对金铢的贪欲仍然没有餍足，每年，他都要向晋北盟的各个坞堡征收高额的赋税，不仅要交纳金铢，还要交纳毛皮、绸缎、谷物和铁器，以及府君大人临时指派的任何物品。

支离坞的少宗主结婚，自然是要给晋北府的府君大人送上请柬的，而府君大人亲自来参加支离坞少宗主的婚礼，也是多年来晋北走廊的传统。如果是别的坞堡的少宗主结婚，府君大人派个使者带上礼物，就算是给够了面子，但支离坞不同，据说就连皇帝陛下，也在关注着这场婚礼呢。

因此当迎接府君大人的人群站在支离坞外足足等候了一天，还没有等来府君大人的时候，就不免有人要愤愤不平：先是石堡的宗主石大炮打着呵欠，跑回坞内喝酒去了，然后是另一个亲家，雷火砦的宗主雷火无明，把礼服一扯扔在地上，也转身回了支离坞。其他的人骚动起来，然而支离坞的宗主支离暮澜，还有少宗主支离屠，却对这一切充耳不闻，仍然恭恭敬敬地站在路边，于是人群又慢慢恢复了平静。

直到黄昏时分，府君大人巨大的地鼠坐骑才远远地出现在谷地的那一头。开路的斧车的咿呀声，还有衙役们拿腔作调的呼喊声，也随着凛冽的晚风传了过来。大家这才松了一口气——无论如何，府君大人还是亲自来了。

在府君大人的地鼠坐骑旁边，又有一抬八人抬的、专供鲛人乘坐的大轿子，大家知道那里面肯定坐着晋阳城的潮语贤者——那个老得牙齿掉光、鳞片脱落的老鲛人。大家一想到老鲛人的恶心样子，就觉得这场婚礼还是别举办算了，但很显然，这是不可能的。

随着地鼠坐骑越走越近，站在坞堡前等候的人群再次骚动起来，虽然全身都披着锦绣，但这只地鼠的样子仍然十分吓人。传说这是一只凶恶的地鼠，平常以小孩为食，因此女人和孩子们看到它走近，都不免有些害怕。支离暮澜和支离屠恭恭敬敬地站在路边，等府君大人的队伍走近，支离暮澜便带着支离屠迎上去，把猛虎扎卡大人从地鼠背上扶下来。地鼠比一匹马还高大，绿色的小眼睛滴溜溜地转动着，锋利的白牙在它的长嘴里闪烁寒光。猛虎扎卡大人坐在地鼠上的时候，看起来个子并不算小，但是一旦他从地鼠上下来，就看出他身高其实只有支离暮澜的一半不到，支离暮澜和支离屠要深深地作揖，才能把头低到猛虎扎卡大人胸口前，好让他觉得他们真的是在对自己行礼。

猛虎扎卡大人挥了挥手上的鞭子，抬脚走在前面。那个老鲛人也从轿子里出来了，他的全身都套在河络专门为鲛人制造的机甲里。这种机甲有钢铁的骨架，有一扇透明的水晶前窗和一对粗大的脚，机甲内装满了海水，背上还背着一套能循环净化海水的装置。老鲛人是个吝啬鬼，他的机甲早就应该更换了，破损老旧，不听使唤，到处漏水（这些水散发出的味道令人难忘），但是老鲛人仍然坚持使用。

支离暮澜和支离屠同样给潮语贤者行了礼，而老鲛人则让机甲踏足三下作为回应。支离暮澜和支离屠赶上几步，走到猛虎扎卡大人身前，向他介绍前来迎接他的各位宗主。对这些宗主的行礼如仪，小个子河络一律傲慢地以摆手作为回应，最后，猛虎扎卡大人问起了支离暮澜的两位亲家，因为他们并没有出现在迎接的队伍中。支离暮澜面色平静地回答说："石宗主和雷火宗主一早起来就比拼酒量，两人都喝得烂醉，直到现在还躺在床上爬不起来，多有失礼，望府君大人见谅！"猛虎扎卡大人显然并不相信支离暮澜的解释，冷笑了两声，就当先走进了支离坞。

猛虎扎卡大人被安排进了支离坞最豪华、最宽敞的一套客房中，这套客房是专门为猛虎扎卡大人准备的，家具的大小和房间的样式全都按着河络的身高和习惯定制，而老鲛人则被安排进了猛虎扎卡大人旁边的一套客房，这套客房同样也是专门为老鲛人准备的，里面装满了支离坞特意派人从唐郡运回来的新鲜干净的海水，老鲛人可以在里面舒舒服服地安睡，而不用待在他的破旧机甲里。

忙完这一切，已是深夜，但支离屠并没有入睡，他在星光下登上坞壁——自从星辰下降以来，九州的夜晚也比以前更明亮了，众星闪烁，流泻出五彩的华光。

在星光之下，支离坞的樱花树仍然沉默着。这些樱花树，是支离屠的曾祖母支离兰手植，后来的几代宗主，又陆续地添植，才形成现在的规模：绯樱朱樱加在一起，总计足有五千余株。再加上后来支离屠自己手栽的海棠花树，支离坞下的这片花木合计有六千零三十五本，它们如同褟袱一般，把支离坞紧紧包裹住。到了春天，海棠和樱花陆续开放，而鹰嘴崖上的杜鹃也如火般盛开，远望支离坞，就如同一艘浮在花海上又戴着火红花冠的巨大石船。

而明天，支离屠知道，不仅是自己成婚的日子，也将是绯樱盛放的日子。

突然，从坞壁下传来一个男子的声音："奥诺利斯城，普罗米什，请求进堡！"

支离屠探身下望，星光里，城门下，一个大汉骑在马上，他的马儿被星光一照，闪烁着大海一样的蓝光。

支离屠大声问道："所为何来？"

堡下的人大声答道："参加我兄弟的婚礼！"

守城的兵勇已经飞跑下去开门，普罗米什骑着马进入城门中，支离屠快步走下坞壁，脸上不由自主地浮现出笑容。

普罗米什一看到支离屠，就高声地说："新娘子是谁？那么倒霉要嫁给你！"

没有等支离屠回答，普罗米什就利索地从马背上跳下。"你们支离坞的人就是这样欢迎贵宾的吗？连一个拥抱都没有。"

支离屠冷冷地说："只有自由城邦的人才喜欢拥抱，在晋北走廊，拥抱者随时有被人用匕首捅肚子的风险。"

那个男人还是走过去，强行跟支离屠抱了抱。"难道在帝国统一天下这么多年之后，兄弟之间见面相拥，还这么危险吗？"

支离屠很不情愿地接受了他的拥抱。"普罗米什兄弟，你是怎么得到我结婚的消息的，而且居然能在这么短的时间里赶来？"

这个叫普罗米什的人耸了耸肩。"很简单，我护送的那支商队正好在旧天启城。我前天在酒楼里喝酒的时候，听到有人说你准备结婚了，我就骑着'鳎鱼'赶来了，不停不歇，骑了三天三夜。明天喝完你的喜酒我还得回去，因为我的商队马上就要回自由城邦去了。"

这个名叫普罗米什的人，是五大自由城邦中奥诺利斯城城主的儿子，全名叫普罗米什·普罗米。虽然他是自由城邦的人，但他跟支离屠有很近的亲缘关系——他们有同一个曾祖，而支离屠其实也还有一个属于奥诺利斯城的名字：阿基里什·普罗米，只不过这个名字很少有人知道罢了。

支离屠在前面领路，把普罗米什往坞内带，虽然他的外表很是淡漠，但他的心里却很高兴。他跟普罗米什从小就认识，普罗米什比他大七岁。普罗米什十三岁的时候，曾到支离坞来生活了一年，在那一年里，普罗米什天天都跟支离屠在一起，普罗米什是一个喜欢捣蛋的孩子，带着支离屠做了很多让人哭笑不得的事情。在普罗米什走后，七岁的支离屠非常想念他，他一直都渴望着有一个哥哥，然而命运却只给了他两个姐姐和一个弟弟。

蓝色马儿跟在支离屠和普罗米什的后面，当年普罗米什来支离坞的时候，它还是一匹小马驹，虽然它是普罗米什的坐骑，但却跟支离屠有很好的精神联系。支离屠回头看了看马儿，拍了拍它汗津津的脖子，而马儿则把头低下来，用鼻子去蹭支离屠的脸。

普罗米什很不高兴地说："总有一天，这匹不要脸的臭马会跟着你跑掉。"

青庐已经搭好，在大麦河的岸边。

早春时节的大麦河，冰冷的河水翻腾着白雪一般的浪花，那样焦急地向晋北走廊的西边山口涌去，仿佛那里有什么了不得的命运在等待着它们。

青庐用青色毡布、牛皮、羊皮和木头搭起，大得能坐下上千人，在它的周围，又搭起了许多小的帐幕，虽然这样，到婚宴开始的时候，有许多人还是得坐在露天的草地上，吃他们丰盛的美餐。

天刚黑下来，这里就燃起了篝火，把河岸照得一片通明。女人们在这里忙碌，为明天的婚宴准备食材和美酒，男人们则把要吃要用的东西——搬来。大家一边忙碌，一边心里都乐开了花，毕竟，上一次能够这样大吃大喝，还是支离屠的姐姐出嫁的时候，那都是好几年前的事了。

支离坞内同样也不平静。在那石头的正厅，人们正在布置行婚礼所需的一切：帝国的旗帜，皇帝陛下的画像，潮神教的圣物，新郎新娘下跪用的地毡……这个古老的大厅已经有两百年的历史，自支离坞建起以来，少宗主们的婚礼就在这里举行。大厅两边的墙上，悬挂着历代宗主的画像——原本大厅的正中间悬挂的是支离坞的创始者支离祁和支离北的画像，但自从帝国建立以来，皇帝陛下的画像被单独挂在了那里，而支离祁和支离北的画像则被撤到了两边。

昨天，春妮就已经坐着披上了红绸的牛车，一摇一晃地来到了支离坞。在婚礼前，支离屠自然是不能见到她的。春妮和她的女伴们在一起，支离屠的两个姐姐则像两只老喜鹊一样在春妮的身边"吱吱喳喳"地说话。她们给她涂上胭脂、口红，眉毛也精心描好，还为是不是符合最新潮的描法这个问题吵了起来。不过幸好，无论如何，在婚礼正式开始前，在那"隆隆"的礼炮声响起来的时候，两个姐姐终于把春妮折腾完了。大红的婚服穿上了，金灿灿的凤簪戴上了，那明亮亮的珍珠耳珰也垂挂于耳下了，于是，春妮红着脸从闺房里走出来，在众人的簇拥下，往正厅走去。

长长的走廊、狭窄的楼道、陡峭的楼梯、厚重的石墙、从小小石窗里透进来的蓝色锁河山，以及隐隐约约的樱花的香——绯樱已经开了呀！这时候，春妮突然明白了一件事。两百年来，每一个少宗主的新娘，都是这样穿着婚服，戴着凤簪，走着这条一成不变的道路往正厅去的，只不过在帝国成立之前，他们是对着支离祁和支离北的画像发下婚誓，而如今，支离屠和叶春妮，却必须对着潮神教的主神也就是皇帝陛下的画像，念出婚礼的誓言。想到这里，春妮的心里，就有些不乐意。

叶松在正厅大门口等着她，把她领进了正厅里，虽然天已微明，但厅里仍十分昏暗，一道道光从大厅两壁的小窗透进来，仿佛是两队洁白闪亮的婚使。支离屠在皇帝陛下的画像下等着叶春妮，晋北盟的宗主们在大厅两边依次站立，少宗主们站在他们的身后，而支离暮澜和猛虎扎卡则站在皇帝陛下的画像两侧，跟潮语贤者在一起。

叶春妮觉得自己的脚有些抖，她低下头，压住心跳，一步一步地往支离屠走去。虽然还没有成婚呢，但她的心里已经对支离屠油然生出了一股子爱意，如同他们早已经同床共枕——叶春妮为自己的想法而害臊，血液潮水般涌上了她的脸和头脑中，让她紧张而又迷醉。

从叶松的手里，支离屠接过了新娘的手，拉着她一起向皇帝陛下的画像跪下。虽然只是一幅画像，但皇帝仍然威严、尊贵、高大而又风姿过人。老鲛人开始念那长长的礼词，而且还是用的谁都听不懂的鲛人语，虽然地上铺了毡子，但这礼词实在是太长了，支离屠和叶春妮跪得膝盖生疼。终于，老鲛人闭上了嘴，示意他们可以相互碰额。支离屠把头向叶春妮低下——她身上有好闻的樱花味道，啊，绯樱已经开了吧，支离屠想，然后他的额头就碰到了春妮火热的额头。

焰火从河岸边升起，在黎明的光里盛放。河谷里传来众人的欢呼，虽然遥远，但却清晰。他们在高喊："新娘！新娘！新娘！"催促新娘赶紧到河岸边的宴会地去，与他们共舞。

他们匆匆念完了婚词，支离屠拉着春妮的手站起来，他的手那样有力，捏得春妮的手都疼了，虽然春妮的手也是粗糙的，不能用书里说的"柔荑"来形容，但跟支离屠那常年劳作于农事与花事的手比起来，仍然显得娇小。

支离屠牵着春妮往正厅的大门口走去。厅门外，那辆牛车被打扮得喜气洋洋，拉车的大黄牛牛角上也挂上了彩绸，赶车人也穿上了锦衣，黄牛在不耐烦地"哞哞"叫，催促新人赶紧上来。支离屠扶春妮上了牛车——当他触到春妮的腰时春妮有些不自在——然后他自己也一跃而上，驾车的汉子一抖牛绳，牛车就一摇一晃地驶出支离坞向河谷而去。其他的人或者骑马，或者步行，跟在牛车的后面，连骄傲的猛虎扎卡大人也老老实实地骑着地鼠，远远地跟随着牛车。这是帝国的婚俗，连他也必须遵守，在这一天，新郎和新娘是得到皇帝赐福的人。

然而一旦下到谷地，人们就欢呼起来，纵骑超越了新郎和新娘，向河岸边而去，只有持重的宗主们，还有猛虎扎卡大人和潮语贤者还慢慢地跟在一对新人的后面。

人群早已等得不耐烦了，新人刚下车，鼓就"咚咚"响起，唢呐和铙钹也跟着奏响。乐声冲天而起，和着歌声，大家都舞动起来。那是千百年不变的舞蹈，是祝福新人的舞蹈，也是祈祷丰收的舞蹈。

大人们并没有参与到舞蹈中去。支离暮澜引导着大人们进入青庐，落坐于正中间最大的一桌，主位自然是猛虎扎卡大人的，老鲛人坐在他的旁边，而支离暮澜和叶松则在一旁相陪。

猛虎扎卡大人早就已经看支离暮澜的两个亲家不顺眼了，一坐下来，就开口道："石宗主，雷火宗主，听说你们酒量都很好，咱们今日就来拼拼酒如何？"

虽然上次因喝醉酒不来迎接府君大人是支离暮澜临时编的谎言，但石宗主和雷火宗主都喜欢喝酒，却是整个晋北都知道的，两个宗主自然不甘示弱，都大声叫着要侍者赶紧拿角杯上来，把瓷杯换掉。猛虎扎卡大人却打了个呼哨，把他的地鼠坐骑叫进了青庐中。他指着地鼠对两个宗主说："不是跟我拼酒，是跟我的地鼠拼酒，两位宗主以为如何，这地鼠酒量可不一般哦！哈哈哈哈！"

两个宗主气得脸都红了，石大炮把角杯一扔，站起来指着猛虎扎卡大人吼起来："你……！"

支离暮澜一看情形不对,赶紧过去把石大炮摁下去。"府君大人跟你开个玩笑,你那么认真干什么,坐下,坐下!"又示意侍者换新的角杯上来。

两个宗主满心不情愿地坐下了。

支离暮澜拍了拍掌,菜一道一道端上来。第一道菜,是用作料腌制一夜,刷上晋北特产的蜂蜜,用青冈木炭烤出来的羊腿,外焦里嫩,膻香扑鼻,就着支离坞自酿的麦酒,一口酒一口羊肉,让人停不下来;第二道菜,是清炖沙虫肉,沙虫肉肥嫩油滑,蘸以用香油、晋荟香碎末、椒粉和盐拌成的蘸料,入口即化又回味无穷;第三道菜,是先用蜜汁腌制,风干后再用清油微煎而成的大麦河鲈鱼,点缀以酸甜的樱桃蜜饯,很是开胃;第四道菜,是清炒淮海海参,连盐都不加,纯取海参的清甜味道;第五道菜,是烤鹿肉,与烤羊肉不同,先把鹿血放出来,单独做一道鹿血汤,再把鹿肉切成薄块直接在炭火上烤,吃时蘸以蜜汁,以鹿血汤送下……虽然菜品丰富,但猛虎扎卡大人看起来却打不起精神,只吃了一点沙虫肉,就停了筷子,而老鲛人也只是吃了一些蜜汁鲈鱼。虽然支离暮澜招呼得十分殷勤,但两位客人显然早已经吃惯山珍海味,所以都没什么胃口。

其实这一桌的菜,是为了猛虎扎卡大人和老鲛人单独准备的,其他桌的菜可没有那么丰盛,只是鸡鸭鱼羊尽情吃,酒也尽情喝,哪有那么多的花哨。桌上的宗主们却也不管两个主客意兴阑珊,只管自顾自地大吃大喝,兴头上来了,还猜起拳来,其中闹得最厉害的,就是石宗主和雷火宗主。

没过多久,虽然支离暮澜再三挽留,猛虎扎卡大人还是起身离去了,而后老鲛人也以身体不适为由,回了支离坞。虽然宗主们都很不满,但少了两个碍眼的主客,大家喝得更为尽兴,除了支离暮澜，一个个都烂醉如泥，倒在桌下起不来。

支离屠没有吃什么东西，更没有喝酒，他拉着春妮到主桌来和贵宾们打了个照面，又跟支离暮澜支了个眼色，就步出了青庐。他牵着春妮的手穿过人群，人们一看到他们走过来，就高声欢呼，向他们扔红枣和葵花子。支离屠和春妮一边避让一边跑，终于来到河边，在河边的青草地上，普罗米什、几个少宗主还有支离坞的十几个年轻汉子，骑着马等在那里，旁边一匹白马，鞍鞯齐备，等着支离屠上去。支离屠一把把春妮抱上鞍——别看支离屠力气不小，但把略有些胖的春妮抱上马去，还真有些吃力，脸已微微泛红。旁边的几个少宗主都偷笑起来。支离屠不好意思地笑笑，自己也翻身上马，坐在春妮身后。

大伙儿先是沿着河岸向上游走，然后离开河谷，转向山林。密林如同高墙一般压向这支小小的队伍，他们排成一列，像针一样从密林的缝隙里插入，于是寂静于一瞬间包围了他们。这寂静仿佛有绝大的重量，压得他们要喘不过气来，又仿佛有绝大的声响，吵得他们不能再听到任何别的声响，直到那一声杜鹃的婉转啼鸣划破空山，才将众人从恍惚中惊醒过来。

春妮坐在支离屠身前，耳后是支离屠深长而缓慢的、和着马的节奏而起落的呼吸，这令她产生了一种错觉，仿佛她与支离屠早已是多年的夫妻，仿佛她与支离屠一直就骑着马行进在这陡峭的山道上。她不需要知道自己究竟是要到哪里去，也不需要知道自己究竟又是为了什么要行进在这里，她只需要紧紧靠在身后这个男人的怀里，幸福和安宁就会永远陪伴着她。

他们终于还是停了下来，远远可以听到瀑布的轰鸣声，但却不知道瀑布究竟在哪里，因为山谷的回响把这轰鸣声往复地奏响。

马蹄踏在湿润发黑的落叶上，潮湿的山岩上遍布青苔，瀑布的轰鸣震耳欲聋，清冷的山风带着水雾打在春妮的脸上，把她的脸都打湿了。转过一道山脊，一条长长的雪瀑出现在春妮眼前，在阴暗的山林里如同银液一般耀眼，又飘舞飞扬如同一袭长长的白裙。瀑布从高高的山崖上飘落，终于在深潭上散落成迷蒙的水雾，那轰鸣声如同滚滚惊雷，震得春妮的耳膜嗡嗡作响，支离屠在她耳边喊着什么，但她一丝一毫也听不到，只是下意识地摇头。

他们下马，沿着隐藏在灌木丛里的石阶向山上爬去，石阶滑溜溜的，要不是支离屠一直扶着春妮，春妮一定已经摔到山下去了。银白瀑布仿佛就在春妮的耳旁落下，周围的人都不再说话，连话最多的普罗米什也沉默不语。春妮心里满是疑问，很想问一问支离屠，大伙儿究竟要到哪里去，但是她又犹豫不决，她想，只要支离屠在身边，要到哪里去，又有什么要紧的呢？

他们终于爬上了崖顶，一道河流从更高处的雪山上蜿蜒而下，春妮认得那座雪山，那是晋北走廊的圣山：雪樱山。传说锁河山的山神就住在雪樱山的山顶上，但从来也没有人能爬上雪樱山的山顶，自然也就不会有人知道，那山顶上是不是真的有山神。

崖顶非常宽阔，青冈树和赤枫在河岸边密密生长，河流在这里绕了一道弯，形成平静的河湾。河岸边有几栋房子，石墙草顶，然而看上去又不像是农户家的房子，周围没有农田，屋前也没有农具和牲畜。

支离屠向那几栋石屋走去，大家也跟了上去，渐渐走近了，春妮看见屋前的亭子里摆着像是琴的乐器，从敞开的窗户可以看到屋内的书架上满满的全是书。支离屠在柴门前停下，弯腰行礼，朗声说："老师，我们来了。"

春妮一下醒悟过来，原来，他们是带着自己来看他们的老师呀！这个老师名叫朱悲，支离坞的许多人都知道他，但真正见过他的人却不多。他来到支离坞后不多久，支离暮澜就另外给他安排了居住的地方，既不在支离坞内，也不在河谷的村庄里，原来，老师的屋子是在这里呀！

门猛地向里打开，一个梳着单髻，穿着白棉袍的小童，站在门里，很不高兴地说："你们才来呀，老师已经等你们好久了，酒带来了吗？"

普罗米什把背上的酒囊取下来递给小童，小童接过酒囊，疑惑地看着他。"你是谁？"

普罗米什故意装出一副不屑的神情看着小童。"我在这里的时候，你还没生呢！"

说完他推开小童，当先走了进去。小童气鼓鼓地在普罗米什背后做了个鬼脸。"有什么了不起，你以为你不说我就猜不出来吗？"

普罗米什听到小童的话，转过身来，颇感兴趣地问："哦？你倒是猜猜，猜对了，我送你个礼物！"

小童看着普罗米什，略想了想。"你这样子，卷发、高鼻、大嘴，长得跟一个鬼一样，肯定是自由城邦的人。你的肤色很深，你母亲一定是出自雷州雨林里的部族。自由城邦离这里太远，就算得到婚礼消息立即赶来，也不可能及时赶到，所以你不是一个商人，就是一个武士。看你这身装束，应该是个武士，你得到少宗主婚礼的消息时，正好护送商队来到了旧天启城，所以能够及时赶来，而跟少宗主有这么深的交情同时又是自由城邦的武士的人，只有一个，就是奥诺利斯的少城主普罗米什。怎么样，我猜得不错吧？"

普罗米什无奈地摇摇头。"看不出你这小鬼，还挺聪明，说吧，想要什么礼物？"

小童不屑地说："哼，你的礼物，爱送给谁送给谁，我可不稀罕！"

说完他拿着酒囊，顶开普罗米什，朝里走去。

普罗米什尴尬地站在那里，走也不是，站也不是。大家都哈哈大笑，从他身边依次走了过去，把普罗米什一个人丢在那里。

里头是一间书房，颇为阔大，窗明几净，沿壁摆满了书架，书架上整整齐齐全是书。看得出这屋子的主人有洁癖，桌上地上都纤尘不染。窗台上摆着一个素净的花瓶，花瓶内插着一枝艳红海棠，是这屋内唯一的亮色。

一个面容清癯的老者，手里拿着一卷书，坐在桌边，听到支离屠他们进来，转过身来，笑着说："你们都让开，先让我看看新娘子长什么样。"

众人听到老者这么一说，都让开了，春妮突然被晾出来，脸登时就红了，手脚都不知往哪儿放，站在那里，行礼也不对，不行礼也不对。

老者上上下下打量着春妮，严肃地说："不错，是个能生养的样子，屠哥儿，你可得勤快些，不要让坞里的农户们失望，他们这一季的麦子，可都指望着你们俩呢！"

春妮虽然还是黄花闺女，但也知道老者说的什么意思，脸更红了。

原来晋北的风俗，新人都是开春时婚配，这些新成婚的夫妻里，怀上孩子的人越多，那大家就会认为这一年的收成会越好，若是怀上孩子的人少，甚至一个都没有，那这一年的收成，十有八九会不行。

众人听到老者这么说，都哄然笑起来，把支离屠往春妮身边推，支离屠拉了拉春妮的手，红着脸向老者行礼。"老师说笑了。"

春妮赶紧也福了一福，她本是农村姑娘，野惯了，行起礼来别扭得很。

其他人也一起行礼。"老师高见！"

老者哈哈笑起来，一挥手。"行了行了，先把酒给我。"

小童把酒递给他，他拧开囊口仰脖灌了一口，一抹嘴。"好酒！好晋阳春！"然后小心地把囊口给拧上，把酒囊塞进自己怀里，"走走走，都出去，赶紧上山去，你们这些猴子，不能留在这里，待久了非把我这里给整脏了不可。"

穿过院落，走出院门，就是森林。山上比山下冷，青冈和赤枫的芽都还没有长出来，只有偶然一见的松柏仍然苍翠，去年的残雪零星地点缀在干枯的蓬草间。

在朱悲的带领下，年轻人们一步一步往山上走，他们出来时还未到正午，此时日头已缓缓西斜。

越往上走，赤枫和青冈越稀疏，松树和柏树则逐渐增多，而原本在山下若隐若现的花香，则渐渐变得清晰，然而虽然是愈来愈清晰，却又仍旧是若即若离，似有似无。春妮觉得这花香自己应该是熟悉的，但又想不起来究竟是什么花，于是悄悄问支离屠："什么花呀？好香！"支离屠眨了眨眼，说："一会儿你就知道了。"

春妮只好不再问，继续沉默着往山上走。大家似乎也都沉醉在这清雅的花香里，都不再说话，只听到鞋子踩在枯草和残雪上的沙沙声。翻过一个小山包，高高的雪樱山突然出现在春妮眼前，却比刚才近了许多，也高了许多，阳光照在雪樱山雪白的山巅上，仿佛给她戴上了一个金冠。

支离屠扯了扯春妮的袖子，春妮把目光收回，惊喜地张大了嘴。在这半山腰上，竟生长着大片的绯樱，而且这些绯樱全都已经盛开，刚才的花香自然就是它们发出来的。

支离坞虽然也种植了许多绯樱，而且也已经盛开，但花香却不如山上的清雅，花朵也不如山上的绯樱缤纷多姿。支离坞的绯樱本就是从锁河山山上移栽的，虽然种植多年，却仍然没有完全适应山下的气候，所以不如山上的绯樱开得好。

朱悲笑了笑，朝小童点了点头。"厌儿，别嗅了，快把香点上，新郎新娘还要赶回去洞房呢！"

原来那个小童的名字叫作厌儿，此时他正把一枝绯樱拉下来，把鼻子凑上去嗅那花香呢。厌儿满心不情愿地离开樱花树，找一块平地，从背上的蓝布包袱里取出一把香，一个火石，一瓶酒，几样瓜果。他点上香，把酒和瓜果都摆在香前，然后退开。

支离屠拉着春妮在香前跪下，朝着雪樱山那戴着金冠的山巅。此时，连一路上一直在拿支离屠和春妮打趣的朱悲还有普罗米什也变得严肃了。

朱悲站在一旁，大声说："新婚夫妇行礼！"

支离屠就对着雪樱山磕头，春妮赶紧也跟着磕，磕了三个头之后，朱悲又说："新婚夫妇念婚词！"

支离屠念道："我，支离屠……"

春妮看着支离屠的嘴，赶紧也跟着念："我，叶春妮……"

支离屠又念道："于支离坞建成之二百四十二年之三月初三，与坞民叶松之女叶春妮结成夫妇……"

春妮也结结巴巴地念："于支离坞建成之二百四十二年之三月初三，与宗主支离暮澜之子支离屠结成夫妇……"

支离屠稍等了等春妮，接着念："我们两人恭请锁河山神做个见证，我和叶春妮，自今日起，结成夫妇，我们不求富贵，但求偕老，不求同生，但求共死。"

春妮跟着念："我们两人恭请锁河山神做个见证，我和支离屠，自今日起，结成夫妇，我们不求富贵，但求偕老，不求同生，但求共死……"

念到这里,她犹豫着瞧了瞧支离屠,又低声地加了一句:"不求海枯石烂,但求百年恩爱;不求大鱼大肉,但求多子多福……"

支离屠斜了春妮一眼,春妮赶紧停下来,不再念叨。

朱悲说:"自今日起,支离屠叶春妮结为夫妻,你们要相互扶持,互敬互让,生则同寝,死则同穴。礼成!"

支离屠和春妮都站起来,众人欢呼,闹着要他们亲个嘴,支离屠和春妮没有办法,只能勉强把嘴碰了一下。这是春妮第一次和男人亲嘴,她的心像小鹿一样地跳,只觉得气都要喘不上来,又觉得迷离恍惚,身体酥酥的、软软的,后来究竟是怎么下的山,怎么回到支离坞的洞房里,她已经完全记不清了。

当支离屠和春妮回到支离坞的时候,婚宴已然结束。宗主大人们都醉倒了,年轻汉子们也各自抱着心爱的姑娘,躲到僻静处亲热去了。篝火仍在烈烈燃烧,但篝火旁只睡着几个醉汉,跳舞的人早已离去,到处都是狼藉的杯盘,到处都是残羹余酒,狗儿们在草地上搜寻骨头和肉,为了争夺美食而争吵甚至打架。

洞房里又暖又香,从敞开的窗户向外看,绯樱的花朵,一串串一蓬蓬,盛开在皎洁明亮的月光下。

支离屠折了一枝绯樱,擎在手里,沿着高高的台阶,借着月光,向亮着温暖烛光的洞房走去,遥远的地方传来情侣们的笑语声和醉酒者的断续歌声。

支离屠和春妮从小就熟识。小时候,他们常常在一起玩,当然那时在一起玩的也还有其他的玩伴。那时候,支离坞年龄相近的孩子,有二三十个,常常在一起玩的,也有十余个。支离屠虽然是少宗主,但并没有少宗主的架子,也常常被其他孩子欺负到哭鼻子。

支离屠童年时极顽劣，总是因为惹出祸子被支离暮澜打。而春妮则是一个略有些胖的老实女孩，话不多，总在忙着农事和家务活，只有在活都忙完了之后，才能被父母放出来，跟小伙伴们耍上一会儿。日头还没落下去，天还亮着呢，春妮的娘就会站在门旁，高声对着村头喊："春妮！春妮！回家喽！吃饭喽！"旁的孩子听到父母叫自己回去吃饭，总要不情不愿地赖着再玩上一会儿，但春妮总是立刻放下手头的一切，老老实实地回家去。

　　支离屠从未想过有一天这个老实的胖姑娘会成为自己的妻子，他心目中有别的人选。当然这个人选也总是在变，但不管怎么变，春妮是从来也没有进过这人选里的，然而支离屠也从未想过要背离支离坞的传统，去自己挑一个妻子。在他的心里，支离坞——这个已然破败的古老坞堡，是一个比自己、比自己的家族，甚至这世上的所有一切都更为重要的存在。

　　所以当他推开门，进到房里，看见那个胖胖的姑娘，老老实实地坐在婚床上，在等着自己的时候，他的心里便油然生出一股子爱意来。这爱意自然而然，天经地义，或许，仅凭着叶春妮生在支离坞长在支离坞这一点，就已经足够支离屠去爱她一辈子，疼她一辈子了。

第二章 支离晋

星辰下降之后二百二十三年，支离坞建坞四十四年，支离晋成为支离坞的第三代宗主。

第二代宗主支离北于七十三岁时死去，他留下了一座崭新的石头坞堡，和一个富裕而又牢固的晋北走廊堡砦联盟。那时的晋北盟，已经有大大小小四十余个坞堡，合计约二十余万的坞民，大麦河两岸的沃土全都开辟为良田，种满了小麦、大麦、菸叶、油菜和菽豆，山上的冷水湖里养满了鱼，大大小小的马帮在商道上穿梭不绝，而草坡上则遍布牛羊。

第一代宗主支离祁，创建了支离坞和晋北盟。他的身高不过七尺，双手过膝，性格极温和，待人极和善，而支离北则更像他的母亲，身长八尺，性格严厉不苟言笑。支离祁最得支离坞坞民的爱戴，但私德上却并非无可挑剔——除了支离北，他在晋北走廊至少还留下了十几个儿子，几乎每个儿子的母亲都不相同。而支离北则相反，他依照父亲的要求娶了本坞农户家的女儿为妻，从此再未对别的女人动过心。坞民们对支离祁的感情是敬爱，而对支离北则不免有些畏惧，支离北严厉、公正，执行律条一丝不苟，对于叛徒更是毫不容情。支离北死的时候，坞民们都松了一口气，但随后又不免要怀念起他来，毕竟，正是在支离北的严厉掌控下，支离坞的石头坞堡才得以建成，坞民的人数也在他任宗主期间迅速增长，从两千余人增加到一万余人，坞兵的数量也达到两千。

晋北走廊是和平而又安宁的，但是在中州、越州、宛州和澜州，战火仍在燃烧，大大小小的国家和城邦如同海里的泡沫一般倏起倏落，水旱灾害又接连不断，九州大地上，白骨蔽于野，千里无鸡鸣。

在晋北走廊往来穿梭的，除了商队，还有军队，他们互相攻伐，无休无止，而晋北盟则在各大势力的狭缝间如同走钢丝一般寻求中立。

晋北盟不向任何人交税赋，但愿意与任何人做生意。他们用谷物和菸叶换来武器、盐和铁。在灾荒时节，晋北盟的各个坞堡都会打开自己的堡门，无条件地接受灾民的投靠，直到灾荒过去，然后给逃荒者备好回乡路上所需的干粮，送他们离去。如果有人愿意留下，他们也决不会拒绝。

实际上他们从不拒绝投靠者，不管这个投靠者是一个乞丐，还是一个城主，是一个圣人，还是一个屠夫，是一个勇士，还是一个懦夫，晋北盟都向他们敞开她每一座堡砦的大门。而这些人一旦进入坞堡之中，他们就成为晋北盟的一员，除非他们自己主动离开，或者背叛，否则即便是晋北盟的盟主，也无权把他们赶出去。

这个传统，是支离祁留下的——即便在支离坞初建、粮食极度匮乏时，支离祁也不曾拒绝过哪怕一个逃荒者。在最饥饿的年份，支离祁与支离坞的所有人一起吃过鼠肉和蝗虫，啃过树皮，吞过白泥。

第三代宗主支离晋同样严格遵守这个传统，这不仅仅是因为仁慈，更是因为这个传统实在是晋北盟立足于乱世的基石：假如晋北盟成为了所有人的避难所，那就将不会再有人期望她灭亡。

支离晋并不是支离北的长子，他排行老二，但当支离北立他为少宗主时，没有人有异议。他与自己的祖父和父亲都不一样，支离祁和支离北看起来像农民，而支离晋却是一个猎人。他八岁时射杀了人生第一头鹿；十六岁时，他独自进山追踪一头吃了好几个坞民的白额虎，身边只有一只猎犬，身上只有一刀一弩。他在雪里设下陷阱，潜伏了三天三夜，没有生火，饿了就啃几口干肉，终于成功猎杀白额虎。他用枯枝做成雪橇，把老虎和被撕成碎块的猎犬放在上面，独自把它们拖回了坞中。他回到支离坞的时候，手和脚都被冻伤，耳朵更是被冻掉了一块。他的猎杀技巧似乎是天生的，到他二十岁的时候，就已经成为支离坞所有猎户的首领。支离北立他为少宗主时并非没有犹豫过，不是因为他是次子，而是因为他在捕猎时所表现出来的坚毅、凶狠和耐心，让支离北心存疑虑。

然而最终支离北仍然立他为少宗主，如果支离北在天有灵，将会知道自己的决定并没有错。

支离晋成为支离坞宗主的第三年，那一年的冬天特别的冷，鹅毛大雪飘飘洒洒，下了好几天都没有停，坞民们都到坞堡里去躲避寒冷，谷地里的村庄空无一人。大麦河早已结了冻，雪越积越厚，仿佛要把村庄也掩埋掉。

黄昏时，一骑两人，出现在荒茫的雪原上。

马上的男子三十出头，身着战痕累累的黑色皮甲，外罩破烂乌袍，背上一张角弓，腰间是空了的箭囊。他脸色铁青，一双狭长的

花瑾

九州·刺龙

DRAGON SLAYER

眼里闪着绝望而凶残的光,然而当他的目光转向怀里的女人时,立时就变得温柔。女人很美,被裹在狐裘里,不到二十岁,脸色苍白,蜷缩在男子的怀里,已经奄奄一息。

男子不顾胯下马儿早已疲累,仍在不断催促挥鞭,当他们终于跋涉雪原,来到支离坞下时,马儿终于支撑不住倒下了。

男子抱着女人从雪地爬起,仰头嘶声高喊。

守门的坞兵从堡上探出头来。天已经黑了,他们手里举着火把。

他们高声问:"什么人!"

男子仰起头,嘶哑回答:"天启城,答赤不礼,请求进堡!"

坞兵又问:"所为何来!"

答赤不礼答道:"无处可逃!"

一个坞兵举着火把飞跑下坞壁,向支离晋那亮着烛光的石屋奔去。

在中、澜、宛、越四州,蛮族和夸父都是奴隶。鲛人军队凭借强大的惜风攻入瀚州和殇州,把蛮族和夸父抓住卖给河络,而河络则把他们当成牲口来役使,在他们身上烙上火印或纹上刺青,逃走的奴隶将被处死,当他们的主人死去,奴隶还会被殉葬——或者被扔进大海里,或者被埋入深穴之中。

在支离北还是支离坞宗主的年代,奴隶乌重宰杀了他的河络主人,带着一个美丽的女奴隶逃走了。河络和鲛人一起围捕他,他逃了一年,其间女奴隶还生下了一个男孩,但在逃跑途中丢失了,女奴隶也被乌重当成礼物献给了北邙的匪首,匪首便把乌重留在了他的匪帮里。不久之后,乌重就因为作战勇猛、行动狡诈而成为匪帮的二当家。乌重找了个机会把首领杀了,把女奴隶又抢了回来,自己成了大当家。乌重知道当土匪没有前途，他把纪律散漫的匪帮改造成一支军队，在中、越两州流荡，遇到小的城市就攻进去，解放城内的奴隶，遇到大的城市就劫掠一番，然后呼啸而去。靠这个办法，乌重的军队迅速壮大，许多被解救的奴隶加入他们。在支离晋成为支离坞宗主的时候，乌重的军队已经攻占了天启废城，并靠着从城中商户和城外的土地上收来的赋税，养活了他手下的两万重甲步兵和三千轻骑。

吊桥被缓缓放下，支离坞的大门也被隆隆推开，人群举着火把，簇拥着一个猎户装束的男子走出来——支离晋亲自出来迎接答赤不礼。

答赤不礼的脸和手都已经被冻伤，他呆呆地坐在雪地里，紧紧拥着那将死的女人，一看到支离晋，他就急切地求告："快救救她，她要死了！"

支离晋蹲下，看了看那个女人，低声向身边的人吩咐几句，又对答赤不礼说："是饿坏了，又受了冻，请赶紧抱她进去吧，她会活过来的。"

答赤不礼抱着女人站起，跟着引路的坞兵疯狂地往里跑。

支离晋回转身，看着答赤不礼跟跄奔跑的身影，皱着眉头，若有所思。他身边一个精瘦的汉子，低声说："那女人是乌重的爱妾，乌重会来要人的。"

支离晋点了点头，没有出声。

女人名叫花嫜，即便在奄奄一息时也仍然美得让人心跳。她喝下热腾腾的羊肉汤,又在火塘边睡了一觉,就缓过来了。第三天的下午,雪停了,在冬日白亮的暖阳下,答赤不礼带着花嬅穿过支离坞的街道,向宗主所居住的大石屋行去,他们是要去答谢支离晋的援助和庇护。花嬅仍然虚弱,紧紧靠在答赤不礼的身上,斜斜地走着。她穿着藏红色蛮族袍子,脚穿鹿皮小靴,头戴火红的狐狸皮帽子,满头青丝扎成无数小辫垂在肩上,小辫上缀满了五彩的璎珞。她苍白的脸色之下已透出淡淡的红,显得益发娇艳动人。支离坞里的人站在路边看着他们缓缓走过,心里既有些好奇,又有些不安。

几天之后的一个清晨,一小队士兵来到了支离坞大门前,他们擎着镶银边"乌"字黑旗,为首的军官身着黑袍黑甲,胯下一匹纯黑色战马。

谯楼上的坞兵高声问:"来者何人?"

那军官简洁答道:"千夫长,塔马察!"

坞兵飞跑去禀报。

塔马察满脸的不耐烦。他是乌重麾下最勇猛的将领,身高将近九尺,胯下的战马跟他的身材一比,仿佛变小了一号。他额头上纹着一个独眼野猪的头,那是他当奴隶时留下的印迹。他的右眼瞎了,眼眶里只剩一团烂肉,黄而稀疏的头发扎成两根小辫披在脑后,颌下黄而稀疏的胡子也同样扎成两根小辫垂在他丑陋变形的脸下。最吓人的是他那口尖利黄牙,传说中,他是以人肉为食的。

吊桥放下,坞门打开,前来迎接塔马察的是支离坞的坞兵首领典虎。他是一个矮壮老实的汉子,如果不是他那满身壮实的肌肉,人们一定会以为他只是一个从没进过城的农民。

典虎没有骑马,他拱手行礼,塔马察在马上点了点头。

典虎沉声问道："塔马察千夫长，久仰您的大名，您一定是为了答赤不礼来的吧？"

塔马察不耐烦地问："你又是谁？"

典虎并没有表现出不高兴，只是波澜不兴地回道："坞兵典虎。"

塔马察脸色一沉："叫你们宗主来见我。"

典虎回道："支离宗主正在正厅恭候您，还为您和您的兵士准备了美酒和羊肉汤。"

塔马察朝旁边"噗"地吐了口黄痰，痰立刻被冻结，埋入雪中。他说："我没兴趣进去，也不想喝羊肉汤，酒，我自己有！"他从马鞍边解下酒囊，满满灌了一口，一抹嘴，斜眼看着典虎，"把答赤不礼那小崽子还有花嬗那小淫妇交给我！"

典虎摇头。"既已进了支离坞，就是支离坞的人，不能给你了。"

塔马察斜着眼看典虎。"你知道那小淫妇是谁吗？"

典虎道："知道，是乌重将军的小妾。"

塔马察又灌了一口酒。"那你们还敢留着！？"

典虎道："支离坞的规矩，进了坞，就是支离坞的人，谁都不能带走。乌重将军想报仇，可以自己进坞里来，支离坞的大门为他敞开，乌重将军可以与答赤不礼决斗，赢了，仇自然就报了。"

塔马察慢慢地把酒囊系回鞍下。"那如果是我要与答赤不礼决斗呢？"

典虎抬头，看着塔马察那黄色的小眼睛，缓缓答道："支离坞的大门，同样为您敞开。"

塔马察要和答赤不礼决斗的消息，立即传遍了整个坞堡。

坞堡所组建的坞兵，对抗的是军队和匪帮，如果有这么一个人，正大光明地说明了自己的恩怨，声称要进入坞堡，与身处坞堡之中的仇人进行一场决斗，将没有人有权力拒绝他。支离坞的律条是不准谋杀、不准暗杀，但却并不禁止单对单的公平决斗。这并不仅仅是晋北盟的传统，也是整个九州的传统，其渊源比晋北盟收留、保护一切投靠者的传统更为久远。这传统是从星辰下降之后就开始的，在那个蛮荒的年月里，手中拿着武器，在双方都同意的时间和地点以死相拼，是唯一的公平和正义。

支离坞为决斗者准备了专门的决斗场，并为观赏决斗的人准备了观众台。那是一块圆形的石台，在石台的四周，建起了可供观众站立的石阶。

支离坞不缺少决斗者和血腥的决斗场面，然而像答赤不礼和塔马察这样级别的武士之间的决斗，还是很难遇见的。如果他们两人还是奴隶，如果他们在河络的角斗场上相遇，那将可以吸引数万人前来观赏，一张门票就值两个金铢。

塔马察是驰名九州的勇士。当他还是奴隶的时候，就是百战百胜的角斗者。在乌重的军队中，他也以善于肉搏著称，每一次攻城，总是他第一个冲上城头，为后来者扫清前行的道路。他仿佛是一台不知道疼痛的钢铁机甲，凶残、韧性十足、永不疲倦。他的动作不是最快的，力气也不是最大的，但在每一次决斗中，他总是那个站立到最后的人。

而答赤不礼，没有人知道他来自何方，只知道他也曾是一个奴隶。他身上有奴隶的火印。他于五年前投身入乌重的军队中，很快就成为一颗冉冉升起的新星。他善于学习，头脑机敏，射术精良，无论是在战争中，还是在决斗中，他都能以巧取胜，因此只不过短短五年，他就从一个普通的兵士，成为乌重手下最重要的一员裨将。乌重对他比对其他将领更为亲近，总是将他带在身边。

答赤不礼是不能拒绝塔马察的挑战的，不仅仅是因为拒绝挑战者将被视为懦夫，更因为塔马察拥有非常正当的挑战理由。如果答赤不礼逃避，那么塔马察将可以在支离坞的任何地方将答赤不礼杀死而不受到惩罚。

决斗场上的雪被打扫干净，露出积雪下的山岩。经年的残血把山岩染成乌黑，到处都是刀斧劈砍出的沟壑，到处都是残锈的箭镞，到处都是矛尖刺出或划出的印痕。两百年来，有无数的人死在这里，有些人死得壮烈，有些人死得凄楚，也有些人，死得就像一个笑话。

人群向支离坞聚集，仿佛是在赶一个盛大的集市或节日。三天之内，支离坞周围就聚集了上万人，加上支离坞本来就有的人口，坞内外合计已经有近三万人。原本，谁都不愿意在隆冬时节出门，但勇士的决斗是如此的动人心魄，血肉飞溅的绞杀，在任何时代，都是最吸引人的表演。

到了决斗那一天，一大早，支离坞的大鼓就隆隆擂响，一般的决斗者不会有这样的待遇，只有驰名九州的勇士之间的对决，才会得到鼓声的激励。决斗场上也并不都是壮烈的场面。有时候，两个农家的汉子，为了一个婆娘，也可以拿起镰刀，到这决斗场来一决生死，甚至两个娘们，也有权利到决斗场来打上一架，虽然她们往往打上一天也决不出胜负，最终不得不带着满脸被指甲抓出的血痕回家去，使决斗成为一场闹剧。勇士之间的对决，是难得一见的，因为勇士往往比常人更看重生死，也更慎于生死。

石阶上的位置早已被支离坞本坞的坞民占据，那些远道而来的人，如果想站到石阶上去看，就得付出一个金铢的代价，那些付不

支离坞决斗场

九州·刺龙

DRAGON
SLAYER

起一个金铢的人，只能站在坞壁上甚至爬到角楼上去远远地观望，虽然如此，他们仍然心情激动。有庄家开了盘，人们大多看好塔马察，在他身上下了重注。

天气很好，朝阳把支离坞和鹰嘴崖长长的阴影打在雪原上，阴影之外的雪原被阳光映成了淡红色，像是铺了一层薄薄的、少女的血。

支离坞的宗主支离晋骑着马来到决斗场，他右边跟着坞兵首领典虎，左边跟着个精瘦的汉子，那是斥候首领厉无畏。三个人后面，是一小队支离坞的坞兵，坞兵之后，是一架两匹马拉的雪橇，雪橇上是一口上好的棺木，棺木后面，并排骑着塔马察和答赤不礼。塔马察身后跟着乌旗军的兵士，而答赤不礼则跟花媭两人一骑。

塔马察仍是黑袍黑甲，马鞍的搭钩上，除了一根乌油油的短槊，还有一面半人高包着熟皮的木盾。而答赤不礼没有披甲，只穿着一身白袍子，骑的是支离晋借给他的一匹白马，背上背着一张角弓，腰间挂着一囊箭。

人群远远看到支离晋带着决斗者走向决斗场，就欢呼起来。决斗场位于鹰嘴崖下，距离支离坞的坞壁有数箭远。人们给支离晋和决斗者让路，让他们进入决斗场。支离晋作为见证者，坐在了正对着决斗平台的一张石椅上，整个决斗场也只有这么一张椅子可以坐。

号角吹响，角声被清晨的寒风吹向谷地，吹向冻结的大麦河，在那里盘旋低徊，久久没有消散。

答赤不礼和塔马察分别从左右两边缓缓走上决斗平台。

山风吹得答赤不礼的白袍子猎猎作响。

花媭站在支离晋的身旁，脸上看不到一丝一毫的悲喜，仿佛眼前的这场生死对决与她毫无关系。她是美丽的，但又仿佛是空虚的，她的心思似乎早已飘到遥远的远方。支离晋宣布决斗开始的声音把她的魂灵给唤了回来。她的目光集中在答赤不礼的身上，然而也仅仅只有短短的一瞬，她又抬起头，凝望着那只在鹰嘴崖上缓缓盘旋的山鹰，心神儿又不知飘向何方。

答赤不礼反手抽箭，搭在弓上，塔马察则持盾稳步向前。众人的目光都集中在答赤不礼缓缓拉开的弓上，等着他射出第一支箭……这时从决斗场外传来一个人的呼喊："慢！慢！将军有令！有令！……"

马蹄将石板路上的积雪踢得四处飞溅，一人一骑闪电般冲到决斗场前，虽是隆冬时节，马儿却跑得浑身是汗，热气腾腾。马上的人翻身下马，跟跄跪地，双手高举，手上是一根令箭："将军有令，不准决斗！"

是乌旗军中传令兵，带来了乌重的令箭，来阻止塔马察与答赤不礼的决斗。

答赤不礼不为所动，看也不看，仍在缓缓拉开弓弦。塔马察也只是转头看了一眼令箭，便又回过头来，继续左手持盾右手握槊，缓缓向答赤不礼逼近。

传令兵嘶声高喊："塔马察，你敢违抗将军的命令！"

塔马察仍不言语，又往前跨出一步。"嘣"的一声，空气爆开，风幕被撕裂，箭矢带着狼啸射出，深深扎入塔马察的盾中。塔马察略停了停，又再向前。答赤不礼运手如风，一囊十二支箭迅速射出，而塔马察看也不看，只是听着弓弦响，上下左右微微地移动身前木盾，把十二支箭尽数遮挡。第十二支箭刚刚扎入木盾之中，塔马察就反手把盾扔出，两手握住短槊，低头弓身，全力往答赤不礼冲去。观众们齐齐发出一声喊，都认为塔马察已经胜券在握，唯有支离晋、典虎和厉无畏仍然心存犹疑。而花嫭的嘴角，竟现出了一抹浅浅的笑。

塔马察如一头犀牛般冲向答赤不礼，手中槊就如犀牛的独角，朝着答赤不礼当胸刺出。如果答赤不礼被刺中，定要被扎个对穿，但他却在间不容发之际侧身让过槊尖，双手一翻，弓弦缠在短槊的槊头上。一声暴喝，手腕一绞，弓弦已断，而塔马察再握不住那根短槊。短槊带着崩断的弓弦和残破的角弓，翻着筋斗，扎入了决斗场下的雪地里。观众们还来不及发出喝彩，就见答赤不礼一个旋步，已绕到塔马察的身后，塔马察闷哼一声，喉间如喷泉般喷出一股血水来，血腥味立刻弥漫了整个决斗场。塔马察仰身倒地，血灌满他的咽喉和嘴，他的脚痛苦地蹬着，双手拼命在岩石上扒拉。

直到此时，观众们才发出了惊呼声。

支离晋几大步跑到塔马察身旁，单膝跪下查看。塔马察小小的黄眼睛里，有绝望，也有疯狂，他用最后的一丝力气，含含糊糊地说："救……救……不了，乌……重……来……了。"

答赤不礼侧步站着，俯视着死去的塔马察，白袍子上全是塔马察的血。他手中握着一把匕首，一滴残血顺着匕首滑落，还没来得及落下，就被冻结了。

人们把塔马察的尸体装进了棺材里。乌旗军用仇恨的目光盯着答赤不礼，但答赤不礼不为所动，带着花嬗，骑着白马，走了。

乌旗军齐刷刷上马，带着棺材返回天启废城。支离晋写了一封信给乌重请乌旗军带回，解释之前所发生的一切，原本支离晋还想请乌旗军带礼物回去，但被他们拒绝了。

支离坞内也并非只有石头的住屋和谷仓，只要有男人在，无论什么地方，都不免要有酒和妓女。支离坞的酒楼，就外形看，更像一座石头的圆堡，圆堡四周的墙上开了数十扇箭孔一样的小窗。这座酒楼本来有自己的名字，但是支离坞的人，却都把它称作"石头瘤子"。"石头瘤子"的老板，是一个很多年以前流浪到这里的老河络，人们叫他酒桶布林。今夜，酒桶布林的酒楼，被支离坞的斥候首领厉无畏包了场，因为在白天的决斗里，厉无畏在答赤不礼身上下了重注，大大地发了一笔横财。

支离坞里的每个人，只要想喝酒，都可以在今夜进到"石头瘤子"里尽情喝个够。所以今夜"石头瘤子"挤满了人，其中多是坞兵和流浪到这里的各种怪人，其中不乏土匪、逃兵、杀人犯和骗子。他们之所以留在支离坞里，多是为了躲避他们的仇家。

天黑下去之后，还没多久，"石头瘤子"里已经打了好几场架。支离坞内并不禁止打架，只要不出人命，支离晋才懒得去管这些事情。打败的人，被醉醺醺地扔出去，然后大家又继续喝酒，那些刚才还红着眼睛赤膊相斗的人，此时仿佛又变成了赤心相对的知交，相互间称兄道弟。

菸气弥漫的酒馆里，只穿着亵衣的女招待在穿梭不停地送酒，几个浓妆艳抹的魅女，停留在酒馆的一角搜寻今夜的目标。大家嘈闹喊叫，如果不大声说话，就算是坐在对面，也无法听清对方究竟说了什么。

突然，酒馆里静了下来，情形显得很诡异。一个高大的人影站在酒馆的入口处，原来是今日决斗的获胜者答赤不礼。像被点燃一般，酒馆又哄然吵闹起来，仿佛刚才只是时间静止了一瞬。答赤不礼是一个人来的，并没有带上花媸。他向角落走去，坐在那几个魅女旁边的一张木头桌旁，要了一大杯大麦酒，独自喝起来。

背叛者在九州的任何地方都会遭到鄙视，在支离坞也不例外，尤其是像答赤不礼这样为了女人而背叛了自己首领的人，最为众人瞧不起，甚至连魅女也不愿搭理答赤不礼，远远地躲到酒馆的另一边去了。一个不识好歹的蛮族土匪，喝醉了酒，想在自己喜欢的魅女面前出出风头，于是坐到了答赤不礼跟前。答赤不礼斜眼看了看土匪，侧了半边身子，只管自己喝酒。土匪觉得自己遭到了蔑视，于是把手中的木头杯子重重砸在桌面上，杯子里的酒有一半溅了出来。他大着舌头说："把……里的……姑娘，借给……兄弟……玩……两颠！"答赤不礼猛地站起，又缓缓坐下，继续喝酒。土匪哈哈大笑起来："原来……是个……孬种！"答赤不礼只是低着眉眼，大口大口地喝酒。土匪的胆子益发大了，甩手就给了答赤不礼一巴掌。答赤不礼起身想离开，但几个好事的家伙已经堵在了酒馆的门口。"臭他！臭……这个……不要脸……偷女人的……家哦！"醉酒的土匪高喊。于是群情激动起来。

其实支离坞内的人，心里都憋着一股火。塔马察临死前说的话，许多人都听到了，塔马察本想以决斗解决这件事，但并没有成功，而乌重亲自来的话，带来的决不会是又一场决斗，而将是一场战争。

答赤不礼何尝不知道这一点，因此他没有反抗，任由人们对他拳打脚踢，自己只是侧躺在地上，收紧了手脚保护住要害，直到花孀冲进酒馆，对着醉酒的男人们嘶吼，殴打才停止。

第二天清晨，太阳还没有升起，酒馆前的小广场上，传来拨动弓弦的"嘣嘣"声，人们看到鼻青脸肿的答赤不礼在以弓为鼓，为花孀伴奏。花孀在寒风中轻捷舞动，如同一朵烈烈燃烧的赤红海棠。

整个支离坞都在为即将到来的战争做准备。

以乌重的脾气，他不会等到开春雪化时才带兵前来，一旦他得到塔马察在决斗中死去的消息，他的军队就会立即开拔。

支离晋派出了信使，命令晋北盟的其他坞堡各自派出数量不等的坞兵，在距离支离坞最近的雷火砦集结。雷火砦距离支离坞只有数十里，在那里集结坞兵可以牵制乌重的兵力，一旦乌重攻城不利，试图撤回天启废城，雷火砦内的坞兵就可以与支离坞内的坞兵一起追击。

在支离坞的坞壁上，人们忙碌着，到处都堆满了滚石和檑木，每隔几百尺，就搭起一口大锅，旁边堆放着干柴和油料，那是用来熔化沥青的。

支离坞并不畏惧别人的攻击，毕竟，这是整个九州最为坚固的坞堡。但乌旗军也是名声远扬的军队，他们作战勇猛，悍不畏死，来如雷鸣，去如急风，虽然他们一般不会强攻像支离坞这样坚固的坞堡，但他们并非没有强攻的能力：他们拥有许多能工巧匠，能够制造出足够数量的攻城云梯和投石车，况且支离坞周围也并不缺乏木料。更重要的是，他们还拥有一个巨大的攻城机甲，那个机甲足足有普通夸父的三倍高，全身由钢铁制成，力大无比，机甲手中的巨斧，足以劈开巨石。

支离坞的优势，在于拥有充足的粮食，不用担心乌重围城。乌重则相反，必须速战速决，他不可能在隆冬时节为他上万的大军找到足够的粮食。而寒冷也是他们的大敌。

在漫天飞舞的大雪中，最先到达的是乌重的斥候：两个背上插着乌旗的黑袍黑甲的骑兵。他们在雪中飞驰而来，勒马转身，仰望支离坞高高矗立于大雪之中的赤色坞壁和被儿臂粗的铁链拉起的吊桥，一声不发，又呼啸而去。

乌旗军，一律都是黑袍黑甲，等级则依靠头盔或巾帻来区分。最低级的兵士头戴乌巾，十夫长戴青巾，百夫长戴赤巾，千夫长戴无饰的黑色头盔，裨将戴饰以青缨的黑色头盔，副将戴饰以红缨的黑色头盔。乌重自己，则戴着饰以金缨的黑色头盔，有时还会披上乌色镶金边的大氅。

而支离坞的坞兵，则一律穿着赤色的兵服，外罩赤色皮胸甲，头戴赤色巾帻。两千支离坞的坞兵，从宗主，到普通的士兵，全都是一般装束，并无区别。他们本来也并不需要区分，因为他们大多从小便在一起长大，相互间全都熟识，并不需要不同的服饰来区分他们的等级。

支离坞的大旗在风雪中上下翻飞，猎猎作响，两千坞兵，全都肃立于坞壁之上，严阵以待。将近午时，远远看到谷口扬起了雪雾，而飞舞的雪花也被搅乱，隐约可看到无数乌旗在雪里翻飞。大军沉重而整齐的脚步踏在雪原上，如同远方有千张大鼓在同时擂响。脚步声越来越近，越来越近，近到如同已在耳边，然而眼前仍然只有白蒙蒙的鹅毛大雪。突然第一个乌袍乌甲的人显出身形来，站在支离坞坞壁之下，然后是第二个、第三个、第四个……直到数也数不清究竟是第几个乌袍乌甲的人。那个头盔上有着金缨、披着乌色镶金边大氅的人，骑着马从方阵中出来，立在千军万马之前，看不清他的面目，但只觉得他骑着马立在那里，凝然稳重如同山岳。

乌重，九州大地上最有名的角斗士、从未失败过的决斗者、宰杀了主人全家七十余口的逃走奴、杀人如麻的山匪、乌旗军的创始者和首领、百战百胜的将军，如今站在了支离坞的坞壁之下。他高高举起右手，张开五指，这是请求敌方将领出来对谈的手势，然后他骑马缓步向前，立在了吊桥之下。

支离坞青冈木制成的高大城门向两边推开，坞兵转动巨大滑轮，吊桥在刺耳的"嘎嘎"声中急速放下，桥面砸在乌重跟前的雪地上，激起一阵雪雾。

乌重不为所动。

穿着坞兵服的宗主支离晋从城门内走出，站在吊桥上，向乌重弯腰行礼，乌重在马上拱手回礼。

"支离宗主。"

"乌重将军。"

"好大雪。"

"是。"

"乌重管教不严，帐下儿郎轻浮佻达，烦扰到宗主了。"

"支离坞职任所在，晋给将军一揖，望将军体谅。"

支离晋再行一礼。

乌重笑笑，勒马转身，缓缓回到阵前。而支离晋也退入城门中，吊桥重又吊起，城门关闭。坞壁上二千坞兵齐齐大喝一声，如炸雷震响。

坞壁之下，乌重一挥手，低喝一声："攻！"

于是低沉的号角响起，乌旗军向两边分开，让出一条道来，从白蒙蒙的风雪中，走出一个乌黑的庞然大物——那便是乌旗军让人闻风丧胆的攻城机甲：铜锅。

谁也不会想到，这台大名鼎鼎的绰号为"铜锅"的钢铁机甲，却是由一个矮小的河络来操纵。人们称这个河络为铁皮马昆，他不仅是铜锅的操纵者，也是铜锅的制造者。他身高不及四尺，年纪已过五十，面貌平平，双眼浑浊，平常总是醉醺醺的，但是任何钢铁机械到了他的手里，立时就像获得了生命一样，全都活了过来。

铁皮马昆本是郓城里的一个小奴隶主，拥有一个机械作坊，乌重攻下郓城之后，解放了铁皮马昆的机械作坊里的蛮族奴隶和夸父奴隶，同时却又把铁皮马昆一家老小十几口人全都变成了奴隶。在乌重的逼迫下，铁皮马昆制造了铜锅这个庞然大物，然后操纵着它，和乌旗军一起，去进攻天启废城，并帮助乌旗军把天启废城攻下。

虽然只有铁皮马昆一个人能够操纵铜锅，但他却不敢反抗乌重，因为他的家人全都被乌重牢牢地控制在手里。

此时此刻，在这漫天的风雪中，老河络铁皮马昆操纵着他自己制造出来的杀人机器，冲向支离坞高高的赤色坞壁。铜锅脚步沉重，每一步都在雪里踩出深深的坑。支离坞的护城河早已被冻结，铜锅一跳下去，巨大而沉重的身体就把冰层踩碎。它一个趔趄，但并没有倒下，它挥起巨斧，重重劈下，斧头深陷入雪地之中。它借力爬出护城河，拔出斧头，前面就是支离坞的大门。

铁皮马昆听到身后乌旗军的呐喊和欢呼声，于是操纵铜锅挥起巨斧，砍向将吊桥吊起的儿臂粗的铁链。

铁链被巨斧砍得"哗啦啦"乱响，一下、两下……

铁皮马昆知道乌重并没有准备攻城用的云梯，更没有准备投石机，乌重自信仅靠着铜锅就足以劈开支离坞的大门，这让老河络心里更加紧张了，他总觉得这一次不会那么顺利……

当铜锅从风雪中现出它庞大身形的时候，典虎知道坞兵们的心中都是一窒，连他自己的心中，也不免有一丝的慌乱浮起。虽然在此之前，他就已经从答赤不礼那里，得到了铜锅的所有情报，并为此做了充足的准备，但毕竟这仍然是支离坞第一次面对这个可怕的攻城机甲，而且在此之前，还从未有人击倒过它。

铜锅迈着沉重的脚步，它的以黑煤为燃料的钢铁心脏怦怦地跳动如同巨鼓，而身体各处的关节则"轧轧"地响。它轰地跳入已经被冻结又被积雪掩盖的护城河，打了个趔趄，但却没有摔倒。它挥动巨斧，深深地劈入雪地里，双手拉着巨斧的斧柄，把自己拉出了护城河。

在铜锅的身后，借着铜锅的掩护，乌旗军的攻城兵举着半人高的木盾向支离坞的坞壁逼近，看到铜锅爬出了护城河，从乌旗军那里传来一声如雷的呐喊。

铜锅开始劈砍吊桥的铁链，典虎举起了手。在他的身后，一口大锅被架在火上，锅里是满满的烧开的水。一架原本是用来救火的水龙，已经蓄势待发。

铜锅几斧就把一根儿臂粗的铁链砍断，吊桥发出一声呻吟，歪向一边，铜锅迈动脚步，准备去砍另一根铁链。而等待在护城河边的攻城兵们都跃跃欲试，吊桥一旦被放下来，他们就要一起冲过来攻击城门。

支离坞的坞兵们却一直没有动静，既没有放箭，也没有把他们早已准备好的滚石和檑木扔下。

直到铜锅迈动脚步向另一根铁链走去时，典虎才放下他一直举起的手臂。水龙里的水向铜锅喷去，巨大的水流冲得铜锅的头歪向一边，但并没有冲动它的钢铁身躯。铜锅不为所动，继续举起巨斧，劈向吊桥的铁链，几下就把铁链劈断。吊桥轰然落下，乌旗军的攻城兵们欢呼起来，越过吊桥向城门冲来。

铁皮马昆操纵铜锅转身，举起巨斧，准备劈砍支离坞的大门。他能感觉到铜锅的心脏已经变成了赤红色，黑煤燃烧之后产生的废气弥漫了整个驾驶舱，而随着铜锅心脏的剧烈跳动，驾驶舱内的温度也越来越高，虽然铁皮马昆穿着隔热服，戴着石英护目镜，仍然觉得已经热得快无法忍受。从支离坞的坞壁上喷下的水流一碰到铜锅的身体，就化成了蒸汽，这些蒸汽把铁皮马昆的视线全都遮住了，他找不到城门的方向，更不明白支离坞朝着自己喷水是什么意思，内心有些慌乱。

铁皮马昆试着让铜锅抬脚转身，却觉得铜锅的脚有些抬不起来。他再用力，"咔嚓"一声，抬起了，似乎是被冻住了，而脚放下时，却是一滑，铜锅差点站不住。铁皮马昆慌乱起来，他明白支离坞为什么要朝着自己喷水了，在隆冬里这些水很快就会结成冰，而铜锅钢铁的巨足上并没有提前缠上铁链，一踩在冰上就要滑倒。铁皮马昆胡乱地挥动巨斧，希望能趁自己还能站着时尽快把城门劈开，然而却劈了个空。巨斧带着铜锅的身体倒向一边，铁皮马昆下意识地抬腿想要找到平衡，而脚下又是一滑。这回他再也不能让铜锅站稳，在"吱嘎吱嘎"的巨响中，铜锅仰天倒下，而铜锅的心脏也发出一声哀鸣，停止了跳动，只剩下"咔咔咔"的机械碰撞声，仿佛铜锅还在呻吟，而这呻吟声也很快消失，于是整个九州似乎都寂静无声了。

乌旗军的欢呼声戛然而止，然而他们并没有因为铜锅倒下而后退，反倒更勇猛地冲过吊桥，冲向支离坞的大门。坞壁上，滚石和檑木一起被扔下来，箭也如同暴雨般落下。冲过吊桥的乌旗军集结在桥洞下，举起盾牌，保护着已经熄火躺下的铜锅。他们并没有准备撞击城门用的巨木，他们的所有希望都寄托在铜锅身上。还有更多的乌旗军在不知死活地冲向吊桥，吊桥上和护城河里，已经有许多乌旗军倒下。

铁皮马昆从恐惧中醒来，然而清醒所带给他的是更大的恐惧。还从来没有人能让铜锅倒下。他知道如果不能立即让铜锅站起来，他的家人很可能要全部被乌重杀死。他拼命扳动控制铜锅心脏的铜柄，然而从那里只传来几声无力的呻吟，铁皮马昆再次用力扳那个铜柄，这回竟然连呻吟声也没有了。他用河络语怒骂起来，拼尽全身的力量再次扳动铜柄，结果却直接把铜柄给扳断了。铁皮马昆目瞪口呆，他知道铜柄连接处的螺丝已经老旧，却没有想到它们竟然会在这么紧要的关头断掉。

这时候，冲过吊桥的乌旗军已经死亡殆尽，吊桥和吊桥两侧的河沟里也堆满了乌旗军的尸体。支离坞的大门正在打开，铁皮马昆听到里面坞兵焦急的催促声，知道如果自己和铜锅都被俘虏，那自己的所有家人都将必死无疑。他胡乱地踢向铜锅驾驶舱的仪表盘，大声地咒骂铜锅，咒骂乌重，咒骂乌旗军，咒骂九州大地、海洋和天空里的所有一切，咒骂真神，咒骂那该死的荒和墟……支离坞的大门已经打开，坞兵冲了出来，有两个不要命的坞兵已经跳到铜锅的身上，试图敲开驾驶舱的毛玻璃……绝望的铁皮马昆又用力地踢了一脚仪表盘，铜锅的心脏猛然轰响起来，就仿佛被电击了一样，似乎它此前根本就没有停止过。铁皮马昆操纵铜锅跟跄站起，把铜锅身上的支离坞坞兵抖落，如同抖落几只虱子。他找不到铜锅的巨斧了，他倒退着离开支离坞的城门洞，脚下依旧滑溜，但有冰壳的地方只是城门洞前面的一小块。头顶上不断有巨石和檑木砸下，砸得铜锅"咣咣"作响，但铁皮马昆不为所动，他不知道铜锅的心脏还能跳动多久，仪表盘上的一切指针都指向了红区。他操纵铜锅缓缓转身，两大步跃过吊桥，任由坞壁上的弩箭冰雹一样射在铜锅的背上。他迈开大步，逃了回去。

支离坞的坞壁上，传来坞兵们的欢呼和嘲笑声。

刚刚逃回乌旗军中，铜锅就在一阵"吱嘎"声中熄火了，幸好这一次它并没有丢人现眼地仰面倒下，而只是像一个钢铁雕塑一般在那里呆立不动。铁皮马昆用尽全力才推开驾驶舱的门，刺骨的寒风立即涌进驾驶舱中，冻得他一阵寒战。他骂骂咧咧地沿着铜锅背上的铁梯子爬下来，蹒跚着去见乌重，四周的乌旗军都在寒风中肃立不动，用冷漠的眼神看着他。

铁皮马昆精疲力竭，他还穿着满是油污的隔热服，但石英护目镜已经摘下来了。他站在乌重的马前，畏缩着身子。"将……军。"

铁皮马昆希望能等来乌重的一顿臭骂。

但乌重扔给他一皮囊酒，铁皮马昆又打了阵寒战，也不知道是冻的，还是吓的。

"把酒喝了，今天就要把铜锅修好，无论如何，你明天必须把城门劈开。"

铁皮马昆呆滞地捡起酒囊，他知道自己已经没有退路。

副官下了全军就地休息的命令。除了负责防卫的士兵，所有人都就地坐在雪地上，骑兵也下马，盘腿坐下。乌旗军从干粮袋里取出了肉干啃食，他们都没有卸甲，武器也仍然拿在手中。

寒冷的一夜，虽然入夜前乌重允许乌旗军挖出堑壕防卫，并派出士兵砍来树木，点燃篝火取暖，但在第二天天亮之后，还是发现有数十士兵被冻死。

雪停了，但太阳并没有出来，天空上仍然阴云密布，冷风依旧刮个不停。

铁皮马昆忙碌了一夜，勉强算是把铜锅修好了，至少让它又能够走起来了，巨斧不见了，但还有一个备用的。

天蒙蒙亮的时候，每个士兵都被叫醒，啃食了一块肉干。篝火被踩熄，乌旗军重新列阵，而铜锅则握着备用的巨斧，站在了最前头。

随着乌重的一声令下，铜锅再次向支离坞的大门前进，在它的身后，两千乌旗军形成一个扇面，跟随着它前进。为了防止铜锅再次滑倒，铁皮马昆在铜锅的双足缠上了防滑链。

然而支离坞的坞壁上，除了猎猎作响的支离坞的坞旗，再没有其他的动静。昨晚上，铁皮马昆一边修理铜锅，一边喝着乌重给他的酒，早已是醉醺醺的，铜锅走起路来也是东歪西倒，但铁皮马昆的内心还是很清醒。支离坞的沉默让他犹豫，他停在距离支离坞坞壁还有一箭之远的地方，耀武扬威地挥了几下巨斧。这时从身后传来了鼓声，这是在催促铁皮马昆前进，铁皮马昆骂了一声，只好继续向前。

从铁皮马昆的头顶上，传来一声哭喊："父亲！父亲！"

这回铁皮马昆的酒完全醒了。他抬头，透过驾驶舱厚厚的毛玻璃，看到支离坞的坞壁上，立着一个年轻的河络。那河络只有十几岁，乌黑的头发在寒风里飞舞，正是铁皮马昆最小的儿子宝石毛鲁。

宝石毛鲁立在雉堞上，拼命朝铜锅挥手。"父亲！父亲！我们都逃出来了！妈妈、哥哥还有姐姐，都逃出来了，是他救了我们！"

宝石毛鲁指着身后的一个精瘦汉子，支离坞的斥候首领厉无畏。

宝石毛鲁看到铁皮马昆注意到自己，更兴奋地高喊："我跟他先回来给你报信，妈妈、哥哥和姐姐都藏得好好的，父亲，不要打仗了，回家吧！"

宝石毛鲁喊到最后的时候，已经带上了哭音。

突然，从铜锅的身后飞出一支箭，正插在宝石毛鲁的胸口上，宝石毛鲁一句话没喊完，血就从他嘴里喷了出来，然后就如同一块石头一般，直直地从雉堞上摔下，"噗"地扎入雪堆里，再没有任何声息。

铜锅里的铁皮马昆怒吼起来，血灌满了他的双眼。他操纵铜锅转身，寻找那个射箭的人，然而一时半会却找不到，只看到乌重骑着马，立在远处，嘴角仿佛还带着轻蔑的笑。

铁皮马昆"啊——啊——"地高喊着，铜锅如同疯了一般，直直地冲向乌重。挡在铜锅前面的乌旗军全都被撞得东倒西飞，其他的乌旗军都不知如何是好，向两侧退去。

乌重的副将齐尔哈罕急得抓住乌重的马缰，试图带乌重逃走，但被乌重喝开。

乌重勒马转向铜锅，同时拔出腰间弯月一般的马刀。

铜锅迈着沉重的脚步冲向乌重，积雪被它踢得飞向天空。乌重冷冷看着铜锅，他身旁已经没有旁的人，甚至连将领们也已经逃开。这时候他格外想念塔马察，他知道此时唯有塔马察仍会站在他的身前，并抢在他冲出之前，就冲向前面那个钢铁的巨兽。

他双腿一夹，胯下黑马如离弦之箭一般冲了出去。铜锅举起巨斧，想把乌重连人带骑劈成两半，然而在巨斧落下之前，乌重已经从铜锅身旁掠过。他轻挥马刀，锋利无比的刀刃如切乳酪一般切开铜锅膝上的齿轮。铜锅在乌重身后一个趔趄，油液从膝部的伤口中喷出，它钢铁的身躯"吱嘎"乱响，连着向前冲出了几步，然后在"轰隆隆"的巨响中俯身摔倒。它的心脏仍在跳动，身躯在雪地上震动着，它用双手撑起了上半身，却又颓然倒下，再也无法站起。

机油从铜锅的伤口里流出，因为黑煤无法完全燃烧，滚滚的黑烟从铜锅的口鼻处源源不断地涌出，呛人的烟味和令人作呕的油味弥漫四周。

乌旗军们一看到铜锅倒下，立即蜂拥而上。他们跳上铜锅的背脊，撬开驾驶舱的门，驾驶舱里浓烟滚滚，乌旗军把满脸油污的铁皮马昆从浓烟里拎了出来，扔在乌重的马前。铁皮马昆双眼血红，从地上爬起身，冲乌重吐了口乌黑浓痰。乌重还刀入鞘，瞧了瞧铁皮马昆，吩咐把他关进笼子里去。

乌重手下的几个将领又回转来，聚在乌重身边。

如今，攻城机甲已经报废，攻城云梯和投石机又没有带来，临时砍木制造倒是未尝不可，但在这样的隆冬时节，等到云梯和投石机造出，又不知要冻死几人，何况带来的粮食也撑不了么久。

一众将领都希望乌重能下令撤军。

但乌重却依旧下达了攻城的命令。将领们面面相觑。

"违令者，斩！"乌重低声喝道。

在没有云梯的情况下，要想攻入支离坞，唯一的办法，就是攻开支离坞的城门。乌旗军虽然身披重甲，又带有巨盾，但也只能防护箭矢，支离坞上备有大量滚石、檑木，更备有数口大锅以熔化沥青，滚烫的沥青浇下，再勇武的兵士也无法承受。经过两轮攻击，支离坞的大门前，已经堆满乌旗军焦烂的尸体。

乌重准备发出第三轮攻击的命令，将领们全都滚鞍下马，跪在乌重马前，请求乌重撤军。

乌重脸色灰败，看着跪在他马前的将领们，又看着身后的士卒。他看到他们的眼中已经生出了恐惧和不满，此时如果支离坞打开城门冲向乌旗军，乌旗军必将崩溃逃散。

乌重放下举到一半的手，独自策马向着支离坞前行。

支离坞上一片寂静，唯有旗帜的猎猎响声，没有人攻击乌重，他骑着马，一直走到城门前。在那里，乌旗军的尸体堆得比山还高。

乌重仰脸对着支离坞高喊："乌旗军，乌重，请求决斗！"

坞壁上传来一声高呼："与谁决斗？"

乌重沉声道："答赤不礼！"

战争终于止息。支离坞前的雪原被攻城的乌旗军踩得一片泥泞，乌黑的泥与白的雪混杂的泥泞之上，遍布死去乌旗军的残骸，血冻结了，与雪混在一起成了粉色，熔化的沥青也冻结了，却仍泛着乌黑的冷光，滚石和檑木上不仅有残血，更有惨白的脑浆……

乌重退回乌旗军中，跳下马，脱去重甲和大氅，仅穿乌黑长袍。他舍弃了冲锋用的铁槊，选择马刀作为武器。

乌旗军把战死的兄弟都扛回来，洗去他们身上的血污，又砍下枝条做成雪橇，再把尸体都放上去。强攻支离坞给他们带来了三千余人的伤亡，更损失了他们唯一的攻城机甲，许多人的脸上都带着不满和怨恨。

答赤不礼并没有参加守城的战斗，让他从坞壁上把箭射向曾与自己同生共死的兄弟,他做不到。支离坞里的许多人对他充满了仇恨,认为是他把杀戮带来的,当他得知乌重终于愿意与自己决斗时,他松了一口气,仿佛心中的一块大石落了地。如今他唯一牵挂的,只有花嬗了。

这就是他想要的结局,当他带着花嬗从天启废城逃出时,他就已经计划好了。他去找支离晋,虽然他知道即便不去找支离晋,支离晋也肯定会照顾花嬗,但他还是觉得,要去找。

答赤不礼向支离晋行大礼,这样支离晋就知道了决斗的结果,他点头。两个男人都没有说话,然而却都知道各自的心意。

答赤不礼挑了三支箭,却把其中一支的箭头去掉。他把箭都放进箭囊里,背上弓——一张新的弓,他自己的弓已经在与塔马察的决斗中坏掉了。

他去找花嬗。"无论如何,要好好活下去!"

花嬗跳过来,"啪"地一个耳光。"你不能丢下我一个人!"

答赤不礼一言不发,转身就走,脸上是红红的掌印。

来到决斗场上时,已经是黄昏时分,雪早停了,天蓝得安静,晚霞绚烂,夕阳把雪樱山映成粉红。

支离坞里的人,已经被杀戮弄得疲惫了,似乎没有人还关心这场决斗,不仅不再有人下注,甚至连来观看的人也不多——只要战争止息,支离坞就满足了,至于这场决斗的胜利者是谁,与他们又有什么关系呢?于是决斗场下,只有疏疏落落的几十个人,其中乌旗军的将领就占了大半。

支离晋自然仍是主持者和见证人。花嬗站在他的身边,不看答赤不礼,也不看乌重。她不再生气,似乎已经想好了一切。

答赤不礼仍是一身白袍子,长长的身子,挺立在夕阳里,一看到他的样子,任谁都会明白,花嬗为什么拼死也要跟着他走。而脱去甲胄之后，乌重变得苍老，稀疏的花白头发在头顶心上随便挽了个髻，下垂的嘴角，灰白的脸，塌下的肩背，疲倦而绝望的眼神。如果只看他们两个人此时的样子，大家都会以为，决斗的获胜者，必定是答赤不礼。

答赤不礼搭上了第一支箭，他把箭指向天空，大声道："此箭射天，天不公，让有些人做主人，有些人做奴隶，我要射他！"他把箭射出，箭"嗖"地飞向天空，落下，远远地扎在了雪地里。他搭上第二支箭，指向脚下的石头地，大声道："此箭射地，地不仁，让有些人做男人，有些人做女人，我要射她！"弓弦爆响，箭矢扎进了石里，箭尾颤动不止。答赤不礼搭上了第三支箭，指向乌重，大声道："此箭射人，人不慈，既生了我，却不养我，抛我于荒野之中，我要射他！"

花嬗凄厉尖叫。

答赤不礼不为所动，依然把箭射出。乌重挥刀，把离弦的箭劈成两半，随即错步上前，低喝一声，刀挥处，血如泉喷涌，答赤不礼的头已落地，身子斜斜倒下。

乌重扔下刀，跪下，把答赤不礼的头抱在怀里，低着头。

花嬗冲出来，推开乌重，把答赤不礼的头抢过来。"是我的，是我的……"她低吟着，"我也是你的……"她从怀里掏出一把小小的匕首，轻轻扎入自己心口。"我不要一个人活下去。"

支离晋茫然站着，他虽答应了答赤不礼，却又怎么能违了花嬗的心意？一个女人若想死，世间还有谁能让她活？

他此前并不知道答赤不礼竟是乌重的儿子，奴隶无姓，名亦是随意而取，谁又能知道他们的父母究竟是谁，常常连他们自己也说不清呢！

但乌重自己必定是知道的吧！所以他宁愿攻城，也不愿与答赤不礼决斗,因他知道,若是决斗,则答赤不礼必死。

而花嬷也不是一个单纯的女子呀!她本也是河络的奴隶,是河络养大的女人,被派来行美人计,让乌重变老,变得昏昧。当乌重发现花嬷竟是一个奸细,想要杀她时,却被答赤不礼带着逃走了。

答赤不礼以为以自己的命能换来花嬷的活,但花嬷却不是一个愿意苟活下去的人。最要紧的是,花嬷愿意和这个男人一起去死。

乌旗军当夜就撤离了,燃着火把,带着死去的兄弟们,却把答赤不礼的尸体丢在决斗场。

几个月之后,支离坞得到了乌重的死讯。

回到天启废城之后,乌重的首领地位就被乌旗军的兄弟们废除了。任谁都知道他不可能再领导下去,其实他甚至都不可能再当一个战士,他杀死了自己的儿子,同时还连累了许多的兄弟死去,而做这一切却只是为了一个女人,而且还是一个河络派来的女人。临死前的乌重看起来就像一个苍老的婴儿,哭泣着,求告着,佝偻的身子,绝望地寻找着母亲的奶头,然而没有母亲,也没有旁的人,他在孤独里死去。

乌旗军把他葬在天启废城旁边,那段残破的城墙之下。正是那里,乌重带着乌旗军攻入了这个伟大的古都,那也是乌重一生中最辉煌的时刻。

支离晋带着答赤不礼和花嬷的棺材从支离坞赶来,把他们埋在了乌重的棺材旁边。

那时已经是暮春时节,野花开得满郊满野,来为这三个逃走奴送葬的人寥落如晨星。

第三章 支离海

支离坞的第十代宗主,名为支离海。

支离海生下支离兰,支离兰生下支离雷,支离雷生下支离暮澜,支离暮澜生下支离坞的最后一代宗主支离屠。

故事要从星辰下降之后三百三十三年,也就是支离坞建成一百五十四年说起。那时候,除了鲛人和河络,还不太有人知道龙已经出现,但鲛人已经借助龙的威势,征服了河络所有的王国并与河络结成了牢固的同盟,这个同盟在龙的领导之下,最终目标是统一整个九州。

他们的第一个目标,是攻下天启废城。

经历了一百年之久,天启废城仍在乌旗军的控制之下,但这时候的乌旗军早已不再是由奴隶组成的军队,他们自己也已经成了贵族,并以其他的种族为奴隶。

经过一百年的发展,天启废城已成为一个纸醉金迷的废都。在这里,原来的那些奴隶—蛮族和夸父—全都成了有权有势的贵人,穿着锦袍,浑身上下挂满金银珠宝,连他们的坐骑也披着锦绣,而河络则成为被他们奴役的匠人，鲛人则成为被困在水箱里的宠物，羽人是歌伎舞女，夸人则是农奴。

晋北盟与天启废城之间有过几次征战，但互相都不能征服对方，同时又都需要对方。晋北盟控制着晋北走廊，也就意味着控制了中州最重要的商路，何况晋北走廊还有丰富的物产；而天启废城同样掐着晋北盟的喉咙，失去了与乌旗军的和平，就意味着晋北盟将失去盐、铁和铜，以及通往宛州各城和雷州五大自由城邦的商路。

当河络与鲛人的联军（他们自称龙军团，军旗上绘着龙形）从北邙山脉和雷眼山脉的深处向天启废城进发，开始他们的远征的时候，晋北盟的盟主、支离坞的第九代宗主、支离海的父亲支离铁线，决定与乌旗军尽弃前嫌，结成同盟，共同抵抗龙军团。

那时，无论是乌旗军还是晋北盟，都还不相信龙真的存在，虽然已经有人从行商的口中听到了一些关于龙的传闻，但这些传闻太过离奇、夸张、骇人听闻，让人难以置信。千万年以来，龙都不曾在九州上出现过——不要说龙，连龙的牙齿或鳞片，都不曾在九州上被发现过，因此很多人都相信，龙其实是一个比荒和墟更虚妄的存在。

晋北盟派出了七千士兵去支援乌旗军，当时只有二十二岁，刚刚成婚不久的支离坞少宗主支离海亦在其中。那是支离海第一次离开支离坞到那么远的地方去，大地和天空中的一切都让他惊奇和惬意。他也爱他新婚的妻子——虽然她只是一个农户之女，但却牢牢地抓住了支离海的心，临别时的缠绵和不舍，以及妻子已怀上孩子的喜讯，让支离海离开时既悲伤，又喜悦。然而当他走出支离坞，走上通往天启的大道，年轻人的心性就让他忘记了一切痛苦——那是一个美好的初春，雪已融化，路边的青冈树就像一只只刚长出绿色茸毛的大鸟，赤枫的淡红嫩芽也迸出来了。

支离海继承了他的羽人外祖母的身高和美貌,他身长八尺,眉目俊秀如画,一头长长的灰黑色头发更是标明了他的羽人血统。从他十六岁时起,就不断有女人想把他勾引到自己的床上,而支离海却倾心于支离坞一个农户家的女儿,并最终将她娶回了坞中。

虽然支离铁线一直用少宗主的标准来教育和训练支离海,使他不仅精通射箭、骑马和刀术,同时也通晓农事与经商,但这二十二年来,支离海终究还是没有吃过什么苦,仍然还是一棵在暖房里长大的年青的树。他急切地想要通过这次远征来证明自己,告诉所有人自己是真正的支离坞的少宗主,而且已经具备了成为宗主的勇气和能力。他想象自己挥舞着银白的弯刀在河络和鲛人的军队里往来冲杀,救出被围困的同伴,河络鼠骑兵在他的刀下纷纷倒下,血光飞溅,敌人狼狈逃窜,而自己则威风八面。

然而事实与他所想象的大相径庭:天启城下既没有骑兵的冲杀,更没有面对面的交锋。河络与鲛人的联军对天启废城围而不攻,他们在城下扎营驻守,布下鹿角,挖出壕沟,然后就按兵不动,足足一个月之久。双方只是互相派出使者,劝降或劝退,打口水战,有时甚至还友好地交换一些小礼物,比如酒或药品。

天启城内早已储藏了足以支撑三年的粮草,晋北盟和乌旗军的战术就是固守和避战,等待联军粮草不继开始撤退的时候,再寻机进攻;而联军按理说应该寻求速战才对,他们似乎在等待着什么,又或许他们只是想找到兵不血刃就拿下天启废城的办法。

一个月之后,战争终于开始。联军的主帅鲛人赤珠丹辉,先是派出数千的河络士兵以及两架鲛人驾驶的攻城机甲,尝试进攻天启的南门。被击退后,赤珠丹辉派出了一万河络士兵和几十架鲛人攻城机甲,同时进攻天启四门,河络士兵以云梯攻城,而鲛人机甲则强攻天启的城门。经过一百年的经营,天启废城早已重新建起了高峻的城墙，城门洞亦深达十丈，城门之上有坚固而高大的城门楼，城门之后还有巨大的瓮城。龙军团的进攻在持续了一天之后失败，损失了数千的士兵和十几架机甲。赤珠丹辉不敢再强攻，他改让河络挖地道，但地道挖到城墙下时，早已埋在地基里的大缸发出的回音提醒了守城者，挖地道的河络被迫退回，随后又使用了攻城塔楼，堆起了土山，但也无法对天启城构成实质性的威胁。龙军团的士气逐渐低落，粮草又供应不上，各部将领也矛盾重重。赤珠丹辉做了最后的努力，他让内应在天启城内放火，试图从里面打开城门，而他们也真的做到了。近千的河络士兵和十几架机甲冲入天启城中，却被困在瓮城内，被乌旗军和晋北的坞兵用弓箭活活射死，用石头活活砸死。

乌旗军和晋北盟似乎胜利在望，支离海和乌旗军的首领拖雷决定夜里偷袭联军大营。他们集中了所有精兵，数量达到两万五千，天一黑，就同时从各门冲击联军营地。最初一切都顺利，联军果然已经没有战意，稍稍抵抗一下就作鸟兽散，乌旗军和晋北盟把联军各营切割开来，一块一块吞食，仿佛他们是砧板上的肥肉。

杀戮持续到深夜，联军已损失至少两万士兵，而乌旗军和晋北盟只损失了几千人。这时从天际处传来龙的吟啸，最初人们并不知道那长长的啸声究竟意味着什么，有人甚至以为是雷鸣，但河络和鲛人知道那是什么，他们吓得魂不附体，丢下武器转身就跑，而乌旗军和晋北盟的士兵还在肆意杀戮，直到火——能够熔化岩石的龙之烈焰——迎面向他们扑过来，他们才转身逃跑。

没有人想过要抵抗，即便是最鲁莽、最勇敢的武士，也知道那烈焰不是人所能抗衡。当火从天而降横扫过来的时候，当人体在你的面前蓬勃燃起的时候，你所能做的只有也只能是逃，逃，逃……

烈焰从支离海的身后扑了上来，支离铁线将支离海压在身下，支离海幸运地活下来，而支离铁线则被活活烧死。他临死前长而凄厉的号叫，以及肉被烧焦时发出的令人恶心的焦香，让支离海终生难忘。

两万五千出城突袭的精兵，只有不到两千人逃回城中，其中大部分还都带着烧伤。天还没有亮，天启城墙上就竖起了白旗，任谁都知道除了投降已无路可走。龙军团进入天启，主帅仍是赤珠丹辉，人们并没有看到龙，他似乎已经离开。城外的焦煳尸体堆积如山，其中既有乌旗军和晋北盟的士兵，也不乏河络与鲛人。人们花了一个多月才把尸体掩埋完毕，而天启城内的人肉香味则经年不散。经历了那场战争的人，在很多年以后，闻到烤肉的香味仍会呕吐不止。

支离海带着不到一百名晋北盟的幸存者回晋北走廊。七千的坞兵意气昂扬出征，却只有不到一百人回来。死去的人中不乏各坞堡的宗主和少宗主，幸运地活下来的人身上也都带着伤残。

支离海回到支离坞的时候，支离兰已在蹒跚学步。他离开时是意气风发的少年，回来时却已经是一个被龙焰烧伤的落败者。妻子没有办法忍受他焦残的肢体和怪异的脾气，在一个深夜随着澜州的行商逃走，再也没有音讯，而支离海也没有再娶别的女人为妻。

支离海染上了酒瘾，一半是因为身体上的痛苦，一半则是因为沮丧、绝望和孤独。虽然接任了支离坞的宗主和晋北盟的盟主之位，但他却几乎不管理坞内和晋北盟内的事务。幸好无论是支离坞还是晋北盟都已经存在了一百多年，早已形成了惯性，即便失去了宗主和盟主，也能自行运转下去，也幸好在之后的十几年，河络与鲛人的联军一直都按兵不动。或许是因为他们也需要时间来恢复，或许是因为别的支离海所不知道的缘故，总之，在夺取了天启废城之后，联军并没有立即把剑锋指向晋北走廊。

十五年的和平虽然短暂，但已足够让新的一代成长起来。这一代在仇恨中长大，但却没有亲历过战争，所以也无法理解上一代人的畏惧和怯懦。他们雄心勃勃，想趁着河络与鲛人还没有准备突袭天启，以报仇雪恨，恢复往日的荣光。而这些人中，也包括支离海的女儿支离兰。

因为支离海没有再娶，也没有再生下其他的孩子，所以支离兰虽然是女孩，却命中注定要成为支离坞未来的宗主，而且很有可能也会成为晋北盟未来的盟主。支离海也一直把她当男孩来养，直到十二岁，支离兰才第一次穿上女装，女孩子所应该会的一切：女红、厨艺、化妆……她全都不会。她擅长的是骑马、射箭和捕猎，唯一能让人想起她终究还是一个女孩儿的，是她酷爱樱花。

十三岁时，支离兰就开始接手坞内的事务。支离海撒手不管，整日喝得烂醉，人们只能来找支离兰。支离兰处事果决而公正，很快就赢得了威望，后来甚至其他坞堡的人也开始信服她，愿意让她接手晋北盟内的事务。

支离兰十六岁那年，龙军团从天启城出发，浩浩荡荡向北进军。他们是要去征服澜州。而在经过晋北走廊时，他们把支离坞和距离支离坞最近的几个坞堡都包围起来，要求晋北盟为联军提供粮草，否则就要将坞堡攻下，将里面的人全都杀掉。

支离海豁然惊醒，把正准备聚集坞兵与联军一战的支离兰关了起来，不顾大多数人的反对，与赤珠丹辉签了和约。

和约条件苛刻：支离坞必须把一年收成的一半充作龙军团的粮草。和约签下那天，赤珠丹辉说这是一个大日子，要做个什么事以为见证。支离海并不吭声，只是沉默。赤珠丹辉指着坞壁外那棵老赤枫树，说，把它砍了吧！

砍老赤枫树的时候，整个支离坞的人都来了。支离海夺过河络的斧头，说你们都别动，我自己砍！斧头劈下去的时候，从老赤枫的伤口里，流出了血一样红的汁液。

这株老赤枫树，怕不是有三百多岁了。第二代宗主支离北建成石头堡砦之后不久，为了不让敌人借助树木的掩护偷袭坞堡，便把支离坞前的所有树木全部砍去，只留下这株赤枫。支离坞人把这株赤枫当成了过去日子的见证，当成了神明的居所。他们在每年开春时聚在老树下，献上果品、美酒、烤野猪、鹿肉和面饼，祭拜树神与山神，然后饮酒歌舞，尽醉方休。

赤珠丹辉并非不知道老赤枫树对于支离坞的意义，他正是因此才要将它砍去，他要摧毁支离坞人内心深处的信念，推倒他们笃信的神明，让他们全都匍匐于新神——也就是龙——的足下。

老赤枫树早已老得不能再老了，一半的树身已经枯朽，另一半虽然每年开春时仍在进出新芽，但也已有气无力。支离海的斧头每劈下一次，老赤枫树就跟着"吱嘎"一声，似乎是在哭泣，是在乞求，又似乎是在抗议。从老赤枫流血的伤口里，散发出扑鼻的浓香，那是赤枫特有的香味。在夏天，支离坞的人喜欢捋下赤枫的叶子和面，煮出的面饼就带着这种馥郁的浓香。

老赤枫倒下的那一刻，支离兰的泪水夺眶而出。她暗暗发誓，一旦自己成为支离坞的宗主，就要立即废掉这个和约，即便为此与龙开战，即便为此流血漂橹，也在所不惜。

支离坞签下和约之后，晋北盟其他的坞堡也相继签下了和约，他们已经习惯于唯支离坞马首是瞻。龙军团终于开拔，带着他们抢来的粮食向北走去，去征服澜州的高原。

支离坞度过了一个又冷又饿的冬天，除了老人和孩子，其他人都半饥半饱，到开春青黄不接的时候，连老人和孩子也吃不饱了，支离海不得不匀出一些不太好的麦种给他们填肚子，否则就要饿死人了。

雪融化之后不久，草刚刚冒出头来，流浪者骑着六角牦牛来到了支离坞。他的本名叫奥德·普罗米，澜州的崑人称他为流浪者，瀚州的蛮族称他为不都力格，殇州的夸父称他为石德雷伊，宁州的羽人则称他为阿瓦阿拉。他本是奥诺利斯城城主的长子，是城主之位的第一顺位继承人，然而他却因不愿继承城主之位而逃离奥诺利斯，在九州大地上流浪了有十年之久。他原本计划穿过晋北走廊往中州去，而支离坞只是他漫长途程中的一个短暂落脚点。

然而流浪者却留了下来。人们把一张巨大的犁架到他的六角牦牛的背上，让它帮助支离坞开垦黑土。那头六角牦牛长得可称巨大无朋，普通人要到它的背上去得搭上梯子，即便是一个夸父骑在它的背上，它也能跑得比马还快。它长着吓人的锐利牛角，体格庞大，但性格却很温顺，有一双温柔得要滴出水来的大眼睛。流浪者称它为克鲁洛，在夸父的语言中，这是"莽撞"的意思，但没有人觉得克鲁洛莽撞。它耕田时听话得很，叫它走就走，叫它停就停，叫它转身就转身，仿佛它不是一头巨大的长满长毛的六角牦牛，而只是一只乖顺的小狗。当它趴在地上，默默嚼动厚厚双唇反刍的时候，任何一个孩子都可以爬到它的头上，骑在它巨大的牛角上，假装自己是一个正奔驰在殇州冰野上的巨人。

人们为克鲁洛造了一张巨大的犁，要十个人才能把这张犁扶起，而流浪者则走在克鲁洛身前，当克鲁洛耕地的时候，黑土向两边翻开如同黑色的海浪。

孩子们跟在克鲁洛身后欢呼，被犁开的黑土冒出腾腾热气，深褐色的蚯蚓在泥土里挣扎，白的草根被翻出来，还有那些躲在蛹里过冬的幼虫……从泥土里翻出来的一切都让人欢欣，尤其是那扑鼻而来的黑土的芬芳。

如今，只要天气晴明，就可以看到青色的岁正悬挂在夜晚的天幕上。今年它是从西南方向上升起的，这预示着今年将是一个雨水充足的丰收年份。立春时，它仍悬浮在地平线上，仲春时，它就升到有屋顶那么高了，到了五月五日春暮之日时，岁正已经升到了树顶上，像一颗巨大的夜明之珠，默默地吐着它青色的光华。

农民们忙碌了一个春季，可以稍稍歇上一两日了。春暮之日是祭岁正神的日子，人们要用青绿的树枝、洁白的花朵和新酿的春酒，感谢这颗给九州带来四季的星辰。

清晨，支离坞的少女们身着青布衣裙（裙裾和衣领上镶着宽宽的白边），手中拿着一根青绿枝条，排成长队向河边走去。在河边，少年们已经提前一天就竖起了高高的青柱，那是用青冈树的嫩枝捆扎在一起立起来的，足足有三丈多高，在枝条间点缀着繁星般的白花。少女们走到青柱之下，等待已久的少年们便与少女们一起绕着青柱缓缓而行，口中唱着感谢岁正的歌谣。唱完歌谣之后，他们把青柱和手中的绿枝一起，扔进大麦河中，让青绿的河水将它们带走。

春暮之日那天的黄昏，流浪者在大麦河边洗了澡，重新梳了头，穿上自己最好的衣服，捧着一束盛放的野花，怀里揣着他离开奥诺利斯时母亲给他的玉玦，向支离坞走去。

路上遇到他的人都在问他："流浪者，你要离开我们了吗？"

"不，"流浪者说，"我是去求亲的，我要娶支离兰，如果她愿意嫁给我，我就留下来，再也不离开。"

听到的人都很高兴。"流浪者如果能留下来，那就太好了，就算只是为了他的六角牦牛，支离兰也应该答应呀！"

流浪者走进支离坞的大门，走进宗主的石屋，在那里，早已听到消息的支离海正局促不安地等待流浪者——虽然此前并不乏求亲者，但像流浪者这样怪异的委实不曾遇见过。

流浪者向支离海行礼，献上鲜花和玉玦，说："尊敬的支离坞的宗主、晋北盟的盟主，我，来自奥诺利斯的奥德·普罗米，向您提亲，希望您能把您的女儿、您掌中的珍宝，让我魂牵梦萦的姑娘支离兰嫁给我，我将终生守护她，顺从她，给她带来快乐和幸福！"

如同往常一样，此时的支离海已经喝得半醉，流浪者的话让他后脑勺的伤疤又热又痒。此前的求婚者，不是其他坞堡的少宗主，至少也是宗主之子，一个个都带着成箱的礼物来求婚，而这个来自奥诺利斯城的男人，却只带着鲜花和一块玉玦前来，虽然支离海并不在乎求婚者究竟带来了什么，但像流浪者这样的，也确实让他有些不知所措。

支离海装作自己仍然清醒，摆出一副威严的样子，说："唔，你在这里等着，我去问问兰儿！"

他像逃跑一样地离开了。支离兰仍穿着春暮之日祭神的衣装，当支离海走近时，她正站窗前，看着落下去的太阳和正缓缓浮现的岁正——他们如同情侣一般，浮游于越来越暗的暮色中。

"兰儿，那个流浪者，来求亲了。"支离海小心翼翼地说。

"父亲，"支离兰转身看着支离海，笑了笑，"我愿意。"

支离海惊讶地瞪大了眼睛，此前多少求婚者，都被支离兰赶出了门。"为什么？你不会是……看中他的六角牦牛了吧？"

"父亲！"支离兰跺脚。

支离海赶紧离开，无论如何，女儿终于愿意嫁人了，总是一件好事！

婚礼在次年的三月举行。晋北盟的宗主们都带着礼物前来，把这当成了是支离坞少宗主的婚礼。婚礼简单，但却欢欣。支离兰和流浪者在石厅里向支离祁的画像跪下，发下终生相守的誓言，然后俩人一起，在原来老赤枫树生长的地方，种下了一株新生的雪樱花树。这株雪樱花树是流浪者爬上高高的雪樱峰挖来的，只有在雪樱峰接近雪线的地方，才能看到这种神奇的樱花树，它开出的花如雪一般洁白。

然后就是河边的婚宴和无休无止的狂欢，连克鲁洛的角也被系上了红绸，人们还让它喝了酒。天黑时巨大的篝火燃起，人们围着篝火跳舞，年轻的男女则趁着醉酒和夜色，跑到隐秘的地方去偷欢。

就在众人狂欢的时候，从鹰嘴崖顶的望楼上传来呜呜的号角声。有人来了，大家都警觉起来。负责守望的坞兵迎出去，看到一队火把在夜幕里沿着大道慢慢走近，原来是从天启废城来的鲛人使者，带着二十个河络鼠骑兵，前来贺喜。

使者名为墨鲨无离，是一个藏身于陆行机甲里的傲慢鲛人。他带来成箱的礼物，里面有绸缎、珍珠、玉钗和胭脂，他还带来美酒和上好的莕草，然而同时他更带来了一个残酷的征兵令：晋北盟所有十八岁到二十五岁的男子，都必须加入龙军团，前去征服澜州。

龙军团征服澜州的战争并不顺利，羽人派出了鹤雪者帮助澜州的崑人，他们从高天上射下的利箭令河络和鲛人胆寒，殇州的夸父和瀚州的蛮族也与崑人结成同盟；如同晋北走廊一般，在澜州的高原上也遍布坞堡，每一座都易守难攻，龙军团举步维艰，战争进展缓慢，如今的战线更是漫长到令他们兵力不敷，所以不得不求助于晋北盟。

虽然是求助，但墨鲨无离却表现得傲慢而无礼。他是忠诚的潮神教信徒，坚信龙的力量能战胜一切，视所有敌对者如草芥，视鲛人和河络以外的种族为贱民，他的傲慢激怒了宗主们。

婚礼提前结束，宗主们聚在石厅里开会，商议是否要接受鲛人无礼的索求。

支离兰和流浪者也没有到洞房去，而是穿着婚服，并排坐在石厅的一角。

石厅里燃起了数十支火把，照得厅内一片通明。宗主们随意地坐在地板上，许多宗主已经喝醉，即便没有喝醉的人，此前也喝了不少酒。这些宗主大多都还不到三十岁，因为他们的父亲和哥哥死在了天启一战中，因此他们不得不年纪轻轻就接任宗主之位。

"受够了，我受够了那些蛇一样的鲛人，那些骑在老鼠上的矮子！"白虎砦的宗主白疯子喊道。他的本名叫白锋，但因为是个人来疯，所以大家都叫他白疯子。

白疯子一看大家的注意力集中到自己身上，就更来劲了，又接着喊："现在就杀出去，把那条藏在铁皮盒子里的鱼宰了，然后大伙儿把咱晋北盟的坞兵聚到一起，杀去天启，把里面的鱼人和矮子通通宰掉，为我们的父亲和哥哥报仇！"

白疯子那双分得很开的小眼里充满了血，他的头发散乱，嘴里喷出浓浓的酒气。他四下里看着，寻求支持，于是年轻的宗主们纷纷呼应他，其中年纪最小的几个宗主叫得尤其响亮。

老成的宗主都没有出声，等着支离海出来说话，但支离海已经喝得醉醺醺的，瘫坐在地板上，双眼无神地看着石壁上的火把，也不知道在想些什么。

石堡的宗主石明，跟支离海岁数相近，也参加过十六年前的天启之战，而且也同样带着烧伤回来，因为他喜欢说大话，所以大家私下里都叫他"石大炮仗"——看起来个儿大，其实放起来就没响。石大炮仗看支离海没说话，就站起来，摆出一副长辈的架子，说："哼，小崽子们，你们跟龙打过仗吗？看看我这里，这里……"石大炮仗指着自己身上的丑陋伤疤，那些伤疤皱缩着，泛着吓人的古怪红色，让人不愿意多看上一眼。石大炮仗看到大家都从自己的伤疤上移开目光，便接着说："咱可是跟龙有过一战的人，你们这些小崽子，整天喊着打打打，一见到龙，吓得尿都要流出来，等到真开战了，还不是得让我们这些老家伙在前面顶着……"

这时候不知道谁发出了"砰"的一声，仿佛是炮仗的响儿，大家都笑起来。石大炮仗恼羞成怒，骂道："谁？谁？给我站出来！"

从人堆里缓缓站起来一个大个子，懒洋洋地说："我，怎么着？"

是雷火砦的宗主雷火花豹，他年纪不到二十，个子却比石大炮仗大得多，足足高出石大炮仗两个头。石大炮仗一看到他，就蔫了，支吾了两句，就坐了回去。

雷火花豹瞧瞧众人，说："什么龙不龙的，根本就没人见过，说不定根本就没有，也说不定早就死了，要不然，怎么那些河络和鲛人连澜州都拿不下，打了半天，还得求我们去帮忙？我看呀，与其跑到澜州去白白死在那边的雪原上，还不如趁着天启空虚，把他们的老窝攻下来，然后跟澜州的崑人结成同盟，两面夹击，把河络和鲛人困死在澜州。"

众人都高声呼应雷火花豹的话，只有寥寥几个年纪比较大、老成持重的宗主没有出声。

支离海仿佛这时候才回过神来，他站起来，众人的呼应声随即落了下去。石厅里安静下来，只听到火把在呼呼燃烧，人们的阴影在地板和墙上摇晃着,大家都在等支离海说话。年轻的宗主们心里洋溢着激情,希望盟主能认同他们与龙军团决一死战的意愿。

支离海左右看了看,他的眼里没有激情,只有醉酒之后的空虚和忧伤,他挥了挥手,说:"散了吧,明天一早,大伙儿都回去,把人藏好,实在不行,就给他们几个充充数,先混过这阵再说。"

年轻宗主们的激情落了下去,人群里传来窃窃的私语,显然大家并不认同这样的做法,但又迫于一百余年来盟主的权威,不敢公开表示反对。只有支离兰站起来,怒气冲冲地说:"父亲,你这办法能撑到什么时候?"

支离海斜眼看了看女儿,回道:"能撑到什么时候,就撑到什么时候!"

支离兰气得脖子都红了,流浪者在下面偷偷扯她的袖子,她却不搭理,她说:"这不是支离坞的做法,也不是晋北盟的做法,我们从不向威胁我们的人低头,管他是人也好,是龙也好,我们都是一战,就算死了,也死得其所!"

父女的对峙,把正准备离开石厅的宗主们的注意力吸引过来。流浪者站起来,把支离兰往石厅外推,但支离兰反倒用力把流浪者推过一边去。

支离海眼睛瞟着地上,粗声说:"回你的洞房去,等你做了宗主,再来教训我!"

支离兰尖声道:"你是一个懦夫,你不配做支离坞的宗主!"

支离兰的话把流浪者和宗主们都吓到了,一时都愣在那里。支离海缓缓地走过来,一巴掌扇在支离兰的脸上,支离兰"哇"地哭出来,跑出了石厅。

众人也回过神来,知道今晚事情闹大了,都赶紧溜了出去,虽然每个人都有自己的盘算,但也都想着先避过今晚再说。

不一会儿，石厅里就只剩下支离海和流浪者俩人。

两个人都没有睡意，你看看我，我看看你，苦笑起来。支离海朝外面吼道："还有人没？快拿酒来！！"

不一会儿，一个坞兵匆匆抱了两坛酒进来，放在地上又匆匆退了出去，退后时还差点儿绊了一跤。

"别管那个臭女人了，陪我喝酒吧！"支离海说。

流浪者便坐在他身边，抱起酒坛。

两个男人坐在地上，你一坛我一坛地喝着酒。支离海一时哭，一时笑，抱着流浪者说着呓语，最后两个人都喝醉了，倒在地上睡着了。

流浪者从未曾想到过，自己的新婚之夜竟会这样度过。

天蒙蒙亮时，一个坞兵惊慌失措地穿过支离坞的狭小石板街道，冲入石厅，高声呼喊："宗主！宗主！"

支离海还在沉睡，而流浪者已霍然坐起，宿醉造成的头痛让他觉得头好像要裂开。

"父亲！父亲！"流浪者摇醒支离海。

坞兵喘着气，张了几下口，却没法把话说出来。

支离海似乎并没有被宿醉影响，他眼神清明，仿佛早已知道坞兵会说些什么。

"喝口酒！"支离海把酒碗递给坞兵。

坞兵"咕嘟"喝了一大口，慢慢把气给喘匀了。"宗主，出事了，那个墨鲨无离，死了！"

支离海脸色微微一变，沉声问："怎么死的？"

坞兵说："被人砍了换水器，活活……憋死了！"

支离海又问："他带来的地鼠骑兵，情况怎么样？"

坞兵说："全都穿戴起来了，上了地鼠坐骑，结阵冲到了坞门前，想要冲出去，现在正与我们的人对峙。"

"好，"支离海说，"你下去，跟河络们说，这一切都是我干的，他们可以把我绑了，带到赤珠丹辉那里去抵罪。晋北与龙军团的和约，没有变化，我们的年轻人很快会到澜州去。"

坞兵愣住了，不知该如何是好。

支离海大吼："还不快去！"

坞兵转身，踉跄着跑了出去。

"父亲！"流浪者跪在这个只余半边残躯的中年男人面前，"请让我去吧，他们会相信的！"

支离海慢慢站起身，踢了流浪者屁股一脚。"滚，你还要给我生外孙呢！"

然后他转身对着门外："来人啊！"

进来了几个人。支离海看了看他们，淡淡地说："把我绑起来，绑好了！"

离开了陆行机甲的墨鲨无离看起来很怪异，墨色的鳞片因失血而带着灰，腮也变成了粉红色，从腮的深处泛出一股浓烈的腥气，中人欲呕。他的身体还没有变硬，地鼠骑兵胡乱地把他搭在地鼠的背上，他的双眼圆睁，瞪着地面，却再也没有刚到支离坞时的傲慢和轻蔑。

支离海双手被牢牢地绑上，矮小的河络怒气冲冲地骑在地鼠上俯视他，似乎不太相信墨鲨无离是支离海杀的。

支离海高傲地仰着头。"我跟他说：'走，喝酒去。'把他带出来，转到他身后，用斧头砍碎了他机甲上的换水器，他求我放过他，不过我可没有，我看着他慢慢死去，然后就回去，继续喝酒！"

地鼠骑兵的声音如同铁器的刮擦："你为什么要杀他？"

支离海朝着地鼠骑兵吐出一口酒气，满不在乎地说："我喝醉了！"

地鼠骑兵不再问，他转身看了看身后的伙伴，然后下了命令："沙虫希奇，让他跟你骑同一只地鼠，我们走！"

他带着队往前走，他身后的一个壮硕的地鼠骑兵弯腰把支离海拎上了地鼠背，将他面朝下搭在地鼠肥厚的臀上，然而坞门并没有打开。地鼠骑兵把长枪从鞍上提起，夹在腋下，单手握住，双脚踩实脚镫——这是标准的冲锋姿势，然而在支离坞狭小的街道内，他们并不占优势。

从门楼上，传来一个冰冷但略显稚嫩的女孩的声音："放了我父亲，我让你们走！"

河络们抬头，看到坞壁上不知何时已站满坞兵，少说也有两百人，每人都手持弩箭，弦已绷起，箭已搭上。说话的人是个女孩，年纪最多十八，虽然表情威严，却掩不住她面孔下的稚气。

骑兵首领，河络利刃勒哈怒喝："支离海，怎么回事？"

支离海手被绑着脸朝下搭在地鼠的臀上，根本看不到上面的情形，连说话都很困难，他扯着嗓门喊："开门，让他们……他们走！"

但没有人听他的，大家都沉默着。不知哪个坞兵突然松了手，一支弩箭带着啸声射出，正扎在一个地鼠骑兵的面前，把地鼠吓得往后连退了几步，"吱吱"尖叫起来。

支离兰再次怒喝："放了我父亲！"

利刃勒哈仰头看着支离兰。"你就是支离海的女儿吧？你可知道，你这是向龙军团宣战！向龙宣战！！"

支离兰冷冷答道："我说最后一次，放了我父亲！"

利刃勒哈左手一挥，沙虫希奇反手把支离海提起来扔在地上。

支离兰也挥了挥手,于是支离坞的大门缓缓向两边打开,利刃勒哈率先向大门冲去,沙虫希奇紧跟在后。支离海摇摇晃晃从地上站起,大喝:"放箭,一个也不能放出去!快放箭!"

坞壁上的坞兵都愣住了,随即醒悟过来。仅仅两轮的射击,河络骑兵大多都被从地鼠上射了下来,只有利刃勒哈和沙虫希奇因为见机得快,从支离坞的大门冲了出去,又跃过了正缓缓升起的吊桥。坞兵们转到另一边,朝着逃走的两人射箭,沙虫希奇被射了下来,而利刃勒哈还是带着箭逃远了。流浪者带着几个坞兵追出去很远,一直追到次日黎明,还是没有追回来。

晨光从石厅高高的窗照射进来,把石厅里的众人照亮,他们在这里等了一夜,终究还是没有等到利刃勒哈的头颅。从晋北走廊出去,沿路都有哨站,直达天启,天启城很快就会得到使团覆没的消息,战争似乎已经不可避免。

多少年以来,支离海第一次度过了一个没有酒的夜晚,一夜未睡的他显得更为苍老,稀疏的、只覆盖了半边头颅的长发胡乱地搭在肩上,脸色铁青,眼眶深陷。他说话了:"这个祸,是支离坞闯下的,支离坞自己担起来,我是支离坞的宗主,我会到天启去请罪,要杀要剐,我一个人承担!"

宗主们都激动地站起来。雷火花豹喊:"不行,天启要征的是晋北的兵,又不只是支离坞的兵,这个使者,该杀,杀得好!这个祸,也该晋北盟一起担!"

"是呀!""是呀!不该支离坞自己承担!"宗主们说。

支离海抬手让他们静下来,沉声说:"我见过龙的火,石大炮仗,你也见过,还有你、你、你……"支离海一个个指着下面的人，其中有宗主，也有支离坞自己的老坞兵，总共也只余十多人，他把参加过天启一战还活着的人都指出来，继续说："你们说，那是人力所能抗衡的吗？直到现在，我还常常从龙焰的噩梦里惊醒。孩子们，听我的话，能不开战就不开战，好好活下去，不要轻易去赴死，活下去，就有希望！"

晋北盟的人，从未见过盟主这样认真说话，在他们的印象里，支离海要么沉默寡言，要么就喝醉了酒胡言乱语。

支离海接着说："支离坞里，愿意跟我一起去天启的，自己站出来，我不强求！"

厅里的支离坞的坞兵都"呼"地站出来，连流浪者亦在其中。支离海摇摇头说："不需要这么多人，刘大胡子、马卵子、牛虫儿、陈皮匠……"他点出十个人，都是参加过天启一战受过伤的老坞兵。

等这些老坞兵都站出来，支离海点点头，说："行，这活儿，还是让老家伙来，你们这些小崽子，给老子好好活着，要是老子还有命从天启回来，老子要看到你们都活得滋润、活得惬意，这样老子才放心。"

然后他把脸转向流浪者。"你，过来！"

他让流浪者站在自己身边，拍了拍他的肩，对众人说："我走之后，流浪者就是支离坞的宗主，让不让他当晋北盟的盟主，你们自己定！"

他抓住流浪者的肩膀用力摇了摇。"兰儿就交给你了，你们给我好好活着，好好给我生几个孙子孙女出来，哈哈！"

他们没有耽搁，立即就起行了。十个被龙焰烧过的老兵，再加上一个被龙焰烧过的宗主，骑着十一匹老马，依次走出支离坞的大门，人们在坞壁上、在道路两旁为他们送行。支离兰并不在送行的人群中，因为杀死墨鲨无离闯下了大祸，她被支离海关在屋里，门口还有两个坞兵守卫，支离海下了死令，谁把支离兰放出来，就砍谁的头。

支离海一走，宗主们也随即离开。谁也不知道天启城下一步将会如何行动，宗主们都急着回到各自的坞堡去，好为可能的战争做准备。

十天之后，支离兰终于被放出来，这时候支离海应该已经可以望见天启的城墙了。

人们在焦急之中等待，一个月过去了，他们既没有等来天启城的使者，也没有等来支离海的死讯，他们等来的是天启的大军。

龙军团的大部已远征澜州，天启废城内的驻军不足一万，他们派出了五千士兵和十架机甲来到支离坞前。而支离海和十个老坞兵，则被关押在木笼中，一并带了过来。

率军攻打支离坞的将领，是鲛人青瑚旋云，一个以凶残闻名于世的龙军团将领，因为被留在天启城内，不能远征澜州，他心里恼怒万分，但又不敢表现出来。

在支离坞下扎下营寨后，青瑚旋云让人把支离海带到中军帐中。

"支离宗主，你把支离坞的大门叫开，我就放你回去跟你女儿团聚！"虽然是军旅之中，青瑚旋云却仍带着巨大水箱。水箱的一面以水晶磨成，其他三面则由钢铁制成，水箱内装满新鲜的海水。青瑚旋云身着青金色铠甲，在水箱内悠然地游着，他的声音从水箱附带的传声孔道传出，听起来温和而甜蜜。

支离海一进入天启城，就被青瑚旋云关押起来。青瑚旋云不在乎究竟是谁杀了墨鲨无离，他的目的，是拿下支离坞，进而征服整个晋北走廊，他以为这样就能得到龙的青睐。

"青瑚将军,"因为一直没能喝上酒,酒瘾发作的支离海双手抖个不停,他口齿不清地说,"你们有酒不?只要有酒喝,你们让我做什么都行!"

水箱内传来青瑚旋云的笑声:"哈哈哈,好,支离宗主爽快!来人,拿酒来!"

很快,酒就拿来了。支离海不顾一切地抱起酒坛狂饮不止,喝了酒之后,他人也精神了,手也不抖了。

"怎么样?现在可以去叫开坞门了吗?"青瑚旋云焦急地问。

"别急,"支离海抹着嘴,吐着浓浓的酒气,醉醺醺地说,"再拿一坛酒来,我还没喝够。"

最后,支离海足足喝了三坛酒才满意,他东歪西倒地向外走。"我……这就……这就……见……我女……儿去!让她……开门!"

然而他刚走出军帐,就倒在地上,打起呼噜来。青瑚旋云只好命人把他扔回囚车,等他醒了再说。

次日一早,青瑚旋云就让人把支离海带来了,支离海的宿醉未消,仍然有些迷糊。

"怎么样,今日可以去叫开坞门了吧?"青瑚旋云的声音听起来可没有昨日那么温和了。

支离海点着头:"行,行!先给我一坛酒,我喝了就去!"

青瑚旋云只好又让人抱了一坛酒上来。"喝完这坛,可就没有酒了!"青瑚旋云气愤地说。

支离海摇头,喃喃地说:"堂堂龙军团大军,却只有四坛酒,不成体统啊!"

说完他就抱起酒坛"咕嘟咕嘟"喝起来。"怎么没有下酒菜!"他箕坐于地,呼喝起来,倒好像这不是在敌军营里,而是在支离坞中。

帐内的士兵面面相觑，青瑚旋云气得在水里直吐泡泡。"给他下酒菜！"

下酒菜很快就送上来了。沙虫肉干、鲨鱼脯和果脯，虽然未见得适合下酒，倒也丰盛。

直等到日上三竿，支离海才终于喝完酒。他满身酒气，打着饱嗝："好嘞！老子给你叫开支离坞的坞门，你们都没这本事，就老子有这本事！"

他打着晃，也不跟青瑚旋云招呼，转身走出军帐，往支离坞走去。

青瑚旋云赶紧钻进水箱内的陆行机甲跳出水箱，带着湿淋淋的水花追了出去。

两个河络地鼠骑兵把支离海的双手缚上，牵着他往支离坞前走。坞堡上的坞兵大老远就看到了自己的老宗主，都大呼起来。很快坞壁上就站满了人，支离兰和流浪者亦在其中，大家看到支离海被青瑚旋云如此虐待，都十分气愤。

两个地鼠骑兵把支离海拉到坞前，喝道："快让他们打开坞门！"

陆行机甲内的青瑚旋云带着两千天启士兵远远跟在支离海的后面，一旦支离坞坞门打开，他就立即带人冲入。

支离海懒洋洋地说："急什么，老子给你们喊就是了！"

他抬头望向支离坞的坞壁，看到上面的人群，看到女儿支离兰和女婿流浪者都在，他喊道："支离坞的人听着，鲛人青瑚旋云残忍好杀，你们千万不要相信他的话，无论如何不可投降，不可打开坞门……"

两个地鼠骑兵一看情形不对，赶紧拖着支离海往回跑。支离海被带得倒在地上，被地鼠骑兵拖着，仍在高声大喊："不要管我的死活，守住支离坞，守住晋北盟……"

青瑚旋云被气得半死，抽了支离海二十鞭，扔回了囚笼中。

次日一早，青瑚旋云聚集了兵马，把支离海和十个支离坞的老兵的嘴都堵上，带到支离坞前，令他们跪下。青瑚旋云令一个嗓门大的河络对着支离坞喊："坞上的人听着，立即打开坞门，若不开门，半个时辰之后，我们便杀一个人，这十一个人，够我们慢慢杀到天黑，你们可想好了！"

十个老坞兵还有支离海，全被摁得跪在地上，又被堵上嘴喊不出话，只能拼命摇头，让坞壁上的坞兵不要开门。

半个时辰之后，第一个老坞兵被当众砍了头。坞壁上的坞兵眼里都噙着泪，支离兰站在坞壁上大骂："青瑚旋云你这个老混蛋，老娘要把你碎尸万段！你有种就来攻城，玩这手段你还算是个人吗？！"

流浪者紧紧握着支离兰的手。早在两天前，斥候探到青瑚旋云带兵前来，流浪者就已经派出了求救的信使。一个月前，支离海前往天启时，各坞堡就做好了战斗准备，估计两三日内，就可以从雷火坞派出援军，流浪者一直在等待援军的到来。

又过了半个时辰，第二个老坞兵被砍了头。

支离兰怒喝："我带人冲出去跟他们拼了！"

流浪者紧紧拉住她，说："青瑚旋云就盼着你带兵出去跟他拼命，他只有五千兵马，根本不足以强攻支离坞，只要我们不轻举妄动，等援军一来，青瑚旋云就死无葬身之地。"

支离兰气得直跺脚。

不久，第三个坞兵也被砍了头。三具血淋淋的尸体躺在支离坞的城门前，青瑚旋云也不令人收拾，他相信只要一直杀下去，支离坞必生内乱。

午时过后不久，从东南方向上升起一大片灰黑的积雨云，随着从涣海吹来的海风，慢慢地向支离坞方向飘过来。积雨云愈来愈近，它的颜色也渐渐由灰黑变成乌黑，变成墨色，雨下下来，形成白色的雨幕，连接了天与地。雨幕如同千军万马一般，呼啸着压向支离坞前的龙军团，压向支离坞。青瑚旋云的大营内突然爆发出喊杀声，大营内的守兵没有想到雨幕内竟躲着晋北盟的骑兵，他们借着雨幕的掩护，从龙军团的后面冲入大营，河络和鲛人在雨幕里乱成一团。流浪者看到青瑚旋云身后已乱，立即带着早就准备好的数千坞兵冲出了支离坞，从正面向青瑚旋云杀去。青瑚旋云一看势头不好，率先转身逃命，他的手下也都乱成一团，争先恐后地往回跑，却正好迎上了从大营内杀出来的晋北盟的骑兵。

这一战，青瑚旋云全军覆没。他带来一千地鼠骑兵、四千河络步军和十架攻城机甲，却只有数百骑兵逃回天启，连青瑚旋云自己也被活捉。

愤怒的坞兵把青瑚旋云从陆行机甲里拖出来，让他赤身暴露在泥泞的土地上。青瑚旋云艰难地呼吸着空气（他的肺只有拳头大小），他的鳞甲因失水而干裂，他乞求坞兵们送他回到陆行机甲中，但坞兵们置之不理。当流浪者听到消息赶来制止的时候，青瑚旋云已经在痛苦中死去。

支离海被救了回来，然而他却没有获救的喜悦，跟另外几个老坞兵一起，躲在"石头瘤子"的角落里喝闷酒。因为击溃了来自天启的龙军团，坞兵们正在"石头瘤子"内狂欢，浓烈的酒香、浓浓的莸雾和女侍们身上的香味弥漫了酒馆，所以当流浪者来找支离海的时候，甚至都没有人注意到他们。

流浪者扶着半醉的支离海离开酒馆。灿烂的星空垂挂下来，在夜空的两端，皎洁的明月与淡青的岁正遥遥相对。正如酒馆中一般，支离坞内也到处都是因获得了胜利而欢欣庆祝的人群，而流浪者和支离海却显得忧心忡忡。

"父亲，"流浪者说，"既然您回来了，这宗主，还是由您来当！"

"不，"支离海摇摇头，突然停下脚步，遥望天启城的方向，"龙就要来了，我将不会再活下去！"

流浪者也停了下来，一时不知该说什么才好。

支离海抬头仰望星空，良久，叹了口气，说："多么美的星空呀！活着真是太好了！"

流浪者说："父亲，即便龙真的来了，他也决不会轻易喷吐火焰，他需要我们，需要支离坞，需要晋北盟。火焰不能带来征服，只能带来废墟和残骸，他一定很清楚这一点。"

支离海说："龙清楚这一点，但兰儿不清楚，那些年轻的宗主们也不清楚，他们只想着报仇，只想着决一死战，想着立下屠龙的伟业。他们从没有见过真正的龙的火焰，也没有真正明白生的可贵……"

支离海说到这里停下了，转身对着流浪者说："我不该把这样的重担压在你身上，我知道，你之所以离开奥诺利斯，是因为你不想当一个战士，只想做一个农民，可是，我又还能求谁呢？"

支离海向流浪者弯腰行礼。"请带领支离坞和晋北盟，好好地活下去吧，活下去就有希望，我相信我们的后代里，终会有人找到龙的弱点，找到杀死龙的办法，所以，请一定要带着他们好好地活下去！"

流浪者愣了愣，终于也弯腰拱手回礼，郑重地道："诺！"

龙在清晨抵达。

支离坞反常的安静,没有呼喊,没有哭泣,没有尖叫,只有杂沓的脚步声和急促的呼吸声。人们疯一样地跑上坞壁,挤在那里,拼命地伸出头去,遥望着停留于支离坞外荒草地上的龙的巨大身躯——他墨黑的鳞甲在朝阳的照射下,映出耀目的乌金般的光芒。他长长的须子飘浮于晨风里,锐利的脚爪深深地抓入泥土之中,龙尾倦怠地摇摆着。他看起来并不着急,更不焦虑,仿佛他来到这里只是路过。

支离坞的大门缓缓打开,然而骑着马从大门里出来的,并不是支离坞的坞兵队伍,而只是支离海和他手下的七个老坞兵。他们全都骑在各自的老马上,装束整齐,手执长矛。打头的一个老坞兵——刘大胡子——还手擎一杆支离坞的大旗。

风把大旗猎猎吹响。支离海转头望望坞壁上被他们的举动惊呆的人群,又转过头来,望望远处正倦怠地摇着长尾的龙,沉声喝道:"我以我血祭支离!"

老坞兵们亦跟着大喝:"我以我血祭支离!"

他们催马向前,开始只是小碎步,老马们太久没有奔跑,还有些摇摇晃晃,渐渐地它们就跑顺了,也越跑越快,四蹄腾空,于是打头的支离海大喝:"举矛!"

老坞兵们抬起他们的矛头,锋锐的矛尖闪着寒光。在晨风里,在朝阳下,八个老坞兵,八匹老马,一杆支离坞的大旗,如飞蛾一般扑向了巨大的、如同远古奇迹一般不可思议的龙。龙看着他们越来越近,越来越近,终于缓缓站起身,张开他的巨口。最先出来的并不是火,而是从他隆起的鼻孔里冒出的夹杂着火星的白色烟雾,然后,连朝阳也黯然了,那炽烈得可以熔化岩石的龙焰喷薄而出,吞噬了向他冲来的小小队伍。当龙焰消逝,八个老坞兵、八匹马和一杆旗也一并消逝无踪,唯有风带起的一股奇异的香味,飘到了坞壁上，飘过了众人的头顶，飘过了支离坞，又随着风一起，翻卷着，飞舞着，飘向了高高的雪樱峰。

支离坞和晋北盟终于都签下了新的和约，他们将把自己十八到二十五岁的少年献给龙，帮助他去征服澜州。

到了冬天，大雪落下的时候，支离兰怀上了身孕。当她第一次感受到胎动的时候，她忍不住痛哭流涕。

第四章 支离兰与支离暮澜

奥诺利斯流浪者是在帝国成立之前一年死去的——在他和支离兰亲手植下的那棵雪樱花树下,他被龙军团砍了头。

如同当年围观老赤枫树被砍倒一般,支离坞的所有人也被迫围观他们曾经的宗主奥诺利斯流浪者被砍头。经历了三年的荒野生活,流浪者已经完全变了样——衣衫破烂,胡子和头发缠结在一起,双眼闪着狼一样凶狠的光,他再也不是当年那个可以手持野花去求婚的浪荡少年了。

流浪者是主动离开支离坞、离开他所深爱的支离兰的,他不得不离开,龙军团要人、要粮,如果流浪者再不带着晋北盟的男人们离开,那么他们迟早全都得死在澜州;更重要的是,如果他们不离开坞堡,到锁河山的深山老林里去当土匪抢粮,再把抢到的粮食偷偷运回坞堡去,晋北走廊的女人、老人和孩子迟早得饿死。

面对龙军团的大军,尤其是面对龙,晋北盟辛苦建起的坞堡失去了作用。流浪者终于下定决心：既然不能明着与龙对抗，那就带着男人们离开坞堡，到锁河山里去，让女人们来做宗主，来种田，来跑马帮，让男人们去当土匪，把他们被抢去的粮再抢回来。

头两年，龙军团确实拿他们没办法，虽然在山上战死、冻死和饿死的男人不少，但留在坞堡里的女人、孩子和老人却活了下来；直到澜州被征服，龙军团回师晋北，十余万龙军团大军，如梳子般扒剔大麦河两岸的每一座山峰，把男人们逼到了绝路。此时还活着的男人只余不到一千，当年他们初进山时，可是达到了五千余人，分占了锁河山的近十个山寨。流浪者知道他的使命已经完成，带着男人们出来投降，条件只是让男人们回坞堡去，种地、跑马帮，而自己则任由龙军团处置。赤珠丹辉信守承诺，只砍了流浪者一个人的头。

砍头前的一夜，赤珠丹辉让支离兰和流浪者在一起度过，支离雷就是在那一夜里怀上的。此前，支离兰还曾生下一个男孩，他们给他起名为"云"，支离云，那是他们的长子，然而因为没有吃的，支离云在两岁上夭亡了。

流浪者就这样被砍了头，这个来自奥诺利斯城的少年，就这样把自己的热血洒在了支离坞的土地上。他的死讯传到奥诺利斯，城里的人为他举行了隆重的祭典，鼓、角力、酒和鲜血，还有赤裸的男性和华服的女子，她们为她们的儿子死去而痛哭，同时也为他的死而骄傲。

流浪者死去的次年，帝国成立了，定都于海心城，这是一座建于涣海的岛礁之上的巨大海城。

庞大的熹帝国，囊括了中、越、澜、宛四州的土地和涣、滁潦、博雅、潍直至浩瀚洋的无边海域。龙统治这个帝国，他把帝国划分为十六个郡，其中陆郡十一，海郡五，帝国的国教为潮神教。帝国户籍上的人口，达到五千余万，而且因为帝国四境乂安，四海升平，人口还在不断地增长。

奥诺利斯流浪者的遗腹子支离雷，在八岁的时候，被帝国强行送到帝国的首都海心城去接受教育，支离兰独自留在了日益破败的支离坞里。支离雷离去时，支离兰只有三十出头，但她觉得自己已经是一个老妇人，在随着日益破败的支离坞一起破败下去。她的余生只剩一件事，就是思念流浪者。可笑的是她当年之所以选择嫁给流浪者，却并非是出于爱，而是为了替支离坞赢得奥诺利斯城这个强援，因为奥诺利斯城是以盛产战士闻名于世的，然而她最终却发现，支离坞所获得的支援，其实仅有流浪者一人——因为地域的遥远，奥诺利斯城对支离坞的困境鞭长莫及。然而她也并不后悔嫁给流浪者，虽然流浪者早已死去，然而随着岁月的流逝，她对流浪者的爱却愈来愈深。

她用种植樱花来排解自己对流浪者的刻骨思念。在支离雷离开她的十年间，她带着支离坞的坞民，在支离坞的前前后后种下了几千株樱花，其中有朱樱也有绯樱，然而雪樱却只有一株，就是她与流浪者结婚时种下的那一株，这不仅仅是因为获得新的雪樱很困难，更是因为支离兰不愿种下别的雪樱。在她的心中，如同流浪者是唯一的一般，能称得上雪樱的樱花，也只有那唯一的一株。

而支离坞在破败下去。帝国不再允许支离坞保留那么多的坞兵，如今支离坞只有不足百名的坞兵，其任务不过是维持当地的治安；支离坞的坞壁渐渐倾颓，树木从石头的缝隙生长出来，树根向四面攀爬。如果是以前，人们会及时把树拔出，以免树根把石头顶松而令坞壁垮塌，而如今，因为帝国境内已无战事，坞壁的作用已经消失，就没有人再去经管了，于是在短短十余年间，坞壁就被长出来的树顶垮了数处。

甚至连支离坞内的房子也在倾颓，因为许多房子已没有人居住——石头瘤子仍然热闹，因为这里有最好的酒和最妖艳的女人。而其他的房子，包括谷仓，则在慢慢荒凉下去，除了宗主居住的那几幢最大的石屋，其他的石屋大都已荒废。

人们居住在谷地的村庄里，村庄变大了，人口也变多了，因为帝国的太平无事，道路的四通八达，甚至连雷州和宁州的商人也时常会出现在支离坞前。

将支离兰从思念的深渊中惊醒的，是潮神教的到来。

潮神教，帝国的国教，源于古老的鲛人部族，他们以龙为唯一真神，传教者被称为潮语贤者。随着星辰下降，海水侵入内陆，鲛人活动区域扩张，潮神教的教义逐渐为陆地上的人所知悉，但笃信者寥寥无几。直到龙出现，鲛人借助龙的威势征服了河络，并最终与河络结成牢固同盟，潮神教才得以在河络中推行，并逐渐取代了他们原有的真神信仰。随后鲛人又借助能够让他们随意在陆地上行走的陆行机甲，在九州大地上四处游走传播他们的宗教，终于使潮神教成为九州海陆拥有信徒最多的宗教。随着帝国的建立，潮神教自然成为帝国的国教。

至帝国成立二十年时，帝国境内几乎已没有尚未被潮神教征服的地区，唯有晋北走廊还在坚持着他们的山神信仰。

晋北盟的山神信仰是一种朴素而原初的宗教，几乎每个坞堡都信奉他们所在山峰的山神，而所有这些坞堡，又同时信奉锁河山的山神，并以锁河山山神所在的雪樱峰为圣山，同时他们还信奉各种林神、树神、动物神和家神，这些林林总总的神多到连晋北盟里最年长最睿智的长者也不能一一数清。

数百年来，人们已经习惯了这种状态，各种各样的神已经深入到人们的生活中，他们既神圣，同时也极平凡。大多数神平时都默默无闻，人们往往在需要的时候才会向他们奉上祭礼，平时则视其如村落中的一员，充其量不过是需要稍加尊敬的长者罢了。

然而终于有一天，隐身于陆行机甲中的潮语贤者带着他们的潮神教来了。他们信奉唯一真神，他们的神神圣、威严、不可侵犯，同时更是帝国的皇帝。他们拥有巨大的财力和人力，可以立即在晋北走廊建起高大而堂皇的神殿，并在神殿中立起无比辉煌的神像。

宗主和长者们感到惶恐，每个人都知道，如果任由潮神教传播下去，晋北的传统就将终结，晋北走廊就将真正成为帝国的领地，无论是从土地的意义上，还是从人心的意义上。

支离兰采取了最直接也最激烈的方式去反抗，她带着数千人——其中有坞兵，也有老人、女人和孩子——把正在建设中的潮神圣殿给拆了。帝国派了军队前来，而支离兰则以装备简陋的百名坞兵与帝国对峙，虽然所有人都知道真打起来支离坞不可能获胜。

帝国成立之后，晋北走廊划归晋北府管辖。晋北府的府君大人是一个河络，名为黑狐罗罗。他是猛虎扎卡的祖父，但与猛虎扎卡不同，他是以狡猾多智而称雄于九州的，他以为完全没有必要为了潮神教而与晋北盟撕破脸，更何况，那些潮语贤者一个个都傲慢而又愚蠢，如同地蝇一样讨厌，于是黑狐罗罗与支离兰达成了一个协议，黑狐罗罗想办法阻止潮神教在晋北走廊传播，而黑狐罗罗想要的，仅仅只是晋北盟的好感。

黑狐罗罗的目的实现了。对他来说，阻止潮神教在晋北走廊传播，实际就是阻止帝国的势力进入晋北走廊，这正是他一直想做的事。而借着阻止潮神教的传播又收获了晋北盟的好感，一石二鸟，何乐而不为？

由此晋北盟与控制了晋北府的河络部族进入了长达二十余年的友好时期，晋北盟守住了自己的传统，而黑狐罗罗则得以在晋北走廊设置关卡向商队收取关税，帝国的力量只能在锁河山之外驻足，对晋北府无可奈何。

支离坞已逐渐式微的传统又重新发展起来。支离兰悄悄地，但同时也是坚韧地以缓慢的速度加强支离坞的军事力量：增加坞兵的数量，强化他们的装备，提高他们的训练强度，最终使支离坞再次拥有一支能上阵打仗的军队；与此同时，她重新敞开支离坞的大门，接纳和收容投靠者，许多被帝国歧视、抛弃或虐待的人进入支离坞中，这其中自然亦不乏被帝国通缉的罪犯，于是支离坞内又重新变得热闹起来，坍塌的坞壁和房屋也得到了修缮。

晋北府的府君黑狐罗罗大人对支离兰的举动睁一只眼闭一只眼，他虽名为府君，实际却无异于割据一方的诸侯，是澜州最大河络部族的夫环，晋北府的大部分赋税都被他留为己用，对于海心城，他只是按时纳贡而已。这种情况在帝国建立初期普遍存在，河络割据于陆地，鲛人割据于海疆，真正直接掌控在龙手中的郡，只有四个（天启、楚、唐和涣）而已。龙用温和的态度对待这一切，他只要求各地的贵族子弟以及各大坞堡的少宗主，全都必须到帝国的首都海心城去接受教育。在那里，这些贵族子弟和少宗主生活优渥，但同时，对他们的教育则十分严苛，他们不仅必须信仰潮神教，更必须忠诚于帝国和龙。这种教育不仅有硬性的灌输，更有潜移默化。最终，在帝国成立二十年之后，龙的办法取得了显著的成效！

支离坞的少宗主支离雷，在接受了帝国十二年的教育之后，回到了支离坞。

原本支离兰只想安排一个小小家宴欢迎儿子归来,但支离雷却提前派了人来传话,要求安排一个盛大的欢迎仪式。支离兰照做了,虽然心里很不高兴,然而让她更不高兴的事还在后头——支离雷竟然自作主张,带了一个未婚妻回来。

女孩本身没什么可挑剔的,美丽、温柔、高贵而且时髦,是澜州最大的坞堡红石砦的少宗主,名为红石雨燕,与支离雷可称门当户对。她与支离雷一样,也在海心城接受了十二年的帝国教育,与支离雷青梅竹马,情好甚笃。支离雷喜气洋洋,以为母亲会欢天喜地地欢迎自己未来的儿媳,结果却与他期待的完全相反——支离兰接受了支离雷的一切,却对他与红石雨燕私自订婚大发雷霆。

原因很简单,按照支离坞的传统,支离雷只能娶本坞农户之女为妻。

支离雷继承了他父亲流浪者的相貌,性格却与支离兰极为相似:简单而又固执,认定了一件事就决不回头。

支离兰不准支离雷与红石砦少宗主结婚,另外为他从支离坞的农户里挑了一个老实能干的女孩为妻,但支离雷不愿妥协,他带着爱人从支离坞里搬出来,在大麦河边建起了自己的石屋,并在那里举行婚礼。支离兰没有退让,她向整个晋北盟发出公告,宣称支离雷不再是自己的儿子,也不再是支离坞的少宗主,自己将从支离雷众多的同族兄弟中挑选一个合适的人收为养子,并让他成为支离坞的少宗主。

这事就这样僵住了,这时候发生了一件大事:帝国开始了对殇州的远征。这一年是星辰下降三百七十五年,帝国成立十九年,这一年支离兰四十三岁,支离雷二十一岁。

新婚的支离雷离开了已怀有身孕的妻子,带着十几个晋北的少年加入了帝国的远征军。这些少年都是在帝国的庇护下成长起来的，他们崇拜龙，热爱这个新生的帝国，热切地想要为帝国开疆拓土，立下不朽功勋。支离雷穿着帝国的军服（火红底的锦衣上以金线绣出象征帝国的龙焰）去向支离兰告别，但支离兰却下令把支离坞的大门关闭，不让支离雷进来，并声称帝国的士兵决不能进入支离坞的坞堡，除非他们动用武力。

虽然临走时没能见到母亲让支离雷不快，但踏上征程时他仍意气昂扬。在这些少年想来，以帝国强大的军队去征服殇州冰原上野蛮的夸父，万无失败之理，龙军团必将势如破竹，征服殇州全境，将帝国的疆域拓展到冰原的尽头。二十万帝国大军跨过蓝绸一样平静的涣海，在殇州的南部苔原上登陆的时候，正是春末夏初，是殇州最美好的季节，苔原上甚至还盛开着成片的野花。最初，他们并没有遇上什么了不得的抵抗，夸父稍做抵御就退缩了。他们高歌猛进，在夏天结束时，已经向北推进到封冻的暮澜江边。这里已完全被冰原覆盖，虽然尚是秋季，但却已滴水成冰。夸父们用巨大的冰块筑起坚固冰城与龙军团对抗，他们不再退后，决心在此与龙军团决一死战。

此战或许是九州有史以来最惨烈的战役。在冰城内集结了将近一万名夸父，其中不仅有男人，还有女人和孩子，或许整个殇州所有能够走路的夸父都来了。龙军团将冰城重重包围攻打了一个月，他们数次攻入冰城之中，但又被夸父给赶了出来，冰城亦数次被攻城机甲打开缺口，但又被夸父将缺口补上，龙军团损失了五万余人，却徒劳无功。漫长的冬季降临，机甲已动弹不得，机油和润滑油全被冻结，黑煤燃料也已耗尽，不断有士兵被冻死。而在龙军团的身后，又出现数支夸父骑兵，他们以六角牦牛为坐骑，人数不多，但来去如风，不断骚扰龙军团的后方，打劫运粮的车队。龙军团的主帅，当时已年过六旬、战功赫赫的鲛人赤珠丹辉，不得不承认远征失败，开始撤退。

崑族军人作为掩护，是最后撤走的，唯一跟他们留在一起的鲛人，是主帅赤珠丹辉，其他的河络和鲛人都已仓皇而逃。河络还好，鲛人因为必须依赖陆行机甲，而机甲在冰原上的机动性受到限制，再加上新鲜海水越来越少，大量鲛人死在了撤退的路途中。

但崑人死得更多，根据最终的记录，没有任何一个崑人活着回到涣海这一侧。赤珠丹辉率领这些崑人抵抗到了最后，当他撤到涣海的北岸时，冬季已经结束，春天重新到来，他的身边已经没有别的士兵，仅余他孤身一人。涣海温暖的海水不断冲刷着殇州的苔原，发出隆隆的巨响，仿佛在呼唤这个老鲛人回到她的怀抱中，但赤珠丹辉并没有脱下他伤痕累累的陆行机甲跃入海水之中——在那里他将重获自由，而是用一把锋刃已残缺如锯齿的剑自刎而死。

直到临死前，赤珠丹辉都在仰望天空，指望皇帝——也就是龙——能够从天而降，以他无敌的烈焰拯救失败的龙军团。但最终他失望了，他终于明白这场由龙发起的远征注定要以失败结局，而自己也将永远不可能再见到皇帝，见到他忠心耿耿为之效力了四十年的龙。

支离暮澜的母亲本是澜州最大坞堡红石砦的少宗主，她本名石燕，如同支离雷一般，她也在八岁时就被送到海心城，在那座巨大海城里，她为自己取了一个更像是鲛人名字的新名：红石雨燕。和支离雷一样，红石雨燕也是龙的狂热崇拜者，她热爱熹帝国，随时准备为了帝国而献出自己年轻的生命，虽然已有身孕，她仍义无反顾地把丈夫送去了殇州。

红石砦曾是澜州最大坞堡，然而在帝国征服澜州时，红石砦已被帝国的机甲夷为平地。红石雨燕名为少宗主，却已没有坞堡可以继承,她的父母在红石砦残破的废墟间生存,穷困到必须以耕织为生,却仍食古不化,顽固遵循坞堡的传统。红石雨燕对回到澜州去当一个残破坞堡的宗主毫无兴趣,她甚至没有跟自己的父母打个招呼,就跟着支离雷来到了支离坞,并不顾支离兰的反对,与支离雷结成了夫妻。

他们的小小石屋建于大麦河边的悬崖上,位于村庄的边缘,是支离雷自己用片石垒成,石屋门楣上悬着一面代表帝国的龙旗。支离雷一生中的大部分时间都在海心城度过,根本就不知道如何才能垒成牢固而舒适的石屋,只能照猫画虎,勉强垒出一个七歪八扭的石头房子栖身。他们按潮神教的仪式完成了简单的婚礼,主婚人是一个路经此地的鲛人潮语贤者,这个潮语贤者也是他们的婚宴里唯一的宾客。两个年轻人在简陋的石屋里度过他们的贫苦而幸福的蜜月,在明月的照耀下,在大麦河哗哗的浪涛声里,他们没日没夜地索求对方的肉体,很快红石雨燕就怀上了身孕。他们托人把这个消息告知支离兰,指望支离兰会为他们打开支离坞的大门,但倔强的支离兰依然对他们不闻不问。

支离雷的远征殇州,并不仅仅是为了帝国的荣耀,更是为了他自己——除了立下军功,求取一个帝国的出身,他已经无路可走。然而,最终他却被帝国抛弃在殇州的冰原上,默默无闻地死去。

而红石雨燕因为私自来到支离坞并与支离雷成亲,也早已与她的父母决裂,支离雷走后,她只能独自在简陋的石屋里艰难度日。到秋天,孩子生了下来,是一个大胖小子。

支离兰仍然没有出现,不过还是派人送来了给婴儿喝的羊奶,以及给大人吃的馕和羊肉,来人传话给红石雨燕:如果红石雨燕取下门楣上的龙旗,并在山神面前重新念下婚誓,支离兰就愿意打开支离坞的大门,让他们母子进入坞中生活。高傲的红石雨燕把支离兰送来的东西全都扔了出去，那时她还深信帝国对殇州的战争马上就要胜利，支离雷将带着军功凯旋，接她一起到海心城去生活；然而她一直等到冬天也没有等到帝国获胜的消息，天气越来越冷，他们的石头小屋根本不足以避风驱寒。红石雨燕托人带信给天启城的帝国官员，请求他们帮助自己，但帝国早已将他们遗忘。她不得不接受支离兰的施舍：木炭、肉、厚实的衣物和暖和的毛毯，这些施舍都是没有附加条件的。

在支离坞，红石雨燕是一个多余的人，她的潮神教信仰和她对帝国的忠诚，使她与这里的所有人都格格不入，而帝国又对她不闻不问——既然她已经不再是少宗主，对帝国就不再有价值。

冬天过去，岁正再一次升起的时候，传来了远征军失败的消息，红石雨燕焦灼地等待支离雷回来，然而传回来的一切消息都在间接地告诉她，支离雷再也不可能回来了。与支离雷一道远征殇州的十几个少年，全都死在了那里，有些人的骨灰送了回来，而大部分人则尸骨无存。帝国冷酷地对待这些死去的人，没有抚恤，没有慰问，把他们当成草芥、当成尘灰，他们的死没有丝毫的价值。到后来，红石雨燕甚至觉得，帝国之所以发动这场战争，并不是为了征服，而是为了把这些人送到殇州去，并让他们死在那里。

夏天里，一场突如其来的暴风雨，使支离雷勉强垒起的石屋坍塌了，这也成了压垮红石雨燕的最后一根稻草。她披头散发，在黎明时来到支离坞的大门前，把熟睡中的支离暮澜放在了坞壁下，然后独自走到大麦河边，跃入了湍急的奔流中。

支离暮澜这个名字，是支离雷取的。暮澜江横越殇州冰野，注入西浩瀚洋，是九州大地上最靠北的大河，支离雷深信孩子出生时，帝国的远征军就将打到暮澜江边，并进而征服整个殇州。因此临别时，他对红石雨燕说，如果生下的是男孩，就叫支离暮澜，如果是女孩，就叫支离慕兰。

他是如此深爱他的母亲，然而帝国却把他们撕成了血淋淋的两半，并永远不再有机会愈合。

支离暮澜长得很像支离雷，他们都有一对高高的颧骨和一个弯弯的鹰钩鼻子，这两个特征在晋北走廊显得特别引人注目，任何一个人一看到支离暮澜就能认出他，知道他是支离兰的孙子，同时也是来自奥诺利斯城的流浪者的孙子。也就是说，他既是支离坞宗主的唯一继承人，也是奥诺利斯城城主的第一顺位继承人。

但同时，支离暮澜也继承了支离家族的特征——一个方方正正的下颚。从支离坞的第一代宗主支离祁开始，支离家族的男人大多都有这么一个方正的下颚，这使他们看起来不免显得有些过于严肃。

支离暮澜出生时，支离兰四十四岁，虽然已经步入中年，但她的身体跟二三十岁时并没有什么两样，身材依然苗条，动作依然矫捷而灵敏，她倔强认死理的个性也随着她的年龄增长变得愈来愈难以理喻。她爱支离暮澜，但从不表现出来，她用极其严厉的态度对待自己唯一的孙子，把支离坞的各种乱七八糟的传统一股脑地灌输到支离暮澜的脑壳里去，并把重振支离坞的希望寄托在支离暮澜的身上。少年支离暮澜沉默、倔强、满腔愤恨却又无处发泄，有一回，因为犯了一个小小的错，支离兰用去了皮的柳条狠狠地抽他的屁股，而支离暮澜忍着痛，一声都没吭，那时他只有五岁。从此支离兰再也没有打过他，不是因为舍不得，而是支离兰知道，已经不需要再打他了。

支离兰把自己所会的一切都教给支离暮澜，支离暮澜学得最好的是射箭和园艺。支离暮澜很少在公众面前展示自己的箭术，人们传说他的箭术已经到了神乎其技的地步。而园艺之道，支离暮澜并不隐藏，他帮着支离兰培育出了很多樱花的新品。到他十八岁的时候，他种出的樱花已经名动天下，许多富商欲求一棵种在自己的园内而不得。

支离暮澜在痛苦和仇恨中成长，支离兰把自己对帝国和龙的仇恨都灌注到了支离暮澜幼小的心中，还把支离雷和红石雨燕的死也都怪罪到帝国和龙的头上：如果帝国没有把支离雷强行带到海心城去，如果帝国没有远征殇州，那么这一切悲剧都不可能发生。支离暮澜从小就知道自己是一个可怜的孤儿，从没见过自己的父亲，对母亲也没有留下任何印象，而帝国就是这一切悲剧的罪魁祸首。

但可悲的是，随着支离暮澜的长大，他向帝国和龙复仇的可能性，却变得愈来愈小。

帝国远征殇州，大约有十五万士兵死在了那里，而这些士兵原先大多隶属于各地的镇抚使。龙发起对殇州的远征，并承诺把殇州的土地按军功大小划分给远征的将帅，没有人想到帝国最终会失败，而且是以如此惨烈的方式失败。侥幸逃回来的人寥寥无几，那些原本坐拥重兵的镇抚使，全都实力大减，皇帝逐渐把手伸入他们的领地，反对者都被送入牢中或者莫明其妙地死去。十年之后，皇帝直接控制的郡，已经从四个扩大到了八个，即天启、楚、唐、涣和夜沼、雷中、青石、滁潦，熹帝国最富裕人口最多的郡府，全都听命于海心城，皇帝直接向这些郡府委派郡守和府君。

皇帝逐渐加强对帝国的统治，支离坞虽小，却成为帝国的特例，皇帝的统治在这里失效。

这里聚集起了各种各样的人，除了支离坞自己的坞民和晋北盟其他坞堡的坞民之外，澜州和中州的巺人也成群结队而来，他们大多是商人，其中也不乏逃兵和罪犯；来自雷州自由城邦的商人、艺术家、雇佣军和女伎也络绎不绝；坚持真神信仰的河络和不接受皇帝统治的落魄鲛人也把支离坞当成自己的避难所；甚至夸父、蛮族和羽人也会来到这里，他们往往在支离坞住上一段时间就离开，在这段时间里，他们收买各种货品，并收集关于熹帝国的一切情报。

支离兰统治晋北盟五十五年，是晋北盟有史以来在位最长的盟主。在她统治期间，晋北盟虽然承受着帝国的强大压力，但却得以保持至少是表面上的自由和独立，看起来似乎不可思议，但支离兰的确做到了。一方面，帝国顾忌支离坞与雷州五大自由城邦的牢固联盟，不愿意为了夺取晋北走廊而失去来自雷州五大自由城邦的贸易收入；另一方面，毕竟还有一半的郡府仍未接受帝国的直接管辖，而殇州的夸父、瀚州的蛮族和宁州的羽人仍对帝国保持独立甚至敌对的状态。支离兰巧妙利用了这些复杂的关系，不仅使晋北盟的独立得以保持，甚至还使支离坞的威望在她统治的几十年里持续上升。在帝国老百姓的心目中，支离坞代表了九州古老的传统，这传统源远流长，在星辰下降之前就已存在，这传统中包罗了自由、野性、决斗、血仇和荒蛮，神秘而又充满魅力；而对于鲛人和河络贵族来说，支离坞则是收容所，一旦他们得罪了皇帝，帝国境内，至少还有这么一个地方可以收留他们。

皇帝极具耐心，或许是因为他身为龙，拥有漫长生命的缘故，他似乎对支离坞听之任之。那些逃入了支离坞的罪犯，只要不从支离坞出来，皇帝都不闻不问，然而帝国的势力仍然像水慢慢渗进坚壁一样渗了进来。帝国最重要的武器，不是武力，而是宗教和科举。

帝国成立二十年时，皇帝创立了科举制。最初只有鲛人和河络可以参加，三岁一比，中举者可以入朝为官。后来科举的范围逐渐扩大，把崑人也包括了进来，其制度也逐渐完善，形成了依附于帝国的郡府县制的四级考试制度。最低一级是县试，通过县试者为童生，县试一年一试，童生可以参加府试，通过府试者为秀才，府试亦一年一试，秀才可参加郡试，通过郡试者为举人，举人可以到京城去，参加由皇帝亲自主持的国试，中选者为进士。郡试和国试都是三年一比，国试在郡试的次年举行，举人和进士都可以为官，当然进士的官职自然更为清要。

潮神教也形成了一整套的遴选神职人员的制度。与科举制不同，这套遴选制度是自然形成的，有深远而牢固的传统，甚至身为真神的皇帝也无法对之做出更改。潮神教的神职系统极为复杂，大略可以分为四级，初级的神职为潮声修士，多为刚从神学院毕业的年轻人，高一级的神职为潮音炼士，再高一级为潮言慧者，最高一级则为潮语贤者。这只是大略的划分，其中每一级的神职又细分出许多小级，比如单是潮语贤者一级，便又分有八阶，最低一阶的潮语贤者整个帝国计有上千人，而最高一阶的潮语贤者则只有一个，便是潮神教的教宗，他在潮神教的地位仅次于唯一真神——龙。长久以来，潮神教的遴选系统都没有开放，只有鲛人和少部分的河络可以成为神职人员，但另一方面，任何一个人都可以成为潮神教的信徒，无论此人是何种族，是何职业，是何地位，都可以成为真神的子民。潮神教宣扬所有真神的子民其人格皆平等无差——其实这是不可能的，但是作为教条，它仍然极具吸引力，而帝国又给潮神教信徒以税赋上的优待，因此随着帝国的建立，潮神教的信徒迅速增加，甚至连支离坞的坞壁，也挡不住潮神的冲击。

在支离兰六十岁时，帝国的科举学校和潮神的庙宇，终于也堂而皇之地进入了支离坞,这是无可奈何的事,人们需要这些,而支离兰又不是暴君。让支离兰感到安慰的是,至少,支离暮澜还是听她的安排,依照支离坞的传统,娶了本坞农户之女为妻。

支离暮澜结婚之后,妻子很快就怀上了孩子,但前两个生下的都是女儿,直到支离兰六十五岁的时候,支离暮澜的第一个儿子支离屠出生了,支离兰非常高兴。接下来又接连有两个男孩出生,分别叫支离刺和支离言,这些男孩的名字都是支离兰取的,然而支离刺和支离言都没有养大,在两岁上就夭折了。

支离兰七十三岁那一年,支离暮澜的妻子又怀上了孩子,支离兰很高兴,她说,如果生下的还是男孩,就叫支离破。

然而支离兰没能等到支离破出生。翻过年去,在春天,樱花盛开的时候,支离兰死了。她死去的那一年,是星辰下降四百零七年,帝国成立七十二年,那年支离屠七岁,支离暮澜三十一岁,她留下的遗言,只有一句:"好好活下去,活着,就有希望!"

支离暮澜依照支离兰的遗愿,把她埋在了雪樱花树下,与流浪者的尸骨埋在一起。

三十一岁的支离暮澜成为了支离坞的宗主和晋北盟的盟主。

这时候的情形,已经与支离兰初任宗主时大不相同。帝国的势力继续扩张,陆郡方面,云中和中白两郡亦已收归海心城直接管辖,海郡中的博雅和天拓两郡的镇抚使也在前些年死去,皇帝推翻了由当地鲛人军队推举的镇抚使,直接向这两个郡派出了郡守。如今,唯有荠河、八松和擎梁三个陆郡、淮郡一个海郡以及雷泽郡这个半海半陆的偏远小郡仍游离在中央政府之外,但他们也都在名义上承认帝都的统治。

晋北府隶属八松郡，八松郡的郡守是一个鲛人贵族，由皇帝指派，但他的权力范围仅限于八松城，一出八松城，就是各个河络府君的地盘。晋北府府君这个职位，已经由黑狐罗罗的子孙传承了三代，如今是其孙子猛虎扎卡任晋北府府君，但在晋北府内，猛虎扎卡似乎更喜欢他的臣民们尊称其为夫环。

"夫环"这个尊称，在河络的传统中有悠久的历史。在星辰下降之前，夫环是各河络部族的执政官，由本部族的阿络卡（这也是一个有悠久历史的尊称，只能由女性获得，享有这个尊称的人是真神在河络部族中的代表，然而如今仍信仰真神的河络部族已寥寥无几，阿络卡自然也就更难寻觅了）推选产生。猛虎扎卡的性格，与他的祖父黑狐罗罗不同，他智力短浅却又张扬跋扈，崇拜武力，贪财好色，是一个十足的纨绔子弟，然而他也不是没有优点，至少，他讲话还是算数，而且为人也光明磊落，不搞阴谋诡计。

晋北盟与黑狐罗罗的河络部族维持良好关系已历五十年，中间虽不免有冲突龃龉，但都没有决裂，这自然是因为双方都认识到，晋北府和晋北盟互为唇齿，任何一方都离不开对方，一旦双方决裂，那么帝国的势力就将很快进入。

在猛虎扎卡统治晋北府期间，帝国对晋北的压力逐渐加大，皇帝在由天启通往晋北的路上设立重重哨卡，又派重兵驻守于八松城，对晋北府虎视眈眈。猛虎扎卡不愿屈从于皇帝的统治，不断增加晋北府的府兵数量，并招揽了大量河络工匠制造武器。这些举措增加了晋北府的军费开支，为了弥补这些开支，猛虎扎卡没有跟支离暮澜打招呼，就直接向晋北走廊派出税官收取赋税。

此前，晋北府并未向晋北盟收税，双方形成的默契，是晋北盟负责保护晋北走廊的商道，猛虎扎卡则有权向通过晋北走廊的每支商队收取关税。猛虎扎卡直接向晋北盟收税的举动激怒了许多宗主，但支离暮澜把宗主们的愤怒压了下去，默认了猛虎扎卡的税权。

猛虎扎卡不断增加府兵的举动激怒了龙，龙向八松城派出了更多的军队，但与此同时，猛虎扎卡却对潮神教的传播与帝国科举学校的建立不加控制，以至于在猛虎扎卡统治晋北府期间，晋北府的潮神教信徒和参加科举的读书人都大量增加，到了最后，连愚蠢而跋扈的猛虎扎卡自己都放弃了他们部族坚持了多年的真神信仰而改信了潮神。在猛虎扎卡看来，只要自己手里有兵，其他的全都不足为虑，而潮神教的传播和读书人的增加甚至还方便了他的统治。

支离暮澜多次向猛虎扎卡提出警告，奉劝他坚持其祖父黑狐罗罗的策略，将潮神教和科举制拒之门外，但猛虎扎卡嘲笑支离暮澜多虑而又胆怯。一直以来，连支离暮澜自己也在营造和维护自己多虑胆小的形象。他对外隐藏自己射术精良的事实，把自己塑造成一个目光短浅老实巴交的园丁和农民。为了瞒住猛虎扎卡，不让他知道自己会骑马，他甚至故意从马上摔下来。支离暮澜之所以这样做，是因为他知道，帝国已迫不及待要吞并晋北府和晋北走廊，而猛虎扎卡的十万府兵，看似强大，其实早已被帝国的宗教和科举渗透，如同千疮百孔的大坝一般不堪一击，根本不足以为晋北走廊提供保护。

支离屠结婚的次年，猛虎扎卡认为时机已到，联合八松郡的其他几个河络府君，突然发兵，包围了八松城。

一共有十五万府兵随着猛虎扎卡一起反叛，其中包围八松城的就有五万，另外十万则分成三路进攻天启城。支离暮澜却没有派出一兵一卒，虽然很多宗主认为猛虎扎卡军力强大，很快就能攻下八松和天启，并进而拿下中州和澜州，甚至有可能建立起一个能与熹帝国抗衡的河络帝国，但支离暮澜持相反的意见，他认为猛虎扎卡的反叛很快就会失败，甚至连八松城都不能攻下来。

猛虎扎卡原本计划五日内攻下八松城，但八松城的坚守出乎他的意料，十日之后，虽然已经危如累卵，八松城仍不愿投降。第十日的正午时分，攻守双方正在激战时，皇帝来到了八松城，他现出了龙形，直接由海心城飞到八松城的上空，并降临于八松城硝烟滚滚的城墙上，向着攻城的叛军发出了雷鸣般的龙吟。猛虎扎卡的叛乱就这样失败了，在龙吟声中，所有守军和叛军都跪了下来，屈服于龙的力量与神威。

众叛亲离的猛虎扎卡带着仅余的数百鼠骑兵沿大麦河向支离坞逃窜，一路上他向晋北盟各个坞堡求援，然而没有一个坞堡搭理他，当他逃到支离坞下时，身边仅余最后的十来个鼠骑兵。时已入秋，在麦田里收割的农民冷眼看着这个逃命的府君，甚至都没有向他行礼，然而在去年春天，支离屠结婚时，同样是这些人，还站在支离坞大门前，迎接他的到来。

当猛虎扎卡最后站在支离坞的大门前的时候，只余他孤苦伶仃的一个人了。十天前，他曾拥有十万雄兵，傲视九州，挑战龙的威权，如今却已成孤家寡人，九州虽大，竟没有他立足之地。

如今他只能乞求支离坞坚守她的传统，接纳和保护一切投靠者。

他在支离坞下呼喊："开门！"

坞上的人高声问："来者何人？"

一瞬间他不知道该如何回答，他已经不再是晋北府的府君了，何况支离坞的人对他这个府君也没什么好印象，于是他高声答道："晋北河络黑铁部最后一任夫环，扎卡·乌乌·铁。"

他没说自己的绰号，而是用了只有在面对真神时才说出的真名。

坞壁上的人又高声问："所为何来！"

猛虎扎卡沉默良久，终于答道："无处可逃！"

坞壁上也沉默了。猛虎扎卡惴惴不安，害怕支离坞会拒绝开门，虽然有史以来，支离坞从未拒绝过投靠者，但他也知道，自己毕竟曾强行向晋北盟征过税，是一个让人讨厌的府君。

从遥远的谷地上，传来了追兵的呼喊，猛虎扎卡决定不再逃，如果支离坞最终没有开门，他将与追兵决一死战。

他用足跟轻敲地鼠腹部，命它转身对着追兵的方向。地鼠转身，露出狰狞白牙，猛虎扎卡突然意识到，如今仍忠诚于他的，竟然只有这只地鼠了，他"嘿嘿"笑起来。

追兵有数十人，由一个鲛人率领，鲛人在陆行机甲内阔步前行，他的身后是各种族混杂的骑兵，其中有崀人，也有河络，崀人骑马，而河络骑着地鼠。他们擎着龙旗，旗帜在风中猎猎飘扬，显然他们认为猛虎扎卡已成瓮中之鳖，所以追得并不急。

猛虎扎卡拔出腰间弯刀，虽然经历了长久的激战，弯刀却仍锋利如初，刃上闪着耀目寒光。他不准备等着敌人冲过来，他要向敌人发起冲锋，想尽量在死前多杀几个人，最好是能把那鲛人给杀了。他再次用足跟踢了踢地鼠，地鼠摇动头部，"吱吱"尖叫，准备冲出……

这时，身后传来大门打开的刺耳的"嘎嘎"声，猛虎扎卡转头，看见不仅门打开了，吊桥也在放下来，站在门里迎接他的，是一直以来，被猛虎扎卡认为胆小如鼠的支离坞瘸腿的宗主支离暮澜。

所有人都反对支离暮澜开门，但支离暮澜仍然把支离坞的大门打开了。收容并保护每一个投靠者，这是支离坞坚守了数百年的传统，他无法让这个传统在自己手中断绝。

何况，无论如何，黑铁部曾经保护了晋北盟几十年，即便在猛虎扎卡向晋北盟收税的这几年，黑铁部也仍在确确实实地保护着晋北盟。帝国成立数十年来，晋北盟的独立和自由，实是拜黑铁部所赐。

然而支离暮澜也知道，时代早已改变，连晋北府的十万雄兵，也挡不住龙的一声低吟，如今又还有多少人，愿意为一个几乎已经被人遗忘的传统，而去与龙对抗？而献出自己的生命？因此当支离暮澜打开门的时候。就已经想好，他将独自去面对龙，而把生的希望留给自己的孩子们，留给支离坞的其他人。

支离暮澜向猛虎扎卡躬身行礼，这是仍然把猛虎扎卡当成府君。猛虎扎卡把弯刀插回刀鞘，从地鼠上跃下，用力抱住支离暮澜。

帝国的追兵追到了支离坞下，他们踟蹰不前，鲛人冲出来大喝："支离宗主，你要与帝国对抗吗？快快将逃犯交给我们！"

支离暮澜走过吊桥，躬身行礼，说："将军岂不曾听说过吗？'入支离门，即支离人'，支离坞是不可能把支离人交出来的！"

鲛人犹豫了，最后，他终于还是带着帝国的士兵转身回去。"支离暮澜，"他高声大喊，"会有更多的人来的，陛下不会放过猛虎！"

支离暮澜对猛虎扎卡说："府君安危，暮澜必以命相护，但府君也要知道，即便是支离坞也无法护住府君，暮澜亦不能以全坞人之性命，救府君一人之性命，若府君要走，现在就走，若府君要留，明日就是府君与暮澜命终之日！"

猛虎扎卡沉默半响，说："支离暮澜，我一直以为你是胆小之人，却原来也是一个英雄，你好会瞒人。九州虽大，已没有我容身之处，我明日就与你一起，死在支离坞前！"

支离暮澜又对自己的儿子支离屠说："我死之后，你便是宗主，就让这保护投靠者的传统，在我之后断了吧，你们要好好活下去，记住你曾祖母的话，活下去，就有希望！"

支离屠躬身，说："诺！"

次日清晨，在朦胧的晨雾里，帝国的军队来到了支离坞前，黑压压的铁骑，少说有数千人。

晨雾散去时，人们看见支离坞的门大开着，吊桥亦放下来，吊桥前只有两人，一人布衣箭囊，持弓骑在马上，一人锦衣弯刀，骑在狰狞地鼠上。

率军前来的鲛人将领黑鳐无齿，喝道："支离暮澜，你要以一人之力，与帝国相抗吗？"

支离暮澜说："非暮澜要与帝国相抗，是帝国要与九州这千百年来的历史相抗！"

黑鳐无齿并不知道支离暮澜究竟在说什么，也不耐烦听支离暮澜说下去，他低声下令："压上去！"

帝国的骑兵们齐齐举步向前，铁蹄震动大地。

猛虎扎卡问："支离宗主，你昨日对你儿子说，活下去就有希望，这希望何指？"

支离暮澜答道："屠龙！"

猛虎扎卡哈哈大笑，又猛然止住，说："宗主，猛虎先行一步！"

支离暮澜说："看暮澜为府君杀敌开路！"

支离暮澜张弓搭箭，天地间凛然生出杀气。坞壁上传来"嗬嗬"的呼喝声，是坞兵们在为自己的宗主送行。

猛虎扎卡骑着地鼠冲出,手中弯刀划开初升红日。

支离暮澜第一支箭射出,黑鳐无齿轰然倒下。

帝国骑兵一滞,又一支箭射来,又一个骑兵倒下。当猛虎扎卡冲到帝国骑兵前时,支离暮澜已将箭囊中的箭尽数射出,一箭一人,不曾虚发。

猛虎扎卡高呼着杀入骑兵队中。

支离坞大门前,支离暮澜把弓扔下,提起鞍下短槊,振骑冲出。

五年前,猛虎扎卡已野心勃勃,暗中积蓄力量,想要推翻龙,推翻熹帝国,建起一个由河络统治的新皇朝,他派人去请朱悲来当自己的军师。

那时理庐已建成十年,朱悲亦已名满天下,猛虎扎卡踌躇满志,以为朱悲必会来辅佐自己,没有想到却被朱悲一口拒绝。猛虎扎卡大怒,亲自带着百余名地鼠铁甲,来到理庐前,若朱悲再不答应自己,就要当场将朱悲杀掉。

众人都茫然失措,唯朱悲淡然。

猛虎扎卡推开理庐的门,看见朱悲散发白衣,坐在地上,猛虎扎卡正要出声,哪里想到朱悲一看到他,竟放声大哭,涕泗横流。

猛虎扎卡冷笑退出,带地鼠铁骑扬长而去。"我不杀哭泣之人!"

后来学生们问朱悲为何哭,朱悲说:"支离自此绝矣!"

第五章　朱悲

支离兰死去的次年，朱悲来到了支离坞。

那一年朱悲四十二岁，支离屠八岁。

两年前，朱悲四十岁的时候，辞去了帝国的官职，开始四处流浪。

并不是他不想回到自己的故乡去，在那里，还有他的妻子和女儿在等待他归来，但是按帝国的律法，官员辞官，即是违法，回到原籍去，就不免要去见官，以后只怕再也不能离开家乡一步，所以朱悲只能选择流浪。

但朱悲的流浪也不完全是出于被迫——他希望能够在浪游中学到更多的知识。在他此生的前三十年，他把时间都用在了科举考试上，从小背诵帝国科举考试所规定的经典（里面充斥着对皇帝的赞美），之后的十年，则混迹于帝国的低级官场，从县学的教谕做起，一直做到县长、同知——也就是府君的佐官，然后就再也不能往上走了，因为崑人顶天也就只能做一个同知。

在他四十岁生日那一天，朱悲深切地感受到自己在浪费生命。

他对大地与天空、对人世与宗教、对历史和政治都有深切的好奇心，更对崑、蛮、羽、夸父四族在帝国的低贱地位感到不平，他无法接受自己仍按之前的轨迹生活下去。他把官印用一块绸布包好，挂在房梁上，在一个下着薄霜的清晨，离开了。

他对家人已经有安排，之前早已用自己微薄的俸禄为他们在家乡买了几亩地，足够他们自耕自食。

他的原籍，是宛州的新泉城。那是一座海滨城市，隔着博雅海，与雷州的自由城邦遥遥相对，因为地势的便利，新泉城自古以来就是一座商城，城里有好几个良港，港内泊满了商船。朱家是商人世家，朱悲的父祖都是商人，朱家最富裕的时候，拥有好几艘商船，但是帝国建立之后，把经商权收归国有，商船全都交给河络去经营，朱家也就一贫如洗。作为家中独子，朱悲只能弃商读书，指望着能够通过科举光大门楣，然而在当了十年的小官之后，朱悲终于看清，靠着同知那微薄的俸禄，能养活家人就已不易，遑论其他。

于是他把自己十年来收集到的书都装进书箱里，搭在毛驴背上，自己负手牵驴，趁着天才蒙蒙亮，城门才开的时候，踩着薄霜，离开了他任同知的那个偏远小城。

后来，他到过许多地方。他从雷泽郡出发，经过中白、雷中、楚、唐四郡，来到了天启郡。他进入天启城，指望着在这千年的古都里，找到能够解答他满腹疑问的人，但是他又一次失望了。

在这两年里，他见到过许多许多人，但绝大部分的人，都是浑浑噩噩。他们接受现实的一切，认同皇帝的神圣与威权，为帝国的强大而自豪，即便他在这个强大的帝国里地位低下，生活贫苦，受尽屈辱，却仍然因帝国愿意接受其为帝国之一员而骄傲。

即便偶尔能遇到一个心怀不满的人，他也说不明白，为什么现实如此，为什么龙会出现，为什么帝国会建立起来，为什么鲛人与河络就高过其他种族一头？

更不必说那些更大的疑问了，天因何而高？地因何而阔？海因何而深？星辰因何而明亮？龙因何而神圣？……

然而在天启城，朱悲也并不是全无收获：他听到一个行商说，在天启城的北边，走出去大约半个月的行程，有一个自由而欢乐的地方，它不受帝国的管辖，名为支离坞。在那里，聚集着九州所有最奇怪的人类，从智者到愚者，从勇者到骗子，从僧侣到流氓，你可以在那里找到一切人。

于是朱悲就来到了支离坞。

他来到支离坞时是春季。

他从天启往北走，跨越河川，一路上见到许多行商。大道宽阔，路两旁的田地里麦苗青青，帝国一派欣欣向荣的景象。有时他也会问自己，屈辱地活下去，难道不比在战乱中死去更好吗？然而他再一想，为什么夸人就只能屈辱地活着，而鲛人和河络就可以骑在众人的头上作威作福？他一路上所见，鲛人藏身于陆行机甲中耀武扬威，河络则锦衣玉食，骏鼠朱车，而夸人不是种地，就是当匠人，更有为奴的羽人和蛮族在生死线上挣扎，为何众人就不能在帝国中平等地生活，而非要区分出上下尊卑？

离开帝国的大道，步上通往晋北走廊的商道，情形就渐渐不同。一进入河谷，仿佛就是另外的国度。在这里，也有鲛人，但他们不再藏身于陆行机甲中横行，而是潜入春潮涨起的河水中捕鱼；也有河络，但他们不再是锦衣玉食，骏鼠朱车，而是或为行商，或为匠人；也有羽人和蛮族，但他们不再为奴，而是与众人平等地生活；夸人同样如此，或为农民，或为商人，或为猎手，既不比别的人低贱，亦不比别的人尊贵。

越是往支离坞走，樱花就越繁盛，当他远远地看到支离坞那用赤色岩石筑起来的坞壁的时候，仿佛已置身于樱花的海中。他问路上的人，如何才能见到支离坞的宗主，那人说，此时宗主必在樱花林中忙碌，你到林子里去找他吧？

朱悲就牵着毛驴，往樱花林里去。樱花树下，到处是饮酒放歌的人，朱悲浪游了两年，从未在别的地方，见过这样欢乐的景象。他问支离宗主在哪里，众人就指给他看，朱悲想，宗主必是一个气宇轩昂的人物，但他所见的支离宗主，却——看起来就是一个寻常的园丁，正在樱花林里忙碌，穿着粗布的裙服，瘸着一只脚，腰间插着花剪，手上拿着小锄，正一棵棵巡视樱花树，仿佛每棵树都是他亲生的孩子。

朱悲惊讶得快说不出话来。他上前行礼："支离宗主，在下朱悲，初来贵宝地，想寻个下处，住上几日。"

支离暮澜急忙还礼："朱先生大名，暮澜早有所闻，前几日听说先生来到了天启城，暮澜正想着要不要到天启去拜见，没有想到先生自己先来了，失敬失敬！"

朱悲更惊讶了："不知宗主见在下有何事？在下不过是一个浪游书生，一无所知，一无所能，一无所有，怕宗主见了在下，要失望的。"

支离暮澜正色说："朱先生辞官求道，浪游天下，何等志向，何等魄力，暮澜常常想望先生风采，如今先生既然来了，就在支离坞中安心住下，请先生在此读书问道，授业解惑，这是暮澜的愿望，不知先生意下如何？"

就这样，朱悲在支离坞住了下来，一住就是十余年，一直到皇帝派了人来，请他到海心城去，做那最后的辩难。

朱悲

九州·刺龙

DRAGON SLAYER

最初，朱悲住在支离暮澜为他安排的书斋里，两间石屋，一间书房，一间起居。作书房那间，唯有书案、书架和椅子，书案上是文房四宝和一瓶清水养的兰花，起居的那间，亦不过是一床一桌一椅。朱悲对生活的要求简单而又俭朴，除了清静，就是洁净。他每日洒扫不停，屋内总是纤尘不染，窗明几净。屋外是一小园，围着篱笆，篱笆上爬着迎春，园内种着樱花树和海棠花树，海棠花树下是小小鱼池，池内养着锦鲤和莲花。

书斋远离石头瘤子、决斗场和议事大厅这些热闹场所，紧贴着鹰嘴崖高高的岩壁。开头那两年，除了支离暮澜每隔几日就会带着支离屠来一趟，几无他人来拜访岩。支离暮澜来，也无事，只是闲聊，说些家常话，送些米面青菜和肉，顺便照顾园内的花树。

朱悲的生活很安静，每日里，除了读书，就是爬到鹰嘴崖上去观星。他虽然是书生，又已四十余岁，但身材瘦高，身手也敏捷，每日爬上爬下，并不觉得劳累。有时观星观得晚了，又或者夜里下起雨雪，不方便下崖去，他便和坞兵一起，在望楼里睡一夜，等太阳出来，再下去。

他尤其喜欢在鹰嘴崖上看春天的日出。三四月时，樱花全都开了，红日从东边山巅下喷薄而出，青色的岁正静静地悬浮在南边的天空上，绚烂的朝霞燃烧于碧空之上，九州最壮观的景象，大约莫过于此。

需要什么书，朱悲会跟支离暮澜打个招呼，支离暮澜便托人到天启城去寻求，若是求不到，支离暮澜还会托路经支离坞的商队代为寻求。书斋里的书越来越多，渐渐的一间房已经放不下，连起居的那间，也不得不放了书架进去。

朱悲所求的书杂乱，几乎无所不包，天文地理，野史小说，九经算术，农商冶炼，政治军事……他无书不求，无书不读，读过之后也不说什么，便放在架子上，继续读下一本。

有时支离暮澜带着支离屠来，朱悲也不招呼，只管自己读书，父子俩把东西放了，自去照管花树，忙完了，吼一声，朱悲有时出来相送，有时只在屋里道声"有劳"，父子俩便自己出门回去。

就这样过了两年。渐渐地，朱悲除了读书和观星之外，也偶尔会出来走动了，支离坞里的人，便也跟着支离暮澜一起叫他朱先生。

那时候，朱悲最常去的地方，是石头瘤子，他不找女人，只喝酒，而且只喝支离坞自己酿的麦酒，喝得也不多，以不醉为度。众人都知道，朱先生到石头瘤子来，是为了听各地的奇闻怪谈。这里有来自各个地方的人，有来了留下来的，更多的则是来了又走，走了又来。这些人千奇百怪的都有，河络和鲛人自然少不了，也不缺蛮族和羽人，甚至夸父也会来——他们没办法进到石头瘤子里来，只能坐在门外的地上喝酒，喝醉了就用他们低沉如雷鸣的嗓子吼粗犷的歌谣。

在石头瘤子里，朱悲可以听到许多书里没有的东西。他知道羽族在宁州建起了部落联盟，那是一个与帝国完全不同的国度，人人平等，人人皆有选举之权；他也知道蛮族还在瀚州的草原上互相争战，血腥的杀戮每日皆在发生，那里的人每天都在盼着有人能统一瀚州，但若让他们归并到帝国里来，他们又都誓死不从；他还知道殇州的夸父经过暮澜江一战后，伤亡惨重，冰鬼在渐渐地把他们的魔爪伸向南方；他甚至知道在越州还隐藏着一些小的河络部族，他们仍然信奉创造真神而非潮神。

也是在石头瘤子里，朱悲第一次听说了元极道。

元极道，是羽人古老的宗教，即便在如今的羽人部落联盟中，也已鲜有人了解其真义。朱悲是从一个逃亡到支离坞的羽人老奴口里听闻了这个古老宗教的。那是一个苍老的羽人，须发如雪，弓腰驼背，身上遍布被奴隶主鞭打后留下的道道鞭痕，他的展翼点早已被烙铁烧残，但是在每年七月初七的展翼日，他都要爬到鹰嘴崖上，站在崖边，等待着自己能够重新展翼的那一天到来。

老羽人的名字，叫泽无风，他说自己来自羽人的圣城：泽中之城，他年轻时是圣城的助祭，在一次航行中，被鲛人劫了船，成了俘虏，被卖到海心城当奴隶，后来又换了几个奴隶主，辗转来到天启城，才终于找到机会，逃到了支离坞，重新得到自由之身。他十八岁时被卖为奴隶，如今已有七十余岁，再没有回过宁州，也没有勇气再回到宁州去，再回到那座坐落于雪因湖中心的美丽圣城去。

他告诉朱悲，即便在宁州，也鲜有人还了解元极道，他也是在偶然中，在圣城的书阁角落里，发现了一本残卷，才知道古时羽人曾经信仰过这种宗教。残卷里说，众星皆依一定规则而运行，而众星的运行，又与大地上的万物息息相关，如岁正升而春至，岁正落而冬来。如果一个人能够了解众星的运行，通过复杂的运算，就能以星的运行，推算出大地上万物的生死衰亡，但这观测和运算的工作量过于庞大，不是普通人能够完成的，或许正是因此，这种大而无当的宗教，才最终消亡了。

元极道的学说，激起了朱悲极大的兴趣。他从河络那里买来高倍的远望镜，重新开始观测和记录天上群星的运行，并以赤枫木制成算筹，开始学习计算之法。这些事情花费了他大量的时间，大约有一年的时间，他不是在鹰嘴崖望楼上观星，就是在书斋中计算，然而成果寥寥。

那一年的夏天，朱悲记得，那是他来到支离坞的第四年，那一年七夕的晚上，因为明月光芒太盛，朱悲没有上鹰嘴崖去观星——

他后来一直为此而懊悔。在那天夜里，老羽人泽无风从鹰嘴崖上跳了下来，摔死在支离坞狭窄的街道上。

帝国的科举，一直在缓慢地向支离坞内渗透，在朱悲来到支离坞的第四年，第一所科举学校，在支离坞内开设了。

既然支离暮澜一直没有阻止支离坞的年轻人参加科举考试，自然也不会阻止科举学校在支离坞内开设。朱悲曾经问过支离暮澜这其中的缘由，支离暮澜说，如果我的祖母仍在世，她一定会尽全力禁止支离坞人参加科举考试，更不可能让科举学校进到支离坞来，但我不会像她那样做，我想起我父亲的死，如果祖母那时允许穿着帝国军服的父亲进到支离坞来，或许父亲就不会到殇州去，我还想起我的母亲，如果祖母接纳了她，她也决不会跳进大麦河里，我不想再犯我祖母曾经犯过的错。

支离暮澜说这些话的时候，正在种海棠花，十二岁的支离屠在一边帮忙。他们从那一年开始在支离坞内外种下海棠，支离暮澜死后，支离屠继续种植，到最后，他们一共种下了数千株海棠。

支离屠的弟弟支离破，是支离家的异类。多少代以来，支离家没有出过读书人，支离一族的男人，不是商人，就是农民，或者猎人、园丁、战士，而支离破却从小酷爱读书。支离破八岁时，支离暮澜第一次带他到朱悲那里去，他就自己翻出了一本书看，到支离暮澜要离开时，他哭泣着一定要把书带走，最后连爱书如命的朱悲也不得不把那本书借给支离破，让他带回家继续看下去。

出乎朱悲的意料，几天之后，支离破又跟着支离暮澜来了。那本书干干净净整整齐齐地被还回来,上面连个折痕都没有,朱悲问他是不是看完了,他说看完了,还想看别的书,朱悲便让他到书架上自己去找。

就这样,到支离破十岁时,已经在朱悲那里看了有几十本书。并没有人教他识字,但他似乎自己就认识了不少字。后来支离破对支离暮澜说,我要去科举学校读书。

支离暮澜很是犹豫了几天,毕竟,别的人要去科举学校读书,他可以不管,但自己的儿子要去,他心中仍有抵触。但终究,他还是答应了。支离破背起小书包,高高兴兴地被母亲送到科举学校去,成了学校里最小——但却是最聪明的学生。

朱悲说,我也要办个学校。

支离暮澜很高兴,要给朱悲安排房子,朱悲说,不必,就在这园子里就好。

就这样,在那一年,支离坞又多了一所学校,教的却不是科举考试考的七经和潮神教的圣书,而是朱悲自己选择的书籍。这些书籍,是科举学校的老师眼中的杂书、邪书,有些书更是绝对不准阅读的禁书。

朱悲的第一个学生,是支离屠。

但是支离屠很笨,全不是读书的料子,与他的弟弟有天壤之别。

支离暮澜问支离破,为何不到朱先生的学校里去读书?支离破说,在朱先生那里读书,能当官么?

支离暮澜愣住了。

两年之后,朱悲的学校里学生渐渐多起来,园子里已经坐不下,支离暮澜说,朱先生,你还是接受我的安排,换到大房子里吧。

朱悲仍不太情愿，但终究还是接受了。新的房子很大，原本是座谷仓，有着高高的拱顶和粗大的石头柱子，坐下上百人绰绰有余。支离暮澜问朱悲，是不是该给学校起个名字，朱悲说，既然非要起个名，就叫理庐吧。

理庐里教的东西，与帝国科举考试的七经和潮神教的圣书全不相干，甚至有不少地方可谓针锋相对。朱悲以为，万星万物皆循理而行，而人生于世，就是要去穷究这个"理"，践行这个"理"。但朱悲也并不强迫他的学生们接受他的理论，在讲授万星一理万物一理的学说的同时，他也讲授羽人的元极道，以及他后来几年了解到的远古时的宗教长门教。关于夸父的盘古神、蛮族的盘鞑天神以及河络的创造真神，朱悲也尽己所能地教给学生们。朱悲的学校是来去自由的，他也并不禁止自己的学生同时到科举学校去学习，其中有好几个学生，同时也在科举学校上课。

虽然已经有了旧谷仓作上课的场所，但朱悲仍喜欢带学生们到户外去上课。他教给学生的绝不止于书上的知识。他带学生们爬山、种植、游水、远行，对学生的成绩也没有一定的要求，学得通也好，学不通也好，来也好，去也好，总之他全都接受，全都欢迎。不仅学生们尊敬他，后来，支离坞人全都尊敬他，因为他不仅把支离坞的年轻人的心都收住了，还给支离坞的农民和商人们帮了许多大忙。一些关于他的传说越传越神，农民们说他不仅能准确地算出节气，更能预知风雨，而商人们则信誓旦旦地说，朱先生能精确算出某地某物的贵贱，按着朱先生的话做生意，决不会亏。

大约唯一对朱悲恨之入骨的，就是科举学校的老师们了。他们公推了一个德望最高的老学究向朱悲挑战，要跟朱悲在决斗场上

——当然不是比武，而是辩论。

朱悲欣然应约，辩论的时间，定在了三日后的巳时。

老学究名叫林正，是一个崽人，年过五十才考中举人，被授教谕之职，派到支离坞来。支离坞的科举学校，就是他创办的。

朱悲要和林正辩论的消息，在支离坞里传开了，大家都乐得看热闹，还有那些看热闹不嫌事大的人，到处风传说辩论失败者要当场自裁，因古时的决斗，便是至死方休的。

林正很自信，他从八岁开始读经，十六岁考中秀才，一直到五十岁考中举人，寒窗苦读数十年，把七经背得烂熟于心，七经的各种注评也能倒背如流，自信帝国境内，没有人能在辩论场上难倒自己。

决斗的风俗，已经消失了数十年，决斗场也被改成了晒场，只是朱悲与林正辩论时，已是冬季，正是农闲时，晒场上空荡荡的。人们在晒场上立起两个高台，遥遥相对，台上各放一张蒲席。

辩论那一日，朱悲是一身灰布的棉袍子，灰白长发披散于肩，颔下长须飘洒，林正则是一身官服，外披一件半旧的狐裘披风，留着老山羊胡子，面容严肃。两人上了各自的高台，遥遥相互一揖，盘腿坐下。

林正先开了口："朱先生，《潮经》云：'礼起于神，立礼以立人。'先生以为如何？"

科举七经，是为《潮经》《潮书》《龙语》《龙录》《龙迹》《宗子》和《鲛史》，其中《潮经》最为古老，记述了鲛人上古九王的事迹。

朱悲本就是举人出身，对这些经典自然也很熟悉，但他却没有用七经中的语句来回答，而是随口答道："礼起于利，非起于神，人生而有欲，欲而不得则乱，乱则穷，穷则以礼节之，立礼以养利，礼立而利生，是以礼非起于神，起于利。"

林正没听朱悲说完，就已经气得吹胡子瞪眼，嘴里喃喃地说："胡说八道，胡说八道！"

朱悲话音刚落，林正就问道："以朱先生所言，礼非神所立，则神之为神，又何解？"

朱悲朗声答道："无神，亦无神之为神！"

林正颤声问道："汝言无神，即是大逆不道，《潮书》明白云：'龙即神，龙之外，无他神在。'此又何解？"

朱悲淡然答道："龙非神，龙有生，有死，有变化，有小大，神无生死，无变化，无小大，是以龙非神。"

林正大怒坐起，喃喃道："不可理喻，不可理喻！我不与疯子辩论。"

他一边说着，一边颤巍巍走下高台，在学生们的簇拥下，迅速地走掉了。

大家都没有想到，辩论会这样快就结束。后来支离屠问朱悲，为何林正不再就神的问题争辩下去，朱悲告诉支离屠，其实林正很聪明，这个问题首先不可辩，辩即是大逆；其次不能辩，辩即是负。林正原本以为朱悲不敢涉及神之问题，是以主动提出，逼朱悲用七经上的话来回答，却没有想到朱悲完全脱离七经，随口指出龙非神，林正搬起石头砸了自己的脚，自然得赶紧逃走。

支离屠又问，辩即是大逆我知道，在帝国内，龙即为神，这是不可怀疑的，但又为何辩即是负？龙之力量、变化、寿命，皆非人所能及，不是神，又是什么？

朱悲说："龙非神。神无所不能，无所不能则无所能，非不能也，不为也。有所为则有所不能，不能者何？不能生荒，不能灭墟，因其为荒墟所生，为荒墟所死。无所不能则无所为，所为者何？自在而已。如日，如月，如岁正，如群星，如花，如草，如露，如蚊蝇。自生生，自死死，不求生，不畏死。内无所失，外无所求，是为自在。"

支离屠茫然摇头。朱悲说，你只管记下我这段话，后来终究会明白。

辩论之后，科举学校的学生并没有减少，毕竟，人们读七经是为了当官有一个好出身，辩论的胜负并不会影响这一点。而朱悲的学生，却在辩论之后逐日地增加，到后来，连谷仓里也坐不下了。

从各地来到支离坞向朱悲求学的人络绎不绝，其中大部分是年轻人，但也不乏年纪大的长者。其中有一位六十余岁的老人，由孙子陪着，从天启城来到支离坞，非要拜朱悲为师不可，朱悲没有办法，也只好收下。老人名叫淳于意，据说有蛮族的血统，在天启城里当鞋匠当了几十年，却手不释卷。他读书有年，苦于无师可从，茫茫然不知落脚处，听闻支离坞中有朱先生授课，讲授的学说与帝国的科举经典和潮神教的学说都不同，就逼着孙子带自己到支离坞去，听了一节课，就为朱悲所折服，非要拜朱悲为师，留在支离坞当学生不可。

学生多起来之后，朱悲上课时，谷仓里总是里三层外三层，而学生也往往良莠不齐，其中甚至不乏帝国的密探——朱悲的学说与科举的七经和潮神教的圣书格格不入，自然会引来帝国的注意。

支离暮澜去找朱悲，建议朱悲换一个地方授课。支离坞内人口往来繁杂，朱悲在此树大招风，另一方面，谷仓也确实容不下那么多的学生，而且这些学生不仅要上课，还要吃，还要住，支离坞虽大，毕竟仍是一座石头坞堡，实在已容不下这许多人。

朱悲笑，说自己也早有此意，不如我们各自把自己的想法写在纸上，看是否相合。

支离暮澜也笑。

于是两人各自提笔，朱悲写的是鹰潭，支离暮澜写的，也是鹰潭。

鹰潭是一深潭，位于锁河山中雪樱峰下。雪樱峰的雪水融化，缘山而下，聚成数丈宽的河溪，跌落下来，形成数十丈高的瀑布，而鹰潭就在瀑布之下。

从支离坞到鹰潭去，最初时只有猎人小径，且只能步行，行程约为一日，除了支离坞的猎户和长者，很少有人知道鹰潭的所在。猎户知道鹰潭，自然是因为打猎常在深山中行走的缘故，而长者们知道鹰潭，则是因为他们每年皆要到雪樱峰下去祭祀锁河山神。

雪樱峰是晋北的圣山，是锁河山神的住所。

朱悲带着两百多个学生，在雪樱峰下辟出一平敞的地面，又搭起茅庐、草亭，还开荒种地。近水的肥地上种了蔬菜，山坡上则种了果树，除了米面，学生们几乎都能自给自足。逢到年节时，就把平日里养的羊杀上几头，再把年前自酿的酒端出来，众人在鹰潭边饮酒吃肉，作诗放歌，如同世外桃源。

有好几年的时间，支离屠一直住在鹰潭，安心跟着朱悲读书。支离破虽然在科举学校读书，但也常常到理庐来听课。虽然支离破一直不愿拜朱悲为师，但朱悲对支离兄弟俩，却是一视同仁，他常对支离暮澜说，可惜支离破不愿做我的学生。支离暮澜问，屠儿是不是太过蠢笨，难成大器？朱悲却笑着说，非也非也，非蠢笨者不能成大器，你看我，就是太过聪明了，如今只能成一小器，难成大器！支离暮澜摇头，又问，那破儿又如何？他闹着要去考秀才，我一直不想让他去。朱悲说，让他去吧，他有宰相之才，你不让他去考试，可惜了！

翻过年去，开春后，县试开考，支离暮澜就把支离破送去了。他以县试第一名考中了秀才，那一年他只有十岁，是帝国有史以来最年幼的秀才。

支离屠却一直无法理解并认同朱悲的学说，他不是很喜欢读书，在樱花林和海棠花林中，他更快乐，也更自在。每年的秋末，草枯黄时，他跟父亲还有支离坞的猎户一起，到锁河山中去狩猎，一去往往就是十天半个月，回来时总带着满载的猎物：鹿、狐狸、虎、豹和熊罴。在狩猎时，他学到了支离暮澜的射术，他也擅长设置陷阱和隐藏踪迹。猎户们对他赞不绝口，说他虽然年纪轻轻，但却已成为支离坞最好的猎手。

即便在读书时，支离屠也更喜欢呆在山野里或水泉边上，而不是草庐中，他对于荒野、山林和河川有着莫名的热爱。

到了夏季，支离屠甚至会去跟大麦河里的鲛人一起过。有几十个鲛人，他们都是在河川里出生的，早已适应了淡水的环境，而不像他们的祖先，只能在海水里生活。他们常年生活在大麦河里，是大麦河鲛人部族的孑遗，他们的祖先在几百年前随着海潮涌入了锁河山的湖泊中，却没有能够赶在退潮前回到大海里，不得不逐渐适应淡水环境，留在了大麦河里生活。在帝国建立起来之后，部族的大部分鲛人都离开了大麦河，但仍有一些鲛人，因为喜欢大麦河的自由自在而留了下来。支离屠跟这些鲛人成为极好的朋友，并从他们那里学会了游水和在水里生活。在夏季，有时候，支离屠可以连续十天半个月生活在水里而不上岸，他像鲛人一样生吃鱼类，他甚至还会说鲛人的语言。

朱悲的学说逐渐成形。对于世界的创造，他以为，最初先有个"理"，然后才有荒和墟，荒和墟相互作用，形成大地和星辰，而后才进而生出大地和天空中的万物和生灵，所有这一切，从荒墟到众生，皆遵从"理"。"理"内蕴于群星之中，内蕴于万物之中，内蕴于众生之中，因此也只能从群星、万物和众生中去寻求"理"的真义。

相应的，朱悲以为，只能以内蕴的"理"的多寡去判定万物和众生的地位，荒和墟无形无影，笼罩一切，而星辰是最纯粹的存在，也是内蕴了最多的"理"的存在，众生中，人是最高级的，因人最聪慧，不仅内蕴了最多的"理"，也最有能力去追求更多的"理"。从普遍的意义上说，一切人生来皆平等，后来等级的形成，只能依"理"的多寡去评定，越知"理"，越能践行"理"的人，地位越高，反之则越低。

因为天上有十二主星，因此朱悲以为，大地上也应该建立起相应的十二个国度，而不是像现在这样，统一于一个帝国之中。殇州是夸父的国度，对应谷玄；瀚州是蛮族的国度，对应裂章；宁州是羽人的国度，对应明月；在澜州的擎梁，则是另一个羽人国度，对应岁正；鲛人的国度有四，分别位于博雅、滁潦、涣、淮四海，对应印池、填盍、寰化、密罗四个主星；鬼人国度一，位于天启，对应太阳；河络国度二，位于宛州和越州，分别对应郁非和亘白；在雷州，则是如今的五大自由城邦自成一国，对应暗月。

对于各国的政体，朱悲以为，也没有一定之规，可以如现在的羽人那样，成立部落联盟，也可以如夸父那样，各个部落相互独立，但所有部落又都共同祭祀盘古大神；河络也完全可以如古时那样，各个部落都有自己的苏行、夫环和阿络卡；像自由城邦这样也很好，各城邦相互联合，而城邦内的事务则自行解决；当然，如同帝国这样，所有人臣服于皇帝之下，也未尝不可，但帝位不可世袭，而应由元老推举，而推举的原则，则是谁践行了更多的"理"。

朱悲将星辰下降之后不久，九州上的二十二国时期视为黄金时代，因为那时是最接近于他的十二国理论的时期。

在国家的治理上，朱悲以为，应以算术治国，一切的政策，都应建立在数字之上。朱悲沉迷于算术，他收集各种数据，小到支离坞每年的粮食产量、每支商队的收入、每艘渔船的渔获，大到星辰的运行、四季的更替、河水的涨落，他全都记录下来。他制作了许多算筹，让学生们帮他统计和计算这些数字。

然而朱悲最想算出的，是龙何以会出现，以及龙何以为龙。

九州的历史中，自古以来，虽然一直有龙的传说，但龙却从未真正出现过，甚至连龙的骨骼、牙齿、鳞片也从未真正被发现过。那些在野史小说中关于龙的一切记载，最终都被证明是虚假的。

直到星辰下降之后，龙才从传说变为真实的存在。他千变万化、刀剑不入、力大无穷，他俊美、聪明、矫捷，他能飞腾于天，也能潜游于海，他仿佛无所不能。于是从他一出现起，就被九州的各种族当成了神，即便是与龙为敌的人，也不得不承认他无可匹敌的地位。

但朱悲以为龙并不是真正的神。九州历史中的神，比如夸父的盘古大神，蛮族的盘靼天神，还有河络的创造真神，与龙都不相同，一方面，他们并没有以肉身的形式出现在这世界上；另一方面，他们的力量又确实影响到了现实。比如，据朱悲所知，盘古大神的存在，使冰鬼无法真正南侵，而盘鞑天神可以让蛮族的英雄拥有青铜之血的力量，河络的创造真神更是在方方面面影响了古时河络的生活。

而龙与他们都不同。

为了探究出龙的真相，朱悲努力地收集数据，日以继夜地计算，然而星辰的下降毁灭了太多的历史，朱悲个人的力量也十分微小，即便有学生们和支离坞的帮助，一切也仿佛遥遥无期。

朱悲的学生越来越多，理庐也不断扩大，在鹰潭周围，建起了许多供学生们居住和学习的小屋，这些小屋都隐藏在密林中，不熟悉的人，往往会以为这里并没有多少人居住。

从支离坞通往鹰潭的道路也修出来了，虽然还不能驾车，但足以骑马，行程也从以前的一日，缩短为不到半日。

学生们从九州各地来到鹰潭，不仅是崑人，羽人和蛮族学生也为数不少，甚至河络和鲛人也来向朱悲学习。而朱悲也从学生那里学到了不少的东西。有一个鲛人学生，告诉朱悲许多鲛人的秘史，其中有许多是关于龙的，这些事迹并没有记载在公开出版的书籍中；有一个河络学生，来自北邙山一个小的河络部族，这个部族与其他的河络部族隔绝，如今仍信仰创造真神，他们的阿络卡甚至能制造惜风——一种神秘的机甲。这种机甲不是以钢铁为材料制造，而是像活物一样，也有骨骼与血肉，且与使用者有强大的精神联系。

龙

九州·刺龙

DRAGON SLAYER

支离屠结婚的次年，猛虎扎卡发动了晋北府的第一次叛乱，叛乱失败之后，帝国的势力进入晋北，支离坞的地位岌岌可危。

多年以来，支离坞和晋北盟就一直是帝国的眼中钉，但因为有猛虎扎卡的保护，帝国一直拿支离坞和晋北盟没办法，猛虎扎卡死去之后，帝国就对支离坞和晋北盟虎视眈眈。而最让帝国的官员们看不顺眼的，就是理庐。不断有帝国官员声称要拿办朱悲，铲平理庐，但因为皇帝一直没有明确表态，所以这些官员并没有真正动手。

星辰下降四百二十六年，也就是帝国成立七十一年，在这一年的夏天，一队赤衣卫来到支离坞外。

赤衣卫是直接隶属于皇帝的近卫队，他们只听从皇帝的旨意，在帝国的任何地方都可以横行无忌。带队者是一个鲛人，藏身于陆行机甲中，名叫公鲩乃仰，从名字判断，他应该是一个淡水鲛人，他的官职为校尉，在帝国的武官等级中属于第三级，是极高级的武官。

公鲩乃仰宣读了皇帝的诏书，宣召朱悲进京面圣。出乎所有人的预料，诏书中对朱悲颇多赞美之词，称朱悲是博学大家，学识渊深，而且还别开生面，创立新说，还说皇帝自己对朱悲的学说很感兴趣，是以召朱悲进京晤谈。

朱悲的学生们都很高兴，认为这是宣扬万星一理万物一理学说的最好机会，海心城辐辏万方，借着这次面圣，可以把朱悲的学说传播到整个帝国，甚至整个九州。

但朱悲却没有表现出任何喜悦之情，他收拾了随身的衣物，又挑了几本书带在身边。有许多学生想跟朱悲一起到海心城去，但朱悲只选了十人，其中包括年过七旬的淳于意。

支离屠同样很想跟朱悲一起到海心城去，但他知道自己不能去，不仅是因为自己如今已经是支离坞的宗主和晋北盟的盟主，也因为支离樱还小，他实在无法抛下妻女离开。而朱悲也明确表示支离屠决不能去，但他没有说明原因，直到临行前，朱悲才把支离屠叫到自己的书斋中，他告诉支离屠，自己离开之后，是决不可能回得来了。支离屠惊讶莫名，在他看来，诏书中并没有表现出任何的恶意，不知道朱悲为何会如此悲观。朱悲没有解释，只叫支离屠好自为之，又把一个小包袱交给支离屠，叮嘱支离屠，等自己随着公鲩乃仰离开支离坞之后，才打开看，并且千万不要让人看到，连支离破也不许知道。

公鲩乃仰来到支离坞的第二天一大早，朱悲就带着十个学生，随着赤衣卫一起离开了支离坞。近千人出来送行，大家都满怀希望，希望皇帝能允许朱悲把万星一理万物一理的学说推行到整个帝国。只有支离破一人放声大哭，大家都觉得有些奇怪，支离破虽然在科举学校读书，但他并不是无情的人，与朱悲也有半师之谊，不知道他为什么会因为朱悲得了这么好一个机会而痛哭。

朱悲一离开支离坞，支离屠就回到宗主石屋，把朱悲给他的包袱打开，里面只有一物：一本手写的书，书名《屠龙纲要》。朱悲在书里说，这本书是他多年收集古书残卷中与龙有关的一切资料所得，其中鲛人学生清庚毗罗也贡献颇大，然此书仍未完成，虽名"屠龙"，却仍不知如何才能屠龙，需支离屠进一步想办法完善。

朱悲就这样离开了支离坞，走向他人生的最后一段旅程。

他们沿着大麦河向西行，走出了晋北走廊，在这里，大麦河汇入了菸河中，菸河郡的首府菸河城位于此。在菸河城的码头上，一艘富丽堂皇的大海船等在那里,公鲩乃仰请朱悲和他的学生们登上大海船。他们在船上歇了一夜,菸河郡的郡首上船来拜会公鲩乃仰和朱悲,并设宴欢会,宴席上,郡首还十分礼貌地询问了朱悲的学说之纲要,神奇的是,朱悲明明记得,在不久之前,这位郡首还曾经声称,朱悲的学说是邪说,必须禁绝。

次日一早大海船就起锚开航,沿着菸河这条巨大的河流向涣海驶去。朱悲他们所乘的海船吃水虽然很深,但菸河的这一段最深处可达数十丈,即便海船再大一倍,也可通行无阻。他们航行了一日,到达菸河的入海口,在落日的余晖中,站在海船的甲板上,向左右望去,都望不到菸河的河岸。灰白的海鸥随着海船的灰白航迹飞行,海风把朱悲的灰白长发吹得四下飞舞。

涣海,是九州最辽阔的内海,她北临殇、瀚两州,西面则是荒凉无人的云州荒漠,南面是滁潦海,海面遍布星辰下降之后新生的岛屿,东面则是中州和澜州。据朱悲所知,龙就出生在涣海中,也最先得到了涣海的鲛人部族的支持和崇拜,并进而统一了其他四海的所有鲛人部族,因此,在帝国建立之后,把帝国的首都设立于此,也是理所当然的事。

因为是夏季,湿润的西风日夜不停地吹向中、澜两州,这些西风发源于云州高原灼热的荒漠,经过涣海时,吸足了海水,又继续不停地吹向东陆的大地。海船顶风而行,虽然有数以百计的蛮族奴隶日夜不停地划动船桨,但航行仍极缓慢,据公鲩乃仰估算,他们至少得在涣海上航行二十天,才能到达海心城。

在这二十天里,公鲩乃仰每天都来向朱悲请教万星一理万物一理的学说。他虽然是一个鲛人,同时也是虔诚的潮神教的信徒,而且还位至赤衣卫的校尉，但人却极开明随和，对自己不了解的东西也充满好奇。他一边听朱悲说，一边与朱悲争辩，在他看来，朱悲之所以一直在坚持自己的学说，不过是因为朱悲并没有亲眼见过龙，一旦朱悲见到了龙，也就是帝国的皇帝，那么朱悲就会确定无疑地相信，龙就是神，而且是九州唯一的真神。

朱悲所带的十个学生，是他的所有学生中，计算能力最强的十个，其中包括了鲛人清庚毗罗，河络青石奥罗，和曾经的鞋匠、崑人与蛮族的后代淳于意。这十个学生在海船上日夜不停地用算筹计算，把计算的结果分别报到朱悲那里，然后领回朱悲交给他们的新的算式，再日夜不停地算出结果。他们并不知道朱悲究竟在计算什么，他们只知道，无论如何，他们必须在朱悲见到龙之前，算出答案。

果然如公鲩乃仰所言，二十日之后，他们到达了海心城。

这座巨大的、建在岛礁之上的壮丽海城，拥有五十万人口，其中多数是鲛人和河络，但也不乏崑人、蛮族和羽人。其中崑人多是匠人或仆役，而蛮族和羽人则全是奴隶。

海心城分成了上下两个部分，建于海面之上的部分，是河络贵族、崑人匠人和蛮、羽两族奴隶生活的地方。而建于海面之下的部分，则主要是鲛人贵族生活的地方，鲛人贵族的人口数量，只占了海心城人口数量的不到十分之一，然而海心城海面之下的部分，却比海面之上的部分大上数倍。

河络贵族可以凭借机甲潜入海水中，一般情况下，这些机甲可以保证他们在海面下活动两个时辰左右。而鲛人也可以借助陆行机甲在陆地上活动，这些陆行机甲可以保证他们在陆地上的呼吸和鳞甲的湿润，在极端的情况下，他们甚至可以三天三夜不下水也没有问题。

海心城海面之下的部分，也并非全都充满了海水，其中也有许多建于巨大珊瑚礁之中的房子是充满了空气的。这些房子一般都属于河络贵族，他们进出这些房子需要借助潜水机甲。房子的窗户以磨薄的透明贝壳制成，透气的孔道长达数十丈，伸出海面，并以贝壳建成的小篷遮挡，以免雨水或杂物掉入。

朱悲和他的学生们住进了海心城的驿馆中，这些驿馆平时只接待从帝国各地前来首都办事的官员，依官员的等级，驿馆会拨出不同的房间给官员居住，有些房间建于岛礁之上，有些房间则建于海水中，专用于鲛人官员。因为朱悲是皇帝手诏请来的贵宾，所以驿馆把朱悲安排进了只有潮语贤者才能居住的房间，这一套房间面积之大，甚至超过了支离坞中朱悲用于上课的粮仓，朱悲的学生们对此只能瞠目结舌。

首都的官员们轮流宴请朱悲，由于许多官员住在水下，朱悲不得不频繁地使用潜水机甲。幸好这些机甲都不需要朱悲自己驾驶，机甲内配有专门的驾驶者，这些驾驶者不仅能熟练地驾驭机甲，对水下的道路更是了如指掌。

潮语贤者们则对朱悲的到来心怀不满。海心城遍布潮神教的庙宇，庙宇内除了供奉洋流图，主要就是供奉皇帝的造像，每一座庙宇都由一个潮语贤者主持，在海心城，大约有两百多座潮神庙，也就意味着，单是在首都，就至少有两百多个潮语贤者。这些潮语贤者的生活极尽奢靡，因为信徒们会向庙宇捐出大量的金钱，这些金钱完全由潮语贤者自行掌握，没有人会追究这些钱财的用途。

在这些潮语贤者之上，还有一个潮神教的教宗，人们称其为潮语宗子。这个潮语宗子是由潮语贤者们公推的，一旦成为教宗，就终身都是教宗，直到他死去，潮语贤者们才会再推出一个新的教宗。教宗不仅负责主持全国性的祭典，也有权力决定教内的一切事务和人事任免，在皇帝不在首都的时候（龙经常离开首都，没有人知道他去了哪里），教宗甚至可以暂时替代皇帝行使统治帝国的无上权力。

在熹帝国，潮语贤者们的地位尊贵，甚至连帝国官员们，也要对他们退避三舍。

朱悲来到海心城之后，皇帝却迟迟没有召见他。然而朱悲自己似乎也并不着急，他接受一切人的宴请，官员、贵族、商人……无论谁请他，他都会去。在宴席上，他向所有宾客介绍他的学说，万星一理万物一理、九州十二国论、皇帝非神等等。让朱悲的学生们感到惊讶的是，许多在支离坞里被那些科举学校的老师们视为大逆不道的理论，却能够在海心城光明正大地传播。

白天朱悲出入于高门贵族之家，传播他的学说，到了晚上，他则把学生们白天计算出来的结果收集上来，自己着手计算。他彻夜算个不停，几乎不睡觉，只在困得不行时才打个盹，常常不过是一盏茶的工夫，他又猛然醒来，继续算个不停。伺候的学生总是劝他不要算了，他不停地摇头，说："时日无多！"

在朱悲来到海心城后的第七天，潮语宗子终于向朱悲提出了挑战：在帝国最大的潮神庙中进行一场辩难，论题是"龙之神性"，在场者只有皇帝、潮语贤者和朱悲的学生。朱悲立即就答应了。

当天下午，从皇宫里来了人，宣布了皇帝的口谕，让朱悲次日一早进宫面圣。

朱悲并没有特别的准备，仍是整夜计算，到天亮时，洗了一把脸，按老习惯，让学生给他下了一把面条当早饭，就带着两个学生进宫面圣了。这两个学生，一个是鲛人清庚毗罗，一个是河络青石奥罗。

朱悲依旧穿着布衫，灰白长发在海风里飘舞，他们乘坐皇宫的潜行机甲从海面上直接向皇宫潜行。皇宫位于海心城的正中心，从海面之下向天空延伸，高达数百丈，其面积占了整个海心城的四分之一。

皇帝距离朱悲很远，朱悲只能隐约地看到他。皇帝的面孔莹白如玉，他坐在皇座上，声音也如玉石撞击般清冷，他对朱悲说："明日之辩难，请尽情地发挥吧，无有顾忌，连我自己也对我自己的神性感到好奇呢！"

朱悲并没有什么特别的举动，他叩头谢恩，然后这让世人期待已久的会见就结束了。

与潮语宗子灰鲸子夫的辩难，并没有被允许记录下来，因此世人无法知道具体的内容。世人皆知灰鲸子夫是一个个子极高的大胖子，年纪已有七十，仪表威严，口舌便给，成为潮语宗子已有十年的时间。在这十年里，他的威权逐渐增长，是名符其实的帝国的第二号人物。

世人只知道，灰鲸子夫在辩难中失败了。皇帝于是决定在海心塔之下，公开与朱悲辩难，以证明自己的神性。

举国如狂。

海心塔位于皇宫之前，以白珊瑚建成，是海心城最高的建筑，塔前有广场极阔，可容万人。

皇帝与朱悲辩难前一天的晚上，这里就被从全国各地赶来的人填满了。他们一整夜歌唱颂扬皇帝的歌曲，深信皇帝将在次日的辩难中将朱悲驳得体无完肤，他们还说，一旦辩难结束，他们就要把朱悲从高台上扯下来，将他碎尸万段。

然而朱悲仿佛充耳不闻，对学生们的忧心忡忡也视而不见，他命令学生们把最后一批计算结果交给自己后就立即离开海心城，学生们却都不愿离开。他们假装整理行装，离开驿馆，然而却都跑到海心城前的广场上，忐忑不安地等待天亮。

出乎所有人的意料，朱悲竟是背着算筹登上辩难的高台的。在皇帝来到之前，他在高台上飞速地计算，将结果记录在身旁的一张纸上，又继续飞速地计算下一个结果。有时，他猛然停下来，目视远方，脸上露出思索的表情，片刻之后，似乎思考出了结果，于是又再继续算下去。他的手速快得让人看不清，他对周遭的一切也毫不在意，学生们突然惊恐地意识到，原来他们的老师早就已经料到将会有这样的一天，他是抱着必死的决心来到海心城的。

皇帝来了，他没有乘坐御辇，也没有骑马，而是步行而来。他只穿着白锦袍，一头乌黑长发披散于肩，身长高达丈余。他缓步登上高台，站在朱悲的对面，而朱悲对皇帝的到来恍若不见，仍在埋头计算。

众人哗然。

皇帝很自在，他温言问道："朱先生，汝言我非神，若我非神，则何者为神？"

朱悲很不情愿地放下算筹，答言道："神不可见，不可触，不可思，不可言！"

皇帝微笑："朕即在此，先生可见，可触，可思，可言，若先生不信朕即神，则先生以为朕为何物？"

皇帝慢慢地脱去自己身上的锦袍，锦袍之下不着寸缕。

广场上的人都跪下来，低头于地，不敢观看，唯朱悲坦然视之。

从皇帝的皮肤之下，龙鳞缓缓显现。皇帝缓缓升起在空中，他的身体慢慢拉长，变大，龙角、龙足、龙尾逐一变化出来，终于，那巨大的、威严的、神圣的龙，出现在众人的面前，他的辉煌鳞甲在阳光之下闪着耀目的金光。他把头伸到朱悲面前，鼻息喷吐在朱悲的脸上。

朱悲却无视眼前的一切。他缓缓坐下，继续着先前的计算，他即将算出最后的结果。

龙摇头摆尾，振鬣飞起，在云间飞舞。乌云从四面八方汇集过来，狂风刮起，雷声隆隆，闪电劈打在海心塔的尖顶上，又"嗞嗞啦啦"地滚向地面，豆大的雨点落下来，把一切人浇得透湿。

而朱悲仍在计算、计算……

龙飞舞而下，落在朱悲面前。

龙怒吼："朕非神，何者为神！？"

朱悲终于停止计算，他把面前的算筹随意地推过一边，缓缓站了起来，大声道："我知汝为何物，汝附耳过来。"

龙喝道："汝既知朕是何物，何不大声说出，昭告于天下！"

朱悲微笑，道："陛下，你怕了！"

于是龙把他的头伸了过来。朱悲在龙的耳旁，轻轻地说出了一句话，只有皇帝和朱悲两人听到，再没有旁的人，有机会站在他们身旁并听到这句话。

在那一刻，龙的眼睛里竟然出现了一瞬的惶恐，然后就是无尽的怒火。他猛然张口，把朱悲叼在嘴中，他头一摆，把朱悲向天上抛去，然后张口接住，直接把朱悲吞入了腹中。

台上的众人看到这惊人的一幕，全都张口结舌，愣在了那里，仿佛他们眼前的龙的举动，比他曾经做过的那一切——喷吐龙焰，烧死成千上万人——更为残暴，更为野蛮。

而龙似乎也明白众人的想法，他没有再说任何话，只是把尾巴一摆，飞向了天空，很快就消失不见。

第二天，诏书下来了，潮语宗子灰鲸子夫被赐死，从此取消潮语宗子一职，以后潮神教的大祭由皇帝亲自主持。

而万星一理万物一理的学说，则被禁绝，论及者流放，传播者斩首。

朱悲带来的十个学生，并没有在朱悲被龙吞吃之后逃走，而是等在了广场上，他们全都被押到朱悲和皇帝辩论的高台之上，被当众砍了头。

他们是：

鲛人清庚毗罗、河络青石奥罗、蛮族淳于意、崑人井东聚、崑人伍成陌、崑人李昆、崑人支离竹、崑人衡争、崑人长广和羽人风无行。

后来的人，称他们为"理宗十子"。

支離屠篇

第一章 新天启城

帝国纪元七十二年，支离破考中进士，官任翰林院庶吉士。

早在帝国纪元六十年时，就已经有崑人担任府君，到帝国纪元七十年时，皇帝任命崑人韩昌为廷尉，次年又任命崑人李审为丞相。帝国的所有崑人都沸腾了，这是一个历史性的事件，意味着从此以后，整个官僚阶层都将对崑人开放。

由于支离破身份的特殊，再加上他年纪轻轻就考中进士，而且还是二甲的第五名，因此他刚进翰林院，就有许多人来拜访他，其中自然不乏在太学读书的年轻人。这些年轻人把支离破当成他们的领袖，他们提出一个大胆的想法：迁都天启。

支离破立刻就看出这个想法所具有的重大意义。

海心城是一座海城，位于涣海的中心，对于崑人和河络而言，以海心城为帝都，无论是交通还是居住都十分不便。一旦迁都天启，情势就会反转。天启位于东陆的中心，便于崑人和河络生活，对鲛人而言却十分的不便。这种反转会使鲛人逐渐退出权力中心，而河络又对当官不感兴趣，假以时日，崑人就将名正言顺地成为帝国的统治阶层。

但如何向皇帝提出迁都的建议，却大有学问。

支离破很有耐心，他以晚辈的身份，逐一拜访海心城的大员们。他先拜访鲛人和河络官员，最后才拜访两位崑人权臣：廷尉韩昌和丞相李审。支离破试探了两位权臣的口风，发现他们其实早就已经有此计划，但却因为地位特殊而迁延犹豫。而支离破作为新晋的庶吉士，正好可以承担这个任务。

每年的初春，皇帝都会例行下旨求百官进谏，支离破便趁着这个机会，上了请求迁都的折子。

支离破在折子中列举了许多迁都的好处，赋税的收取、对蛮羽和夸父的征伐、对崑人的统治等等，但这些都只是明面上的理由。随着那个折子，支离破又上了一个密折，在密折里，支离破说："得鲛人者得五海，得河络者得宛越，得崑人者得天下。"

二月初二的龙诞大典，皇帝破例把这个年轻的庶吉士叫上了大殿，他要仔细看一看这个年轻人究竟长什么样。

穿着朝服、戴着高冠、捧着笏板，支离破步上大殿，向皇帝行大礼，皇帝叫他抬头，于是皇帝看到了他的脸。支离破长得一点都不像支离屠，他眉目清秀，发色也纯是崑人的乌黑，而不像支离屠那样带着羽人的灰黑。他的个子瘦而长，比支离屠高得多，手指也纤长而灵活，不像支离屠的那样粗短。

皇帝问支离破："支离海是你的什么人？"

支离破答："回陛下，支离海是臣的曾祖。"

皇帝说："岁月如流，一转眼又是百年。你们支离坞还是一样的桀骜不驯呀，不知你这个支离家的子孙，性子又是如何？"

支离破答："回陛下，人生飘零，如千重樱的凋落，片片花瓣，随风而逝，或落于茵褥之上，或落于溷厕之间，终究也不过是由风来决定罢了。唯有陛下这样的神明，才能乘风而起，天地间任意遨游。"

皇帝的脸上，露出浅浅的笑。

不出所料，鲛人和河络都反对迁都，而尤以鲛人的反对为烈。在朝堂上，鲛人与支离破展开了激烈的辩论。鲛人指出若以天启为帝都，则鲛人的交通和生活起居都将变得十分不便。支离破说帝国是鲛人的帝国，鲛人始终是皇帝治下最尊贵的臣民，新天启城一定会充分满足鲛人的需求，建起大量的水府供鲛人居住，也会开通多条运河，将新天启城与海洋连接起来，鲛人甚至都不用上岸，就可以在新天启城自由自在地出入。河络指出，建造新天启城，工程浩大，旷日持久，恐怕不是帝国所能承受。支离破给出了具体的数据，需民夫多少，民夫如何轮休，需金铢多少，如何从国库中调拨，如何安排民夫才不影响农事，而新增的开销则可以通过开增盐税、酒税和茶税获得。鲛人又指出，支离破居心叵测，迁都天启，是想把鲛人排挤出权力中心，而崑人则可以趁虚而入。支离破说，恰恰相反，有了崑人的帮助，鲛人便可以倾注心力于征伐，开疆拓土，征服蛮、羽和夸父，为帝国立下更多更大的功勋，至于权力之事，岂是为臣的可以妄议的！

说到这里，殿上的所有臣子都醒悟过来，赶紧跪下。

皇帝微笑，挥手让大家都站起来，说："迁都的事，就这样定下来了。支离破，朕命你为将作大监，今天就去上任，建造新天启城的事，由你主持！"

这一浩大的工程把整个帝国都卷了进来，支离坞和晋北盟也不能幸免。帝国境内，所有十八到二十三岁的年轻男子，除了当兵的之外，全都要参与到修建新天启城这个浩大工程中去；除非伤残或死亡，否则每人需服满劳役一年。通过这个办法，征调来几十万的民夫。

第一年，整个晋北盟总共有三十八个年轻人被征调到新天启城的工地上去劳作。到第二年春天，他们回来了，但却只剩三十个人，而这三十个人中，还有八个人带了伤残。另外的三十八个年轻人被征调，他们的父母哭泣哀告，也没有能够把他们留下来。

这一年的秋天，从南边逃回来五个年轻人，他们再也忍受不下去了。总共有八个晋北盟的年轻人结伙逃跑，路上被抓回去两个，死了一个，五个逃回。他们在深夜敲响支离坞的大门，支离屠把他们藏了起来。

次日清晨，踏着秋露，支离破带着一小队崑人骑兵来到支离坞前。

十年之前，支离破十五岁的时候，他就离开了支离坞到海心城去求学，再没有回来过，即便支离屠结婚，他也没有回来。

如今他终于回来了，却是用这种令人难以接受的方式。

坞民们以冷漠的态度对待支离破，仿佛他并不是支离屠的亲弟弟，仿佛他根本不曾与支离坞有过任何的关系。

支离破带着人在支离坞里搜查，每一间石屋都不放过，甚至地窖、夹墙和废墟，他都要一一查看。他本就在支离坞内长大，自然对这里了如指掌，然而甚至连他也找不到那五个逃出来的年轻人。最后，他带走了支离屠，他说，除非那五个年轻人自首，否则支离屠的劳役永无结束之日。

叶春妮带着两个孩子，在支离坞前与支离屠告别。两个孩子中，大的是女儿，名叫支离樱，已有八岁，小的是儿子，名叫支离简，只有两岁，还不太会说话。

坞民们默默地守在大道的两侧。

支离屠并没有被捆绑，他独自骑着一匹马，身边有两个骑兵跟着。支离破亦骑一匹马，走在支离屠的身后。

他们离去的时候，支离樱放声大哭，朝支离破扔出一块石头，正砸在支离破的背上。支离破回头看了看支离樱，笑了，说："有出息，是支离家的女儿！"

谁也没有料到，支离屠这一去就是十年。

其间那逃走的五个年轻人曾经想过要自首，换回他们的盟主，但是支离屠知道一旦他们自首，所得到的将决不仅仅苦役，因此下了严令，决不准他们到天启来自首。

在这十余年里，合计共有近千万的崑人民夫和蛮、羽、夸父三族奴隶来到这里。新的天启城被一点点建起来，同时也有十余万人死在了这里。因为劳累、病痛、饥饿、事故、争斗或牢狱，每年都有一万多人在工地上死去。他们的尸体或被埋入天启城下，或被砌入石壁之中，最终都化成了累累白骨。

支离破并没有特别照顾支离屠，然而每个监工也都知道支离屠身份特殊：既是支离坞的宗主和晋北盟的盟主，同时又是将作大监的亲哥哥。因此在支离屠干活时，随时随地，总有监工在注意着他。

因为身份的特殊，相比于其他的民夫而言，支离屠并不算是受过太多的苦，但也因为身份特殊，支离屠很难找到逃走的机会。不过他也并不想逃走——他又能逃到哪儿去呢？九州虽大，他却似乎无处可逃。

何况，还有支离坞和晋北盟的重担压在他的肩上。如果他逃走，支离破就必定会找支离坞和晋北盟的麻烦。

在这十年里，支离屠只见过支离破三次，其中有两次都只是远远地望见而已，唯有一次，大约是在支离屠来到工地将近半年的时候，正是岁正升起的日子，支离破带着晋阳春来找支离屠，兄弟俩在破烂而寒冷的工棚里大醉了一场。

支离屠清清楚楚记得，支离破十五岁，即将离开支离坞到海心城去求学的那天清晨，父亲支离暮澜曾经把兄弟俩一起带到石厅支离海的画像前，支离屠惊讶地指着那画像，因为他看到支离破与画像上的人长得一模一样。

新天启城，虽然只是初具雏形，但也已庞大得令人瞠目结舌。

毫无疑问，她必定会成为有史以来九州最为庞大的城市。仅是皇帝居住的宫城，方圆已达百里，骑最快的马绕城一周需一个时辰。而将宫城包括其中的皇城，方圆更是达到了数百里，骑最快的马绕皇城一周需半日。而天启城本身，方圆达千里，把整个帝都平原都囊括其中。

十年时间，千万民夫和奴隶，所建成的也只是皇城和宫城的大略罢了。

支离破放弃了在天启城外修建城墙的想法，一是因为城市实在太大，二也是因为似乎并没有为天启城建墙的必要——帝国君临天下，根本就不存在能够威胁到帝都的敌人，城墙自然也就没有了存在的必要。

城内的道路，横平竖直，南北向称道，东西向称街。从宫城正门出来，是新天启城最大的一条大道，名为九州大道。沿着这条道向南走，可以接上通往楚郡的官道。皇城之前则是新天启城最阔大的一条长街，名为五海长街。从这条街出城，往东可通夜沼郡，折而往北则可通八松郡，往西则可通唐郡。

除了街道之外，又有八条运河穿流城中。运河东通夜沼郡的海岸，西通唐郡的海岸，八条运河之间，又有无数小河道如血管一般相互连通，鲛人的水府全都通过这些水道连在了一起。

除了宫城和皇城，整个新天启城被这些横平竖直的街道划分为百坊，每坊皆建坊墙和坊门。坊门每晚天黑后皆闭，天亮时皆开，开闭皆以鼓声为令。

另开辟有东、西、南三市，东市售卖来自夜沼的货物，西市售卖来自宁、殇、瀚、澜四州的货物，最为庞大，南市则售卖来自宛、越、雷三州以及五海之货物，最多珍奇宝物。每市皆设市肆，设平价楼，市中又另有酒楼和妓院，通宵达旦，纸醉金迷，歌舞不休。

新天启城初具雏形之后，支离破又上一奏折，奏请皇帝下旨，令全国各地，凡家产达三百万铢以上者，以及豪强望族，全都必须搬到新天启城去居住，其中自然包括各个坞壁的宗主。

这道奏折一送上去，朝堂上就闹成了一锅粥。许多鲛人和河络贵族都不愿搬到新天启城去居住，他们在自己的地盘经营多年，根深蒂固，如今让他们搬到新天启城去，无异于要把他们连根拔起。

皇帝把支离破召回海心城，让他看看海心城内的混乱景象。

皇帝的案子上，奏请不要迁都的折子和奏请不要搬迁世家豪族的折子堆得像小山一般高，其中又还有许多弹劾支离破的折子，说他居心叵测，说他奸佞，说他巧言令色，说他贪墨误国等等，不一而足。

支离破跪在案前，说："众人皆有私心，唯臣公忠体国，一心只为陛下！"

皇帝走过去，拍拍支离破的肩，让他起来。支离破缓缓站起，低头站在一旁。

皇帝问："朕知道你忠心耿耿，只是目前这个乱局，你怎么看？"

支离破说："依臣的愚见，鲛人贵族世居水府，若强行让他们离开海洋，搬到陆地上来居住，确实多有不便。河络贵族多为商人，商人本就以五海为家，以九州为府，搬不搬倒是不紧要，只要让他们继续保有他们之前所购置的土地，他们就不会过于反对迁居天启之事。倒是崑人，尤其是那些坞壁宗主，势力盘根错节，必须连根拔起，否则帝国迟早要败坏在他们手上。"

皇帝坐回案前，手指轻敲桌面，笑道："你倒果真是公忠体国，朕听说，你在建天启时，就已经将你的哥哥抓去服了十年苦役，如今又要把他强行搬到天启去，就不怕你哥哥跟你翻脸？"

支离破急忙跪下："微臣心中只有陛下，只要帝国蒸蒸日上，微臣自然就能过上好日子。至于支离屠，他必会体谅微臣的苦心！"

事情就这样定了下来，鲛人贵族可以不搬迁，而河络贵族只需在新天启城设下府第即可，而帝国的所有坞壁宗主，以及所有家产达到三百万铢以上的崑人家族，都必须搬到新天启城去居住。

支离屠首当其冲，成为第一批搬迁的宗主。帝国其他的宗主都在看着他，首先自然是因为支离坞和晋北盟特殊的历史和地位，其次也因为支离屠是支离破的哥哥,如果支离屠坚持不搬到新天启城去,其他的宗主自然也不可能搬。

许多鲛人贵族和河络贵族帮支离屠说情,反倒是那几个巂人大臣,特别是支离屠的弟弟支离破,坚持一定要支离屠首先搬迁。

为支离屠说情的鲛人贵族中,甚至包括了贵为卫侯的赤珠青夔,他是曾经的龙军团统帅赤珠丹辉的后代,袭封卫侯,至今仍执掌重兵。在一年一度的大祭上,他仿佛是轻描淡写地对皇帝说:"臣以为,支离屠虽然是支离坞的宗主,但支离坞自五十年前就已破败,如今既无坞兵,坞壁也已颓坏,晋北盟亦不过是一商队联盟罢了,晋北若有异动,陛下派臣领五百兵去镇抚足矣,犯不着劳师动众,让这些宗主都搬到新都去居住。"

皇帝笑吟吟地看着赤珠青夔,说:"不容易呀,连卫侯都要为支离屠说情了,支离坞了不起!"

赤珠青夔急忙低头躬身,行鲛人才能行的最卑微的礼,寒冷几乎冻结了他的心。

皇帝特意派出一个巂人钦差去监督支离屠和晋北盟的其他宗主搬迁。这个巂人钦差名为韦明光,是在海心城长大的最新一代巂人贵族,他的爷爷官至府君,父亲则官至户部侍郎,他自己如今是黄门郎,是皇帝的随身侍从。韦明光为人谦逊,温文多礼,不仅能流利地使用巂人的语言,同时也精通鲛族的通用语和河络的通用语。他骑着白马银鞍来到支离坞,银鞍上烙刻出各种海草,洋溢着浪漫气息。

为了迎接韦明光,支离屠特意举办了一场豪华晚宴,不仅晋北盟内的各个宗主都被请来了,生活在大麦河中的鲛人部族也被请来。因为支离屠和韦明光都精通鲛族的语言,因此在晚宴上,鲛人们可以很舒服地用鲛族的通用语说话,而不必在乎是否会得罪主人和客人。

一切都已计划好了,搬迁将在三日之后进行。支离坞内忙碌而有序,叶春妮从村庄里叫来了许多人来拆卸家具,打包行李细软,一切似乎都有条不紊。

支离屠和叶春妮的女儿支离樱,这时已经十九岁了,她继承了母亲的容貌,有一双长而媚人的凤眼,但却又不像母亲那么丰满壮实,而是长得纤长高挑。

黄门郎韦明光第一眼看到支离樱就被她迷惑住了,在支离坞里的其他人都在为了搬迁而忙乱的时候,韦明光命一个小僮,拿着他手书的信笺去找支离樱。信笺以竹制成,青底上绘着雪梅,信中说道:"春日明媚,樱花灿烂,明光斗胆,备下薄酒,请支离小姐于樱花树下一叙。"

支离樱穿着青色帛裙,唤一女童相伴,慢慢地走出支离坞的大门,到樱花林里去。已是四月,绯樱已谢,朱樱灿然,但韦明光却等待在那株尚未盛开的雪樱树下,他的身边也无旁的人,仅有那个送信的小童,两个含情脉脉的年轻人浅浅地行礼致意,韦明光说:"这是海心城带来的春酒,以海果发酵制成,酸中带甜,正好春日饮用。"

支离樱以两指拈起青瓷酒杯,浅浅地抿了一口,酒红就淡淡地上了她的面颊。

当天晚上,韦明光就敲响了支离樱的房门,支离樱不敢开门,韦明光绕到支离樱的闺房后,爬上樱花树,摇落了无数樱花,他猛地一跃,上了闺房的窗台,推开了并未锁上的窗扇。

支离樱的心跳得要从嘴里冲出来了,然而她又一句话都喊不出来,她浑身酥软,躺在绣床上,像是接受自己的命运一般,接受了韦明光的爱。

其实支离屠早已为支离樱订了亲，是石堡宗主的次子石春——一个老实巴交的年轻人，庄稼活干得很好。

三天之后，支离樱和家人一起，离开了支离坞，向新天启城进发。

支离破在新天启城内辟出两坊之地，来安排这些从帝国各地搬迁来的宗主，人们就把这两坊称为左宗主坊和右宗主坊。这两坊位于新天启城的西侧，靠近西市，从西正门雍门进城，走上两个街口就到。每坊占地都达数十亩，可容数百户宗主居住。

支离破已经在左宗主坊内建起了一座三进的屋子，安排给支离屠一家居住，然而春妮的父母并没有随着一起搬过来，而是留在了支离坞。

晋北盟的宗主们也陆续搬了进来，随后是帝国其他地方的宗主，两坊内渐渐热闹起来。然而也有不少宗主无论如何都不愿意搬迁，他们已经无法离开他们的故土，也根本无法在新的土地上生存下去。红石砦的宗主，支离屠的祖母红石雨燕的长兄，一个八十余岁的老农，靠着开辟坞堡前后的荒地生活了一辈子，当监督他搬迁的钦差来到红石砦的时候，他从红石砦残破的坞壁上跳下来，摔死了。然而他的孩子们还是被迫搬到了新天启城，居住在右宗主坊。他们搬来那一天，支离屠带着春妮、支离樱和支离简去看他们，拎着酒和肉，倒也算得上是其乐融融的一天。

无论如何，一年之后，大多数的宗主还是搬了进来，死去的宗主不少，有自杀的，也有被帝国问了斩的，还有不少则是被流放到宁、殇、瀚的边境去，服了苦役，或者当了兵。

随着宗主们和豪族们的迁入，新天启城也渐渐热闹起来。终于，真的要迁都了，皇帝和百官都要迁来，海心城的皇宫和府衙都留着，一些不愿搬到新天启城的鲛人官员将作为闲官留在那里。从今以后，海心城将只是作为夏都而存在。

浩荡的船队从海心城出发，船上满载着打包好的帝国的各种文书簿记，还有府库中的粮食、武器、珍宝、金铢，以及御花园里的各种动物和植物（海里的山里的都有）。载着皇帝的嫔妃们的物什又是一个巨大的船队，这船队航行过的地方，清冽的香气久久不散，在船队离去两日之后，这些香气飘上云天，又化成一场清香扑鼻的细雨飘落下来，海里的鱼被雨水浸染，也都染上了这香气，捕到这些鱼的渔民，都发了一笔小财。两支船队穿过了渶海，进入唐郡的碧波湾，继续向东驶去，穿过菸河郡的褐水湾，终于在铭铄山下的津城登陆，踏上中州的土地。从这里，一条阔达五十丈的青石大道直通新天启城。

新天启城虽然没有城墙，但却建有八门，东西南北各建有二门，西边两门为雍门和广阳门，其中雍门位于正中，正当五海长街的西口。从海心城过来的百官和妃嫔们，排成长达数十里的长队，缓缓地穿过雍门，步上五海长街，然后从午门进入皇城。百官进了午门之后，四散而去，寻找各自的府衙，而后宫嫔妃们则在羽林卫和太监们的守护下，继续向北，通过宫城正南门青门进入皇宫。皇宫金碧辉煌，位于整个新天启城的最高处，站在皇极殿的石阶上往下望，整个新天启城一览无余。

皇帝是最后抵达的。先是乘坐阔达二十丈的巨大御船，然后乘坐百匹白马拉动的巨大御辇，皇帝终于来到他的新都，他在午门前接受百官和百姓们的欢呼和朝贺。他身着银白的皇袍，戴着高高的通天冠，虽然经过了两百年，他的容颜仍然如玉一般温润。他是九州真正的帝皇，是天地间唯一的真龙。

焰火燃放了一整夜,坊门通宵开放,大街上灯火通明,看焰火的人摩肩接踵。韦明光在人群中穿梭,脚步轻快,对燃放于天空之上的绚丽焰火视若无睹,他穿过左宗主坊的坊门,拐入小巷,推开巷尾一扇小门——这扇门是支离樱故意留的,并没有闩,只是虚掩着。韦明光轻车熟路快走几步,一撑墙头,跳上支离樱闺房的窗台,推开镶着磨薄扇贝的窗户。房内烛光迷离,支离樱对着墙侧躺在床上,虽然听到窗户被推开但却无动于衷。韦明光鞋都没脱就跳上床抱住支离樱,在雷鸣一般的焰火声里,他们纠缠在一起,疯狂的幸福如惊雷一般滚来,将他们彻底碾碎。

支离樱的婚礼在四月举行,新郎石春穿着绛红锦袍,新娘支离樱则穿着石青的鱼尾帛裙,戴着金凤钗和珍珠耳珰,在潮语贤者的主持下,新郎和新娘对着皇帝的画像发下终生相守的誓言。

支离破居然也来参加侄女的婚礼,他官当得清廉,仅靠微薄官俸生活,所以并没有带上什么厚礼前来。在任职将作大监主持新天启城的修建期间,支离破也成了亲,为免结党之嫌,支离破并没有与崑人权臣联姻,而是娶了一户普通的崑族商人家的女儿为妻。成亲之后他谈不上不快乐,也算不上不幸福,唯一让他忧愁的,是他的儿子支离易特别的寡言,几乎如同一个哑巴。

婚礼很简单,只有石家和支离家两家人而已——支离屠不想在这微妙而敏感的时刻,因婚礼而引起皇帝的不满。

新郎石春笨口拙舌,因常年在田里干活,虽然年轻却已显老相,面黑而多皱,与韦明光不能相比,新娘支离樱的凤眼里没有喜悦，只有淡淡忧伤。支离破虽然是支离樱的亲叔叔，但与晋北盟的关系却很让人不快，石堡的宗主石无明从头到尾就在跟支离破斗气，因此婚宴上虽然支离破强颜欢笑，说了不少话，支离屠也勉力维持，但终究还是不咸不淡就结束了。

成了婚后，石春用支离樱带来的嫁妆，在西市开了个铺子，贩卖来自晋北的土产。石春是一个老实人，本就不善经营，而支离樱的心思，又全放在韦明光身上，铺子就开得冷清，若不是两宗主坊的许多人看在支离家的面子上时时照顾他们生意，铺子简直就要开不下去了。

婚后没多久，趁着石春回晋北走廊去收货，韦明光又和支离樱勾搭上了。又有哪个怀春的少女，能够抵挡得了轻薄而又多情的黄门郎的勾引呢？

失去了土地和坞堡的宗主们，只能在困苦中求生。虽然皇帝为他们在两宗主坊建起了阔大、敞亮的家宅，但习惯了依靠土地和山林求生的宗主们，到了城市中就变得如同幼儿一般无能。

不少宗主沦落到要靠卖艺、打铁甚至出卖苦力来谋生，有些宗主甚至穷困到只能出去讨饭，还有一些则重新操起了久远前的谋生手段：盗窃和抢劫。

晋北盟的宗主们要好一些，他们本就不需要靠土地和山林存活，几百年来，他们的商队垄断了中、澜两州之间的商业贸易，宁、瀚、殇三州通往中、宛、越三州的重要商路——晋北走廊——也一直掌握在他们手中，而天启城与晋北走廊相距也不太远，这使他们很快就适应了新天启城的生活。他们组建起马帮，踏上通向澜州的商道，并在西市开了几十个商铺，几乎垄断了西市的贸易。

支离屠不愿看到宗主们堕落下去，虽然支离坞已经名存实亡，但凭借着强大的财力，晋北盟仍然坚持着他们的传统：收容和保护一切投靠者。帝国试图通过把宗主们搬迁到新天启城来摧毁坞堡，而支离屠却凭着智慧和坚韧让晋北盟这棵大树重新在新天启城扎下根来，并开花结果，越长越大。

在服苦役的十年里，支离屠几乎无法去思考和验证朱悲所创立的关于屠龙的理论，搬到天启城后，他重新把《屠龙纲要》取出来，仔细地阅读。

这是一本小册子，由朱悲亲手用毛笔写在纸上，再用线装订成册。支离屠服苦役时，这本书一直保存在支离坞一个隐藏在夹墙内的小柜子里，没有旁的人知道它的存在，直到支离屠服完苦役，回到支离坞，才把它从小柜里拿出。这时，它的书页已经微微泛黄。

在这本书里，朱悲写道："龙得天地之精，日月之灵，化而成形。得天地之精则至坚，至坚则刀剑不能伤；得日月之灵则至柔，至柔则变化而无端。屠龙者亦得天地之精、日月之灵，至坚至柔，至坚能破至柔，至柔能破至坚。"

支离屠把这一段理解为对屠龙武器的要求，一方面，这武器必须锋利无比，能破天下万物，另一方面，这武器又必须至柔无比，能如水一般随物赋形。

然而，天下之大，又有谁能锻造出这样的武器呢？从朱悲死去，支离屠得到《屠龙纲要》那一年到如今，十几年过去了，支离屠苦苦寻找，却仍然没有丝毫的头绪。

在左宗主坊，他完全遗忘了樱花与海棠，而是专注于寻找矿石，冶炼金属，锻造武器。

他在左宗主坊的支离家宅里搭起铁匠炉子，摆上铁砧，挥舞起大锤，锻打各种金属块。他从九州各地寻来各种矿石：铁、铜、锡、金、银……所有能够用来锻造武器的金属，他全都寻来，他还寻找各种煤和炭，以求得到更炽烈更稳定的火焰。

仅仅两年的时间，他就锻打出了许多武器，剑、刀、匕首、锤等等，各种材质各种形状的都有，有非同一般的，也有普普通通的，然而没有一个武器，能够至坚而又至柔。

但他锻造武器的名声却渐渐传了出来，有时会有鲛人或河络的贵族来索求武器，支离屠总是打开仓库任由他们选取，那些武器胡乱堆放在地上，许多武器锻造出来之后就从未被使用过。它们中的极品会被贵族挑选出来，装在用金、银、宝石和皮革制成的鞘里，在宴会里展示出来："这是支离宗主亲手锻造出的剑，名为'腾光'，锋利无比，世间仅有。"

在支离屠忙于锻造武器的这两年里，发生了许多事情。

先是支离樱杀了人被判了绞刑。

韦明光与支离樱的事情，渐渐传遍了两个宗主坊，却只瞒着石春、支离屠和石无明三个人。一天晚上，韦明光又来到支离樱的闺房，一个游手好闲的恶徒，翻过支离家的围墙，爬上支离樱的窗，跳了进来，恶徒轻薄支离樱，威胁说不答应他就要把她与韦明光的奸情告诉石春，支离樱忍不下这口气，一刀把恶徒给杀了，韦明光吓得跳窗而走，只留下支离樱一人在屋里。天还没亮，韦明光就逃出了天启城，到雷州去躲藏，只支离樱一人被京兆尹抓去，判了绞刑，关在狱里，等着秋后行刑。支离樱并没有供出韦明光，只想着独自承担这苦果，并将它当成自己背叛石春的代价，然而有一个狱卒迷惑于支离樱的美丽，舍弃了自己的妻女，把支离樱从牢里救出来，带着她逃出了新天启城，从此音讯杳无。

还有一件大事，就是支离破离开了新天启城，到八松郡去担任郡守。迁都之后，支离破官升谏议大夫，声望日隆，俨然是崑族少壮官员的领袖，大家都认为不久之后，他就要成为郎中令，成为九卿之一。然而迁都之事，终究还是得罪了许多人，鲛人贵族和河络贵族轮番弹劾，皇帝虽然不在乎，但支离破自己却深感不安，主动要求到八松郡去任郡守。支离破离开京城时，没有人敢去送他，几辆破车载着他们一家三口还有简单的行李细软，踏上通往澜州的官道。

支离屠站在城门楼上，遥遥目送支离破离去，在他身边，十七岁的支离简问道："叔父是一个怎么样的人呢？"

支离屠仿佛突然惊醒了一般，答非所问地说："你明天就整理行装出发，追上你的叔父，随他到八松郡去，从此忘了我这个父亲！"

支离简愕然。

第二章 宗主们

对于女儿和儿子，支离屠总觉得自己亏欠得太多。

他被抓去天启城服苦役时，支离樱才七岁，支离简更是年仅两岁，他一走就是十年，当他两鬓斑斑地回到支离坞时，支离樱已经是一个十七岁的大姑娘，而支离简也已经是一个十二岁的少年。

支离樱对父亲还有印象，而支离简却把支离屠当成一个陌生人，支离屠蹲下，想抱一抱支离简时，支离简却把他推开了。

然而支离简渐渐地就与父亲由陌生而熟悉而亲近了。支离屠教他种花、打铁、打猎，也教他射箭、骑马和刀术，支离简脑壳灵光，性情朴实，他学东西一学就会，不像一般的少年那样跳脱不定。或许是因为家中一直没有男人的缘故，还很小的时候，他就已经把自己当成了一个男人，要保护母亲和姐姐，还要决定支离坞和晋北盟的日常事务。

而支离樱却与支离屠渐行渐远。支离坞乃至整个晋北盟的少年都为她神魂颠倒，而她却一个都看不上，为了她的婚事支离屠跟她大吵了几架，伤透了脑筋。支离屠知道，因为缺乏管教，支离樱性格不免浮滑，所以一直想给她找一个老实可靠的夫君，但支离樱却看不上晋北盟那些土里土气的男人，把支离屠为她安排的未婚夫全都得罪了，最后，支离屠不得不指定她必须嫁给石堡宗主的次子石春，支离樱则以一个轻蔑的微笑来回应他。

然后，就是那一连串让人震惊的事件。先是与韦明光偷情，然后又竟然杀了人，把支离屠气得面孔铁青，连春妮那样温厚的女人也发了火——支离屠竟不愿意救自己的女儿，宁愿让她在监狱里死去，只因她丢了支离坞的脸。就在支离屠火气渐渐平息，想着要怎么才能救出支离樱的时候，她竟然又跟狱卒越了狱，从此杳无音讯。那个狱卒姓刘名德，年纪在三十上下，已经有了妻女，却仍被支离樱迷惑，抛下妻女带着支离樱逃出天启，亡命天涯。支离屠到刘德家里去探看，一个瘦而黄的女人，蓬头垢面，穿着单薄的布衫，抱着犹在襁褓中的女儿，孤苦无依地坐在黑黢黢的屋里，老婢端出碎茶叶泡的茶水，茶碗的边缘还破了个口子；支离屠不敢说自己是支离樱的父亲，只说自己是刘德的朋友，留下一袋金铢，就狼狈地离去。

支离屠暗暗发誓决不能重蹈覆辙，一定要保护好支离简。于是他安排支离简去追随他的叔叔支离破，虽然春妮和支离简都不情愿，但支离屠却毫不动摇，因为他知道，两宗主坊这看似还算安宁的日子，马上就要到头了。

帝国对宁州的征伐，已经近在眼前。

星辰下降四百四十五年，帝国纪元九十年，三月，就在支离破离开天启城到八松郡去任郡守几天之后，一个晴明的春日早晨，两个鹤雪者从雪白的云朵间飞下，将两支羽箭射入熹帝国兵部尚书墨鲅伏乞的眼中，左眼和右眼各一支，不偏不倚。藏身于陆行机甲中的兵部尚书仰面倒下，没来得及说一句话就死去，而刺杀他的两个鹤雪者好整以暇地落在兵部衙门的屋脊上，确认墨鲅伏乞已经死去，才张开他们炫目的雪白羽翼，悠然飞走。

熹帝国举朝震恐！

皇帝则大发雷霆！

墨鲅伏乞是帝国主战派的首领，一直主张立即征调大军，北伐宁州，彻底击败宁州羽人城邦联盟这个帝国最大的敌人。在墨鲅伏乞被刺杀之前，朝堂上主战和主和两派势均力敌，主和派以为宁州各城邦相处和谐，经济发达，鹤雪者威名远播，北伐的时机还不成熟，而主战派则以为枯坐等待不是办法，不如出兵侵入宁州，以外力迫使羽人分裂，否则北伐将遥遥无期。

皇帝则一直没有表态，保持中立。

但在墨鲅伏乞被鹤雪者杀死之后，朝堂上已经没有主和派了，熹帝国的所有贵族都清楚地意识到，在鹤雪者的羽箭之下，将不会有幸存者。熹帝国可以默认宁州的独立，甚至默许羽人拥有自己的军队，但却绝不能允许鹤雪者存在，更不能任由鹤雪者在九州的天空上任意翱翔。

墨鲅伏乞死去三日之后，征兵令就颁布下去，十丁抽一，帝国要征发三十万崑人军队和两万河络地鼠骑兵出征宁州，同时调拨两万鲛人军队集结于淮郡。在菸河、八松和擎梁三郡的沿海城市，帝国制造大量的战船，以将大军由澜州海岸送往宁州。

收到征兵令后，八松郡郡守支离破以六百里加急上了一道奏折，奏折中说："鹤雪者诚为心腹之患，然羽人刺杀兵部之本意，不在战而在和，若帝国加之以兵，羽人桀骜不驯，必以兵应之，若帝国以礼相报，羽人必亦以礼回之。……先礼而后兵，方为上策。……若必欲北征宁州，则应以精兵突袭雪桐城，两万地鼠轻骑足矣，不应以大军征伐，宁州山高林密，兵多无益，……空耗国用，黎民沸腾，旷日弥久，必生内乱。"

疏上不报。

两宗主坊的男人们自然也在被征发之列，让宗主们愤怒的是，皇帝下旨，不仅宗主坊内十八岁到四十八岁的男子全都要被征调往宁州，同时所有未婚的及笄女子也全都要被收入后宫成为宫女。此旨一下，两宗主坊内乱成一团，能嫁人的女子都在抢着嫁人，男方无论穷富美丑，甚至身有残疾，女方都不在乎。有些男人，今日还是乞丐，次日就成了某位宗主女儿的夫婿，穿起锦袍，大碗喝酒，大块吃肉，甚至还跑到西市的赌场里掷起骰子豪赌。

乱了两天之后，宗主们不约而同地聚集到支离屠的屋子里，议起事来。

大部分能来的宗主都来了，几百个人，大多是粗豪的汉子，也有不少精干而又坚毅的女人，都挤在支离屠的正厅里。正厅虽大，毕竟不能跟支离坞的石厅相比，此刻已经挤得要转个身都难。厅内只燃了一盏油灯，本就昏暗，再加上许多宗主都旱烟不离嘴，厅内烟雾腾腾，这些烟把微弱的灯光遮住，使厅里更暗了，角落处简直就看不到人。

大伙儿七嘴八舌，争了一晚上，各种意见都有，但谁也没法说服谁。

最初有人提出索性杀入宫城里去，若是侥幸把皇帝给杀了也算报仇雪恨，最多也不过是个死，但还没说完呢，就有人问，你死了倒好，你老婆儿子还有你那八十岁的老母怎么活？那人就沉默了。

气氛古怪地平静下来。又有人提出跑,到锁河山去,到支离坞去,那里坞堡依旧高峻,土地依旧肥沃,森林依旧茂密,比城里好过日子多了。说完大伙儿都兴奋起来,但又有人问:怎么跑,怎么出城?老人怎么走,女人和孩子又怎么走?大伙儿又沉默了。

支离屠默默地听着众人争论,自己只是不停地抽着旱菸,他心里知道此刻无论如何做都已经是迟了。若是朱悲还活着就好了,他想,老师什么都知道,必然会提醒自己早做安排,早早的就把老人、女人和孩子送出城去,而自己只知道闷头打制屠龙的武器,刚来得及把支离简送走,征兵令就下来了。

争了一夜,什么也没有争出来,大伙儿都不出声了,你看着我,我看着你,满心的无奈和悔恨。

天微明的时候,从遥远的地方传来了哭泣声,低低地压着,似乎是怕被人听到,但又忍不住不能不哭。宗主们晓得肯定出了大事;此刻坊门还未开,深巷之下仍是黑暗,伴着杂沓的脚步声,宗主们向着哭泣声传来的方向走,没有人出声,每个人的呼吸都急促而杂乱。

屋内躺了几十个老人,都是行动不便的,每个人都已死去,血把地面和墙染成黑红,屋里弥漫着浓浓的血腥气,淡白的晨光透过窗户,照亮了墙上用血写着的八个字:"宁为人死,不为奴生!"

有几个宗主已经压着嗓门哭起来,在屋里焦急地寻找自己家的老人。支离屠浑身冰冷,内心满是绝望。

坊门刚刚打开,从另一个宗主坊就跑来报信的人,那边的几十个行动不便的老人,也在昨晚自尽了。

他们必是早已安排好,以各种借口离开家,聚在一处寻了短见,只为不拖累那些还能走的人。

已来不及为老人们举行葬礼,为了不让人发现,支离屠下令把老人们就地安葬，就埋在他们自尽的屋里，然后再赶着重新把地铺起，在屋内留下记号，以备日后回来寻找。

再没有什么可以让宗主们犹豫的了。

两日之后，就是四月初四春和之日，按习俗，天启城内的士女们都要出城踏青，虽然战争已经迫在眉睫，但人们仍不舍得放弃这一日的欢乐。到了那天一大早，天启城的城门还有各坊的坊门都还未开，天色犹暗，两宗主坊的坊门旁就聚了不少人。小姐们都坐着小轿，婢女陪在旁边，少年们则骑着马、苍头或是骑驴或是步行，也有索性乘坐马车出去的人家，车上堆着大包小包的东西，门吏问车上都装了啥，车内人恭敬地回答道："官爷，都是出城踏青要用的东西，帐幕酒水几案镜子首饰胭脂……"

随着晨鼓咚咚响起，坊门缓缓打开，坊内的人蜂拥而出，向城外拥去。其中有不少人出城之后，并不像别的人那样，走到河边，寻一处安静的所在踏青饮酒，而是转向通往澜州的大道，匆匆向晋北行去。这些人渐渐聚在一起，组成了一个大车队，随着日头升高，这车队的人愈来愈多，其中多是女人和小孩。这些人沿着大道走出天启城有半日路程，便转到路边的密林中，把轿子和车子弃在林中，把马都卸下来放了，把车上的细软打零散了背在身上。女人把头上的首饰都摘下，洗净脸上的妆，穿上破衣烂衫，孩子也都换了身烂衣服，打扮成逃荒要饭的人的样子，然后陆续从密林里走出，上了官道，继续向北行去。

天启城左右宗主坊内，此时只有男人还没走。白日里这些男人仍然没事人一样，到西市去把铺子门都开了做生意，可到了夜阑人静时，男人们穿上劲装，武器插在腰间，一把火把两坊内的房子全点着了，然后趁乱冲出坊去。天启城本就没有城墙，他们身上利索，出城却是方便，支离屠与宗主们约定，出城之后各走各的道，半月后在支离坞下会合。

等人们把宗主坊的火扑灭，天已经大亮。此时还没有人晓得宗主们早就逃走了，到了辰时，才有个小吏觉得有些不对头：那么大火，宗主坊内没死一个人，更奇怪的是直到天亮了也没见到一个宗主。西市那边的市吏也发现宗主们的铺子都大门紧锁，两头一报上去，京兆尹才发觉大事不好，急忙过来查看，知道宗主们必是已经逃了，战战兢兢上了急奏禀报皇帝。此时已经是下午，宗主坊内的人早已走得远了。

皇帝倒是没生气，京兆尹问是否立即派赤衣卫去追，皇帝笑道："不必啦，让他们走罢了，你遣几个探子跟着便是，他们必是要往支离坞去的。"

跟着支离屠一起往支离坞去的小队，有十余个人，因为从天启通往晋北的大道上遍布哨所，男人们只能走山径往支离坞去，幸好他们以前跑马帮躲避税卡时，对这些山径早已熟悉，所以脚程倒是不慢。

四月的中州，杜鹃花开得满山满谷，有紫红，有粉白，有橙黄，有碧蓝……支离屠总是忍不住想停下来，把每一株新本杜鹃都挖出带回支离坞并种在鹰嘴崖之上。支离屠也更想念支离坞的樱花和海棠了——等他回到大麦河边，樱花怕是早就谢了吧，不知还赶不赶得上雪樱的盛开，差可安慰的是，海棠必定还在盛放着。

还有支离坞的坞民们，支离屠不知道自己做得对不对，他们曾经有过平静的生活，一旦宗主们逃回支离坞，坞民们的平静生活就要被打破了。帝国决不会放过这些逃亡的宗主,等待他们的将会是一场规模虽然不大但必定非常残酷的战争。一路上支离屠都为此而忧心忡忡,他希望以尽量少的代价,达到他所想达到的目的。

半个月之后,远远的就能看到鹰嘴崖那赤红的岩壁了,鹰嘴崖之下,支离坞虽然颓败,但却依旧不屈地矗立着。逃亡的人们都欢呼起来,仿佛回到了久违的故乡——其实这个小队中,只有不到一半人属于晋北盟。

女人和孩子们因为走的是官道,大多都已经先到了。春妮也已经回来了,支离屠一进村就往春妮家走。叶松虽然已经老了,精神却仍矍铄,身板也仍然挺直,叶大娘的手脚也依旧麻利,一会儿工夫就弄出了满桌的酒菜:酒是自酿的麦酒,杀了一只老母鸡,再加上后院摘的菜蔬和一条大麦河的鲈鱼。喝了几杯之后,支离屠把叶松和叶大娘面前的酒杯斟满,把自己面前的酒杯也倒满,双手捧起,道:"岳父、岳母大人在上,屠儿无能,没能保住支离坞的安宁,如今又要让两老受累了!樱儿……我对不起她,没管教好,如今音讯全无,简儿我已经送到他叔叔那里,破哥儿会照料好他的,春妮……我只能托付给两老了!"

说到这里,支离屠一口把酒饮尽,起身向着两老跪下,磕了三个头。

叶松是早就料到会这样,叶大娘和春妮心里虽然难受,但毕竟是农村长大的女人,性情却是刚强,叶大娘只是拿围裙抹着眼角,春妮抿着嘴,道:"你安心打仗,我自会照顾好爹娘!"

叶松问:"屠儿,你是怎么打算?支离坞内,算上坞民也不足两千人,以咱们这点儿人,没法守住残破的支离坞呀!"

支离屠答道："岳父大人，您放心，屠儿已有办法，必能保得大伙儿周全。不过这几日，恐怕要劳烦坞民们先到山里去避一避，免得战火一起，玉石俱焚！"

当天下午，坞民们就开始收拾东西，往山里去躲藏。粮食自然是要带的，看家的狗儿、耕地的老牛、拉车的骡马，还有猪、羊、鸡、鸭、鹅等等家畜家禽也全都带上，一路鸡飞狗跳地往山里走去，还有人唱起歌来，小孩儿难得见到这么热闹又有趣的场面，欢呼雀跃，跑上跑下。

奥诺利斯流浪者当年进山当土匪时留下的山寨有好几处，最近的一处距离鹰潭并不甚远，虽然寨栅已经倒塌，但石头搭建的屋子仍在，山洞也阔大，足够近千人居住。

最重要的是，在这个山寨的地窖里，还藏着两百支硬弩、三千杆弩箭、三百把钢刀和两百把手斧，全是奥诺利斯流浪者当年留下的。

支离屠把坞民们安顿好，住了一夜，次日天没亮就带着人把武器全都搬回支离坞去。他一步步按着计划行事，按他的估算，半月之内，帝国的军队就要来到支离坞前，他必须抓紧时间。

京兆尹桓震，同进士出身，从拾遗这个从七品的小官儿做起，如今已经五十多岁，才升了正四品当上京兆尹。宗主们逃出天启后，他知道自己闯了大祸，每天都提心吊胆、战战兢兢，生怕皇上一生气，把自己的头给砍了。但皇帝似乎对宗主出逃这件事并不在意，桓震每天把密探传回的消息上奏给皇帝，皇帝不说"好"，也不说"不好"，直到支离屠回到支离坞，皇帝才问："桓爱卿，你看这事该怎么办？"

桓震吓得腿一抖，跪下了，颤声道："回禀皇上，微臣办事不周，犯下大错，请皇上降罪！"

皇帝摇摇手，道："朕说的不是这个，朕问你该拿这些宗主怎么办？"

桓震有些迷糊。"这个……这些宗主……目无君主、无法无天，理当……理当缉拿法办！"

皇帝低头看着朝堂上的众臣，问道："你们也都这么认为吗？"

御座下的臣子们齐齐出列，拱手俯身，答道："回禀皇上，桓震所言极是！"

皇帝摇摇头，道："若是支离破在，必不这么看……"

众人面面相觑。

皇帝又道："既如此……"

皇帝扫了一眼殿上的人，道："墨鲅檀，你带两千人去把宗主们抓回来吧！"

墨鲅檀是被羽人刺杀的兵部尚书墨鲅伏乞的从弟，官任赤衣卫左统领。

墨鲅檀跪下领旨。

皇帝没有再说什么，微微笑着，挥手示意退朝。

墨鲅檀带着两千赤衣卫来到支离坞下时，已是四月的下旬。

大麦河的两岸，麦苗青青，墨鲅檀把目光转向山上，鹰嘴崖之上，杜鹃花仍开得如火如荼，残破老旧的支离坞在鹰嘴崖之下有气没力地站着，被艳红似血的海棠花海团团簇拥，如同被红色褓褓包裹着的老婴儿。

墨鲅伏乞被刺身亡之后，墨鲅檀感受到了压力。失去了身为兵部尚书的墨鲅伏乞这个大靠山,他这个赤衣卫左统领岌岌可危,许多鲛人贵族觊觎这个官职——赤衣卫左统领官阶虽低,只有正六品,但却因为身处帝都且能陪在皇帝身边而成为最清要的武职之一。赤衣卫共有两个统领,一左一右,这两个武职一直都是最尊贵的鲛人势族的禁脔,别说河络和崑人武官了,就是家世比较一般的鲛人武官也别想染指。只有最尊贵的鲛人家族的年轻人,才有机会从这个武职起步,并进而得到皇帝的赏识,轻易立下显赫的军功,从此飞黄腾达,出将入相。墨鲅家族还算不上是最尊贵的鲛人家族,若不是墨鲅伏乞当上了兵部尚书,墨鲅檀是不可能捞到赤衣卫左统领这样的武职的。墨鲅伏乞死后,墨鲅檀急于立下军功以巩固自己的地位,他知道攻打支离坞是一个机会,只要顺利把宗主们全都抓回天启,自己升成从五品甚至正五品都有可能,皇帝甚至还有可能派他统领一支军队去北征宁州,但是如果稍有不利,那谏官们的弹劾必定会接踵而至。

墨鲅檀倒不太担心那些宗主们能翻起什么风浪,他们不过是一群乌合之众,以两千装备精良训练有素的赤衣卫,去攻打由一群山贼守卫的残破坞堡,理当势如破竹风卷残云。

进入河谷的村庄后,果然如墨鲅檀所料,村庄内已空无一人,家畜家禽还有粮食也已全部带走,墨鲅檀冷笑:一群农夫,靠着一堵破墙,妄想对抗帝国的赤衣卫,真是不知天高地厚!

墨鲅檀的裨领是一个崑人,出身寒微,名叫谢昆,他年纪却比墨鲅檀大得多,是从一个普通赤衣卫累积资历逐渐升上来的。墨鲅檀一直都不大看得起他,但谢昆却不太识相,经常当着众人的面驳墨鲅檀的面子,偏偏那些赤衣卫还都信服他。

进了村子之后,谢昆骑马追上陆行机甲内的墨鲅檀,拱手问道:"统领大人,是不是先派两个鹤翎去查看查看?"

鹤翎是赤衣卫中的斥候，专事侦察。

墨鲅檀冷笑，道："谢裨领，区区几个山贼就把你吓坏了，只管列成蛇形阵，往上冲便是，到坞下两箭之地待命。"

谢昆还想说什么，墨鲅檀已经不理他只顾往前走了。谢昆无奈，只能把令传下去。

赤衣卫以蛇形阵往支离坞冲去，战马和机甲踏过春天的原野，惊起了许多鸟儿和野兔；远远看到支离坞上插着一杆晋北盟的盟旗和一杆支离坞的坞旗，旗下两个羸弱老卒，一看到赤衣卫冲上来就吓得一溜烟跑下城墙去了。

墨鲅檀料定支离坞内的人已经吓破了胆，冲到坞下两箭处却不下令止步，反倒带着几个藏身于陆行机甲内的鲛人赤衣卫冲在了前头。赤衣卫的陆行机甲与普通鲛人所用的陆行机甲不同，不仅更灵活，重量也更大，鲛人本就比崑人高大，加上陆行机甲的重量，跑起来真如奔牛一般。墨鲅檀冲得兴起，两步跃过早已干涸生满杂草的护城河，迎头撞向支离坞紧闭的大门，钢制的陆行机甲把支离坞老旧的大门撞得吱嘎乱响，身后的几个鲛人赤衣卫也冲了过来，两斧劈断了吊桥的铁链，吊桥轰然落下，赤衣卫们欢呼着蜂拥而上。

墨鲅檀又连撞了两下大门，大门已摇摇欲倒，其他的鲛人赤衣卫也跟着接连撞去，没几下，那大门竟向内倒了下去。墨鲅檀欢呼一声，领头先冲了进去。

支离坞内却没有外边那么宽敞，大门进去是一条铺了石板的五尺宽的道路，两边全是高高的山墙。墨鲅檀刚往里冲了不到十步，迎头就是一支弩箭射在他的头盔上，震得他眼冒金星。他抬头一看，只见山墙上和屋脊上站满了手持硬弩的人，他吓得魂飞魄散，转身一看随着他冲进来的人已经有不少中了弩箭倒下了。他拔腿就向外冲，而外面的赤衣卫不知道里头的情形，还在拼了命地往里冲，两头一挤，大门内外乱成一团。弩箭一轮轮射下来，挤在山墙下的赤衣卫便如肉靶子一般纷纷倒下，从城墙上又冲下来许多持手斧的剽悍的汉子，只在人群外游走，凡是想往两边逃的赤衣卫都被他们一斧一个砍倒。墨鲅檀凭着陆行机甲的重量硬是从人群里挤出一条路，冲出了支离坞，随着前头见势不妙正在返身往回跑的赤衣卫向山下逃去，直冲到河边才被谢昆拉住，否则他怕不得直接逃回天启城去。

这一战就折了五百多人，墨鲅檀已经吓破了胆，之前的雄心壮志全都成了过眼烟云。如今的第一要务是保命，哪里还管得了谏官弹不弹劾自己，不等天黑，他就下令撤兵回天启。谢昆大惊，极力阻止，但墨鲅檀已经失去了理智，根本不听谢昆的话。

"统领大人要回天启，卑职无法阻拦，"谢昆道，"只求统领大人给卑职五百赤衣，守在这里，以待援军。"

墨鲅檀只求自己能快走，哪里在乎别人走还是不走，他道："随便你，那些想留下来的赤衣卫只管留下来，想走的就跟我走！"

最后只有三百赤衣卫跟着谢昆留在了支离坞前，大多都是谢昆的旧属，愿意跟着谢昆卖命。谢昆自知凭这三百赤衣卫不可能攻打支离坞，只求守住要道，静待援军。他指挥属下当着道路布下营寨，挖出壕沟，扎下鹿角，又向四方派出鹤翎。

支离坞上却不再像赤衣卫们刚来时那么冷清。坞壁上旗帜招展，遍布兵士，到了夜里，里面甚至还喝起酒来，一伙粗豪的汉子喝醉了唱起晋北的歌谣。谢昆哪里敢睡，睁着眼守了一夜，天亮之后，却一直没有派出去的鹤翎回来复命，谢昆觉得不对，出营寨一看，支离坞上寂静无声，旗帜打了一夜的露水，都垂了下来，守卫的兵士也都一动不动。谢昆叫一声不好，骑上马带了两个赤衣卫近前去一看，才发现那些坞壁上的兵士都是稻草做的假人，支离坞内早已空无一人。

守在四方的鹤翎竟全被无声无息地杀死了。一夜之间，支离坞内的宗主们已经全部撤离，无疑已经逃入了锁河山中。

支离坞内虽已无人，谢昆却仍不敢走，三百赤衣卫又在支离坞下枯守了五日，才迎来援军，却是五百河络重甲步兵加三台攻城机甲。领兵的河络告诉谢昆，墨鲅檀已被砍头，皇上升谢昆为新的赤衣卫左统领，谢昆赶紧跪下磕头谢主隆恩，这是谢昆梦寐以求的，但如今他却高兴不起来。

支离坞内的宗主全部撤出支离坞进入锁河山的消息传回天启，皇帝的脸上依旧没有什么表情，莹润如玉，却冷得让人心胆俱寒。

皇帝问："众卿以为如何？"

大臣们都惶恐沉默。

皇帝道："这个支离屠，有点本事，比你们都强！"

大臣们更惶恐了。

皇帝突然抬手一指，道："赤珠青夔，你替他说过话，你来说说该怎么办？"

卫侯赤珠青夔面色沉稳，似乎胸有成竹，他走出一步，手捧笏板，低头回禀："微臣以为，招安为上。如今宁州鹤雪者才是大患，晋北走廊乃帝国北征宁州的咽喉要道，粮秣全要通过此道运往澜州，若是宗主们如当年奥诺利斯流浪者一般进锁河山去当了土匪，剿清他们非花上三五年不可，失去了晋北走廊，光靠海运，解决不了宁州远征军的粮草；不如派个使者带着圣旨，把宗主们招安了，调去宁州跟羽人作战，这些宗主都剽悍勇武，去了宁州是一支精兵，同时又解决了晋北的后顾之忧，实是一箭双雕。"

皇帝沉思了一会儿，问："你以为遣何人去招安最好？"

赤珠青夔道："回禀陛下，八松郡的郡守支离破，是支离屠的亲弟弟，派他去，最合适不过。"

自从听说宗主们逃回支离坞后，支离破就一直在等着派他去锁河山招安支离屠的圣旨，圣旨一到，他就打点行装准备上路。支离简想跟他一起走，他却不让，命支离简和支离易都留在郡守府中，在他从支离坞回来前不准出门。支离简很不情愿地答应了，支离易按惯例是一声都没吭，也不知道他在想些什么。

虽然贵为郡守，但支离破这次出门却只带了一个随从，骑着马出了八松城，快马加鞭往支离坞赶，一路没怎么休息，遇到驿站就换新的驿马，五日内就赶到了支离坞下。在赤衣卫的兵营里歇了一夜，新任的赤衣卫左统领谢昆问要不要带一队赤衣卫进山，支离破婉拒了，只问谢昆要了一匹白马骑上，又换一身布衣穿上，他决定以支离坞宗主兄弟的身份独自进山，一个随从都不带。

一早就踏着晨露骑着马往山里走，支离破知道宗主们必是藏身于距离支离坞最近的那个山寨中，他还很小的时候，父亲支离暮澜就带着兄弟俩去过那个山寨，父亲还告诉他们，山寨里藏有曾祖留下的武器。在那时候，奥诺利斯流浪者是兄弟俩心目中最大的英雄，其地位甚至超过了支离坞最早的两位宗主支离祁和支离北，而父亲支离暮澜，在兄弟俩的心目中，一直都是最没用的支离坞宗主之一，直到他为了保护猛虎扎卡而丧命于赤衣卫的铁蹄之下。支离暮澜死的时候，支离破已在海心城，消息传来时，他在无人处大哭了一场，那是他出生以来唯一的一次撕心裂肺的痛哭，不是因为父亲的死，而是因为自己对父亲曾经的误解和冷漠。

如今，他就要去见自己的哥哥了，支离屠比支离破大七岁，从小，支离破就一直崇拜支离屠，他觉得哥哥什么都会，而自己除了看书和惹父亲生气，什么都不懂，直到有一天，支离屠对他说："破哥儿，你到海心城去吧，别留在支离坞了，你比我聪明，你的天地比我广阔，你走吧，想干啥就干啥，父亲那里，我替你挡着！"

支离破说："哥哥也一起走！"

支离屠摇头："我生是支离坞人，死是支离坞鬼！"

支离破就这样走了，多年来再没有见过支离屠，直到他带着帝国的兵士回支离坞去抓人……

然而不管旁人怎么看，支离破知道支离屠从没有怀疑过自己，从没有怀疑过支离破对支离坞的爱和忠诚，甚至连父亲都抛弃了他的时候，支离屠仍选择相信他。

仿佛虽然远隔天涯，却始终仍有一念相通。

黄昏时，他终于来到了山寨前，白马早已被他赶回去了，山径虽被宗主们重新打整过，但依旧难行，到了最后支离破只能步行。他的衣服被荆棘撕得不成样子，脸上和手上也全是树枝刮出的血痕，因为半道上从坡上滚了下去，他的脚也跛了，手也破了。

虽然如此，支离破深信守门的坞兵肯定还认得自己，因为自己明明是认得他的，然而石春仍面无表情地问道："来者何人？"

支离破说："支离破。"

石春又问："你有啥事儿？"

支离破说："见我哥。"

两个人面面相对，一时无言。石春愣了一下，喝道："绑了！"

支离破老老实实让他们把自己五花大绑带进去，支离屠和宗主们早已在聚义厅里等着——支离破刚到支离坞前，消息就已经传到山寨中，从昨天晚上宗主们就在等他的到来。

支离破知道自己要说服的并不是支离屠,而是那些桀骜不驯的宗主们,他们再次品尝了自由的甘甜,又刚刚打了一场胜仗,恐怕不会那样轻易就接受支离破的招安。

宗主们乱糟糟地坐在聚义厅的两壁下,有跷着脚大口大口地抽着旱菸的,有醉醺醺地啃着鸡腿的,有一边斜眼看着支离屠一边玩着手斧的,有把磨刀石拿在手上"嚓嚓"地磨刀的……那个玩手斧的宗主,支离破却认得,是晋北白云坞的宗主白肥儿,长得如同一只大蛴螬一般,杀起人来却是不眨眼。支离破刚站定,他手里的手斧就"嗖"地飞过来,擦着支离破的耳旁飞过去,重重地砍入厅柱,震得尘土簌簌地往下落。支离破动都没动,面不改色,连瞅也没瞅白肥儿一眼,白肥儿懒洋洋地站起来,走过去把手斧拔出,经过支离破面前时,还拿肩膀撞了他一下。

支离屠坐在正中,问:"郡守大人到锁河山来,有什么话说?"

支离破道:"支离盟主,我这样子可没法说话。"

支离屠歪歪头,石春把支离破的绳给解了。支离破把麻了的手甩了甩,从怀里掏出那盖了御玺的圣旨,慢慢地打开,却没交给支离屠,而是唰唰几下把它给撕烂了。

宗主们都是一愣。

支离破道:"我知道你们也没把这圣旨放在眼里,看不看都罢了,我带过来,也就是装个样子。晋北盟的盟主,传承到我哥这一代,已经是第三十二任,每一任盟主,守护的都是晋北走廊里所有坞民的安宁,让大家能安居乐业,能安安心心种地,安安心心打猎,安安心心跑马帮,安安心心找个大奶子姑娘成亲生几个大胖小子,你们每一个宗主,也都明白自己职责所在,不过如此。如今我带来的就是这样一个机会,老人、女人和孩子,都能安安心心在晋北走廊过日子,原来的坞堡、原来的村庄、原来的土地、原来的河流、原来的山岗……全都是你们的，皇帝只按四丁抽一征调男人去宁州。"

宗主们没想到皇帝的条件那么宽松，一个宗主问道："你说的可算数？"

支离破道："帝国如今的情形大家都清楚，抽不出人来跟你们耗，晋北走廊又是咽喉要道，只要你们老老实实不捣乱，任由帝国的兵从这里过，粮从这里过，帝国至少在两三年内，不会难为你们，两三年之后……再说吧。"

又一个宗主问："支离破，你为什么要去给皇帝老儿当官？"

支离破倒是一愣，苦笑道："我说了你们也不信，不如不说。"

次日一早，支离破就出了山寨回支离坞去，支离屠跟着支离破一起走。皇帝还有一个条件，昨天没在聚义厅上说，就是支离屠也必须到宁州去。

兄弟俩一前一后走在锁河山茂密的森林里，都不说话，都在回想少年时他们一起进山里去捕猎野雉时的快乐。

直到回到支离坞前，即将要离别时，支离破才对支离屠说："哥，保重！"

支离屠点头，道："莫忘了樱儿！"

然后兄弟俩就分开了，支离屠留在了赤衣卫的营寨里，而支离破则到天启去复旨。

在宣德殿里，只有皇帝和支离破两个人，皇帝轻叩龙椅，问道："支离破，朕也很想知道，你为什么要给朕当官？"

支离破缓缓跪下,回道:"不敢欺瞒陛下,支离破当这个官,是想守护所有崑人的安宁,守护九州的安宁!"

皇帝听罢,哈哈大笑!

第三章　潍海上

赤枫城环绕着蓝玉河的入海口建成，从赤枫沿着蓝玉河溯流而上，不到二百里，就是赫赫有名的秋叶古城。在远古时期，这座绝美的山城曾经是羽人的都城，然而早在星落之前，羽人就已退出了擎梁山，于是这座被誉为"擎梁山上的红宝石"的古城，也就落入了鬼人的手中。她非常幸运地躲过了星辰下降时的一切灾难，历经数千年仍屹立如初。

帝国的军队分别从中、宛、澜、越四州出发，先是集结于秋叶城，然后在秋叶城外的蓝玉河码头登上平底兵船，沿河顺流北下，在赤枫城重新集结，等待登上海船，跨越湛蓝的霍苓海，踏上宁州青色的土地。他们的目标，是被誉为"新月之城"的青囊城。

在菸河郡的落雁城，集结着另一路帝国军团，他们的目标，则是宁州最繁华的商业城市厌火城。

秋叶军团的主帅是号称"战神"的武侯黑鳟赤明，落雁军团的主帅则是征北将军火烈楚荆。

火烈楚荆出身于越州最好战的河络部族，其血统可上溯至星落之前，他本身亦以骑术和射术著称于世，他的武器"月刃"更是由河络最著名的匠师打造，号称锋利可削月色。他带着两万训练有素的河络地鼠骑兵从雷中郡来到落雁城集结，等待着登上海船，跨越潍海，攻下厌火城，然后继续北上，拿下位于清源河口的虹彩城。然而火烈楚荆甚至都没能看到帝国兵船的帆影——鹤雪者用连珠七箭，把刚从妓院里出来的火烈楚荆杀死在他的名为"花枝"的地鼠坐骑之上。火烈楚荆用月刃遮挡了五支羽箭，第六支羽箭把月刃震飞，第七支羽箭射入了他怒吼的口中。火烈楚荆耷拉下他高傲的头颅，花枝"吱吱"叫着，带着他的主人穿过落雁城深夜冷清的街道，向地鼠骑兵的营地跑去，鹤雪者则在月色中翩然飞起，扬长而去。

火烈楚荆的死使河络下定了决心，与鲛人结成了牢固同盟。原本大部分河络反对与羽人开战，他们更愿意跟羽人做生意——仅仅依靠从宁州进口青囊淀粉和黄囊淀粉，就让河络每年赚到数十万的金铢。火烈楚荆虽然是河络中为数不多的好战派，然而无论如何，他仍然是一个河络，而且还是所有河络的骄傲，鹤雪者竟让他这样丢脸地死去，河络对此是不能容忍的。

帝国派来一个新的主帅：河络鹿舞库莫。鹿舞库莫不是一个武将，在被调来落雁城之前，他是皇帝的散骑常侍——一个随侍于皇帝身边的文官。鹿舞库莫把自己包裹在钢铁的机甲中走了两千里路，从天启来到了落雁城，鹤雪者拿他无可奈何。鹿舞库莫来到落雁城的第一个命令，是建造一个地下中军帐，从此以后，他就在地底下指挥他的军队，直到帝国的兵船到来。

帝国纪元九十一年，四月，温暖的春风从西向东吹来，暖流也随着春风从涣海涌来，春天来到了潍海和霍苓海。帝国的鲛人军团随着暖流一起到来，帝国的兵船也在鲛人军团的护卫下，来到了落雁城和赤枫城。

帝国海军的主帅，是家世尊贵的卫侯赤珠青夔，他带来了数千艘海船和两万鲛人士兵。羽人的海军拥有千艘轻羽舟，顺风时其速如鸟之飞翔，但他们并没有试图阻止帝国军队横渡潍海和霍苓海，鲛人一来到，他们就主动让出了海面，全部回到宁州海岸的羽人军港中停泊。

站在赤枫城由青石筑成的城墙上，遥望着帝国的数千艘海船在蓝玉河的入海口升起白帆，每张帆上都绣着赤色龙徽，鲛人军队在海船下巡逻守卫，不时跃出海面，挥舞他们由海胆木和精钢制成的长矛，他们的鳞甲反射出耀目的青光。在那时候，每个人都坚信，帝国一定能取得战争的胜利，帝国的军队将横扫宁州，所有羽人都将成为帝国的奴仆。

四月中旬，武侯黑鳟赤明的赤枫军团先行出发，穿过霍苓海，在青囊城外的海滩登陆。鲛人鼓起如山一般高的海潮，青囊城矮小的防波堤根本阻挡不了鲛人的进攻。羽人在海潮到达之前就全部撤离，帝国的军队则乘着海潮拥入城中，唯一的损失，是有两艘船在海潮中倾覆了，有数百名崑人士兵被淹死。

青囊城是一座新月形的城市，紧依着霍苓海，她背后的山林中种植了大量的青囊树，使她成为宁州最重要的粮食产区。同时，青囊城还是一座繁华的商业城邦，这里有全年皆可停靠的良港，在和平时期，青囊城的海面上总是白帆点点，来自九州各地的商船络绎不绝。

西线的战事就没有那么顺利了。因为潍海比霍苓海宽广得多，虽然只比赤枫军团慢一日出发，但落雁军团却足足比赤枫军团迟了十天才来到厌火城下。

　　厌火，一座古老而又年轻的城市，坐落在辽阔而肥沃的三寐河三角洲上，背靠着维玉山脉，面对着绿翡翠一般的洄鲸湾。她是整个宁州历史最为悠久的城市之一，也是整个宁州与东陆联系最紧密的城市。千年以来，厌火就分为上下两城，上城被高峻的白色花岗岩城墙围绕，羽人贵族在里面生活，下城则环绕着厌火的海港建成，高矮不一的房子由海岸直往上城的城墙根堆叠而上，狭窄的、如同迷宫一般的巷子内隐藏着无数的妓院、赌馆、酒馆、商铺和镖局，海员们在这里寻欢作乐，凶残的马贼和不要命的佣兵则到这里来寻找发财的机会。不愿接受帝国统治的逃亡崑人、从瀚州跨越维玉山脉前来冒险的蛮族、杀死了自己的主人潜逃至此的夸父奴隶和从宁州南下而来的无翼民在这座城市里平等相处，谁有本事谁就能成为下城的主人，享受美酒和魅女，谁没有本事，谁就成为奴仆，受尽一切屈辱去换取活下去的机会。这是一座自由而又繁华的城邦，在一些人眼中，她是天堂，在另一些人眼中，她是地狱。

　　一得到青囊城陷落的消息，厌火的羽人贵族就抛弃了这座古城，他们划着轻羽舟沿着三寐河逆流而上，穿过险峻的铁剑峡，退入清源河中。崑人、蛮族、夸父和无翼民成了厌火城的主人。有人趁机放火打劫，城里乱了两天，然后各族的首领站了出来，杀了几个劫匪，混乱被平息下去。崑人、蛮族、夸父和无翼民结成了同盟，他们把粮食全都搬入上城，所有没有逃走的人也一起撤进上城中，然后一把火把繁华而又杂乱的下城烧成了灰，他们决心守卫这座城市，因为他们除了这座城，已经无处可逃。

　　鹿舞库莫还以为自己能够不费一兵一卒拿下厌火呢，没想到大军来到厌火城下时，却是大门紧闭，迎接他的竟是下城的灰烬和一封言辞激烈的战书。送战书的是一个戴着人头项链的夸父，脸上还残留着刺青，说明他曾经是一个低贱的奴隶。

鹿舞库莫气坏了，他必须拿下厌火，否则就无法挥师北上。帝国的粮草越过潍海，在厌火城的海港停靠后，只有沿着三寐河才能继续向北运送，如果绕过厌火城北上，鹿舞库莫的大军就无异于一块送入虎口的肥肉，甚至无需羽人动手，他们自己就将在宁州苍茫的森林中活活饿死。

鹿舞库莫命令五千地鼠骑兵沿着三寐河河谷追击撤退的羽人贵族，其余的三万士兵则留在了厌火城下，把厌火重重包围。

最初，鹿舞库莫以为厌火城内的守兵不过是一群乌合之众，面对帝国训练有素的士兵，他们稍做抵抗就会溃散，然而在连续攻打了三天三夜，损失了近千名士兵和三架攻城机甲之后，厌火城仍岿然不动。

后续的援军陆续抵达，一个月之后，在厌火城下竟集结了六万大军。鹿舞库莫下了不惜一切代价必须拿下厌火城的军令，最终，在被围三个月之后，厌火城还是被攻下了，帝国损失了一万人和百架攻城机甲，当帝国军队进入上城的时候，城内能够战斗的人已不足两千。

最初，有近十万人退入上城，其中大部分是想逃也没法逃的老弱妇孺。鹿舞库莫攻下厌火城时，城中还活着的人有七万余，鹿舞库莫下了屠城令，人们被一批批地带到海边，跪下，砍头。士兵的刀被砍得都缺了口，有些人的头简直不是被砍下来的而是被锯下来的。死去的人的尸体被扔入大海，有一些尸体甚至漂到了中州的海岸。砍下的人头被堆在海滩上，筑起了一道长达十里的京观。

整个晋北盟总共有五百余人被征召入伍，其中约有百人是从天启逃出的宗主，其余的则是按四丁抽一抽上来的晋北的年轻人，这些人被打散，分别加入赤枫和落雁两个军团。支离屠作为皇帝特别关照的晋北盟的盟主，被征召入落雁军团中，火烈楚荆把他留在中军帐中当一个亲兵，实际上就是一个任人使唤的仆役，火烈楚荆死在鹤雪者的箭下之后，鹿舞库莫仍然把支离屠留在身边使唤。

火烈楚荆是一个粗鲁的河络，好酒、好色，性格直爽，倒有些像猛虎扎卡，如果不是喝醉了酒，鹤雪者未见得能伤到他；鹿舞库莫与火烈楚荆不同，他性格阴沉，残忍好杀，酒色不沾，一心只想着向上爬。这种性格差异或许源于两个河络不同的出身，火烈楚荆出身于河络最有势力的部落，而鹿舞库莫却是出身于一个小部落，直到鹿舞库莫当上散骑常侍之后，这个小部落才算有了出头之日，在此之前，一直被其他部族的河络瞧不起。

或许是因为皇帝特别交待的缘故，鹿舞库莫对支离屠还算客气，但对其他的崑人士兵，鹿舞库莫就视如草芥了，小小的不如意就施以鞭刑，砍头也是常事，更有几个崑人士兵被他活活剥了皮。士兵们见到鹿舞库莫都战战兢兢，生怕一个不小心，丢了性命还罢了，那些稀奇古怪的酷刑，实在不是寻常人能受得了的。

不知道是从哪儿来的消息，鹿舞库莫得知白肥儿是厌火城的崑人首领白鬼儿的哥哥，他命人把白肥儿带来，剥光了衣衫，赤条条绑在旗杆上，让一个大嗓门的士兵去上城城门前高呼，说白鬼儿三日之内若不打开城门投降，就要把白肥儿活活给剥了。

白肥儿是个又白又胖的大胖子，平日里装得极勇武的样子，其实是一个胆小如鼠的人，他在旗杆上哭了三日，饿得一身白皮皱如空了的面袋子。他的弟弟白鬼儿，却是一个瘦小、果决的汉子，在第三日上，眼看着白肥儿被从旗杆上放下来，就要被鹿舞库莫给活剥了皮，白鬼儿自己架起千钧弩，一箭把哥哥给射了个对穿。

白鬼儿是帝国逼迫宗主迁往天启时逃到厌火城的，他生下来就满头银发，性格桀骜不驯，身手敏捷有如猿猴，飞檐走壁如履平地。白肥儿死了之后，白鬼儿带了十个勇士，从秘道出了上城，又趁着天黑潜入鹿舞库莫的军营中。即便在厌火城下，鹿舞库莫也仍然把中军帐设在地下，白鬼儿在军营中找了很久，没能找到鹿舞库莫，最后他们放了一把火，大杀一阵，又趁乱冲出帝国军营回到上城。鹿舞库莫钟爱的白马被白鬼儿杀死，马头悬在上城的城楼上，吐着红舌，圆睁着一双大眼。鹿舞库莫是从来不骑地鼠的，他的马被白鬼儿杀死之后，他也就不再骑马。他有一架特制的机甲，以精钢制成，防护严密，连鹤雪者的箭也无法射入，在白鬼儿刺杀事件发生之前，鹿舞库莫只有在从地底下的中军帐出来时才使用机甲，刺杀事件发生之后，鹿舞库莫甚至连睡觉都在机甲中睡。

支离屠小心翼翼地侍候鹿舞库莫，完全看不出他曾经是一个叱咤一方的宗主，曾经是帝国所有宗主的领袖。

厌火城城破之后，是支离屠亲手砍下了白鬼儿的头。在上城城门前，支离屠跪下，双手捧起白鬼儿的头，献给鹿舞库莫。

在此之前，在厌火上城其中一座白塔的地窖里，支离屠找到了受了重伤潜藏于此的白鬼儿。

支离屠说："借你的头一用！"

白鬼儿说："能死在支离屠的刀下，这辈子也算没白活！"

白鬼儿背转身，把颈项露出来。支离屠一把抓住白鬼儿的发髻，一刀砍下去，血从颈项喷出，在白墙上染出猩红花朵，支离屠目不斜视，拎起头就走。

鹿舞库莫把白鬼儿的头做成一个尿壶，摆在自己床前。

攻下厌火城后，落雁军团并没有马上开拔，而是留在厌火城下休整，半个月之后才挥师北上。疲惫已极满眼血丝的鹿舞库莫终于不用再睡在机甲里，他好好洗了个热水澡，爬上铺着厚厚的鹅毛垫的床，舒舒服服躺下，对支离屠说："支离宗主，晚上给我值夜。"

支离屠俯首听命。

但鹿舞库莫并不放心，他让人搜了支离屠的身，确保没有武器，才让支离屠留下，他命支离屠睡在他的床脚下。支离屠的顺从满足了鹿舞库莫，——九州最骄傲的宗主，连皇帝也拿他无可奈何，如今却成了鹿舞库莫的奴仆。

到了半夜，大家都睡着的时候，支离屠从嘴里抽出一根弓弦，把鹿舞库莫给绞死了。这个残暴的河络这样轻易就死去，甚至都没有挣扎一下，倒是有些出乎支离屠的预料。他真是一个瘦弱的河络啊，与其他的河络大不相同，他皮肤青白，手和脚遍布青筋如同鸡爪，因为一直处于恐惧之中，他即便睡觉时也睁着眼。

支离屠让鹿舞库莫在床上静静地躺着，自己则背靠着墙坐在地上，等到天要亮了，他往那个用白鬼儿的头做成的尿壶里倒了些黄黄的茶水，看起来就像是装满了鹿舞库莫的尿，他端起来，推开窄小的门，装做是要去清理尿壶的样子，点头哈腰地往地面上走，守门的河络都困得东倒西歪，并不理会他。

天还没有亮透，朦胧的晨光里，刚换防回来的士兵正迈着整齐的步子回营房去。清亮的角声吹响，众人起床的起床，刷马的刷马，换防的换防，都在忙乱，并没有注意到支离屠。

支离屠找个僻静处把茶水倒了，把白鬼儿的头藏进怀里，不紧不慢地往营房外走，走到营门口才有守门的卫兵盘问，支离屠只说是给鹿舞库莫到港口上去弄条鱼吃，卫兵就把支离屠放出去了。

洄鲸湾暗绿的海水缓缓拍打在码头的青石上，几乎没有激起任何白浪，支离屠早已看准一艘准备回落雁城的大腹运输船，这艘船从落雁城运了粮草过来，回航时则装运帝国在厌火城外抓到的羽人俘虏。支离屠找个脚镣虚虚地套在自己脚上，守在船旁，等士兵们把羽人俘虏押上船去时，他趁乱混进去。支离家族本就有羽人血统，而支离屠又是尤其长得像羽人的，他的头发从小时就是灰黑色的，瞳仁更是灰色的，大清早天没亮透时，悄悄混入羽人队伍中，一下子还真不能把他分辨出来。

这艘兵船是渔船改造而成，只是加高了护舷，并在船艏和船艉分别装上了床弩。自从鲛人军队进入潍海和霍苓海，羽人的轻羽舟便撤入了宁州的海港中，并没有与帝国海军有过正面的冲突，所以这艘运输羽人俘虏的兵船上也没有配备太多的士兵，只有正副两个鲛人队主和十个崑人士兵，其余的全是没有武器的水手。

俘虏们被赶入船腹中，里面潮湿而阴暗，地上还散落着许多用来喂马的干草。支离屠找个角落低头蹲下，等着开船。

大约半个时辰之后，船摇晃起来，应该是起锚了。这时从码头上隐隐传来一阵嘈杂声，有人在大声喝问船上的士兵，是否有嫌疑人等上船，士兵说没有，又问发生了何事，码头上的人道："鹿舞将军被支离屠绞死了！"

船上的羽人俘虏听到这句话，起了一阵小小骚动，又随着船的开航而渐渐平息。

船舱并不大，几十个羽人挤在里面，几乎连转身都难；每天天亮之后，水手们会从甲板上抛下变味的面饼，任由羽人抢食，抛完面饼之后，水手再拿木桶洒下清水，个子高的羽人还能抢着喝到一两口，个子矮的羽人，若耐不住渴，就只能舔地上的脏水。因为只能随地大小便，出海两天之后，舱内就已经臭气熏天，水手便拿水龙用海水冲洗，幸好正值仲夏，否则这些羽人非得全都冻死不可。

两个鲛人有自己的舱室，舱室内灌注海水，他们无需机甲就可以随意上下船。白日里两个鲛人常常拿着武器在船的两侧游动，伴随着海船一起前进，到了晚上，两个鲛人轮流休息，始终保持有一个鲛人在海面上警戒。

在帝国的军队中，崑人士兵是最底层，比官场上对崑人的歧视更甚。崑人士兵又分两类，一类是像支离屠这样，大的战争发生时临时征召入伍的，另一类则是府兵，他们是半职业军人，无战事时屯田，一有战事就要自备衣粮参战。帝国的府兵来源有二，一种是主动加入，另一种则是犯了律法之后被罚加入，而无论是前一种还是后一种，都是已经走投无路，才不得不当兵，而成为府兵之后，又绝无脱身的机会，是以这些府兵大多都十分凶残，往往比鲛人和河络军人更为残忍血腥。

这艘船上的十个崑人士兵，在成为府兵之前，其实全是澜州海盗，迫不得已才接受了招安，相比于其他府兵，他们的性情更是凶残暴虐。帝国的府兵大多集中于边境和海军，这两处地方最是艰苦凶险，征召而来的崑人士兵往往无法应付，还必须依靠府兵才行。

船上的羽人多是从厌火城周围的小村庄中抓来的，这些羽人都是岁羽，在宁州地位不高，并非羽人中的贵族，是以厌火上城的贵族撤离时并没有把他们带上，帝国军队抓住他们之后，为保万全，先将他们的展翼点刺伤，再戴上沉重的脚镣，然后才押上船，送到东陆的奴隶市场卖掉。两个鲛人队主对这些羽人并不重视，多几个少几个根本无所谓，本身奴隶们在条件极其艰苦的船舱中跨越潍海，死上几个甚至几十个都是常有的事，死了就把尸体拉上来，抛入海中喂鱼，反正本来也是抓来的，而卖掉这些俘虏得到的钱，也要上缴帝国的国库，与府兵和鲛人并无关系。

出海几天之后，几乎每天都有羽人死去，一到清晨，水手就会从甲板上伸个头下来查看，看到有羽人死了，便放下梯子，把尸体拉出去喂鱼。一日黄昏，更可怕的事发生了，一个府兵下到船舱中，将一个羽人少女拉了出去，那个羽人少女哭泣、挣扎，却无济于事。其他羽人愤怒地站了起来，但沉重的脚镣把他们困住了——相比于崑人，羽人本就要瘦弱些，套上脚镣后更是连走路都困难。

那个羽人少女就这样被拉出了船舱，再也没有回来。

支离屠原本打算乘船回到落雁城后，找个机会跑掉，然后在东陆上流浪，一边寻找支离樱，一边寻求打造屠龙武器之法，但是在船上呆了几天之后，他开始可怜起这些羽人，想着要把他们救出来。

发生在羽人少女身上的惨剧更是坚定了他要救出羽人的决心。

一个羽人悄悄挪到支离屠身旁，其他的羽人都主动让开，好让这个羽人移坐过来，似乎他是这些羽人的头领。这是一个瘦小的羽人，身上散发出一股恶臭，脸上脏污得看不出本来面目，当然支离屠自己恐怕也差不多。

这个羽人一开口，却把支离屠吓了一跳，原来她竟是一个少女，而且还讲了一口纯正的东陆崑人语，最重要的是，她竟然认得支离屠。

"支离宗主！"那羽人少女低声道。

支离屠一愣，一时间不明白这个羽人为何认得自己，自己脸上全是脏污，几天来也一直缩在角落一声不吭，便是支离坞的人来了也不能认出自己，何况一个素不相识的羽人？

但他立刻就明白了。船上有多少个羽人，每个羽人又分别是谁，羽人自己自然清楚，支离屠偷偷上船，羽人们当然明白，而开航之前，码头上又有人大喊说"鹿舞将军被支离屠绞死了"，当时这些羽人应该就已经清楚偷偷上船的人是谁，他们没有高呼献功，已是救了支离屠一命。

于是他点头道："正是在下！"

那羽人少女道："宗主想必在思索如何才能把我们救出去？"

支离屠点点头。这位羽人少女貌不惊人，但一双瞳仁却十分灵动，说话也直截了当，恐怕出身不会太低，不知为何却混在这群岁羽当中。

那羽人少女道："下一次再有士兵下来，必会来捉我，请宗主趁便下手，然后宗主换上士兵衣服，带我上去，以我们两人之力，足够把其他九个嵒人士兵尽数杀死。"

支离屠道："那两个鲛人怕不太好办！"

羽人少女道："走一步看一步，先把船控制住！"

支离屠又问："敢问姑娘如何称呼？"

羽人少女道："墨鸢。"

支离屠点头，不再出声。宁州羽人有十一大姓，分别为银、墨、紫、橙、湖、青、黄、蓝、金、缇、白，其他羽人感受到的都是明月之力，独独姓墨的羽人，感受到的是暗月之力，是羽人贵族中极古老的一姓。

次日清晨，墨鸢借着水手冲洗船舱的海水把脸洗净，又用一根细绳把头发扎起，便仿佛变了个人一般。她的头发乌黑如檀，瞳仁是灰蓝色的，肌肤细腻如脂，打扮起来之后，整个人便如沐浴在白色毫光中一般圣洁美丽。她的年龄不大，只有十七八岁，但神态却从容镇定，即便是在这样的险境之中，她也仍然显得胸有成竹。船舱内的岁羽，无论年纪大小，对她都又敬又爱，然而之前墨鸢没有站出来，仍隐身于岁羽中时，却又泯然众人，连支离屠也没看出她有什么出众之处。

一整日都无事，支离屠却不敢懈怠，直到黄昏时，才有一个崑人士兵醉醺醺下来，捂着口鼻，眯缝着眼，在羽人堆里挑选年轻的女子，虽然舱室内光线昏暗，但他仍一眼就看到了墨鸢。"小娘匹！"他骂道，"前两日怎么没看见你？"

他推开其他羽人，上前一把抓住墨鸢，把她往舷梯拉扯。支离屠瞧准时机，轻轻地跳过去，一掌砍在崑人士兵的颈上，那崑人士兵一声没吭，软软地倒了下去。支离屠几下把士兵的号衣脱下来，穿在自己身上，却嫌略小了些，但黄昏光线昏暗，一时间别人也分辨不出来。他穿好衣服，发现士兵腰间挂着一把铁钥匙，便解下来，先让墨鸢把脚镣解了，然后把钥匙交给其他羽人。他从崑人士兵身上解下腰刀，跟墨鸢对了一眼，学着那崑人士兵，也一把抓住墨鸢，墨鸢立即发出刺耳的哭泣和尖叫声，如同真的被恶人给欺负了一般。支离屠把墨鸢扯上舷梯，拉出舱室，却没把舷梯收上来，只是虚掩了舱口，好让羽人解了脚镣之后爬上来。

支离屠出了底舱，扫了一眼，看到船楼上灯火明亮，还传来崑人士兵猜拳的声音，便把墨鸢往那边拉，甲板上一个负责警戒的崑人士兵吼了一声，支离屠随口应了一句。他推开门，里面烟雾腾腾，弥漫着土荛、劣酒和男人的恶臭，里面的人都已醉得东倒西歪，看见支离屠扯着墨鸢进来，兴奋大呼："这妞儿贼漂亮，比前两日的漂亮十倍，带到天启能卖一百金铢！""一百金铢又怎么样？跟兄弟伙没关系，还是趁现在先乐呵乐呵吧！"

支离屠并不出声，低头把墨鸢扯到崑人士兵中间，一个崑人士兵已经迫不及待要冲上来，却被另一个崑人士兵拦住不让他抢先，一时间乱成一团。支离屠悄悄转到众人身后,抽出刀来,"嚓嚓嚓"就放倒了三人,其他的崑人士兵大惊,哪里还顾得上墨鸢,窜到墙边,到处找武器,支离屠冲上一步,又放倒了一个。墨鸢趁着众人慌乱,却已把墙上的弓抓在手里,弓旁就有一囊羽箭,众人还没弄明白究竟发生了什么事,墨鸢已是箭出如风,连环四箭,把剩余的士兵全都放倒。甲板上的崑人士兵听到响动跑过来询问,刚进门就被墨鸢一箭射在咽喉上,口里喷着血俯身倒下,手脚抽搐着,显见也是不活了。

支离屠出去敲了敲关押羽人舱室的舱门,让羽人赶紧都出来,又提着血淋淋的刀到水手那儿去,水手们都吓了一跳,但他们本无意参战,何况中间又有水手认出了支离屠,是以都没有反抗。

这时,船楼内突然传出一阵尖锐的喝问,用的却是鲛人语。原来是鲛人听到船楼内的动静,怀疑船上出了事,正在呼叫统领崑人士兵的伍长前来答话。但羽人都听不懂鲛人语,更不会说,面面相觑,幸好支离屠因为从小就跟大麦河中的鲛人一起长大,倒是能说一口流利的鲛人语,他对着传声器用鲛人语喊道:"回禀大人,是兄弟们起了小争执,打起来了,已被我训斥!"

鲛人舱室内没有回音,似乎是相信了支离屠的解释。

羽人们都松了一口气。墨鸢一边下令改变航向,向北航行,目标是宁州海岸,一边派人拿着手弩下到舱室去,趁着舱室内的鲛人还没有防备把他杀了,同时让人到船艏去,向正在船四周巡游的鲛人队主发信号,呼唤他回船,羽人则把船艏船艉的床弩都备好,待海上的鲛人回到船旁就拿床弩射他。

然而墨鸢还没有安排完,海面上已升起了报警的红色焰火,船上的人都变了脸色,因为一旦招来鲛人的追击,区区一艘海船是很难逃脱的。

这时，到鲛人舱室去的羽人也急匆匆跑上来，报告说舱室内的鲛人已经离开。

众人都不明白鲛人是如何看出破绽的，支离屠苦笑道："会鲛语的崑人很少，往常崑人士兵一定都是以崑人语回禀，我用鲛语回禀，反倒露出了马脚！"

墨鸢道："后悔也没用了，女人和孩子下到船舱内去躲藏，男人到床弩那儿去准备战斗，支离宗主，你我分别守在船的艏艉，鲛人一时还追不上来，大家不要慌，让船满帆向北走，只要上了岸，鲛人就拿我们没办法！"

船张满帆，吃饱了从涣海吹来的季风，向东北方向急驶了将近一夜，到天蒙蒙亮时，鲛人才追上来。从海面上的白色浪迹推断，至少有三四十个鲛人。他们并没有急于进攻，而是先分出一半人游到船的前头和两侧去，把船包围起来，才发出信号，从四个方向同时向船靠近。

船上能够战斗的岁羽很少，每张床弩各安排三人去值守后，包括墨鸢和支离屠，就只有十个人了，其中还有两个是半大的少年。这些人都持了武器，守在船的两侧甲板上，但持有弓箭的只有一半，幸好羽人中即便是岁羽也是射术精准，尤其是墨鸢，不仅箭不虚发，而且射速极快，支离屠虽然射速比墨鸢慢，但他用的是三斛的弓，却比墨鸢射得远。鲛人被射伤了几个之后，都退了下去。

稍稍喘了口气之后，鲛人改变了策略，先潜游到船底，然后才从船底下直升上来，发动攻击。墨鸢命人在船舷上架了长板，让羽人持弓箭站在长板上，一看到鲛人从船底下露出头来，就放箭射击，如此又杀了几个鲛人。鲛人看势头不好，又潜入海中，退了回去。

此时日已近午，风浪逐渐平息下去，海面平静如同绿色琉璃，天空碧蓝如洗，如果不是有鲛人在追击，支离屠真想好好地平躺在甲板上睡上一觉。然而此刻，风的止息却只会让他心急如焚，原本还指望鲛人在追了一夜又战斗了半日之后，疲倦放弃，没想到却正好在这时候风停了，船失去了风，也在海面上渐渐止息下来，船帆也如同失去了活力的巨人一般，萎缩了下去。

看羽人和水手们的脸色，却是又惊又喜，支离屠不解。墨鸢解释道："看这天色，很快就会有一场大风暴袭来，只要我们能撑到那时，鲛人就不可能在风暴中追击我们。"

然而鲛人显然也知道将有风暴袭来，他们抓住这最后的一点时间发动攻击，羽人们也不再吝惜箭矢，拼了命地把箭朝鲛人射去，有几个鲛人借着盾牌的保护游近了，把抓钩甩上来钩住船舷，试图爬上船肉搏。鲛人虽然没有脚，在水上也不能呆太久，但力气和个头却比崖人和羽人都大得多，若是让他们爬上船来，结成阵势，只怕就没人拿他们有办法了。

甲板上的战斗达到了白热化，这时却有一个水手从甲板下跑上来惊呼，说船底下有鲛人在凿船。墨鸢大惊，若是让他们把船凿漏，船必然要在风暴中沉没，鲛人倒是不怕风暴，没有了船的崖人和羽人却必死无疑。

支离屠道："带我到鲛人舱室去！"

他挑了一把匕首插在腰间，随着水手向鲛人舱室跑去。鲛人舱室内的海水还没有放掉，支离屠深吸一口气，从舱室顶窗跳了下去，他幼时常去大麦河中与鲛人玩耍，水性极好，不过比起鲛人来自然差得尚远，但此时除了他，也没有旁的人有能力去阻止凿船的鲛人了。他知道鲛人必定没有想到竟会有人敢潜入海中袭击自己，这也是他唯一的机会。

支离屠潜到水舱底部,找到鲛人进出的水门,打开来,踊身一跃,潜到了船底下。他转头四顾,看到果然有一个鲛人手拿凿子和锤子在专注地凿着船板,因为鲛人料定船上的人不敢下水,是以那鲛人身上并没有武器,身边也没有别的鲛人护卫。

原来这些鲛人托大,不想失去一艘船,所以一直到最后,眼看风暴一来,就要追不上了,才不得已派出人去凿船,海面上的却都是佯攻,不让船上的人注意到船已经漏了。他们却万万也没有想到竟有人敢下海去攻击凿船的鲛人。

支离屠绕到鲛人身后,距他只有数尺远了,那鲛人才发觉有人偷袭,猛地转过身来。支离屠看到他海藻一般的头发在水中飘舞,看到他通红的眼睛里的诧异和惊恐,在鲛人身上的鳞甲显现之前,支离屠把匕首狠狠地插入了他的胸口。鲛人大张着嘴,还没有把惊呼声发出来就已经死去。支离屠拔出匕首,血立刻喷涌出来,血腥味中人欲呕,鲛人的尸体在血水中迅速地向海面升去。

支离屠潜下几尺,捞起锤子和凿子,回身往水舱的门游去。此时船身已经在缓缓地摇晃,风暴已经逼近。

支离屠湿淋淋地回到甲板上,高举起锤子和凿子,向着海里的鲛人怒吼。

鲛人大惊失色,一个崑人竟能在海里杀死一个鲛人,这是他们从未想到过的。

船上的崑人和羽人都欢呼起来,一时间士气大振。

风吹来,帆猛地被风吹涨,发出了"嘶啦啦"的响声,如同欢笑声一般。鲛人知道已经拿这艘船没有办法了,他们迅速地退走,海面上的鲛人尸体也被他们带走了,船上的人高呼着,把两个爬上了船又被射死的鲛人也扔下了海,让鲛人们把这两具尸体也一并带走。

鲛人在迅速鼓起的大浪中退走,在退出一里之外后,他们向着船只发出了最后的怒吼,然而在飓风的呼啸中,他们的怒吼声很快就被吹散。

第四章 暗月城

风势逐渐变大,水手们麻利地把帆放下,船帆在风里"哗啦啦"地响,像一大蓬火在剧烈燃烧。黑色的风暴正从西南方缓缓压过来,风暴底部,是一线银轴般的海浪。

水手们把甲板上一切会移动的东西都固定好,然后用帆脚索把自己牢牢地绑在船上,羽人都下到船舱中。掌舵的老水手是一个满头银发的崑人,身板挺直,在晃动得越来越厉害的甲板上稳稳站着,他不慌不忙地转动船舵,慢慢把船头转过来,让船头正对着越来越近的滔天巨浪。

风裹挟着雨水迎头扑过来,船被山一般高的巨浪抛起,又如同跌落悬崖一般跌入浪的深谷。雷声接二连三地在船顶炸响,闪电像是一根根巨大的银白树枝,接连不断地撕扯开黑暗的天幕。

突然,一个羽人出现在桅杆顶上,闪电照亮他的身影,人们看到他的背上,收拢着一对巨大的羽翼。

那人影纵身一跃,在风中张开双翼,绕船飞了一圈,轻巧地落在甲板上,仿佛风暴不过是他饲养已久的宠物。他身材瘦而高,面容坚定沉稳，乍一看似乎是另一个墨鸢，但又显得比墨鸢骄傲一些、老成一些。

羽人一落在甲板上，他背上的双翼就散成一团墨色的星尘，消散在风暴中。他在甲板上站定，转头四顾，走到掌舵的老水手身边，大声问道："这是不是一艘运送羽人俘虏的船只？"

老水手并不看他，双眼依旧盯着前方，双手稳稳把住船舵，喊道："她在底舱！"

这个羽人是墨鸢的哥哥，名叫墨翼，为了寻找墨鸢，他已经在海上飞行了三天三夜。

厌火城的贵族撤离上城，放弃厌火，沿三寐河北上，是整个羽人城邦联盟大会决定下来的战略；羽人并不打算在宁州海岸与帝国的军团硬拼，而是要把敌人放进来，依靠宁州的高山和森林困住他们，然后再展开反攻。然而联盟大会的撤离计划中只包含了羽人贵族，生活在厌火城周边的数万羽人平民并没有得到联盟大会提供的船只，只能步行沿三寐河撤离，许多羽人平民被地鼠骑兵追上，或者惨遭杀戮，或者被俘为奴。

墨鸢反对放弃厌火，她以为厌火城与青囊城不同，青囊城没有城墙，而厌火则城墙高峻，地势险要，而且厌火人口众多，是青囊城的数倍，其中更有许多髳人和蛮族，甚至还有夸父，这些人的战斗力非常的强，如果能够把厌火城附近的羽人平民武装起来，内外夹击，完全有可能在厌火城下把帝国军团击溃。作为一个鹤雪者，墨鸢有权在联盟大会上投票和提出动议，但她的动议被大会否决了。

墨鸢离开了联盟大会所在的城市雪桐城，来到厌火城，她没有进入厌火上城，而是留在厌火城周围的羽人村庄里掩护羽人平民撤离,她势单力孤,虽然身为鹤雪者,能翱翔于长空,但面对数量众多的重装地鼠骑兵,即便是鹤雪者也无能为力。在一个羽人村庄组织羽人撤离时,整个村庄被近千地鼠骑兵包围,墨鸢权衡了局势后,决定放弃反抗,没有暴露自己鹤雪者的身份,假装自己只是一个普通的岁羽,然而终究还是不免被刺伤了展翼点。

墨翼也是一个鹤雪者,他听说墨鸢已独自飞往厌火,就急忙跟着飞来。墨翼与墨鸢不同,他并不赞同墨鸢的动议,同时也不以为联盟有必要保护那些羽人平民,但他也不能让自己的亲妹妹独自置身险境。墨翼只比墨鸢晚到了三日,墨鸢却已被俘,墨翼追随墨鸢的踪迹,沿着帝国的运粮航线飞行,一艘艘船寻找墨鸢,直到四日之后,才找到这艘离开了航线的叛船。

船上的羽人平民对墨翼的态度,显然与他们对墨鸢的态度不同,他们把墨鸢当成了家人,而对墨翼,他们却是畏惧多于尊敬。

摆脱了风暴,船在潍海上又航行了两日,终于看到宁州青色的海岸线,墨翼先行向陆地飞去,不久之后,他带回了一艘领航船。驾驶领航船的是一个黑而瘦的岁羽,脸上遍布被海风吹出的细小皱纹,看不出年纪究竟有多大。领航船只是一只小独木舟,仅能乘坐一人,那个岁羽一手掌舵,一手操控船帆,劈波斩浪,灵巧而快速地驾驶领航船行驶在大船前面。

一大一小两艘船,向着海岸驶去,一壁墨绿的悬崖矗立在海岸上,崖壁上长满了茂盛的爬藤和灌木,无数白色海鸟在崖壁上栖息、飞翔。随着大船离悬崖越来越近,船上的人都有一种错觉,觉得那悬崖正朝着船直压下来,然而领航船仍在前面直直地航行引路,并无一丝一毫的犹豫。大船的两侧不时露出暗礁和漩涡,只要稍微走错一步航船就要被卷入漩涡中触礁沉没。直到距离悬崖已经不足一里，船上的人才看到，原来在悬崖的中间，隐藏在茂密的爬藤和灌木中，有一道裂缝，正好容得下一艘大船驶入。领航船上的岁羽向大船上的舵手打了个手势，示意大船随着他驶入那道裂缝中，自己就当先操纵领航船驶了进去。大船小心翼翼地驶入，崖壁把正午的阳光都遮住了，巨大的阴影落下来，凉意笼罩了船上所有的人；崖壁是如此之近，仿佛一伸手就能摸到，但领航船上的岁羽示意大伙儿都放心，船上的羽人似乎也曾经到过这里，他们明显要比海船上的崑人船员平静一些。

穿过崖缝，前面豁然开朗，一片平静的港湾出现在众人眼前，海水湛蓝，近岸的地方更是清澈透明，可以看见海底的白沙、珊瑚和各色鱼类，这里停泊了不少羽人的轻羽战船，还有一些船只则应该是羽人的商船。

这个海港名叫白沙湾，位于厌火城和青囊城之间，因为非常隐蔽，同时又地势险要，易守难攻，因此而成为羽人的重要军港，停泊了大量羽人轻羽舟，同时也有不少羽人商船从这里出发，运送宁州的特产到东陆去，然后满载着瓷器、丝绸、茶叶甚至武器等东陆特产返航——虽然战争已经爆发，但该做的生意还是得做。

还在大船上，墨鸢就已经向支离屠发出邀请，请他到暗月城去，墨氏一族要为他救了那么多的羽人和墨鸢本人而感谢他，而支离屠对羽人的情况也颇感兴趣，立刻就答应了。

大家在白沙湾休息了一夜，墨鸢设下丰盛宴席感谢船员，又赠他们许多宁州特产作为礼物，船员们都很高兴。白沙湾属于暗月城，墨氏在白沙湾设有市舶司，向所有商船收取赋税，不过赋税并非暗月城的主要收入，暗月城的特产是大角鹿的肉、奶和毛皮，以及紫檀木。

次日一早，墨鸢到客栈来，骑着一头高大的大角鹿，闪着暗蓝光泽的头发被束成无数的小辫垂在肩上。墨翼已经先行飞回暗月城去了。从白沙湾到暗月城，还有三四天的行程，中间还要经过数个小村庄，要走大约几百里的山路。

羽人崇拜树，不是迫不得已，他们很少伤害树木，他们把房子建在树上，每个村庄都有自己的年木——一种可以长得极其高大的树木，村庄围绕着年木建成。白沙港里已经有许多让支离屠感到讶异的树木了，不少是从星辰下降时活到现在，已有数百年的岁数，进入山中之后，更有许多树木，是星辰下降以前就有了，寿命已经达到千年。日中时，他们在一个小村庄里歇足，这个村庄的年木据说已经有两千年的寿命，即便在盛夏，她的树叶也已稀疏，阳光透过巨大的树冠，铺洒在方圆几千尺的地面上，仿佛一个碎金的湖；所有船员合抱也没能把这棵年木抱拢，然而墨鸢说，这并不是宁州最古老的树木，还有许多年木更古老，最古老的一棵，据说寿命已达万年。

支离屠一路上都得到很好的款待，每个村庄的羽人都拿出最好的食物招待他们，羽人几乎不吃肉食，因此支离屠一路上吃到了各种奇怪的新鲜水果和蔬菜。因为羽人都把房子建在高树上，被树木的繁枝遮蔽住，所以常常的，支离屠已经走入村子中了，却仍不知道，还以为自己仍在山野中行走呢。

这些村民都认得墨鸢，他们也非常喜爱墨鸢，老人把墨鸢当成他们的女儿一般，而年轻人则把墨鸢当成他们的姐妹。虽然身为暗月城城主之女，而且还是羽人中十分少见的鹤雪者，但墨鸢却并不是一个有着贵族气派的少女，她单纯、活泼、热情，说起话来叽叽呱呱的停不下来，即便展翼点被刺伤，很可能再也不能展翼飞翔，她的悲伤也只持续了两三天，就又恢复到乐观而又开朗的本色。在往暗月城去的路上，她常常会骑着大角鹿冲入道旁的密林中，"咯咯咯"笑着，很快就消失在城墙一样的林木里。原本宁州的道路就非常狭小，常常被树枝和灌木遮挡，但墨鸢仍不满意，她想完全融入林木之中，融入那条在树林背后潺潺流淌的溪水里，融入正在林间草地上吃草的大角鹿群里。墨鸢是羽人贵族中少有的平民派，她希望消除平民与贵族之间的差别，赋予平民直接投票选举联盟主席的权利，但这个派别在城邦联盟大会中是极少数派，只有区区的几十个成员，而且这些成员也多是没有什么威望和资历的青年羽人。

在路上行走了四天之后，他们终于来到暗月城。暗月城并非一座大城，只有区区数千羽人生活在这里，其中大部分是岁羽，贵族仅有二十余人，大多是墨氏一族的成员。城主墨羽生，既是暗月城城主，同时也是墨氏一族的族长和羽人城邦联盟大会的常任成员之一。这座城市与其他羽人城市和村庄最不相同的地方，就是她几乎所有的房子，都建在大地之上。

"父亲喜欢崑人的生活方式，"牵着大角鹿走在支离屠身边的墨鸢解释说，"他年轻时在海心城住过很多年。"

奇怪的是，支离屠感觉到，当墨鸢提到自己的父亲时，她的快乐和开朗就不由自主地低落下去，但很快她就摆脱了这不愉快——

"支离宗主，在这里多住几天吧！除了不能睡在树上，其他一切都很美好！"她"咯咯咯"地笑起来，她一笑，两颊就浮起淡淡的晕红，眼睛弯成了月牙一般，满头的小辫也跟着上下跳动。

墨羽生的宫殿完全仿照崑人宫殿的样式建成，飞檐斗拱，漆了朱漆的柱子，钉了铜钉的大门，墨羽生自己也穿着崑人贵族的服饰来迎接支离屠，他行崑人礼，用带着天启口音的崑人语对支离屠说:"羽生久闻支离宗主大名,不想今日得见,真是三生有幸!"

支离屠倒有些手足无措了,只能照着墨羽生的样子,行礼道:"惭愧惭愧,叨扰城主了!"

他们在墨羽生的花园里宴饮,除了新奇的水果和蔬食,让支离屠感到讶异的是,宴席中也不乏肉食,而且其中有些肉食即便在东陆也难得遇上,比如沙虫肉和银鲨肉,而墨羽生虽是羽人,但也跟崑人一样把这些肉菜送入自己的口中。

羽人大多偏瘦,但墨羽生却是一个又高又大的胖子,很难想象他鼓翼飞翔于天上时的样子。他已年过五十,原本墨蓝的头发已经变得花白,腆起的小肚子和一双小三角眼暗示他可能是一个酒色之徒,如果年轻二十岁,那些赘肉、皱纹都被抹平的话,他的相貌与墨翼倒是极为相似。

墨鸢和墨翼的母亲坐在墨羽生的身旁,她穿着老派贵族才穿的那种礼服——缀满了花边,袖口和领口都有刺绣,她的表情端庄而严肃,除了必要的应酬,她很少说话。她感谢支离屠救了墨鸢,并邀请支离屠在暗月城多住几天,但很显然,这只是一种礼节性的邀请。

让支离屠暗暗有些惊讶的是,他们一家人的长相都极其相像。

墨羽生显然也是一个喜欢美食的贵族,在大吃了一顿,酒也喝了好几杯之后,他才像突然想起来还有客人在座一般,与支离屠说起话来——此前一直是墨鸢和墨鸢的母亲在招呼支离屠,墨翼几乎不说话,也很少吃东西。他们的桌子是一张长条木桌,桌缘饰有繁复的羽人风格的花纹,墨羽生坐在长桌顶端的主位,支离屠坐在墨羽生左手边的客位,墨羽生的妻子和儿女则坐在支离屠的对面。

"支离宗主,"墨羽生说,带着贵族所特有的彬彬有礼,"据说您还精通鲛人贵族的语言?"

支离屠道："鲛人的语言也分很多种，我只会淡水区域鲛人语，还不能说是鲛人的贵族语，鲛人贵族语非常难学，很多在海心城生活了几十年的河络都没有学会真正的鲛人贵族语。"

墨羽生微微一笑，突然用鲛人语道："您看我这鲛人语说得还行吗？"

在座的其他人显然都不会鲛人语，略有些茫然地看着支离屠。

支离屠有些惊讶，也用鲛人语回答道："城主的鲛人贵族语说得非常好！不知城主是在哪里学会的？"

墨羽生仍用鲛人贵族语道："我曾在海心城生活多年，其间曾向一位鲛人贵族学习过他们的语言，不过回到宁州之后，就很难找到机会说了。我曾想把这门语言教给我的家人，但鸾儿和她的母亲都不愿意学，翼儿学了几年，放弃了。"

支离屠换回了崑人语，道："如果有机会，我倒是很想学习你们的语言呢！"

看到他们终于换回崑人语说话，墨鸾松了口气，抱怨道："鲛人语又难听又难学，也不知道父亲您为什么要花那么大功夫去学！"

墨羽生道："鲛人语是帝国最上等的语言，只有学会了鲛人语，才能真正理解帝国的文化和历史。"

支离屠感觉再说下去他们父女就要争吵起来了，赶紧问道："不知城主在海心城生活了多少年？"

墨羽生思索了一阵，答道："十年。我的父亲仰慕帝国的文化，把我送到海心城的贵族学校学习多年，我不仅学会了崑人语和鲛人语，还学会了河络语……"

他突然用河络语说了一段话，支离屠只大概听出他说的是"除了语言，我还学会穿崑人的衣服，吃崑人的食物"，突然他又换回了崑人语，"毕竟河络和鲛人的衣服和食物太难让人接受了，这已经不是文化问题。"

他觉得这句话很可笑，"呵呵呵"笑起来，伺候他们吃饭的仆役们脸上都适时地现出不多不少的笑容，城主夫人也陪着笑了两声，墨鸢茫然地看着他们，而墨翼依旧板着一张脸，仿佛什么也没听到。

不知道为什么，支离屠觉得有些尴尬，他早已注意到这园子里有许多花木是他未曾见过的，当然其中也不乏他所喜欢的海棠和樱花，于是他问道："城主似乎对园艺也有研究？"

墨羽生立即收起笑容，转头四顾，似乎在视察他的花木是不是都各安其职，然后道："确实，我在海心城也学到了不少关于花草的知识，我尤其喜欢牡丹，很是从你们东陆找了几本珍贵的牡丹回来，不如我带您去看看？"

墨羽生说完，没有等支离屠点头就站了起来，支离屠也随之站起。墨羽生带着他离开他们设宴的亭子，沿着花木扶疏的小径向园子里走去，城主夫人和墨鸢墨翼则跟在后面，墨鸢明显有些不耐烦，大约是她的父亲总是要在待客时炫耀他的牡丹吧！

黑天鹅在小湖上游来游去，墨羽生的园子就围绕着这个平静的小湖建成，在湖的南面，一处干爽的高阜上，种植着许多品种不同的牡丹，此时牡丹的花期已过，但仍有一些零星的花朵盛开，大部分都是连支离屠也从未见过的罕见品种。墨羽生得意洋洋，扶着花枝，向支离屠介绍这些牡丹的品种、习性和来历。

"这本九蕊珍珠，花开九蕊，如珍珠攒于花心，是从越州移植过来的，花了我一百金铢；这本玉芙蓉，花开如玉盘，是宁州本地的名品，但也花了我五十金铢；这本墨月娇，宗主一定有些眼熟，我们墨氏的家徽就是墨月娇，它花色如墨，是暗月城的特产；这本御衣白，是我去海心城读书时带回来的，是皇宫御花园所出，当年为了搞到它，费了我不少的钱财和力气……"

墨羽生一说起牡丹来，就滔滔不绝，支离屠倒还有些兴趣，墨翼和墨鸢却都不耐烦。城主夫人看墨羽生说得得意忘形，轻轻扯了扯墨羽生的衣襟，墨羽生回头看了夫人一眼，笑道："我一说起牡丹就什么都忘了，让宗主见笑了！"

支离屠道："我倒也颇喜花艺，少年时种过一些海棠和樱花，对牡丹却是不甚了解。"

墨羽生道："支离坞的樱花天下闻名，宗主实在是过谦了！"

支离屠道："樱花多是我祖奶奶所植，我只是稍有添补，海棠我倒是种得多些，可惜没多久就迁到天启去了，支离坞的海棠，也只好放弃了！"

墨羽生引着支离屠往回走。"听说宗主还有一位弟弟，官任八松郡的郡守，是皇帝身边的红人……"

支离屠笑笑。"我与他已有多年没有来往。"

墨羽生却不再提这件事，又问道："不知宗主对帝国与羽人之间的这场战争，有何看法？"

支离屠沉思片刻，答道："帝国必败！"

"哦？"墨羽生眉毛一扬，停下脚步，转头看了一眼支离屠，"何以见得？"

支离屠道："凡战争必以粮秣为第一要务，从东陆的海港运送粮食到宁州海岸，最快也要十日，这还是运送到青囊城，如果运送到厌火城，则需要二十日以上。青囊城的港口没有厌火城大，恐怕帝国的粮食大部分都要运送到厌火城去，而潍海辽阔，仅靠帝国两万鲛人军队，无法守住这条航线，一旦这条航线被羽人轻羽舟破坏，帝国的二十万大军就要陷入进退不得的窘境，恐怕难免当年在殇州全军覆没的悲剧。"

墨羽生微笑道："宗主果然见识不凡，但羽人的轻羽舟数量不足，无法与帝国舰船硬拼，至今仍泊于宁州海港，不敢出海，也是宗主见到过的。"

支离屠道："羽人的策略，必是先放弃潍海和霍苓海，任由帝国舰船通行，诱敌深入，再利用宁州山高林密的地形，发挥羽人身体轻捷擅长弓箭的优势，先将帝国军队困住，然后围而歼之。至于海面上，也并不需要与帝国硬拼，轻羽舟虽小，却迅捷灵活，帝国的舰船虽大，却缓慢笨重，羽人只需集中数十艘轻羽舟巡行于洋面，遇到大队帝国舰船就绕道而行，遇到小队或单艘帝国舰船就围而攻之，不断骚扰帝国的运粮航线，使粮运不继，就足够了！"

墨羽生听罢，哈哈大笑。"支离宗主怕不是参加过我们城邦联盟大会的会议吧？怎么把羽人在会上的决策，全都说出来了呢？"

支离屠道："城主过誉了，战争是小道，只要了解大势，并不难预知其走向，难猜的是人心。"

墨羽生沉吟道："支离宗主，请恕羽生无礼，不知宗主还记得您的先祖支离海否？"

支离屠道："城主所虑，屠明白，但城主也要知道，帝国殇州之败，至今亦不过几十年而已，人心难测，龙心更难测！"

说到这里，两个人都沉默了。

晚宴结束之后，墨羽生安排支离屠住在暗月城墨氏宫殿的一处树屋内，这是一幢宫内少有的树屋，建在几株巨大的树上，完全利用树的枝条搭建而成。羽人建造树屋的技巧十分高超，他们能够在不伤害树的情况下，仅仅利用大树本身的枝条就把树屋建成，一幢不大的树屋，因为要等待树自行成长来建造，可能要花几十年才能建成，然而建成之后，却巧夺天工，令人心生敬佩。支离屠住的这幢树屋，也是这样建成的，据墨羽生所说，建成这幢树屋足足花了上百年，树屋的墙、门和窗全是借助树的枝条的成长来建造，里面的桌椅和柜子也是因地制宜，用树的枝条制成，装饰用的花朵和枝叶，也是自然而然，本就是大树的一部分。支离屠第一次见到羽人贵族的树屋，不禁叹为观止。

然而树屋内也不乏东陆的制品，桌上的青瓷花瓶，床上的锦帷绣被，皆是来自东陆，而且看得出来，还是名品，支离屠虽然也曾贵为晋北盟的盟主，却是从来没有用过如此奢侈的物品。

墨羽生还遣人送来许多礼物，说是感谢支离屠救了墨鸢，并反复邀请支离屠在暗月城多住些日子。

正逢望日，月光明晃晃地照在暗月城上，照在墨氏那座建在大地之上的宫殿上。从窗户望下去，可以看到树屋之下，徜徉着几个身背弓箭腰佩短刃的守卫，支离屠知道，在树上，必定还有其他的守卫。

白天宴席间的对谈，大大出乎支离屠的意料。他原本以为墨鸢的父亲必是与帝国敌对的，却哪里想到，从墨羽生的言语来看，他竟然是想要背叛羽人，单独与帝国媾和。墨羽生之所以对支离屠如此殷勤多礼，是因为他把支离屠看成了与帝国媾和的通道，以为通过支离屠，可以跟支离破联系上，然后再通过支离破与皇帝和谈；从白天的情况来看，墨羽生似乎还不知道支离屠刺杀了鹿舞库莫的事，然而他迟早会知道，一旦他知道支离屠其实是帝国通缉的要犯，那么他必定会毫不犹豫地把支离屠关押起来，再把支离屠送到天启城去以讨好皇帝。

从今夜守卫的严密程度看，墨羽生很可能已经知道支离屠刺杀鹿舞库莫的事了。

支离屠不禁后悔起来，或许不应该随着墨鸢来到这里。

那么墨鸢是不是有意引诱支离屠来到暗月城，好把支离屠抓住呢？支离屠回想起墨鸢那单纯而热情的笑靥，实在无法相信墨鸢城府会如此之深，何况，早在厌火港时，墨鸢就完全有机会把支离屠交给帝国——然而，当时把支离屠交给帝国所得到的好处，显然没有这时把支离屠抓住再献给皇帝得到的好处大，何况，她还要利用支离屠帮助羽人逃生。

支离屠越想，就越觉得即便是对墨鸢，似乎也不能完全信任了。

无论如何，今夜必须想办法逃出暗月城！

然而就算逃出了暗月城，又要如何才能逃出宁州呢？宁州的茫茫林海，比晋北走廊的更辽阔，支离屠倒是不担心迷路——他完全有能力在森林中辨别方向，他也不担心饿肚子——他有很高超的狩猎技巧，然而就算他能逃到白沙湾，又将如何才能回到中州去？何况，他真的要回到中州去，回到晋北去，回到支离坞去吗？他的家究竟在哪里？他的最终的目的地究竟在哪里？然而，无论如何，支离坞还有他的妻子春妮，东陆也还有他流浪着的女儿樱儿，他总还是得回到东陆去呀！何况，在那巍峨的帝都天启，还有他此生最大的狩猎目标——龙！

就在他坐在树屋里，思绪万千时，突然听到外边有人沿着树屋的阶梯走上来，守卫在向那人行礼："鸢姑娘！"

墨鸢？她来干什么？

谨慎而有礼的敲门声，不轻也不重，似乎不太像墨鸢的风格，她一定藏有什么心事。

支离屠打开门。"鸢姑娘，你怎么来了？"

"今夜的月光非常好，父亲请宗主一起去赏月！"

她用的虽然是"请"，但语句间却透露出不容置疑的坚定，支离屠正在犹豫的时候，突然看到墨鸢对自己眨了眨眼。

墨鸢身后的守卫脸上显出为难的神色，犹疑着道："鸢姑娘……城主大人说，说……"

墨鸢回身笑道："我知道，父亲说支离宗主决不能离开树屋，不过他改主意了，如果你担心城主责怪，不如你带一个人跟着我去便是，正好顺便向城主复命！"

守卫躬身道："是！"

支离屠知道此时容不得自己犹豫，他必须相信墨鸢，而且他也看不出墨鸢有何必要在此时还要欺骗自己，他身无长物，连身上的衣服也是墨羽生送给他的新衣，于是便直接走出树屋，道："请鸢姑娘领路，不料城主居然还有如此雅兴！"

一行四人在白银一样的月光里走下树屋，在墨鸢的带领下在墨宫里穿行，走到小湖边一处黑漆漆的台榭下，墨鸢毫不犹豫地走进去，两个守卫却停住脚步，显然感到有些奇怪。

墨鸢道："城主就在上面，他嫌灯光太亮碍了月色，是以不让人点灯。"

两个守卫才打消了犹疑，随着墨鸢和支离屠一起往楼阁上行去。这幢建筑高只两层，临水而建，显然是墨羽生平日赏月之处。

走到楼梯拐角处，楼上却是寂无人声，两个守卫正在犹豫，墨鸢却突然回身，用藏在袖中的手弩放倒了两个守卫，拉着支离屠就往外跑。支离屠并不出声，只随墨鸢一起，穿过牡丹园，跨过白日里饮宴的阁子，直往墨宫的西北角跑去。墨鸢熟知宫内道路和守卫的情形，专走僻静小道，有时甚至是从根本没路的地方冲过去，他们跨过了荼蘼架，又翻过矮墙，甚至还钻了个狗洞，终于来到墨宫的马厩里。羽人甚少骑马，马厩里的马并不多，倒是有两头鞍鞯齐备的大角鹿立在庭院里，它们不停地捯着蹄子，似乎因等得太久而颇有些不耐烦。大角鹿旁是一个老马夫，看上去怕已有七十余岁，须发皆白，老态龙钟，看见墨鸢领着支离屠来了，便把大角鹿的缰绳交到两人手上。

两头大角鹿乖乖地跪下前蹄——它们身躯巨大，比马还高出一倍，如果不跪下来，还真不好骑上去。

墨鸢翻身上了大角鹿，柔声对老马夫说了一句什么。

老马夫并不说话，慢慢地把背转过来，对着墨鸢。墨鸢"啪"地一鞭抽下去，老马夫的背上就是一道血印子，老马夫身子一抖，显然墨鸢抽得并不轻。

墨鸢回头看一眼支离屠，见他也已经上了大角鹿，便对支离屠点点头，轻轻拍了拍大角鹿的右角。那头大角鹿欢喜起来，打了个响鼻，昂着头直往外冲，却听不到蹄声，原来老马夫已事先在大角鹿的蹄上裹了布，足以让他们静悄悄地骑出暗月城。

暗月城的建筑，也多是如同东陆一般建在地上，树屋并不多。街道上有巡行的小队城卫，但一见到墨鸢，都躬身行礼，不再多问就放他们过去。暗月城并无城墙，想必城墙对于会飞行的羽人来说并无多大的用处，但在进城的要道上设有关卡和碉楼，用来应对岁羽和从东陆来的商人。关隘前的守卫拦住墨鸢和支离屠两人，但一认出墨鸢就返身回去打开了关卡的大门，墨鸢微一点头，带着支离屠直冲了出去。

出了暗月城后，墨鸢并没有继续沿着大道往白沙湾去，而是一扯缰绳，让大角鹿冲入路旁的密林中。大角鹿高兴地放低两枝大角，低头向林内猛冲，显然相比于在大道上骑行，它更喜欢在密林中奔跑。

裹在大角鹿蹄子上的布条早已散落，大角鹿仿佛挣脱了束缚一般，跑得更欢了。宁州仲夏夜晚的森林，微有些凉意，夜雾低垂在树的底部，弥漫于灌木之间，而银黄的明月低得像是就挂在树梢上，仿佛随时都有可能飘落下来，把在密林间疾奔的两个人和两头鹿都吞没，如同一个银黄的湖泊从天上落下来吞没两尾鱼儿。

他们跑呀跑呀，并不出声。大角鹿的背阔大得如同一艘船，支离屠觉得自己并不是骑在鹿的背上，而是睡在一艘小船上，而宁州无边无垠的森林就是海洋。他们惊起了栖在树间的鱼群，踢飞了爬在灌木丛底的螃蟹，支离屠觉得自己仿佛是在做梦，直到大角鹿"咻咻"地喘着粗气停下。在他们的面前，一大群大角鹿正在月光里齐齐地昂起头来，注视着他们。

墨鸢拍拍大角鹿的背，大角鹿前足跪下，让墨鸢下来。黑鸢把大角鹿的鞍鞯取下，又拍了拍大角鹿的臀，大角鹿就站了起来，摇了摇头，迈着轻快的步子冲入鹿群中，与其他的大角鹿亲昵地碰着头和角。

支离屠也学着墨鸢从大角鹿背上来，取下鞍鞯，让大角鹿回鹿群去。

墨鸢示意支离屠把鞍鞯藏在树下的灌木里，然后观察了一下，挑中了一棵树冠阔大而又低矮的树，爬了上去。支离屠也跟着墨鸢往树上爬，他年轻时在晋北走廊跟着父亲出去狩猎，也常常在树上过夜，是以爬起树来，倒是得心应手。

两个人选好了枝杈，安安稳稳地躺下，虽然没有床榻舒服，但也别有风味。

直到这时，两个人才能好好地说会儿话。

"支离宗主……"

"鸢姑娘……"

两个人同时说，又同时都停了下来，墨鸢笑了，支离屠也笑。

还是墨鸢先说出来:"支离宗主,墨鸢这边先给您道个歉,鸢儿真是没有想到父亲如此糊涂,竟然想跟帝国单独媾和……"

"我也要跟鸢姑娘道歉,我先前还想着,鸢姑娘是不是故意把我骗到暗月城来,好给你父亲当个使者……"

"宗主有这种想法,并不奇怪,其实还是鸢儿错在先!"

支离屠摆摆手。"我们不必再说这个了,屠有很多疑问,想要问鸢姑娘。"

"宗主请说。"

"这些大角鹿,究竟是野生的,还是你们羽人驯养的呢?"

墨鸢笑了起来。"宗主在逃亡的时候,还有闲情逸致,关心起大角鹿来了!?"

支离屠微笑道:"哎,我就是这样的人,我觉得种花呀养鱼呀骑马呀调弄小狗呀什么的,比其他别的事都有意思得多——鸢姑娘,你快说,这大角鹿是怎么回事?"

"大角鹿与牛呀马呀都不一样,没法完全驯化,它们在山林里生活惯了,也野惯了,它们还喜欢不断地迁徙觅食;羽人并没有驯化大角鹿,羽人与大角鹿是共生的关系,羽人跟随着大角鹿迁徙,帮大角鹿治病、接生、寻找食物和水源,大角鹿则把奶、皮毛和肉提供给羽人——死去的大角鹿,由羽人来安葬:皮毛成了羽人的衣物,肉则制成肉脯,骨头则成了羽人的武器和装饰,角则挂在树上,引领大角鹿的灵魂返回家园。"

支离屠听得悠然神往。"这才是自由自在的生活吧,随着鹿群在森林里流浪!可是这群大角鹿似乎并没有羽人陪伴?"

"这是蛴爷爷的鹿群,他把两头大角鹿带进暗月城去,就没有跟着我们回来,不过谁说这里没有羽人陪伴呢?等我叫他过来!"

墨鸢笑眯眯的,一手攀住树枝,一只脚钩在另一根树枝上,尽力把身子探出去，用羽人语轻轻喊了一句什么。

但是并没有人回应，墨鸢"咦"了一声，"人呢?"她念叨着，往树顶上爬去。支离屠也跟着往树顶上爬，这棵树不算高，但大角鹿栖息的地方本就是一片草坡，树木并不算多，所以墨鸢和支离屠爬到树梢之后，视野却颇好。只见溶溶月光之下，山林里一片寂静，湿而微凉的南风习习吹来，轻拂在脸上，非常的舒服。

爬到树梢之后，墨鸢没有再呼喊，而是学了几声鸟鸣。片刻之后，从北边传来了几声同样的鸟鸣，很快，一个银翼的羽人出现在月光里，借着风势，如同浮游于月光中一般，擦着树梢滑翔过来，轻轻落在墨鸢和支离屠所立的树上，他的银白双翼也随之消散。

墨鸢轻轻一跃，跟那少年站在同一根枝条上，枝条上下摇摆着，但墨鸢和少年都不在意，墨鸢道："支离宗主，他叫蛴娃。"又转过来，用羽人语对蛴娃说了一句什么。

蛴娃站在树上，笨拙地行了个崑人礼，又用带着浓重口音的崑人语对支离屠说："支离从主里好，谢谢里救了姐姐!"

支离屠很奇怪，问道："他是……?"

墨鸢一边往下爬，一边道："他是蛴爷爷的孙子，才十岁。"

支离屠随着墨鸢往下爬。"他姓齐？他也是贵族吗？为什么放养大角鹿?"

"不，他是平民，没有姓氏，'蛴娃'就是他的名，是'蛴螬'的'蛴'，平民只能用低贱的名字。"

此时蛴娃已经先行落回地上，如同猿猴一般轻捷，一落地，他就用羽人语对墨鸢说了一句什么，又对支离屠羞涩地笑笑，转身向大角鹿群走去。

墨鸢回到原来的枝杈上躺下，对正在往枝杈上坐的支离屠说："蛴娃说有人从暗月城的方向飞来了，应该是他们发现你逃走了，城卫出来追查踪迹，我们藏得严实，不需理会他们。"

支离屠坐定之后，问道："羽人不是只有贵族才能飞翔吗？蛴娃是一个平民，怎么也能飞翔？"

"羽人中有无翼民、岁羽、傩羽、至羽乃至鹤雪者，无翼民不能飞，岁羽一年里只有一天可以飞，傩羽是每月有一天可以飞，只有至羽才随时皆可飞翔。羽人可以用精神之力凝出羽翼，是羽人的幸运，也是羽人的不幸，就因为凝翼的能力不同，才在羽人中分出了三六九等，才有血统之分，才造成了那么多的纷争和不公平。通常，拥有贵族血统的羽人，至少都是傩羽，每月能飞行一次，十个羽人贵族中，会出现一个至羽，至羽修行了鹤雪术，就有希望成为鹤雪者。但是，在岁羽甚至是在无翼民中，仍然有可能会出现傩羽乃至至羽，虽然从他们中出现至羽的可能会少很多，但因为岁羽数量众多，所以平民中的至羽从总数来看并不少，但羽人贵族不承认他们是至羽，也不给他们学习鹤雪术的机会，甚至还要在他们还很小的时候，就破坏他们的展翼点。蛴娃就是一个至羽，但他很少在人前凝翼飞行，刚才是因为看见有人飞来了，才冒险凝翼飞过来向我报信。"

说到这里，墨鸢突然停了下来，用手指了指天空。支离屠抬头一看，一道黑影从枝叶间掠过，是一个墨翼的羽人正在树梢之上滑翔回旋。这个羽人在大角鹿群上飞了两圈之后，缓缓降落在鹿群边上，用羽人语呼喝鹿群的主人出来。蛴娃一副懵懂害怕的样子从树上下来，那墨翼羽人喝问了几句什么，蛴娃不断摇头又点头，那墨翼羽人就飞走了。

待墨翼羽人飞远，墨鸢才促狭地轻笑起来。"他们一定以为我们会沿着大路往白沙湾去，料不到我们会出现在这里！"

墨鸢行事果决，但性情却天真烂漫，虽然身为贵族，却没有丝毫的贵族模样，与羽人平民相处极为融洽，支离屠想问墨鸢这其中的缘由，但刚张开口，又觉得唐突，欲言又止。

墨鸢展颜笑道："我知道宗主在想什么，墨鸢是在岁羽和无翼民中长大的，墨鸢也曾随着大角鹿群，走遍暗月城周围方圆千里的山野，这里的每一个岁羽和无翼民都认得墨鸢，墨鸢也认得他们。"

墨鸢这样解释之后，支离屠的疑问却更多了，但墨鸢却不再说下去，而是打了个呵欠，伸了个长长的懒腰，道："哎，好困呀，好久没在树上睡觉了，今晚一定要好好睡一觉。"

她说完就合上眼。不过几个呼吸间，就沉沉地睡着了，居然还打起了轻微的呼噜，支离屠摇了摇头，笑起来，忽然想起至今仍音讯杳无的支离樱，心情又低落下去。

他们在大角鹿杂沓的蹄声里醒来，乳白的浓雾弥漫了整个山坡——这样的雾在宁州南部的夏季里很是常见，要一直等到日头升起，雾才会散去。

蛴娃带来一个大肚陶罐，里面是刚挤出来的大角鹿的鲜奶，还有几个用黄囊面做出来的饼子，三个人在树上把奶喝了，又一人吃了一个饼子。大角鹿的奶有一种奇妙的膻香味，支离屠一开始并不习惯，但在喝了几口之后，就停不下来了。

早饭吃完之后，太阳也升到了林梢，向北方望去，维玉山脉的淡蓝色山巅被镶上一圈耀目的金边，雾在慢慢散去，树的枝叶脱去了湿衣，渐渐变得明亮起来。蛴娃打了个唿哨，从鹿群里走出三头鹿，支离屠也认不出来昨天那两头鹿是不是也在里面，蛴娃自己上了一头——他并不用鞍鞯和缰绳，也不需要大角鹿跪下，而是一手攀住大角鹿的角，轻轻跃起，一蹬大角鹿的额头，一个鹞子翻身,就落在了大角鹿的背上。墨鸢和支离屠则让大角鹿跪下,把昨夜放好的鞍鞯重新装回大角鹿的背上,系紧了肚带,才翻身而上。

蛴娃等墨鸢和支离屠都上了大角鹿,才轻喝一声,驱使大角鹿向前缓步而行。墨鸢和支离屠跟上,随后是庞大的鹿群——雾还未完全散尽,支离屠约略算了一下鹿的数量,大大小小,至少有三百余头。

蛴娃带着鹿群向南方走去,翻过了山脊,跨越了溪流,在那些看似没有道路的地方,鹿群却总能找到前进的办法。有时,低垂的、被晨露打湿的暗绿枝条拂过支离屠的脸,有时,深不见底的悬崖就在支离屠的脚下晃来晃去。他们还要在沼泽地里穿行,两边的黑泥池不断地冒出巨大的气泡,但大角鹿总是不慌不忙,它们的脚掌厚而大,脚步却极轻,虽然身躯巨大,但步履却轻盈灵巧,想必它们已经在这条道路上走过千百次了,所以才会熟练到似乎闭上了眼也不会走错。

阳光直射下来的时候,三个人再次分享了黄囊面饼,然后蛴娃带着鹿群转向东北方向,而墨鸢和支离屠则继续向南前行,他们简单地打了个招呼就分手了,仿佛只是在暗月城街巷间的一次普通离别。

墨鸢和支离屠一前一后地骑行在通往白沙湾的鹿径上,据墨鸢所说,这条鹿径虽然比大道难行,但却近得多,明天他们就能到达白沙湾。

支离屠想起昨晚没有说完的话题,他一边不停地分开拂到脸上的枝条,一边问道:"鸢姑娘,你为何会在岁羽中长大呢?"

墨鸢的脸上少有地现出了郁闷的神色,她道:"我们墨氏虽然是历史悠久的姓氏,但人口却十分稀少,原因就是墨氏有一个传统:身有残疾的婴儿是不能活下来的,而一个孩子在长到三岁之后,如果还不能凝翼，即便没有残疾，也要被送给岁羽抚养，墨氏不会承认这个孩子是贵族，更不会承认这个孩子有墨族的血统。"

支离屠轻声道："原来是这样……但是，你……为什么呢？"

墨鸢嫣然一笑。"宗主是说我为什么后来又回到墨宫了吗？因为在我十岁时，他们发现我竟然是一个至羽，大约在十三岁上，哥哥就把我带回了墨宫，并把我送去学习鹤雪术。"

"然而你还是更喜欢当一个岁羽……"支离屠喃喃地说，"在荒野里奔跑、飞翔，更喜欢那些纯朴的平民，为了他们不惜失去自己的双翼。"

墨鸢沉默了一会儿，淡淡道："谈不上失去，我本来就只是一个岁羽，不该有这双羽翼，而且，我的命可以说是岁羽和无翼民给的，他们把我养大，把我当亲女儿看待，从未对我另眼相看，虽然贵族们对岁羽和无翼民是那样的残酷、冷漠、无情……"

她说到这里突然停住了，转头四面看了看。"我们还是说一些高兴的事吧！支离宗主，听说你的箭术很高明？"

支离屠一听，连忙摇头道："我只是幼年时学过一些，谈不上高明，更不能跟你们鹤雪者比呀！"

他早就注意到墨鸢的鞍鞯旁挂着一张弓，鹤雪者以射术名震天下，支离屠自然也对他们的射术和弓箭十分好奇。只见墨鸢缓缓把弓提起，左手从挂在另一边的箭箙中取出三支箭，一起搭在弦上，对着支离屠笑道："让宗主见笑了。"

说罢，她轻轻一跃，立起在大角鹿的背上，用羽人语对着前方的树林娇声喝了一句什么。

墨鸢话音刚落，三个人影从树冠中现出身来，每人都穿着暗月城城卫的制服，张弓搭箭，对着墨鸢，其中一人道："鸢姑娘，我们也是奉命行事！"

"既然如此，何必多言，今日就让你们见识一下鹤雪者的箭术！"

三人微一点头，却似乎说好了一般，三支箭同时射了过来，却不是射向墨鸢，也不是射向支离屠，而是射向墨鸢的大角鹿。

墨鸢一声清叱，把早已搭在弦上的三支箭一并射出，把对面射过来的三支箭全都撞落在地上。

墨鸢娇声道："可还要再试一试吗？"

三人一起把弓放下，其中一人道："不敢！"

墨鸢道："你们回去对父亲说，支离宗主是我请来的客人，他的行止由我来定，旁人管不着！"

树上三人同时躬身行礼，其中一人又道："少城主已经往白沙湾去了，请鸢姑娘小心！"

说罢，三人同时凝出墨色羽翼，如三只巨大的黑鸟一般，腾空而起，消失不见，只余树枝仍晃荡不止。

墨鸢坐回大角鹿背上，收好弓，虽然刚刚战胜了三个至羽，但似乎却并不太高兴，她回头对支离屠浅浅一笑，道："走吧！"

两人一前一后，骑着大角鹿，继续向南行去，许久都没有说话，突然墨鸢道："支离宗主一定要回东陆去吗？"

支离屠一愣。"莫非鸢姑娘还有别的安排？"

"何不留在宁州？我送宗主到雪桐城去，宗主大名，雪桐城的贵族们早已如雷贯耳，羽人们是很愿意保护宗主的。"

支离屠道："谢过姑娘的好意，但我支离屠是一定要回东陆去不可的！"

墨鸢一勒缰绳，大角鹿停下脚步，她回头看着支离屠，问道："为何？帝国必定正在通缉宗主，回去无异于羊入虎口。"

支离屠也勒停了大角鹿,道:"我的家人在东陆,我的坞堡在东陆,我的故乡也在东陆,何况,还有一件事,也逼迫我非回东陆不可!"

"何事?"

"屠龙。"

这回轮到墨鸢愣住了,她放松缰绳,让大角鹿缓步往前走,低声道:"鹤雪……也曾刺杀过龙!"

"如何?"

"箭未抵身,浑身鳞甲就现了出来,刀枪不入。"

"没有任何武器能伤到龙!"

"那宗主又将如何屠龙?"

"我的老师朱悲曾告诉我,唯有至坚至柔的武器,才能伤到龙!"

"何谓'至坚至柔'的武器?"

"不知!"

"宗主的老师朱悲也不知道吗?"

"老师已经……死了。"

墨鸢沉默了。

在一条淙淙作响的溪流边,两人停下休息。日已西斜,墨鸢从大角鹿背上跃下,蹲在水边,用清凉的溪水洗了把脸。这时她似乎已经从忧愁和郁闷中缓过来了,望着在渐暗的光中变得墨绿的树林和在夕照里闪着粼粼波光的溪水,道:"再往前走一点,就是草婆婆的树屋啦,我们在那里过夜,她会做好吃的给我们吃!"

她说这句话时,又恢复到娇俏的少女模样,让支离屠忍不住又想起支离樱,但她的性情毕竟与支离樱大不相同,支离樱像一株带刺含露的海棠,墨鸢却像一棵春天的树。

比起墨宫的树屋，草婆婆的树屋可就差得远了。它仅仅搭建在一棵树上，用枯枝、树叶和草叶建成，外表看上去寒碜而又狭小，然而里面却还宽敞，足以容下墨鸢、支离屠和草婆婆三个人。

草婆婆是一个七十多岁的老婆婆，头发灰白，眼角尽是皱纹，嘴角耷拉下来，颈上也皱巴巴的，但动作却很利索，眼神极是灵动，有时还隐约现出一种少女所特有的狡黠。草婆婆看见墨鸢来了极是高兴，她一边用水、一种支离屠不认识的香草、薯粉和黄囊面粉调制面浆，一边絮絮叨叨地说着墨鸢幼年时的趣事。

原来墨鸢离开暗月城后，就来到了草婆婆的树屋里，是草婆婆把她带大的。到了七八岁时，墨鸢开始跟着大角鹿群在宁州的山林里流浪，但每年总有好几次，要回到草婆婆的树屋来住上一段时间。相比于墨宫，草婆婆的树屋才是她真正的家。

羽人很少用火，也很少吃肉食，这也使他们在素食和面食方面发展出强大的文化。黄囊面粉是一种可以直接食用的面食，以此为基本的原料，羽人发明了无数种食品，这种香草面浆只是极寻常的一种，但因为草婆婆的精心调制，加上食材的新鲜，竟让支离屠大快朵颐，似乎墨宫里的山珍海错，也没有草婆婆的面浆来得味美。

草婆婆的树屋所在的地方，是大角鹿迁移路径上的一站，就在一条大溪水的边上，这条溪水岁羽们称为"突突其鲁"，用崑人语说的话就是"鹿溪"，大角鹿迁徙时，会在这里停留几天，因为这里有干净的溪水和茂盛的草场。岁羽们在溪边的树林里建造了简易的树屋，以供养鹿人暂住，草婆婆喜欢清净，不想住在岁羽的村镇里，就独自搬来这里居住，已经有几十年的时光。

吃完晚饭后，三个人又说了一些闲话，墨鸢留在了草婆婆的树屋里，支离屠则另外找了一间相邻的树屋安睡。

山林里的夜晚极是寂静，支离屠又累了一天，睡得很沉。半夜时，支离屠被一阵嘈杂声惊醒，似乎有一只大鸟飞来，落在了草婆婆的树屋上，那巨大的鼓翼声，把附近的鸟儿都惊动了，它们惊慌地飞起，发出杂乱的鸣叫。

从支离屠的树屋望过去，可以看见一个身材高大而肥胖的羽人，背着弓箭，站在草婆婆的树屋前，草婆婆和墨鸢都已经出来，阻拦那个羽人不让他进到树屋里。他们在用羽人语说着什么，语速十分快，支离屠完全听不懂，但从那个羽人的身形看，应该是墨羽生亲自追过来了。

支离屠悄悄出了树屋，下了树，躲到树林子里去。山月虽然明亮，但照不清树林的深处，只要支离屠不出来，黑夜里墨羽生很难找到他，但支离屠却可以借着月光清楚看到树屋前的情形。

树屋前的三人争吵得越来越激烈，突然，墨羽生猛地把草婆婆扯过来，似乎是用一把利器抵在了草婆婆的颈项上，墨羽生的嗓音嘶哑，而墨鸢则气愤惊呼。

支离屠猜想墨羽生必是以草婆婆的生命来要挟墨鸢交出自己，他缓缓从树影里走出来，高声叫道："城主大人，我在这里，你把草婆婆放了，我随你走！"

墨鸢急得大叫："快走，你快走，他不敢怎么样！"

但墨羽生已经看到了支离屠，他立即把草婆婆放了，张弓搭箭，对准了支离屠——虽然身材肥硕，但看得出来，他的射术并没有荒废。连夜飞了那么远的路程，已经把墨羽生累得气喘吁吁，再加上刚才的争吵，他已经完全喘不上气来，虽然把弓箭对准了支离屠，却一时说不出话来。

墨鸢纵身一跃，从树上跳下，一个翻滚立起，几步跑到支离屠跟前，把他护住，仰起头对墨羽生说了句什么，从她不驯的神情上看，必是誓死也要护住支离屠的意思。

墨羽生声嘶力竭地回吼了一句，支离屠正要推开墨鸢，却忽然见到草婆婆跨前一步，抓住墨羽生张弓的手拉扯着，想让墨羽生把弓收回。墨羽生肩膀用力一顶，草婆婆身子瘦小，哪经得这么一推，直接从树上摔了下来，重重摔在地上。

墨羽生大惊，把弓箭一扔，从树上跳下，抱住草婆婆喊起来，虽然支离屠听不懂羽人语，却仍明白墨羽生是在喊着："妈妈！妈妈！"

墨鸢也慌了，跑过去查看草婆婆的伤势。草婆婆本就老了，从那么高的树上毫无准备地摔下来，伤得极重，墨羽生抱着她，按了好一会人中，草婆婆才醒过来，呻吟着对墨羽生说了句什么，墨羽生不断点头。

墨鸢看草婆婆活过来了，才松了口气。几个人把草婆婆送回树屋躺好，又是给她喝水，又是给她治伤，忙了半夜，天微明时，才缓过来。

墨羽生忙活了一夜，此时已经精疲力竭，支离屠虽然满肚子的疑问，却也不好问他。墨羽生拱了拱手，对支离屠道："支离宗主，恕羽生无礼，羽生也是没有办法，帝国的军队，已经逼近暗月城，暗月城兵力弱小，城池狭小，无法与帝国大军相抗衡，羽生本想求支离宗主帮忙，做个使者，向帝国求和，却没有想到支离宗主与帝国之间，还有那么多过节……"

"于是城主大人就想把我当成一个礼物，献给帝国，以求帝国的一纸和约！"

墨羽生尴尬地笑笑，垂头丧气道："让宗主见笑了，宗主只管回东陆去吧，我不再阻拦！"

支离屠听他答得爽快，倒有些诧异，问道："那暗月城又将如何？"

墨羽生道："我一意与帝国求和，本就遭到暗月城其他贵族的反对，如今求和无望，只能放弃暗月城，往宁州北部撤退，与厌火和青囊城的贵族会合，再做区处。"

墨鸢给草婆婆吃了药草，敷上药，一直守在树屋中，待草婆婆睡着了，才对墨羽生道："父亲，请你再照顾会儿，等会我到前面村庄去，叫人过来照顾婆婆，你再离开。"

墨羽生沉默点头。

墨鸢又对支离屠道："支离宗主，我们走吧，今夜必须赶到白沙湾！"

"草婆婆无妨？"

"我留下也没用，村民会采来草药给婆婆治伤的。"

她走出树屋，唿哨一声，两头大角鹿听到呼唤，回以长长的鹿鸣，从溪边跑了过来。

墨鸢不再与墨羽生招呼，与支离屠一起，分别给各自的大角鹿上了鞍鞯，就离开了草婆婆的树屋，向南行去。

走了不到半个时辰，遇到一个小小的羽人村庄，墨鸢在一个树屋下高声呼喊，立即便有几个岁羽从树上跃下，骑上大角鹿，向着草婆婆树屋的方向奔去。

两人继续向南行进。

终于墨鸢对支离屠说："宗主一定满腹的疑问吧？"

支离屠点点头，道："屠非好奇之人，若鸢姑娘不方便讲，不讲也罢。"

墨鸢道:"确实有些难以启齿,但其实也没什么……毕竟,这些事情,是大家伙早就知道的。"

她说到这里,沉默了。

支离屠也不再说话。从村庄出来之后,他们就没有再走鹿径,而是步上了大道,这条道比鹿径要宽阔得多,容得下两人并骑而行,支离屠转过头去看墨鸢,看到她的脸上,现出了少有的忧伤神情,这种忧伤似乎不是少女所应该有的。

墨鸢转头看看支离屠,笑笑,道:"支离宗主可知道,我们墨氏一族,崇尚血婚,我的父亲和母亲,其实本是兄妹,而我也将要嫁给我的哥哥!"

支离屠讶然,他确实没有料到如今居然还有人保留了如此原始的传统。

墨鸢又道:"但我的父亲与我的母亲,却是同父异母的兄妹。我的爷爷,也就是暗月城的上一任城主,娶了自己的妹妹为妻,却始终没能生下男孩——应该说没能生下没有残疾且能凝翼的男孩。墨氏一族像是受到了诅咒,越往后,就越难生下健康的孩子,不要说能凝翼的健康孩子,便是不能凝翼的健康孩子,也是越来越少。我的爷爷和我的姑婆婆也是这样。后来爷爷跟草婆婆有了私情,生下了我的父亲——是呀,草婆婆,其实就是我的奶奶!父亲很健康,也能凝翼,后来爷爷就不顾别人的反对,把父亲带进了墨宫,并让他娶自己的妹妹为妻,当上了暗月城的城主。"

支离屠迟疑地问道:"不知……其他贵族,也是如墨氏这般吗?"

他终究还是说不出"血婚"这个词。

墨鸢摇头。"墨氏是羽人贵族中最弱小的一族,能凝出墨翼的羽人,自古以来就十分稀有,所以才形成了这种血婚的传统,以保证血脉的纯正。"

两个人来到白沙湾时,月已升起。银白明月照在银白的沙滩上,真如仙境一样的美丽。落了帆的船只随着海浪,在海港里微微起伏。

其中的一艘商船,显然就要启航,装了满满一船的货物,扬起了帆,但似乎仍在等待着什么,几个水手靠在船舷上,焦急地张望着。他们一看见墨鸢和支离屠,就欢呼起来,向船头楼招手,似乎是在告诉船头楼上的人可以准备起锚。

墨鸢道:"支离宗主,我已托人传了消息,宗主可以跟着这艘商船回东陆去。这艘船跟你们帝国的武侯赤珠青夔有协议,受到鲛人的保护,可以在潍海往来通行,买卖货物,它将在赤枫港停泊,到时宗主可以在那里下船。"

支离屠正要说话,却忽然看到。从树林那一边,飞来一个羽人,原来是墨鸢的哥哥墨翼,他已在白沙湾等待了一天。

支离屠不知道墨翼会不会放自己回东陆去,墨翼与墨鸢同为鹤雪者,射术绝不会弱于墨鸢,而墨鸢又已经失去双翼,若是兄妹俩打起来,墨鸢很难获胜。

然而看墨鸢的神情,却似乎并不担心。

墨翼降落在沙滩上,收起双翼,向支离屠和墨鸢走来。

他高大如墨羽生,但却不像墨羽生那样肥胖,而是宽肩细腰,脚步轻捷,他肩上背弓,腰间悬箭,走到支离屠跟前,拱手行崑人礼,道:"支离宗主,我不是来拦你的!我是奉联盟大会所托,前来挽留宗主,宗主可愿意随翼一起到雪桐城去?羽人愿以鲜血保护宗主的安全!"

墨鸢在旁边道:"哥哥,我昨日就已向宗主表达了挽留之意,但宗主在东陆还有未了之事，恐怕不会留在宁州。"

支离屠也道："多谢联盟大会的好意，支离屠非惜命之人，东陆虽是险境，但屠还有太多的事没有了结，非回去不可。"

墨鸢大声道："他要回去刺杀龙！"

墨翼一愣。"不瞒宗主，这也是鹤雪者一直想做而未能做成的事，不知宗主可有屠龙之法？"

支离屠苦笑道："虽有方法，但不得其门而入。"

墨鸢道："宗主在找至坚至柔的武器。"

墨翼寻思良久，摇了摇头。"翼也不知什么武器称得上至坚至柔。"

支离屠道："此非一朝一夕的事，慢慢来吧。屠就此与两位别过，只盼来日相见时，帝国与羽人的战争已经结束，大伙儿都安然无恙！"

墨鸢和墨翼都拱手行礼，看着支离屠跃下大角鹿，向着商船行去。

第五章 令良与令无言

随着战争的深入，熹帝国，这个强大的战争机器，开始"隆隆"地加速运转起来。

在天启帝都，源源不断的粮草、武器、机甲、马匹、布料、钢铁等等一切战争所需要的物资，从越州和宛州转运而来，又从这里向北，跨越铭泺山，穿过晋北走廊，来到八松城，然后在八松城分成两路，一路往秋叶城再往赤枫城，一路往落雁城，然后被搬运上高达四层楼的海船，运往厌火和青囊。

还有刚刚加入帝国军，仅仅接受了数月训练的新兵，也在赤枫和落雁登上海船，向宁州而去。

中州和澜州的郡府也全都被动员起来，四十五岁以下的男子，十丁抽一，抽中的就要被送到宁州去跟羽人打仗。

帝国上下被亢奋的情绪所笼罩，所有人都认为，凭着熹帝国强大的实力，宁州的羽人不可能坚持多久，帝国的版图将扩展至宁州全境，之后还有瀚州和殇州，帝国军将乘胜前进，把蛮族和夸父也一并拿下。

支离屠在赤枫城北边五十里处一个隐蔽的小海港下了船。这个小海港地图上没有标注，专用于羽人的走私船卸货——战争不仅没有中断东陆和宁州之间的贸易，反倒使这种贸易更有利可图。鲛人贵族暗中保护这些羽人走私船，而羽人贵族也乐得借此机会发财，在这些暗中勾结在一起的鲛人贵族和羽人贵族看来，战争能持续得越久越好。

一下船，支离屠就沿着蓝玉河往秋叶城走，他急着要回支离坞去。还在船上，羽人船长就对支离屠说，帝国如今的情形，与往时大不相同，支离屠因刺杀了鹿舞库莫，已经激起帝国中许多人的愤恨，他奉劝支离屠小心一些，最好乔装改扮，且不要走大道，尽量走小道回支离坞。羽人船长还告诉支离屠，从鲛人贵族那里传来的消息说，皇帝派了一个末使来捉拿支离屠，务必要把支离屠带回天启。

"末使？"支离屠从未听说过。

"谁也不知道他们是什么东西，他们最近才出现，据说只有五个末使，分别叫末无天、末无地、末无人、末无鬼和末无神，负责捉拿你的是排在第四的末使：末无鬼。"

支离屠耸了耸肩，以羽人礼（双手交叉身前如同敛翼）向船长道别，感谢他的无私帮助，然后就走了。

这时已是八月的下旬，即便是在赤枫城，到了中午，也已经热得如同火炉。为了遮蔽自己高高的颧骨、灰黑（许多已经变白）的发色和那双灰眼珠子，支离屠不得不戴上一个斗笠。他低着头，沿着蓝玉河边的小径匆匆往秋叶城走去，他打算在秋叶休息两天，打探一下消息，然后转道前往八松，再从八松回支离坞。

蓝玉河上,除了川流不息的木排,运送粮草的船只也络绎不绝,这些平底粮船防卫并不严密,毕竟帝国境内并没有羽人破坏——鹤雪者虽然神通广大,但他们数量稀少,不可能冒险飞到帝国境内来破坏航路;蓝玉河两岸没有帝国军巡逻守卫,粮船上也只有疏疏落落的几个士兵,聊胜于无。

秋叶城内已经挤满了帝国的士兵,有正准备往宁州去的新兵,也有许多受了伤后被送回来的老兵。支离屠沿着秋叶城羊肠一般的台阶往上爬,凭着多年前的记忆找到一家老旧的客栈,客栈叫"山城客栈",隐藏在秋叶城那重重叠叠的石屋之间,毫不起眼。客栈的老板是个五十多岁的胖子,稀疏的花白头发在头顶上扎成一个小髻,小小的三角眼,大大的眼袋,下垂的袋子一样的双颊,腆着个大肚子,一双罗圈腿。他什么也没问,看了支离屠一眼,就把支离屠让了进去,他给支离屠端来丰盛的食物,还安排了一个干净的房间,反复叮嘱支离屠千万不要出去,如今秋叶城内有不少人是战争的狂热信徒,他们正在满城搜捕并杀害羽人、无翼民和一切与羽人有关系的人。

客栈老板还给支离屠一封没有署名的信,信的内容是:朱使无鬼,性极残忍,善追踪。阅后即燔。

这封信是用左手写的,连支离屠也无法辨认出是谁的笔迹。

客栈建在一个小巷子里,一直以来都是晋北盟在秋叶城内的秘密联络点,老板姓令名良,外表看起来是一个崑人胖子,其实却是一个魅。

秋叶城的小巷子,弯弯曲曲、狭窄、潮湿,两边都是高高的石墙,窗户也同样高而小。清晨,支离屠被远远而来的嘈杂声惊醒,他推开木格小窗望下去,只见一大群黑衣人举着火把,从窗下冲了过去,嘴里喊着"帝国万岁""杀死羽人"等等口号。支离屠十分疲倦,在走私船上他根本没睡过一个好觉,从赤枫往秋叶的路上也不过是累了就在树上打个盹,他没有精神细想秋叶城里的情形了,打着呵欠,又躺了回去,马上又回到梦乡,直到客栈老板小心翼翼的敲门声把他唤醒。

老板带来了刮脸用的热水、剃刀以及染发用的油脂和梳子,托盘上还有一颗乌黑的药丸以及其他一些东西。支离屠搬一张板凳,像孩子一样在屋子中间乖乖坐好,令良解开了他的发髻,让头发全落下来——灰黑色是羽族才有的发色,来自百余年前,一个女性羽人,一个鹤雪者,她从宁州逃亡到支离坞,并最终成为了支离坞的女主人。

令良把染发用的油脂化开,小心地用梳子把油脂抹上去。"宗主的头发,白了不少!"

支离屠苦笑。"我也是快五十岁的人了!"

"樱姑娘……回家了吗?"

"我正要托付你找她呢!"

三十年前,令良刚凝聚出来不久,还是一位美艳的少年,却被人发现其实是一个魅,他无处可去,只能投身到支离坞来。

支离屠仍记得那天清晨,年轻的令良从晨雾里走出来,浑身是血,站在支离坞下。同样年轻的支离屠,作为一个坞兵,正轮值把守支离坞的大门,他大声喝问:"来者何人?"

雾中的令良答:"无名无姓!"

支离屠又问:"所为何来?"

令良答:"无处可逃!"

别的坞兵认出坞下的人是一个魅,只因他美得不似真人。他们反对收留令良，认为他是一个妖孽，会带来灾祸，但支离屠还是打开了坞门，把令良放进了支离坞。

九州上的各族，都歧视魅，觉得他们是可怕而无法捉摸的异类，便是支离坞中，也有不少人，其中有些人还是德高望重的长老，反对支离屠收留令良。支离屠只能把他交托给那时的山城客栈的老板，令良就这样在客栈里安顿下来，并且随着客栈老板的姓，给自己取"良"，先是当一个伙计，后来又当了山城客栈的老板。到如今，还知道令良其实是魅的人，恐怕也只有支离屠一个人了。

头发染黑了，令良又把支离屠的胡子刮去，然后把那颗黑色药丸递给支离屠："这颗药丸，能改变宗主瞳孔的颜色。"

支离屠也不用水，"咕嘟"吞了下去。

"要过两个时辰才能见效，效果可以持续半年有余，不过那时宗主想必已经找到安全的地方藏身了。"

令良继续给支离屠易容，其中似乎用到了油脂、石粉、颜料等等，还有许多支离屠从未见过的东西。末了，令良拿一个铜镜过来，摆在支离屠面前，铜镜内的人，已经与支离屠截然不同，五十余岁，略有些胖，黑油油的面容，狡黠而低垂的眉眼，厚厚的嘴唇，稀疏的胡子。

令良满意地点点头。"明天出门时挑上担子，就是一个走乡串户的货郎了，谁也认不出你来。"

这时，楼下突然传来急促的敲门声，"快开门！快开门！"

伙计刚把门闩取下，门就"嘎"一声被推开了，杂沓的脚步声，一大群人冲了进来。

"有人举报，说你们客栈里藏有羽人！"为首的人说。

伙计连声否认。

令良把东西都收拾好，让支离屠端着，推开床，拉开床底下一道暗门。"宗主的瞳孔还没有变色，暂且到下边去藏一藏，待这些人走了，再出来。"

支离屠把托盘递给令良，走入暗道中。这是一条陡而窄的台阶，光照下去，勉强可见台阶尽头是一方石室。随着支离屠往下走，令良把暗门关上，失去了光，支离屠有好一会儿啥都看不到，但却听到另一个人的呼吸声，他僵在那儿——令良并没有说还有另一个人藏在这里。

略一思忖，他就知道这人必是从另一暗门进到这石室里来的，而对方进到这石室来的原因，必定与自己一样——躲避那些黑衣人的搜捕。

"嚓"的一声，黑暗里亮起火星，灯被点燃了，黄的灯光水一样浸满了石室，又在石壁上映出忽明忽暗的光纹，一个年轻人擎着灯站在石室那一头，灯光照亮他的脸。他也有一双灰眼睛，也有满头灰黑色的发，有一刹那，支离屠以为对面站着的是一个与自己极亲密极熟识的人，仿佛自己与他竟流着相同的血。

那年轻人把灯放在身边石台上，敛手行羽人礼，道："宗主好！"

"你是？"支离屠上前一步，强忍住自己想抱住他的冲动。

"我本无名，父亲给我取了名，叫令无言。"

"你的父亲是？"

"令良。"

"他并未娶妻？而且，你是羽人……"

令无言微笑着看向支离屠。"无言不仅是一个羽人，还是一个魅。"

支离屠震惊了，这是他这辈子第二次看见一个年轻的魅。他又上前一步，仔细端详令无言，发现他不仅有着与自己一样的灰眼睛和灰黑色头发，额头和鼻子也和支离家族的额头和鼻子极为相像。

支离屠忍不住抬手,去抚摸他的额,令无言比支离屠高出一个头,为了让支离屠更容易摸到自己,他微微地弯下了腰。

"你……"支离屠喃喃地说,"就像我的另一个儿子!"

他猛然意识到自己的冒昧,退后两步,不好意思地道歉:"我唐突了!"

令无言道:"宗主不必道歉,我本就是依着宗主先祖的模样凝聚出来的,应该道歉的是我!"

"我的先祖?"支离屠把灯擎起,再一次仔细地端详他,"你是说,我的羽人先祖娜西卡?她可是一百多年前的人了。"

令无言像雕像一样站着,好让支离屠把他看个仔细,同时以尽量不牵动面部肌肉的方式答道:"正是,虚魅有五百年寿命,我见过她的容颜,便忍不住想要凝聚成她的样子,只是不知道为什么,我无法凝聚成女身,所以……还是我唐突了呀!"

"娜西卡先祖……原来是这样的容颜,听说她是从家族中被驱逐出来的,但是关于她的一切连我的曾祖母也语焉不详,无言,跟娜西卡先祖很熟吗?"

"宗主可能要失望了,虚魅凝聚为实体之后,许多记忆都会消失,如今留在我脑海中的,也不过只余一些模糊的场景罢了,或许宗主的曾祖母所知道的,还比我多一些呢!"

支离屠叹了口气,又问道:"你凝聚为人,已经很久了?"

"不,才凝聚出来两年罢了,一直以来,我都找不到合适的地方凝聚,直到遇到了父亲,在他的保护下,我才花了将近三十年时间凝聚出来,这已经算是快的了。"

支离屠点点头,郑重其事敛手,向令无言行礼。"我应该感谢你,让我有幸,亲眼见到先祖容颜!"

令无言有些惶恐,也向他行礼。两人抬头时,目光正好遇上,禁不住都笑起来。

这时听到石室顶上暗门一响，令良探个头下来。"啊呀，本来该我慢慢向宗主解释的，结果却这样就遇上了。"

支离屠笑道："解释什么呢？这样就很好。"

令无言把灯吹灭，问道："他们走了吗？"

"是，你们都赶紧上来吧，秋叶城已经不能再待下去了。"

原来这伙黑衣人在客栈里翻箱倒柜，并没有查到什么，令良却从他们的口中探听到一个消息，说是从天启城来了一个钦使，专门负责捉拿支离屠，如今秋叶城的所有城门都设了关卡，进出城都要严查。

"钦使？想必就是那个什么未无鬼了！"支离屠一边走出石室一边说。

令良摸了摸自己因喝酒太多而变红的圆鼻头。"宗主说得没错，而且我心里颇有些不安，恐怕不能让你们两人独自离开了，我要跟着你们一起走。"

令无言听了一愣："为何？"

令良苦笑："这个未无鬼，可能也是一个魅。"

支离屠怪道："你怎么知道的？"

令无言道："宗主不知，魅与魅之间有特殊的感知力，大约是因为魅对精神力和星辰力的波动特别敏感的缘故吧。既然父亲已经感知到未无鬼的存在，那么很有可能，未无鬼也已经感知到父亲的存在了。"

"确实，"令良道，"目前他还无法确定我的位置，但这是迟早的事，他会追查到山城客栈来。无言你坐下，我给你易容，我们赶在城门关闭前出城。"

令良的动作很快，不到半个时辰，令无言就变成了一个高大而憨厚的乡村少年，容貌和支离屠还有些相似。随后令无言又对着铜镜给自己易容，不到半个时辰，他已经摇身一变，变成了一个年过半百的行脚商，敦厚、壮实，与原先的客栈老板全无相似之处。

赶在天黑之前，三个人出了客栈。令良先走，赶着一头骡子，骡背上是棉布和油菜籽，支离屠挑着满满的货郎担子摇着拨浪鼓跟在后面，令无言假称自己是支离屠的儿子，随父亲进城来玩。

顺着石阶，三人往秋叶城的东门行去，远远就看到城门内排着长长的队伍，全是想赶在天黑前出城的人，其中多是商贩和农夫。

城墙上，贴着一张大大的缉捕文告，文告上支离屠的画像十分惹眼，守城的卫兵并不检查出城人的物品，只对着画像查看面容，只要稍稍与画像有些相像，就要被拦下来，仔细核对。

令良称自己是进秋叶城进货的行脚商，如今已经采购了足够的货物，赶着出城去，好在城外的货栈里歇息一晚，明天天不亮就上路，支离屠也如此解释，只不过不是行脚商，而是带着儿子进城的货郎。凭着令良精巧的易容术，再加上支离屠和令无言的瞳孔颜色也已变成了黑色，卫兵没有任何怀疑就放三人出了城。

出城之后，走了没几里路，一个令良早就派出城的店小二，牵着三匹鞍鞯齐备的马儿迎上来。令良把骡子交给店小二，支离屠则把货郎担子一扔，三个人上了马，鞭子一挥，马儿撒开蹄子就跑。直跑出怕不有近百里地，马儿浑身汗出如浆，实在跑不动了，令良才停下来。此时山月已升上来，映得道路上一片银白，三人打马转入道旁的树林子里，把马系在树下，三人上树去歇息，说好了一人守一个时辰。

三个人轮着在树上睡了一觉，虽然每人只睡了两个时辰，但魅的精神力强大，本就不需太多睡眠，而支离屠又是风餐露宿惯的人，是以醒来后都觉得精神一振。天微明时，三人把鞍系上马背，正待要上马，令良却停下了，侧着头，似乎在倾听远方传来的声音，而令无言的面色也变得凝重起来，支离屠知道必是有什么事情发生了，但却不好此时便探问，只好等着令良解释。

这样的沉默持续了有一盏茶的工夫，令良的身体猛地绷紧，又松懈下来，额头上汗珠涔涔流下，他喝道："上马，快走！"自己当先就跃上马冲了出去，支离屠和令无言急忙跟上。这一跑又跑出五十余里，因为全是山道，三匹马实在走不动了，令良才放松马缰，让马停下。

三人是沿着驿道一路往八松城去的，此时已经跑出近两百里，进入了夜北高原的腹地。四周是缓缓起伏的群山，青草连绵，间或一丛树林，如绿色的茸毛一般立在山腰或山巅上，蔚蓝的天空低低地压在树顶上，白云在刺目的阳光里静静地悬浮着，微寒的风掠过三人的面颊。

令良四下望了望，跃下马来，示意令无言和支离屠也一起下马。他从马鞍旁的袋子里取出干粮和水，分给令无言和支离屠，三人就地盘腿而坐，一边吃干粮，一边说起话来。

令良道："这一路上，都不及跟宗主解释。我在客栈内留下了一道'裂章之纹'，崑羽蛮鲛河络进入客栈，都不会触动它，只有魅进入了客栈之中，这道'裂章之纹'才会被触动，它会记录下这个魅的形容，借助星辰之力传导给我。今天天未亮时，这道'裂章之纹'被触发了，可怕的是，这个进入客栈的魅竟仿佛预先知道客栈中有'裂章之纹'一般，要随着这被触发的'裂章之纹'追踪到我身上来，我不得不提前就把'裂章之纹'中断。"

远古时，九州之上，有不少人精通秘术，这些秘术十分繁杂，种类和作用各不相同，但总的来说，都必须借助星辰之力。潮神教盛行之后，秘术亦被禁止，行秘术者都要被帝国诛杀，是以知晓秘术的人越来越少，据说只有魅和宁州的一些羽人还精通这种上古神术。支离屠自然知道令良精通秘术，但却是第一次遇上他使用秘术。

令无言问道："那么，'裂章之纹'终究没有传导过来，那个魅的形容，父亲自然也不知晓了。"

令良点头："我只知道他的精神力极其强大，强大到令我觉得恐怖！"

令无言道："那么说，这个魅，只怕就是那个未无鬼了。"

支离屠道："秘术一道，我以前听我的老师朱悲约略说起过，据说精神力愈是强大的人，身体往往愈虚弱，或许我可以留下来伏击他。"

令良摇头："以他的能力，可以感知一切精神力的存在，无论是人还是兽，伏击他是完全不可能的。"

支离屠和令无言都陷入沉默中。

令良沉思片刻，问道："宗主一定要回支离坞吗？"

支离屠道："是，我要回去寻找青石奥罗留下的地图，再依着地图，去寻找他的部落，这个部落，很有可能在北邙山中，青水湖附近。"

令良道："宗主不必再说了，我和无言护送宗主回支离坞。"他几口吞下干粮，拍拍手站起，"这三匹马，都是来自八松城的识途老马，走惯了这条道，我们把干粮取下，放开它们，让它们自行沿官道回八松去，虽然未见得能摆脱掉未无鬼，但或许可以让他多走些冤枉路。"

他们离开了东西走向的官道，折而往南，在他们身后，是淡绿色的擎梁山脉和在山间砰訇奔流的蓝玉河，在他们身前，则是莽莽苍苍的夜北荒原。他们决定直接跨越夜北荒原往晋北走廊去，而不是沿着官道，先往八松去，再从八松城回支离坞。

八月的夜北荒原，鲜艳的大蝴蝶在阳光下飞舞，大黄蜂在草丛里游猎，成群的夜北雀扑棱棱地从三人头顶上飞过，狐狸在灌木丛中窥视，野鹿则远远地隐身于林荫间用单纯无邪的大眼睛望着他们。有时候会碰上野马群，奔腾着从缓缓起伏的草原上跑过，蹄声震耳欲聋，如天雷滚动。

随便就能抓到肥胖的兔子或草原鼠，在篝火上一烤，油滋滋地落下来，香得人口水直流。夜里他们就睡在篝火边，吃得饱足的狼群对他们视若无睹，澜州特有的龇牙熊有时会离开树林，到离篝火很近的地方来窥探他们，带着刚出生没多久的小熊。

他们并没有特意隐藏自己的踪迹，但也没有不隐藏，篝火的痕迹每次都清除干净，来回穿越溪谷来迷惑追踪者，有一整天，他们在暴雨中行进，雨水把他们的气息和踪迹都冲得干干净净。然而支离屠仍然很确定地感觉到，有人在跟着他们，这种感觉在他们进入夜北荒原两天后就有了，然后一直都无法摆脱，令良偶尔会和支离屠对视一眼，支离屠从令良的目光中看出他胸有成竹，就不再细问。

令无言则完全是一个少年模样，这是他凝聚为人之后的第一次远行，第一次以一个人的目光探看这荒莽的世界，他激动、欣喜、好奇，也忐忑、惆怅、迷惘。

支离屠可以感觉到，追踪者离他们越来越近。这是野兽才有的感觉，危险一点一点临近，从风里、从大地的轻微颤动里、从路经他们身边的鹿群的目光里,他能感觉到追踪者的存在并判断出他们之间的距离,这是从小在锁河山的森林里磨练出来的能力。他曾经像一只熊一样独自在森林里生活过多年,如今这种如同与生俱来一般的能力又从他的身体里苏醒过来。

进入荒原之后第六日,在一处高坡上,他们第一次望见了若感峰——一座兀兀地立在夜北荒原之上的山峰,淡黄的岩石山体,山巅常年被积雪覆盖。此后他们就改变了方向,不再往晋北去,而是折而往若感峰前进。

第八日的清晨,支离屠醒来,感觉到危险临近的森森凉意。从第六日开始,他们就已经不再燃起篝火,夜里只在树上睡眠,平日只以干饼和鹿脯为食。令无言还在睡,而令良也醒来了,他们对视一眼,决定立即离开这里。令良唤醒了令无言,把手指压在他的嘴上,示意他不要出声。三个人轻巧地下了树,先是放轻了脚步,走出大约两里路之后,才放开了步子往前走,他们一口气走了三个时辰,那萦绕支离屠的凉意才渐渐淡去。此时已是午后,从早上到现在,三人连口水都没有喝,令无言的肚子咕咕地响起来。支离屠倒还好,令良和令无言早已是又渴又累又饿,支离屠带着两人走到一棵大树下,自己先靠着树坐了下来,令良和令无言也喘着气坐下。

干粮和鹿脯倒还充足,但水已经没余下多少了,三个人轮着喝了几口,水囊就完全空了。支离屠站起来,四面嗅了嗅,确定在西南方向不远处,最多不超过两里路,就有一条溪流,他跟令良和令无言打了个招呼,告诉他们在树下休息,等着自己,便拿起水囊打水去。

这一片草原的草极茂盛,几乎有半人高,草叶间"嗡嗡"地飞舞着许多小虫子。午后的热气蒸腾上来,支离屠那刚刚干下去的汗水又重新冒了出来。他不太放心令良和令无言,他们虽然拥有强大的精神力,令良更精通秘术,但却缺少在荒野生活的经验。支离屠加快脚步,向溪流走去。

走出一里多地,果然隐隐听到了潺潺水声,翻过草坡之后,就看到一片树林,如一条墨绿带子一般在五彩的草原上飘过,树叶间闪烁着溪流的银光。支离屠正想冲下坡去,却突然心里"咯噔"一声,他急忙伏在草间,微仰起头,看向南边天际。

从遥远的地平线之下,飞来一个小黑点,如同碧蓝天空上一个会移动的乌黑洞孔一般,它越飞越近,终于可以分辨出来,是一只乌黑如墨的苍鹰,这种苍鹰支离屠从未见过,也从未听闻过,它身子并不甚大,翼展却极长,在天空中飞翔几乎就不用扑扇翅膀,有时甚至会给支离屠它一直待在一处没有移动的错觉。

支离屠担心这只鹰会继续向北飞,这样就有可能发现令良和令无言,幸好它在支离屠头顶上绕了一圈之后,又转回东南边去了。支离屠一直等了半个时辰,确定已无危险,才缓缓站起,向树林子里走去。

令良和令无言等得已经有些不耐烦,但又不敢离开。支离屠把自己遇到苍鹰的事告诉了两人,令良道:"这是玄鹰,真是强大啊,竟然已经可以召唤出玄鹰了。"

令无言问:"玄鹰是什么?"

令良道:"以谷玄之力化出的虚无之鹰,外形是鹰,内里却空无一物,能吸收一切光。能在白日里放出玄鹰,九州只怕唯此一人。"

三人喝了水,又继续向若感峰走去。如今离那座山峰已经越来越近了,她那白色的雪帽在阳光下映出了薄薄的金光,实在是美不胜收,然而三人都没有心情欣赏这美景,只低着头匆匆赶路。天黑之后他们在树上歇息了一晚,天没亮又匆匆踏上行程。若感峰已经非常近了,晨曦为她秀美的峰巅镶上一圈耀目金边,然而那跟踪者也在逐渐迫近，支离屠不知道令良究竟有怎么样的一个计划，但既然令良和未无鬼都同样是魅，那么，令良一定比支离屠更知道应该如何对付他。

令良走得非常快，比昨天的脚程要快得多，他似乎想尽早赶到若感峰下。三人走了不到两个时辰，翻过一片宽广的草坡，若感峰就在他们眼前了。山峰之下，是那秀丽绝伦的湛蓝古朱颜海，如同蓝飘带一般环绕着若感峰，一道长长的岬角如手指般从若感峰下伸入朱颜海中，在岬角的尽头，是一片村庄的废墟。

显然这里就是令良的目的地，他毫不犹豫地领着支离屠和令无言向岬角尽头的废墟走去。他似乎极熟悉这里。走到废墟的中心，他停下了，令无言也停下了，令无言的脸上带着迷惑和不安，显然他也不清楚这里的情况。

令良指着废墟中间一个类似祭坛的台子，对支离屠道："请宗主过去，把祭坛下面的石块搬开。"

支离屠虽然心中疑惑，但依然照着令良所说，大步走上前去。那个祭坛是黄土筑成，唯有基座才由淡黄色花岗岩搭造，支离屠回头看了令良和令无言一眼，发现他们的脸上都带着一丝惧怕。支离屠心里的疑惑更甚，他搬开两块花岗岩，看见在祭坛的基座里，藏着一把约三尺来长的古刀，插在破旧而柔软的灰绿色鲨鱼皮鞘里，即便隔着刀鞘，支离屠都可以感觉到这把刀的桀骜不驯和睥睨一切的傲气，如同一个历经沧桑的隐士，又如同一个厌倦了世事的勇者。

支离屠单膝跪下，连着刀鞘，双手捧起这把古刀。他转过身来，看着令良和令无言，他知道令良大老远地把自己带到这儿来，就是为了这把刀。他一手握住刀鞘，另一手握住刀柄，抽出这把刀，刀身幽蓝，刃上隐隐有赤色游龙滚动。当刀抽出来时，令良和令无言都不由自主地退后了一步，支离屠慢慢把刀插回刀鞘，向令良和令无言走去。

"令良,这是什么刀?我也见过许多名器,都不及它。"

"回宗主,这把刀,有一个名字,叫'赤眉'。"

支离屠大吃一惊:"这把刀竟然还存在于世间,据说它是屠魅的利器!"

"正是,"令良道,"被这把刀伤到的魅,必死无疑,连'溢出'的机会都没有。"

支离屠问:"何为'溢出'?"

"对于实魅来说,'溢出'痛苦而又悲惨,精神失去了肉身,在天地间浪游、涣散,但'溢出'并非彻底的死亡,精神回到天地间后,又重新获得了一切可能,或者聚而为满怀恶念的恶魅,永世不得超脱,或者被其他虚魅吸收,失去一切的回忆,成为别人的一部分,如果幸运的话,'溢出'时身边正好有强大的术士守护,甚至还能收拢灵体,重新成为一个虚魅。赤眉乃是魂印武器,能伤到魅的灵体,而被它杀死的实魅,更要魂飞魄散,再无重聚的可能,亦不可能再被其他的魅吸收,对于魅来说,被'赤眉'杀死,才是真正的'死'。"

"所以你们才这么怕它!"

令良点了点头。"但也渴望着它!"

"你要我用这把刀,杀死未无鬼?!"

"正是!"

旁边的令无言不由自主地打了个哆嗦。

支离屠盘腿坐于朱颜海边,赤眉横置于他的膝上。他在等待未无鬼的到来。他等待的地方,是那形如手指头的岬角的尖端。虽然已是八月，但朱颜海的水仍触手冰凉。令良告诉他，未无鬼将会从朱颜海上横跨而来，当他出现时，幻象也会跟着到来，包围、侵占支离屠的一切感官，甚至深入到支离屠内心的最深处，然而无论如何，支离屠不能交出赤眉，唯有紧紧握住赤眉，支离屠才能保护自己，才能伤到未无鬼，当赤炎在那冰蓝的天地间燃起的时候，就是支离屠出手之时。

支离屠并不完全明白令良在说什么，他只是牢牢地记住了他所说的话，虽然如此，他仍觉得令良似乎并没有告诉他所有的一切，因为支离屠隐隐觉得，在这秀美而又深湛的朱颜海里，似乎还藏着什么。

但支离屠并没有问，他知道令良既然没有说，就肯定有不说的理由。

太阳渐渐西斜，阳光虽然依旧灿烂，但却似乎带上了一丝凉意。赤眉微微跳了一下，随后就在刀鞘里不断地抖动起来。终于来了，支离屠想。他缓缓拔刀出鞘，立起，看向对岸。一个黑点出现在山坡上，以极快的速度滑下山坡，坡上的绿草和鲜花在他的脚下变黄、凋谢、枯萎，他停下，立在朱颜海边。支离屠只能隐隐看出他是一个穿着黑衣的少年，身材瘦高。少年停了片刻，拔脚往朱颜海上走去，水在他的脚下结冰，虽然这是五月，虽然此时仍阳光灿烂。

少年走到距支离屠大约十丈处，停下了，"赤眉！"他说。

果然是一个极俊美的少年呀！他的面容是完美无瑕的，是只有神才能造出来的完美，令无言已经是拥有可称完美的面容了，而这个少年又要比令无言再完美上十倍，以至于支离屠觉得，他其实是带着一个面具，然而他又明确地知道，那并不是面具，而是一张真实的面容。

下一刻，黑衣少年消失了。支离屠仿佛回到了送别支离破的那一天，在天启城的城门楼上，支离简问道："叔父是一个怎么样的人呢？"

从城门楼望下去，支离破的马车孤零零地行走在官道上，车辙很深，官道两边是混入了泥污的雪，冷意袭来，支离屠不禁打了个抖。啊，得赶紧让简儿离开天启，我已经失去了樱儿，不能再失去他。

"你明天就整理行装出发，追上你的叔父，随他到八松郡去，从此忘了我这个父亲！"

支离简愕然地看着支离屠，满脸的不解和不情愿。

"为什么？"

"多问无益。"

"那请父亲把刀赐我，"支离简哀怜地乞求，"以做个念想！"

"咄！何物小鬼！"支离屠猛然想起来，与支离破分别时，分明是夏天，此刻却是白雪皑皑，他挥刀斩去，支离简倒在地上，抽搐着，血从他的身上喷涌而出。

"父亲……"支离简向他伸出手，"赐我……赐我……"他终于说不出话了，横躺在城楼的石板地上死去，雪花飘零，慢慢覆上了他的脸，竟始终没有化去。

下一刻，是支离樱走了过来，穿着赤红的狐裘，身姿婀娜。

"樱儿，你到哪里去了，为父想你想得好苦！"支离屠忍不住叫道。

"父亲，"支离樱敛衽为礼，"樱儿也想念父亲。"

"你到哪里去了？"支离屠跨前了一步，"父亲再也不逼你了，你想嫁给谁，就嫁给谁！"

在支离屠的心里，他其实爱这个女儿更甚于儿子，但当年，为了支离坞的传统，他终究还是逼迫她嫁给了她所不爱的人，之后才发生了那样多的变故。支离屠心中，一直为此耿耿于怀，觉得是自己对不住这女儿。

支离樱退后一步，脸上露出害怕的神情，指着支离屠手上的赤眉道："这是什么刀，好吓人，父亲把它扔了吧！"

支离屠冷静下来，慢慢退了一步。"你不是樱儿。你走吧，我不想杀你。"

支离樱看着支离屠，慢慢地退入风雪中，消失不见。

天地间沉寂下来。只是寒意更甚，只是雪花飘零，只有利刃一般的风在割着支离屠的脸。

一个人影从风雪里走来，近了，近了，竟是支离屠的发妻，那支离坞老农叶松的女儿叶春妮。她早已不再年轻，身材有些臃肿，脚步蹒跚，头发也花白了。她踉跄着走过来，抱住支离简那已经变硬的尸首，哭嚎起来："你把简儿赶走还不够，为什么还要杀了他，你这狠心的爹啊，樱儿不见了，简儿也没有了，你让我往后还怎么活！"

支离屠静静地看着她，道："不管你弄出什么花样来，我是不会放下我手中的这把刀的！"

叶春妮突然发起狂来，放下了支离简，冲上前来，夺支离屠手中的刀。

"就是这把刀杀了简儿，你也用它杀了我吧，我也不想活了呀！"

支离屠退了一步，用力把叶春妮推出去，冷冷道："你别逼我！"

叶春妮头发都披散下来，伏倒在雪地里，恸哭起来。

"你不用再装了，你虽然精通秘术，能变出无穷幻象，却并不了解人心。"

猛然间，风和雪都停了，城楼也消失了，叶春妮和支离简也一并消失,眼前仍然是朱颜海,仍然是那黑衣的少年,只有寒意依然刺骨。

那少年问:"我如何就不了解人心了?"

"简儿刚强,从不向任何人乞求什么;樱儿最厌恶红色,她喜欢的是春天的碧青色;至于春妮,她比我更了解我,知道我决不会杀死自己的儿子,她性格比我还坚韧,更不会呼天抢地地哭嚎。"

那少年点点头。"确乎是我失策了,所谓幻象,终究不过是幻象呀!但你也有失策的地方,不信看你手中的刀。"

支离屠低头看去,手中握着的,却哪里还是赤眉,只是一把冰刀,冻得他的手针扎一样的疼。

支离屠愕然,暗想刚才并没有松过手,如何就被他换了去?抬眼看去,果然那赤眉已到了少年的手中,幽蓝刀身,龙纹于刃上游动。

正犹豫间,却听到遥远的地方传来一声大喝:"咄!此时不出刀,更待何时!"

果然赤炎在整个朱颜海上燃起,支离屠猛然醒悟,挥刀向少年斩去,刀身化成一道血色弧光,少年在赤炎里退后。寒意更甚,冰雾把支离屠笼罩其中,支离屠勉力再次挥刀斩向少年,但手和脚几乎都已冻得无法动弹,他扑倒在地,手中仍紧紧握着赤眉。

醒来时仍是热气蒸腾的夏季,只是太阳更斜了,依然是在朱颜海边的岬角上,湖水轻拍湖岸,发出有节奏的"噗噗"声。

似乎什么也没有发生过,但支离屠知道自己受了伤,而且还是被冻伤的。令无言盘腿坐在他的身边,闭着眼,轻抚支离屠的身体,他的手上有微微的光,青绿色的,像嫩柳一般,他抚过的地方，就生起淡淡的暖意和痒。

"怎么样了?"支离屠问。

"还是被他遁去了。"是一个陌生的声音。

支离屠慢慢转过头去，原来是一个鲛人。

鲛人向支离屠点点头："宗主好，我是朱颜青阳，我是一个魅，我凝聚于朱颜海中，并且从来也没有离开过。"

支离屠笑笑："令良就是为了你，才来到这儿的吧?"

朱颜青阳旁边的令良道："唯有在水里才能伏击未无鬼，水可以隔绝魅的精神，然而真正伤到他的却是宗主的刀。"

"是吗?"支离屠似乎并不关心自己是否伤到了未无鬼，"只要是魅，都可以造出幻象吗?"

"宗主想要什么?"令良慢慢地问道。

"我想要我的亲人，都在我的身边。"孤独真是比冷还难受呀!

"回宗主，恐怕只有未无鬼才能做得到。"

"我想再见到他!"支离屠说完这句话，突然一阵暖意从丹田里升上来，仿佛四肢百骸都被打开了一般，他本来还想再说一句什么，但睡意瞬间淹没了他，他再一次睡着了。

第六章 青石奥罗

　　从盛开到凋零，樱花只有短短几天的生命，它们在一夜间盛放，又在短短的数日之后，刹那凋零，花瓣飘舞，落英满地。仿佛春天的盛大焰火，无声燃放，把整个支离坞点燃，先是朱红，然后是绯红，最后，是一丛最蓬勃也最孤独的雪白，那蓬勃而孤独的雪白，是不愿离别的离别，是无法告白的告白，是脆弱然而却又必将实现的诺言。

　　海棠与樱花不同，它们的花期要长得多，从二三月间陆续开放，直到五六月间才缓缓熄灭。它们开得不盛大、不张扬，但却坚韧而长久；即便是面对赋予它们生命的和暖春光，它们也全无媚态，它们那利剑一般的枝条无声地指向春日的明媚天空，指向温暖的太阳和慈和的岁正，仿佛是叛逆期的少年，它们那隐藏于枝条间的无数尖刺，又暗暗地警告着那些为它们的艳丽花朵而倾倒的人们："不要靠近我，离我远一些，我的花儿不是为你们而开放！"

九月初的一个清晨，支离屠站在一株老干虬曲的海棠花树下，看着她墨绿的枝叶和枝叶上的露珠，百感交集。

这株海棠孤独地生长在密林边缘，孤独地开放，又孤独地凋零，远离了她的伙伴，也远离了人群。

从海棠树下望去，可以看到支离坞那被绿藤爬满的残破坞壁，上面立着许多帝国的旗。

"就埋在这里吧！"支离屠说。

他蹲下，用一根刚折下来的树枝在海棠花树下挖起来，令无言也帮他挖。"不用挖很深，足够埋一个人头就行啦！"

他们要埋的是白鬼儿的头颅，从厌火城下，到暗月城，又到赤枫城，再从赤枫跨越了夜北，终于回到支离坞，支离屠始终把白鬼儿的头颅带在身边，如今终于可以把他安葬。

支离屠结婚那一年，白云坞的宗主白武带着他的两个儿子来参加婚礼，那时哥哥白肥儿就已经很胖了，而白鬼儿则出奇的瘦。兄弟俩岁数相近，但相貌和性格却天差地远，哥哥喜欢吃，爱吹牛，性格怯懦，弟弟白鬼儿才八岁，却已经在石头瘤子里混得风生水起，是个人见人爱的小机灵鬼。兄弟俩长大以后，很是让白武头疼。白肥儿越来越胖，胆子也越来越小，为了掩饰自己的胆小，白肥儿经常在陌生人面前耀武扬威——他耍得一手好斧头，两柄精钢利斧能被他耍得转成两朵银花，但其实却没什么用，真要干架的时候，他总是逃得最快；白鬼儿却不同，练得身板结实像块铁板，身手矫捷，丈许高的墙，他可以一跃而上，晋北盟的年轻一代，要说武艺，没人比得上他，但他却好赌、好色，常常气得白武无可奈何。白武死后，白肥儿当了宗主，白鬼儿没人管得了他了，更是闹得鸡飞狗跳。天启城建起之后，白肥儿老老实实，举家搬到天启去了，白鬼儿却没有成家，他也不愿到天启城去受束缚，便上了羽人的走私船，逃到厌火城去。如今兄弟俩都死了，白肥儿死在厌火城下，死在了弟弟的床弩之下，白鬼儿则自愿把头颅献给了支离屠，只求支离屠帮他杀了鹿舞库莫，报那屠城的仇。

令良走过来，拿着一块石片，想必是从一整块页岩上碎落下来的，"就用这块石头，做他的碑吧！"

支离屠接过石片，用赤眉刀在上面刻下歪歪扭扭的十六个字，"白鬼儿之头葬于此生为人杰死为鬼雄"。

把石碑埋好，用枝叶掩住，再在海棠树身上刻下印记，以便以后寻找，三人便离开了这里，向鹰潭走去。

通往鹰潭的道路已被巨树、灌木、鸟儿、野兽、野蜂和蝴蝶掩埋，他们在密林中走了一日一夜，当他们终于听到瀑布的轰鸣声时，都已疲累不堪。瀑布旁的石阶因太久无人踩踏，长满了厚厚的苔藓，滑溜异常。支离屠想起自己成婚那日，与春妮手拉着手，缓缓踏上这些石阶，如今回想起来，恍如梦幻。

令无言爬得不耐烦，突然对支离屠道："宗主，请恕我放肆了！"支离屠一愣，就见到令无言的背上无声地张开了一对雪白羽翼，那羽翼最阔处宽达两尺余，从翼根到翼尖长达八九尺，支离屠这才想起，令无言既然是按着娜西卡的模样凝聚出来的羽人，那么他自然是一个至羽。

令良叮嘱道："不可飞高了，让人看到可就麻烦了！"

令无言"是"了一声，一振双翼，已借着山风轻飘飘地飞起来。那姿态真是曼妙无比，映着訇然而落的瀑布，还有瀑布上的轻虹，实在是难得一见的奇观。

令无言果然并不敢飞高，只在瀑布前盘旋了两圈，就振翅飞上了崖顶，转眼间，就听见他在上面笑着喊道："父亲，宗主，快快上来，这里好多鱼呢！"

潭中果然有许多鱼。朱悲死去之后，帝国禁绝理宗，这里也就废弃了，潭中鱼儿没有天敌，肆意生长，一条条都胖大无比，在潭水里成群游动，活得十分快意。朱悲所居住的那栋茅屋，早已倾颓，两棵栎树从屋中长出，穿破了茅草屋顶，屋子四周野草遍生，两只狐狸听到人来，匆匆从茅屋中跑出，躲到密林中去了。

九月初的天气，即便是在山中，到了中午也颇为燠热，三个人走了长长的山路，早已是一身臭汗。令无言先把衣服脱得精光，"哗啦"一声扑进潭中，激起大片水花，他水性不佳，潭水又颇有些凉，一入水就呛了一口，急忙反身往岸上爬，支离屠和令良都笑起来。

令良道："无言，你也太急了，怎么不先问问宗主就往里跳？"

支离屠道："没事的，当年到了七八月间，我们也天天在此处游泳戏水，连我的老师朱悲，也不免要脱得精光，跟我们一起下来呢！"

令良又道："宗主水性极好的，令无言你也学学。"

支离屠倒是不否认，他慢慢把衣服脱去，一边脱一边道："我也很久没下水了，颇有些想念我那些鲛人朋友，不知道他们还在不在大麦河中。"

支离屠也脱得精光，慢慢走到潭边。他低头看看自己的身体，倒是还像三十几岁的人那般结实，但水里的那张脸，却疲惫、苍老。他伸手，低头，弯腰，跃了下去，一点水花也没有，如利箭一般入了水。他在水里伸长了腰，把身子抻得笔直，借着那一跃之力，直往潭底滑去，凉意沁人的水一瞬间攥住他的身子，肌肤猛地一缩，又缓缓地随着血脉的流动放松下来。

他摆动双足，追逐着鱼群游动，想起少年时与大麦河中的鲛人一起戏水的情景。他的泳技全是跟鲛人学的，鲛人有尾，游起来自然与陆上的人不同，但游水的道理却是一致，支离屠只需把自己的两脚像鲛尾一样摆动就行。他穿过鱼群，顺手抓住一条数斤重的野鲈，冒出头来，用力把鱼抛到岸上，喊道："这高山寒水里长出来的野鲈，尤为鲜美，待会儿我们做鱼脍吃。"

三个人耍够了水，缓缓从潭里爬出来，赤着身子躺在岸边，让午后的阳光把身体晒干——自从八月间从赤枫城逃出来，这是三人最为放松快意的一天。

支离屠把野鲈捡起，用石片刮去鱼鳞，却发起愁来，原来做鱼脍须用极锋利的刀，此时却去哪里找？还是令无言提醒道："看来，只能用那'赤眉'了！"

支离屠哈哈一笑："只能委屈一下它了。"

真是割鱼用了宰牛刀，不过赤眉刀确实锋利，除了太大不够灵动之外，比起那专用来切脍的小刀也不差。把鱼肉切成薄薄细片之后，支离屠又找来几株香草，揉碎了拌入鱼片中，便与令良大吃起来。令无言是羽人，不喜吃肉，只能看着他们两个人吃，却也无可奈何。

理庐，因为位于鹰潭，后来的人也称它为鹰庐，到了帝国末年，潮神教和理宗都没落了，理庐原来所在的地方，建起了一个山寨，叫猪背寨，但是当时的人并不晓得这山寨为什么会叫这个名字。

理庐学生最多的时候，达到五百余人，朱悲最早建起它时，是带着两百余学生过来的，那时鹰潭这里还只有间猎人小屋，是晋北的猎人打猎时暂憩的地方，朱悲和学生们把树木伐去，野草烧了，建起了最初的几间茅屋——就是朱悲后来一直居住的那几间。建起茅屋之后，朱悲和学生们又在鹰潭边开荒，种起了蔬菜，养了两只狗、十几只鸡和两头猪。与当时的文人不同，朱悲并不看不起农田里的活计，反倒很是热衷。他以为干农活不仅能锻炼身体和意志，而且还能从农活中寻求"理"的知识，因为"理"本就蕴涵于万事万物之中，也正因此，他也并不禁止他的学生们学习其他的知识，甚至他自己都常常鼓励学生们去学习那些看起来似乎与理宗教义无关甚至针锋相对的理论。潮神教的教义自然也在其中。其他还包括蛮族的盘靼信仰、河络的真神信仰、夸父的盘古信仰以及羽人的元极道。

后来跟朱悲一起死在海心城的十个学生，就是世人称之为"理宗十子"的，是朱悲最杰出最优秀的十个学生。第一清庚毗罗，是出生于大麦河中的鲛人，他曾是一个潮语贤者，朱悲刚到支离坞时，清庚毗罗与朱悲进行了长时间的辩论，最终清庚毗罗接受了朱悲的理论，成为朱悲的学生；这件事在当时很是引起了一些轰动，教宗灰鲸子夫为此剥夺了清庚毗罗的潮语贤者身份，然而清庚毗罗很是委屈，他到海心城去向教宗申诉，称自己仍是潮神教的信徒，仍奉龙为唯一真神，教宗问他，那么理又是何物？清庚毗罗说，理非神非物非人，理无所不在，龙既是真神，亦是理。教宗不再答话，命持棒的僧侣把清庚毗罗打出去，并且规定他再也不能进入潮神的庙宇。第二青石奥罗，是来自北邙的河络，他信仰真神，擅长锻造和雕琢。青石奥罗的部落是帝国中极少见的一直没有接受潮神教而仍旧信仰真神的部落，这样的部落最多只余十来个，人口都很少，全都位于北邙山脉和雷眼山脉的最深处。这些部落为了坚持真神信仰，付出了极大的代价。他们依旧生活在地底，拒绝商业，每个部落都有自己的阿络卡和夫环，他们依旧能制造惜风，锻造魂印武器，不过，随着时间逝去，具备这些能力的工匠也越来越少了。青石奥罗年纪轻轻就成为一个苏行，成为他们部落中知识最丰富的人，为了寻求更多的知识，他离开北邙，在九州浪游求学，最后在理庐定居下来，并成为朱悲的学生。青石奥罗虽然接受了理宗万物一理的学说，但就像清庚毗罗一样，他依旧保持着他的真神信仰。他是一个非常开朗乐观的河络，喜欢美食和美酒，喜欢晋北的菸叶，支离屠最喜欢和他待在一起，支离屠锻造武器的技艺就是跟青石奥罗学的。支离屠曾经想跟青石奥罗学习打造魂印武器之法，但青石奥罗说，只有信仰真神的人才能打造魂印武器，而且也必须回到地下城去，在那真神的洪炉中才能打造，支离屠只好放弃。第三蛮族淳于意，我们之前曾经提到过他，他的父亲是一个蛮族奴隶，母亲是一个崑人平民。在天启城中，一直留存着决斗的传统，后来更发展为商业化的角斗比赛，淳于意的父亲淳于夏曾是一个斗奴，与淳于意的母亲——一个崑人婢女相爱而生下淳于意，淳于意出生后不久，淳于夏就在一场角斗比赛中死于一个夸父斧下，崑人婢女独自把淳于意养大。淳于意后来成为一个鞋匠，以制鞋修鞋为生，凭着蛮族特有的坚韧，他居然学会了读书认字，到他六十余岁时，已经是一个饱学之士，他听说朱悲在支离坞讲学，就跑到支离坞去听讲，听完之后就拜倒在地，成了朱悲的学生。第四崑人井东聚，他本是晋北盟的商人，从小跟着马帮，跑遍了中、澜、宛、越的各个城市。他最擅长发现商机，贩运货物以求利。理庐的学生最多的时候，达到五百余人，养活这些人成了很大的问题，光靠支离坞提供食物和学生们自己种植蔬菜，根本不敷日常所需，井东聚为此又跑起了马帮，靠着马帮的利润，养活理庐所有的学生绰绰有余。第五崽人伍成陌，是一个农夫，他并不识字，为人单纯到常常让人以为他脑子有问题。他不知道这个世界还有谎言存在，无论这谎言有多么不可信，他都坦然接受，没有丝毫的怀疑，他更没有一点私心，任何一个人向他求助，他都会把自己所拥有的一切拿出来，然而他却是朱悲的所有学生中计算最快者，他不用算筹就能计算，而且算出的答案从不会错。朱悲常常说，伍成陌纯净如雪樱神山上的冰雪。第六崽人李昆，本是支离坞一名坞兵，性格暴躁易怒而又好酒无度，膂力过人，虽然识字却不读书，虽然识数却不耐烦计算。他因喝酒使性在石头瘤子里打架，已不知被支离暮澜训斥了多少次，最后支离暮澜只能让他到理庐去面壁，却因此而成了朱悲的学生。朱悲常夸他勇猛精进，可惜刚而易折。第七崽人支离竹，是支离屠的族兄，歌喉晋北第一。每到月圆之夜，理庐的学生们常常聚在鹰潭边听支离竹唱歌，其声如月华一般清澈，如松风一般辽远，在瀑布的轰鸣声中曲折升起，听之令人血沸。第八崽人衡争，号称口辩第一。他身材颀长，风度翩翩，不仅说起话来口若悬河，更兼善于察言观色，记性又极好，即便是只见过一次的陌生人，也再不会遗忘，数年之后重新见面，能一口说出对方名姓，因此晋北盟的外交事务，全都交给衡争打理。但衡争一到朱悲面前，往往讷讷于言，不敢开口，别人问他为何如此，他说别人都说自己能舌灿莲花，其实老师才是真正能舌灿莲花，是以自己一见老师就会心虚，不敢说话。第九崽人长广，没有人知道长广究竟来自哪里，他长得又高又胖，性情诙谐，善戏谑，善戏法，擅长制作人偶，他造的人偶不仅惟妙惟肖，而且能走路，能说话，能跑能跳，几与真人无异。第十羽人风无行，他来自宁州，本是宁州羽人贵族，身为至羽，却因为背叛了家族而被流放。他从未对人说过他为什么会被流放，每到月圆之夜，他总是张开双翼，随着支离竹的歌声在天上跳羽人特有的舞蹈。他是晋北箭术第一人，同时也是晋北最擅长制造弓箭的匠人。

沿着溪涧逆流而上，支离屠带着令良和令无言向山中走去。溪涧中绿水潺潺，溪涧两旁不时现出倾颓倒塌的茅草屋，这些茅草屋，或土墙，或石墙，原本都是理庐的学生们建造并居住的，如今都成了鸟窠兽巢。

河络青石奥罗，却没有居住在茅草屋里，身为河络，他更喜欢居住在地下——他在雪樱山下挖出了一个穴屋。在令良和令无言看来，这穴屋只是一个大土包，土包上长满了金银花，正值花季，金银花开得如火如荼，金色的像黄铜唢呐，银色的像白铁唢呐，在风中摇曳，令无言简直以为它们要同时吹奏起来了——那一定是极为聒耳的，在这极寂静的深山里。

支离屠扒开密不透风的金银花叶钻进去，里面的枝干非常粗大，缠结在一起，完全看不出它的主根究竟在哪里。地穴的门本是木造的，已经朽坏，一推就倒，走进去，却并不像令良和令无言想的那样昏暗，从天窗和通风口透下淡淡白光，照亮了地穴，如同点亮了两支银白蜡烛。

里面依旧完好，河络的手艺真是巧夺天工，这么多年过去，木柱依旧牢牢地撑起穹顶，地板光滑几可鉴人。因为河络矮小，所以穹顶并不算高，支离屠和令良还好，令无言就得一直弯着腰。支离屠带着两人沿台阶向下走去，原来下面又还有房间，房间都不大，似乎各有所用，看得出有厨房，有饭厅，有卧室，还有一间相比于其他房间显得较大的，是河络打铁的地方，因为里面有个用泥砖造起的打铁用的炉子，还有烟道直通向地面。

支离屠对地穴中的一切都极熟悉。夏天的时候，他喜欢住在青石奥罗的地穴中，因为夏天这里特别的凉爽，当然更因为青石奥罗的厨艺，但最重要的，是他想跟青石奥罗学习如何打造武器。在这里他耗费了许多时光，汗流浃背，被炭火烤伤身体，被铁水烫坏皮肤，被烈火燎到毛发发出刺鼻的焦臭——回到这里，这一切又重新在他的脑海里浮现。

凭着记忆，支离屠找到那个隐蔽的小门，小门很小，甚至都不足够让一个河络进出，隐藏在墙上，如果不是早已知晓，旁的人是看不到它的。支离屠摁下隐藏的开关，门无声地滑入墙里去了。里面是一个小小的储物间，支离屠蹲下，借着储物间顶上通风口的微光，可以看到储物间内放着各种东西，有金属制的瓶瓶罐罐，有各种栩栩如生的小雕像。支离屠把这些东西都归置到一边，就现出压在它们下面的老旧丝帛，丝帛叠得平平整整，放在一件不知用何物制成的同样叠得平平整整的黑衣上，支离屠把丝帛拿在手上，打开，却是一幅地图。

"这幅地图，标有青石奥罗的部落所在之处，他离开故乡后，就一直把这地图藏在身上，希望有一天还能回去，没想到，却死在了海心城……"

然而令良和令无言似乎都没有在听支离屠说话，反倒都直勾勾地看着地图下那件黑衣。

"宗主，"令良惊讶问道，"这黑衣却是何物？我似乎感觉到其中有精神力在，然而却又非人非魅非兽，而且也不完整……它似乎，想要出去。"

支离屠把地图收入怀中，双手把那黑衣从储物间捧出，道："这也是青石奥罗从地下城带出来的，青石奥罗称它为'刺'，说它是一个惜风。"

"惜风？"令无言好奇地问，"又是何物？"

"唯有河络能制造惜风，正如唯有河络能打造魂印武器一样。惜风能与河络合为一体，成为将风，将风的能力和力量都各有不同，有些将风力大无穷，有些将风钢筋铁骨，这个惜风，名为'刺'，是用海兽皮制成，青石奥罗穿上它后，不仅动作变得轻灵敏捷，可以飞檐走壁，更能如鱼儿一般，在水中自由自在地潜游。"

令无言欢喜道："我要穿，我要穿！"

令良训斥道："无言不可放肆！"

支离屠苦笑道："惜风是认人的，它只认将自己培养出来的那个河络——它的精神联结者，这个惜风，也只认青石奥罗和……"

支离屠说到这里突然停下了。

令无言问："和谁？"

"……和我的女儿支离樱。"

从令良口中，令无言已知道支离樱是支离屠的女儿，也知道她早已失踪，是以支离屠一说到支离樱，令无言也真的无言了。

支离屠叹口气，接着道："真是奇怪呀！按理说，惜风只认一个人的，偶尔有惜风能接受其他的人驾驭，但也是极少见的，而且那另一个人，也总该还是河络。但这个惜风，自从见到樱儿的那一刻起，就接受了她，樱儿幼时常穿上它在鹰潭中戏耍，整日的不浮出头来，非要我生了气，在潭边大声责骂，她才会上岸。"

支离屠牵动嘴角，无奈地苦笑，把"刺"也收入怀中。"希望有朝一日还能见到樱儿，我亲手把'刺'交给她，青石奥罗已经不在了，如今也唯有樱儿能驾驭它了。"

令良喃喃道："会遇上的……"

当晚他们就睡在青石奥罗的地穴里，次日一早，在金银花树旁，令良给支离屠易容。

支离屠坐在一块平整的岩石上,令良一边给支离屠易容,一边嘴里说个不停。

他在说易容术。

"宗主要知道,令良改变的虽然是宗主的容貌,但易容的要诀,却不是改变容貌,而是要改变被易容者的气质,易容术之所以能成功骗过他人,也不是通过欺骗别人的眼睛,而是要欺骗别人的心。是以易容术最要紧的,并不是容貌的改变,而是气质的改变,比如令良把宗主易容成农夫,宗主就要把自己当成一个真正的农夫,易容成士兵,宗主就要把自己当成真正的士兵。最上等的易容,是心的易容,有些人,能够丝毫不改变容貌,仅仅只改变气质,就能骗过别人,甚至能骗过与自己日夜相处的亲人……"

这时正在旁边好奇观看的令无言插嘴道:"我不信,哪有那么神奇!"

令无言话音刚落,就听支离屠道:"无言,你父亲的易容术可是天下第一,你跟他多学学。"

令无言正想再争辩,却突然吓得一愣,只因在他面前,似乎突然有两个支离屠,一个坐着,一个站着,而说话的那个是站着的支离屠,令无言迷糊起来,惊呼道:"怎么有两个宗主?"

坐着的那个支离屠大笑起来。"神乎其技,神乎其技!"

令无言这才醒悟过来,原来那个站着的"支离屠",其实是令良假扮的,令良并没有改变容貌,只用了一眨眼的工夫,就把令无言骗过,让他以为面前竟有两个支离屠。

令无言拍掌大笑,道:"父亲你一定要教我,这太好玩了!"

"你要学,我自然教你,但你要知道这并不容易,得下苦功才行。"

"这么好玩的东西,再辛苦我也要学。"

令良把支离屠改扮成了一个瘸脚的老乞丐。

"宗主多加小心,"令良一边把易容用的工具一一收入褡裢中,一边叮嘱道,"宗主的神情里边,总有些种花人的沉静,遇到至亲的人,怕是要被认出来,是以若能不碰面,最好不要碰面。"

"晓得了,你放心吧,我只远远地看看就好。"

支离屠是想回支离坞去,看看春妮,看看叶松夫妇俩,然后他们就要再次离开,往北邙去寻找青石奥罗的部族了。

令无言道:"宗主快快回来!无言这就跟父亲学易容,等宗主回来了,看无言能不能骗过宗主。"

支离屠笑起来,点了点头,转身离去。

支离屠是去年春暮时离开支离坞的,到今天回到支离坞,已一年有余。这一段时间,不长,也不短,却正好足够让人开始想念自己的故乡,想念自己的亲人。

故乡呀,是这样一种东西,在旁的人看来,她与别的地方并没有什么不同,一样有山有水,有风有月,顶多热些或冷些,湿些或干些,但在游子看来,故乡与这世界上的所有地方都不同。他一回到这里,身体都会舒服些,精神都会放松些,这里的风更柔软,这里的水更甘甜,这里的一切他都觉得熟悉而亲切。因此无论他离开了多久,走了多远,他都总要想着回来,总要想着把自己的骨头埋在这片土地里。

然而有时候,一个人离开故乡久了,也不免会近乡而情怯,这胆怯不仅让旁的人奇怪,便是游子自己,也会觉得奇怪——难道这里不正是自己日夜思念的故乡吗？为什么自己竟会那样惧于回归？难道是因为害怕自己的容颜改变，故乡认不出自己，又或是害怕故乡已经改变，竟至于让自己认不出故乡？幸好，支离屠离开支离坞的时间还不算长，再加上他已经易容改扮，竟然让他有了一种第三者的心态，既渴望着回归，去看看这片土地，看看村落和坞堡，看看自己的亲人，同时也有一些好奇，想看看在这一年里，支离坞、春妮和叶松夫妇俩究竟有什么样的变化。

然而无论支离屠做了怎么样的准备，也绝想不到支离坞的变化竟有如此之大。这里已不是原先那个自由、平和而快乐的坞堡，而是变成了一个纪律严明的兵营——帝国军驻扎在坞堡内，坞外的樱花和海棠树被砍去了不少，余下的也七零八落，奄奄一息，差可安慰的是，那株雪樱还在。

村落中虽然没有帝国的士兵驻扎，但也不再祥和宁静。这里到处都用白灰刷了标语，其内容无非是对皇帝的歌颂，对帝国的赞美，对这场战争的吹捧，让支离屠感到意外的是，还有不少标语，是对支离屠的詈骂，说他是一个卖国贼，一个卑鄙小人，忘恩负义云云。

村落中已经没有壮年男子，所见都是些面黄肌瘦的老人，一群拖着鼻涕的孩子好奇地跟在支离屠身后，他们的衣衫都十分破烂，赤着双脚，身体脏污，如同刚在泥水里打过滚。他们又跳又闹地跟在支离屠后面跑，有几个胆子大的还向支离屠扔石子儿。

支离屠瘸着脚，慢慢走到距叶松家不远的地方，找了一个墙角蹲坐下来。已经是午后了，阳光晒得人生疼，支离屠蹲在墙的阴影里，从这里可以看到叶松家的院子，却不会让院内的人注意到他。

院子显得十分冷清，篱笆上的迎春花开得零零落落，也没有听到院内有羊的叫唤，按理说，这时候叶松应该会在院内忙碌才对，怎么却没有人呢？莫非叶松生了病，他虽然年纪已近七十，但身体一直很好。

支离屠等了很久，始终不见有人出来，他心里七上八下，生怕春妮和叶松夫妇俩生了什么变故。他慢慢站起来，离开阴影，向院子靠近，孩子们也远远地跟过来，突然一个孩子喊："呜，乞丐去叛徒家喽，乞丐去叛徒家喽！"支离屠一惊，急忙低头转身往阴影里走，但这一晃，他却看清了，原来叶家的墙上，也用白灰刷了字，其中有"叛徒""凶犯"这样的字眼。

正在支离屠想离开而又犹豫不舍的时候，门慢慢开了，春妮手里捧着什么走出来。虽然分别才不过一年，但春妮却瘦了不少，头发也白了不少，支离屠觉得心头一痛，如同被人死死攥住了一般。

春妮手里捧着一个碗，里面是两个窝窝头，还是热的，她推开院子的篱笆门，向支离屠走来。支离屠一阵慌乱，想跑，又想留下，他低头不敢看春妮，但当春妮把碗递给他的时候，他终于还是忍不住抬起脸来，看了春妮一眼。春妮眼角多了不少细纹，嘴角也垂下了，双颊凹陷，她原本是胖的，嘴角总是扬起，手脚总是利索，而如今却似乎生活在愁苦中。

"吃吧！"春妮说。她的心总是那样软，自己养的鸡、猪、羊，总是不舍得杀，支离屠想吃点肉，要么得出去买，要么就得偷偷摸摸，瞒着她在屋外动刀，便是这样，也不免要被她啰唆上几天。

支离屠接过碗，把窝窝头几大口吞进肚里。春妮还想对支离屠说些什么，支离屠知道自己万万不可再与春妮说话了，他把碗双手捧起，还给春妮，站起身来转头就走——令良给支离屠装了个逼真的义足，他的脚还真是一高一低，是以他情急之下，还是瘸着脚，并没有露出破绽。

支离屠一边走，一边心里想着："她虽然愁苦，但没有病，也没有戴孝，家里终究还是好的。"

春妮没有想到这老乞丐突然就跑了,她原本还想问一问他是从哪里来的,要往哪里去,愿不愿意在这里住下——虽然自从支离屠杀了鹿舞库莫成了逃犯之后,叶家的情形越来越艰难了,但再多养一个老人,也还过得下去。

春妮觉得这老乞丐颇有些奇怪——是他的眼神,让春妮想起了一个人,但怎么会是他呢?模样一点儿也不像呀!他必定还在遥远的地方逃亡吧,再也不会回到这里,也不要再回到这里,春妮宁愿这辈子再也不要见到他,也不愿他因为回到了这里而被抓住,身陷帝国的囹圄,甚至还要上断头台……春妮吓得打了个哆嗦,虽然阳光如此灿烂,她却觉得冷。

第七章　丝虫古泾

魅，九州最卑微的族类。

他们从虚无中生出，却不能重归于虚无。

天地间那些无主的、到处飘荡的精神游丝，悲伤、思念、仇恨、爱、刻骨的爱、欢喜、惆怅、绝望、幸福、欣悦……一切的一切，仿佛都不过出于偶然，汇聚成了这样一个无形无质的生命体，非男非女，非老非少，无目、无耳、无舌、无肤，却能喜、能忧、能恨、能爱、能羡慕、能嫉妒、能向往、能决绝，于是他们非要放弃自己那能存活五百年的生命，投身到这重浊的尘世中来，去看夜的黑、晨的熹微、午的光亮和傍晚的昏昧，去尝酸、甜、苦、辣、麻、咸，去触那粗糙的、光滑的、冰冷的、酷热的，去听那嘈杂的、平淡的、悦耳的、热血的、宁静的，去爱真正的所爱，去恨真正的所恨，去为一个人生，又去为一个人死。

于是，他们找到一处隐秘的所在：一块藏身于山泉之中的长满青苔的石，一棵傲然立于山巅的垂死的树，一个幽邃的连熊也不曾来到过的洞窟，或是一抔无主的生满野草的坟……他们收紧了自己原本可以扩张到无垠的无形之身，像蝴蝶一样筑起茧来。可怜的魅，从此他们将不会再有自由，他们本是荒与墟的幼子，是荒神和墟神的至爱，是他们亲手所造，如今却要堕落为崑、为羽、为鲛、为蛮、为夸父、为河络。

从此之后，他们将不再有自己的语言，自己的风俗，自己的故乡，自己的神。他们只能隐身于别族之中，以别人的语言为自己的语言，以别人的风俗为自己的风俗，以别人的故乡为自己的故乡，以别人的神为自己的神。

他们甚至不敢承认自己是魅，因为别人会因此而歧视他们、鄙视他们、驱逐他们、杀害他们，因为他们太美、太神秘、太有魅力，他们本不属于这个世界，不应来到这个世界。他们的存在如镜子一般映出了这个世界的丑陋和险恶，每个人在他们面前都会自愧不如自惭形秽，每个人一看到他们，都会忍不住想要去残害他们虐杀他们，因为他们太美、太神秘、太有魅力、太柔弱。

从支离坞往北邙去，有四条道。

第一条是走海路：从支离坞出发，沿大麦河往西走，走到大麦河与菸河的交汇处，这里有一大城，名为菸河城，是菸河郡的郡治，在这里登上海船，顺流而下，往西进入涣海，然后转舵向南，依着唐郡的海岸线进入薄雾湾，穿过薄雾湾后，航船在青石郡的郡治青石城停泊。此时又分做两条道，一条道便在此上了岸，走陆路往东南方向，经宛中和衡玉两城，进入云中郡，然后往东渡过衡水，进入北邙；另一条道，是到了青石后，并不下船，从青石港出发，继续向南沿青石郡的海岸线航行，穿过破碎的博雅海，进入白云湾，在云中下船，然后从云中走陆路入北邙。这条道无论后来是从青石改走陆路，还是一直航行到云中再下船，都至少需要两个月的时间，才能看到北邙的莽莽群山。

第二条道全是陆路。从支离坞出发，穿过铭泺关进天启帝都，再从天启往南，在殇阳古关进入雷眼山脉，然后走丝虫古径翻山越岭，渡过雁返湖和鬼怒川，便可进入北邙山。这条道极是艰辛，如今已少有人行，但却是最快的一条道路，从支离坞到鬼怒川，顺利的话只需四十日。

第三条道，却不走天启，也不往南，而是先往北到八松城，然后往西进夜沼郡，在夜沼郡的郡治夜州港上船，然后沿澜州、越州海岸线，经夜沼、雷中、中白、雷泽四郡，进云中郡，再从云中城往北邙去。这条道旷日持久，非三个月不能抵达，而且航路复杂，风浪极大，自从帝国建立之后，便少有人行。

第四条道，也是陆路，却不是走殇阳古关，而是从天启往西南，从九原城翻过雷眼山脉进入越州，然后改道往东南方向，经雷中郡和中白郡进入北邙。这条道却比走殇阳古关的道路好走得多，但时间也很长，非两个月不能到。

帝国建立之前，群雄分治的时代，从晋北往云中去贸易，陆路多走第二条道，便是从殇阳古关入雷眼山脉，越雁返湖渡鬼怒川，海路则走第三条道，从夜州港上船，沿东陆的东岸，劈波斩浪，经三个月抵达。第二条道，是崑人和河络的道路，第三条道，则是羽人的道路。帝国建立之后，在菸河城上船，越涣海和薄雾湾到云中这第一条道，成了从宁、瀚、澜三州往宛州去的主干道，这条道路虽然多是海路，但涣海和薄雾湾常年风平浪静，又有鲛人军队保护航线，帝国建立之前横行于涣海和薄雾湾的海盗也已清剿无余，于是这条道便成了大多数人的选择。第四条道其实亦早已有人行走，这条道比第二条道要平敞得多，但也远得多，帝国建立前，这条道关卡林立，那些行商自然不愿意走，但帝国建立之后，关卡少了许多，于是商人们贪舒服，都改走这条道去了，而以前商队鱼贯而行的那条丝虫古径，则迅速冷清下来。

如今支离屠等人要走的，便是这第二条道。第一和第三条道，虽然舒服，但时间太长，而且道上人多眼杂，不好躲藏，第四条道自从帝国与宁州开战后，已经少有人行，这条道风浪太大而且时间更长，自然不能选，倒是第二条道，支离屠以前就走过好几次，而且人也少，时间又短，正好适合他们。

他们是九月四日从支离坞出发的，一路上靠着令良的易容术，顺利通过了关卡，并没有惹上麻烦，到九月二十四日的黄昏时分，他们远远便望见了殇阳古关那残破的墙头，颓然立在夕阳之中。

他们乔装成行商，带着五头骡子，骡子背上是从天启收买的绸料，准备拉到云中城去，换取河络的土产，支离屠和令良是商主，令无言则背上弓，挽一壶箭，算是个保镖。这条道虽然已经不是商人的首选，但确实仍有零星的崑人，为了节省时间和成本而辛苦走这条道去宛州，是以一路上并没有人怀疑他们的身份。

从天启出发，走了五日，才来到殇阳古关。这古关已在此巍然屹立了数千年，经历了巢母之变，经历了星降之劫，依然屹立于此，如今虽然早已成了废墟，荒草迷离，狐穴鼠窟，但仍偶尔会有游客来此凭吊，看那墙上的箭痕和炮坑，捡拾锈蚀的箭头，挖取残刀断剑，抚今追昔，不胜唏嘘。

三人进了古关，挑一处避风的地方，燃起篝火，令无言把道上猎到的野兔剥了皮，洗去血污，令良用一根削尖的木棍把野兔串起，架在篝火上烤起来。令良当了二十多年客栈老板，厨艺也顺带练出来了，没烤多久，香味四溢，油滴在篝火上"滋滋"直响，弄得支离屠直吞口水。

这是年轻的令无言第一次出远门,他对什么都好奇,都感兴趣,一路问个不停,而支离屠又见识广博,再加上跟着朱悲,也读了不少书,历史风物,熟稔于胸,跟令无言说得不亦乐乎,如今来到殇阳古关,令无言更是问得喋喋不休。支离屠把古关数千年历史简单说了一遍,又挑了几次大战,数个英雄,细细说给令无言听,令良虽然大略知道这古关的历史,但详细的情形,他也并不清楚,是以也听得津津有味。三人一边吃兔肉——令无言为了方便,也渐渐能吃一点肉——一边讲古,直聊到半夜,才倒身睡下。

清晨,支离屠醒来,篝火只余残灰,东方的天空已经变白,但大地仍笼罩在黑暗之中,地平线上,雷眼山脉的阴影如犬牙一般交错起伏。

南边旷野上,一棵仍隐身于黑暗中的不知名的树上,传来黄莺婉转的啼鸣,一声接着一声,仿佛在催促旅人快快醒来。微带凉意的、初秋的晨风,裹着露水的甜、草的苦香和泥土的味道,拂过支离屠的脸。秋日清晨一定是殇阳古关最美妙的时光吧,黑暗把猩红的大地掩盖,启明星升起又消逝,渐渐亮起来的天空显出鱼肚一样的白和浅海般的淡蓝,淡青色的岁正在地平线上悬浮,火红的裂章和银光闪闪的亘白在天空的两端高悬。支离屠为这壮伟而又美丽的世界而战栗,在这一瞬间,他忘却了一切烦忧,也忘却了自己的存在,仿佛整个人都融入了旷野之中。

直到第一缕阳光把他召唤回来,金色的阳光,从雷眼山脉的阴影后直射过来,打在殇阳古关残破的墙上,打在支离屠渐渐苍老衰败下去的脸上,也照亮了沉睡中的令无言的面孔——一个年轻的魅的面孔,还有什么比这更美妙,一张如同玉石雕琢而成的完美无瑕的脸,每个看到这张完美无瑕的面孔的人,都会相信,这张面孔的拥有者必定是一个神明。

令良也醒了，站在骡子旁，正给它们喂食草料——魅不仅对人有天生的魅力，便是对畜牲也自带天然的魅惑力。那五头骡子，明显就更听令良和令无言的话，也更愿意跟他们两人亲近，而一旦支离屠靠近它们，它们就要警觉地支棱起耳朵，瞪着支离屠，不停地甩着头。

太阳完全升起时，令无言也醒了，他醒来的那一刻，似乎阳光都流泻到了他的身上——他被一团金光裹住了，支离屠不得不把目光转到另一边，因为那团金光实在太刺目，然而只是一瞬间，光就消散了，令无言仍然还是令无言，一个年轻而好奇的魅，一个俊美的羽人。

他们上路，越过殇阳古关南边的、湖泊密布的荆楚原后，就是雷眼山脉。

两天之后，他们在一个小湖边宿营。明天一早就要攀登火云岭，这是雷眼山脉在荆楚原这一边的第一座山峰。

翻越雷眼山脉的丝虫古径，是于两百多年前由河络修造而成，那时几乎整个雷眼山脉都由一个名为雷眼联邦的河络邦国统治，这个邦国主要由雷眼山脉内的各个河络部族组成，为了打通从中州到宛州的商道，这个邦国集全国之力，用二十年时间建成了这条长达数百里的丝虫古径，并靠着这条古径上收来的商税，兴旺了一百余年，才最终分崩离析。如今这个河络邦国早已不存在了，但丝虫古径却留存下来，直到现在仍有商人在行走。

四百余里丝虫古径，要翻越十余座山峰，火云岭是从中州往宛州方向去的第一座山峰，这座山峰并不算高，但却因其奇景而蜚声九州：火红的云彩常年缭绕于火云岭的山顶上。这些云彩是被火云岭上的火山岩映红的,而火云岭上的火山岩,又是来自火云岭后的另一座更高的山峰——太阳峰,太阳峰是星降之后形成的一座活火山,数百年来爆发了至少有三次,每次爆发都喷出大量岩浆,这些岩浆从太阳峰的火山口流淌下来,慢慢冷却,就变成了火红的火山岩。

还在火云岭的山脚下,支离屠就感觉到异常的凉意,本是初秋时节,但火云岭的树木却像是早已入了冬一般,竟纷纷凋零了。丝虫古径已少有人行,铺设在古径上的石板多有损坏和缺失,青苔和灌木慢慢侵入古径,两侧的古老翠柏也把枝条垂伸下来,压在行人的头顶上。愈往山上走,凉意愈甚。支离屠决定停下来——丝虫古径他走过好几次,决无刚入秋就如此凉爽的道理,而且从山下往上望,山上似乎竟有积雪。

"不太对头。"支离屠说。

令良和令无言并没有走过丝虫古径,还以为火云岭本就如此凉爽,令无言还颇为兴奋,但那五头骡子似乎已经嗅到了危险的气息,不太愿意往岭上走,在令无言安抚催促之后,才勉强向上缓行。

"你们留在此处,不可乱动,我先上去查探情况。"支离屠不待令良和令无言答应,就大步向上走去。

果然,越往上走就越寒冷,上了半山之后,已经见到小块积雪,再走上去一里路,竟然完全是一派冬日景象。厚厚的积雪铺满山间,草木都凋零了,只有古柏还保持青翠,已经换了毛的鹿在林间瑟缩着挖取积雪下的草啃食,那些草却都是青翠的,可见夏天是曾经来过火云岭的。

继续往上走,寒意愈甚,完全是隆冬景象,其实便是真正的火云岭的隆冬,也没有如此冷过。半山腰上,原本应该是火红的云彩,此时却变成了刺目的雪白,往上望去,在火云岭的后面,高大的太阳峰矗立着，山上的积雪被阳光映照，幻出七彩，峰顶上冒出白烟，直直升上九霄，没有一丝的动摇。

这景象真如同梦境一般奇诡。支离屠正犹豫要不要再往上走，忽然听到一阵鼓翼声，原来是令无言飞了上来。

"宗主，宗主！"令无言的神色颇有些慌张，看到支离屠无恙，才轻松下来。"父亲说不可再往上走，太阳峰上或许藏着一个怪兽！"

令无言急急落下来，向前冲出了几步，他的羽翼在阳光中消散，如同幻影。

支离屠和令无言一起回去，令良因为担心，已经往上走出好远，骡子被他留在了山下，只把干粮和水背了上来。

看到支离屠和令无言一起回来了，令良的神色才轻松了一些。

原来支离屠离开之后不久，令良回想起来，未无鬼既然能召唤出玄鹰，那么说不定，也还能召唤出更神异的怪兽，这其中有一种唤作"桃炎"的，能吞食光明和热，造成周围的一切被冰冻，若是在一个地方呆久了，甚至能改变气候，使炎夏变为寒冬，而火云岭此时的情形，很有可能就是桃炎造成的。

令良解释道："未无鬼在朱颜海受伤后，失去了我们的踪迹，依常理推测，我们应该不会再往北走回澜州去，更有可能的是往南走，进入宛州或越州，因此从中州往宛州和越州的道路，他必定都派人或兽守住了，一旦有发现，他就会赶来。"

令无言问道："父亲，那怪兽叫什么名字？"

"'桃炎'，'桃花'的'桃'，'炎火'的'炎'，之所以这么叫，是因为这怪兽多是桃花盛开时出现，它一出现，轻则春寒料峭，重则由春返冬，至于为什么有个'炎'字，是因为见过它的人都说，它的形状，如同火焰，但也只是传说，只因见过它的人，大多都死去了，却不是被烧死的，而是被冻死的。"

支离屠沉吟道："此时已是九月，桃花早就谢了，况且以前从未听说火云岭有桃炎出现，这只桃炎，恐怕真是未无鬼召唤出来的。如今别无他法，只能闯过去了，退回去走别的道路，花时间太多，而且别的道路只怕也有未无鬼的人在盯守。就是不知道有没有什么办法能悄悄地过去不？若是能悄没声息地过了太阳峰，不让桃炎发现，那是最好。"

令良沉吟良久，摇头道："悄悄过去怕是做不到，桃炎对热和光都很敏感，稍有变动，就会察觉，若是被它察觉了再想办法就迟了。我倒有一个办法，能把桃炎杀死，却要无言冒点险……"

令无言一听，欢喜雀跃："我最喜欢冒险！"

令良摇头叹气，道："这桃炎能吞食光明和热量，我的裂章之术和无言的太阳之术，对它都无效，但桃炎再能吞食热和光，终究还是有个尽头，巧而又巧的是，此处不有一个活火山吗？若是能把它引入火山口中，让它落入火山岩浆里……"

令无言拍手道："我知道了，我是羽人，能够飞翔，这件事非我去办不可！"

他一说完，就要鼓翼飞起，去引那桃炎入火山口，令良急忙拉住他，道："千万小心，不得离桃炎太近，它一落入火山口中，你立即便要飞起，飞得越远越好，决不可在近处逗留！"

令无言答应一声，他话音没落，身子已腾空而起，轻巧地盘旋一圈，便向太阳峰飞去。令良满脸的担心，喊道："不可着急，等我呼唤再动手！"

支离屠道："你莫担心，他虽然有点莽撞，但身手敏捷，心思细密，不会有大事的，就算杀不了桃炎，也能安然无恙回来。"

令良点点头，道："我们且向前走，在太阳峰下等待，桃炎一死，我们就翻过太阳峰去。"

两人急急往前走，没有半个时辰，已经翻过了火云岭，太阳峰就在眼前。此时已是正午，日头悬在头顶上，但却依旧寒冷，寒风中隐隐带着硫黄气息。

令无言早已飞到了太阳峰的半山腰上，远远看到令良和支离屠都到了，便招手示意，令良也向他招手。令无言得到命令，立即便飞了起来，他想必早已探清桃炎的洞窟所在，毫不犹豫地往山上飞去，落在雪坡下一道悬崖边上，散去双翼，往洞窟里走去。

支离屠和令良都仰头而望，紧攥着拳，支离屠虽然安慰令良不必担心，但其实他自己也颇为紧张，毕竟这是令无言第一次离开他们，独自冒险。

不一会儿，只见到令无言如箭一般从洞窟里飞了出来，他的后面，紧跟着一道黑影，那黑影似乎无形无质，不断地变换形状，如同一团黑色火焰一般。令无言有意不飞得太快，不断逗引黑影向着太阳峰的顶上奔去。黑影在雪地上滑行，迅捷无伦，所经之处，却没有留下任何的痕迹，似乎它本身是一点重量也没有的。

渐渐地，令无言和黑影都进入到云雾里去了。令良道："我们且赶紧翻过太阳峰去。"

两人大步往前走，一边走一边不时抬头遥望峰顶的情况，看令无言出来了没有。

丝虫古径沿着太阳峰的山脊向上走，直升到太阳峰的半山腰上，才转道向下。支离屠和令良爬了小半个时辰，终于看到令无言从云雾里冲了出来，雪白羽翼在太阳下闪着银光，却如同被点燃了一般，桃炎依旧紧紧跟着他。一人一怪之间，相距极近，从山底下望上去，仿佛是紧紧贴住了一般。

两个人不由得停下了脚步，远远望着令无言渐渐把桃炎带到火山口边，一眨眼间，一人一怪都不见了，自然是都进了火山口中，唯有那白色中略带着黄色的烟柱，仍在腾腾地向蓝天升去。

其实并没有等待多久，但在支离屠和令良的心中，却觉得这等待的时间无限漫长，风停息了，光也止息了，古树如同剪纸，呼吸被拉长，每一下心跳都漫长到仿佛没有下一次。

猛然间，令无言从火山口中冲了出来，他直直地向天上飞去，沿着那烟柱，而粗大无朋的烟柱仿佛被令无言的飞翔搅乱了，先是左右地摇晃，然后又散乱开来。正惊讶间，一团火光从烟柱里爆开，火红岩浆随之喷涌而出，直往天上喷去，又落在火山口边，向山下涌动。

山顶上的冰雪一碰到岩浆就沸腾起来，冒出大量的蒸汽，与火山口喷出的浓烟混在一起，这些云雾很快就把太阳峰顶遮住了，只有岩浆的火红能从这云雾里透出来。那火红带着暗色，翻腾着，冒着巨大的气泡，真如地狱一般恐怖。

支离屠和令良沿着丝虫古径向上跑，找到一块平敞没有古柏遮挡的巨石，两人跳到巨石上，仰面向天上望去，终于看到令无言的身影飞出了山顶的云雾。令无言也看到了他们两个，盘旋两圈之后，缓缓向他们飞过来。

落在巨石上后，令无言仍兴奋得满脸通红，他一边喘气，一边指手画脚急急地说道："那桃炎一落入火山口中，竟连火山也变得黑暗了，像入了夜一般，但只是一瞬间，就爆开来，必是桃炎一下吸入那么多光和热，承受不住。火山内被照得金光一片，我原本还想再看看，就见到岩浆直往上喷，吓得我赶紧逃命。"

山顶上的岩浆终于渐渐止息，最远的大约流淌出了有几箭之远。

三个人一边向山下走，一边说着桃炎的事。令无言极是得意，令良却不断摇头，庆幸令无言没有受伤，更庆幸火山没有爆发，否则周围的动物和植物，都要经历一场浩劫。

寒意迅速消散，积雪在融化，仿佛能听到冰川在裂开，不断有小规模的雪崩，春天再一次降临了。

然而令良的庆幸却未免太早了些。

他们翻过了太阳峰，沿丝虫古径又走了半日，令无言猛然发起寒来，便是紧紧偎着火堆，仍然觉得寒冷。

原本三个人因为担心桃炎死后，未无鬼会赶过来，是想要连夜赶路，赶紧远离此地的，但此时却不得不停了下来。

"没有办法，"令良说，"等明天太阳升起吧，今晚先靠火堆熬过去，跟他说了不要靠桃炎太近，就是不当回事！"

令无言动了动嘴唇，想争辩几句，却发不出声来。他的脸煞白，原本鲜红湿润的嘴唇变成灰白。

支离屠点燃篝火，又敲打出一个简单的石锅，在里面熬兔肉，那肉汤正"嘟嘟"地在锅里翻滚，冒着腾腾白汽。

"肉汤好啦！"支离屠搓了搓手，取出一个木勺子，舀了一勺子汤，先吹了吹，再送到令无言嘴边。汤极鲜香，令无言慢慢咽下去，肚腹间升起了一丝暖意。

这一夜三人都没有睡，令无言是冷得睡不着，支离屠和令良则是担心他更兼要看护火堆，索性也没有睡。

太阳还没有升起，支离屠和令良已经把令无言搬到一块他们早已挑好的平坦巨石上，这块巨石向着正东方，又没有树木遮挡，只要太阳一出来，就立即会被阳光照到。

令无言病了一夜，已经开始说胡话了，说自己被火在烧，不觉得冷，反觉得热，要远离篝火。放到了巨石上之后，他倒是渐渐安静下来。

令良和支离屠默默守在他身边。

"老令,"支离屠忍不住还是问道,"太阳一出来,真的就好了吗?"

令良道:"宗主放心,别的人肯定顶不住了,无言的体质,却正好是能感应到太阳之力的,他能借阳光医治别人,也能医治自己。"

果然,当第一缕阳光照到巨石上,照到令无言的身上,奇妙的事情发生了,那丝丝缕缕的阳光仿佛被牵扯住了一般,再也不往旁的地方去,而是留在了令无言身上,缠绕着他,温暖着他。渐渐的,令无言的身子被无数缕金光缠裹住,巨石上只见到一个巨大的金灿灿的茧,这茧虽然是由阳光化成的,但却只是温热,并不烫人。

"等吧,"令良说,"会好的!"

两个人就默默地坐在巨石边上。早晨的阳光清亮如水,山风吹动满山松柏,鼓起阵阵松涛。两个人都各自沉入回忆之中,令良想起令无言凝聚时的日子,他每日守在旁边,真如同一个母亲在等待孩子出生。支离屠却想起自己初见到令良时他的样子,那时他也是年轻俊美有如神明,如今却胖得变了形——便是魅,也抵挡不住时间的摧折。

突然身后传来令无言清脆的笑声:"两个老头在想什么?"

支离屠和令良一起转回头来,巨石上依旧是一个欢乐而年轻的少年,仿佛什么也不曾发生过。

十日之后,他们终于走到了雁返湖边。

这十日来,一直都是没日没夜地赶路,生怕未无鬼会追上来,路上几乎没睡,饿了就边走边啃干粮,困了就就地打个盹。然而似乎未无鬼并不在意桃炎的死,又或许是未无鬼还不知道桃炎已经死了，又或者他离丝虫古径太远，一时间赶不过来，总之这十日来一直都平安无事，什么也没有发生。偶尔，他们还能遇上其他的商队，每次见到商队，令良都要唠唠嗑，探听探听消息，却也没有什么异常，只知道宁州的战争陷入胶着，帝国正在加紧征兵、征粮。

雁返湖，九州最古老、最壮美的湖泊，位于雷眼山脉的群山之巅。

星辰下降之后，东陆的许多著名湖泊，包括大雷泽、梦沼和夜沼，都被洪水吞没，最终成为了大海的一部分，唯有雁返湖，因为位于高山之巅而避过洪灾留存下来。星辰下降之后的几百年里，降雨量增加，雷眼山脉的冰川面积随之扩大，雁返湖的面积也因为融雪量的增加而扩张了许多，尤其是在春夏两季，浩浩汤汤，茫无涯涘，景象壮美无伦。

在雁返湖的西岸，自从丝虫古径开通以来，渐渐形成了一个商镇，名为和风。和风镇最繁华的时候，人口接近十万，然而随着丝虫古径的衰败冷落，和风镇也冷清下来，人们逐渐搬离这里，如今镇上仅余数千人。

进入和风镇之前，令良就为自己、支离屠和令无言易了容，三个人假称自己是遇到了劫匪的客商，骡马和绸料都被山匪抢走了，原本丝虫古径上就一直有小股山匪劫道，所以并没有人怀疑他们。

经过这一段时间的练习，令无言的易容术精进了许多，尤其神妙的是，他可以借助太阳秘术为自己易容，只要有阳光的辅助，他就可以在半个时辰之内改变自己的面容，而不需要借助其他的工具，可称神奇。

和风镇内一直有一个雷州五大自由城邦的秘密联络点，从外表看就是一个酒馆，名为"大鱼"，以美味的鲅鱼和香醇的桂花酒知名于丝虫古径。这些鲅鱼最早是海鱼，随着洪水涌入雷眼山中，又沿着鬼怒川上行，进入到雁返湖，洪水退去，这些鲅鱼就留在雁返湖中，几百年过去之后，竟形成了一个新的鱼种，最大的可长到二三十斤，因为生活于高山寒水中，肉质极细腻。

在大鱼酒馆里，支离屠收到了普罗米什的一封信，这封信是上一支自由城邦的商队经过这里时留下的。普罗米什得知支离屠被帝国通缉后，请求支离屠到奥诺利斯来避难，五大自由城邦可以为他提供保护。自从十年前普罗米什的父亲去世，普罗米什接任奥诺利斯城主之后，他就再也不能随着商队到处跑了，支离屠已有十余年没有见过他。支离屠在酒馆内留下一封回信，在信里他告诉普罗米什，自己在帝国还有事情没有了结，请他不必挂念。

在大鱼酒馆里歇了一晚之后，他们就离开了和风镇，沿着雁返湖的西岸向南行，前面就是鬼怒川，渡过鬼怒川，就是北邙。

第八章 启明星城

　　从雁返湖往北邙去的道路有两条，一条是水路，一条是陆路。水路是乘船沿攀天海逆流而上，直达北邙，这条道比较舒适，但因为是逆流而上，许多地方需要纤夫拉纤才能上行，因此花费巨大，而且用的时间也非常长，如今已几乎没有人走这条道，久远以前，也只有北邙的鲛人，才会沿着攀天海在雁返湖和北邙之间往返，鲛人能够在水中潜游，因此他们走这条道是十分迅捷的，但对于其他种族来说，就很不方便了。另一条道，是陆路，丝虫古径到达雁返湖后，折而往南，沿着鬼怒川下行，直达铁线渡，这条道虽然险峻，但相比于水路来说快多了。

　　在一册不知由何人所作的残简中，提到了鬼怒川的历史。

　　无数年前，河络与人族大战，河络战败，退回雷眼山中，但人族大军穷追不舍，最后，他们决定在雁返湖与追击他们的人族大军决一死战，但人族大军的人数比河络要多得多，虽然河络以一当十，却仍然不敌，眼看河络就要全军覆没的时候，真神盘瓠出现了，他用巨斧劈开山岭，雁返湖水倾泻而下，淹没了人族的大军，河络因此而得救。

如今这册残简还藏在青石奥罗的地穴中,这是他多年来收集到的残简之一,原本想等他年老了之后带回部族去,让他的族人们也了解这一段传说,但如今已没有这样的可能了。

此刻,支离屠、令良和令无言立在鬼怒川河口,看着鬼怒川两岸那如同被巨斧劈出来的悬崖——笔直、光滑的暗红色岩石,如布匹般垂下,连岩羊也爬不上去,除了真神盘瓠,谁还能有这样的伟力?冰蓝的雁返湖水从这狭窄的河口汹涌而下,发出雷鸣一般的巨响,激起雪白浪花,直向着雷眼山脉下的宛中平原奔流而去,一泻千里,成为九州大地上落差最大、流速最急、瀑布最多的河流。

"宗主相信有真神存在吗?"令无言问支离屠。

支离屠沉思良久:"不知道,以前我们也不相信龙会存在。"

令良道:"有没有可能,所谓真神,其实也是一种魅,一种虚魅?他们虽然不凝聚,但却拥有强大的力量,并且还能与他们的信仰者交流?"

"有这样的魅吗?"令无言激动地反驳,"我还隐约记得一些以前的情形,虽然已经非常非常模糊了——未曾凝聚的魅,是没有什么力量的,他们要想跟人说话,也只能通过梦境。"

支离屠突然插嘴道:"你们,魅,曾经拥有强大的力量,我知道!"

令良和令无言都转头看着他,等他说下去。

"你们见过启明星吗?"

令无言茫然地摇了摇头。

令良自然是见过的:"就是那颗小星星?太阳升起时才短暂地出现在东边地平线上。"

"就是它!"支离屠说,"我们先赶路吧,等明天清晨,启明星出来的时候，我再说这件事。"

令无言不高兴了，但他历来是听支离屠的话的，于是三个人排成小队，沿着鬼怒川西岸的小径向南走去。

山谷高峻深狭，河川湍急浪多，在河水的砰訇巨响声里，不时拔起几声凄清哀婉的猿啸。三个人默不做声地赶路，日头过顶时歇息了一会，吃了点干粮喝了点水，又继续往前走。

鬼怒川四百里，这一段最为险峻，从雁返湖到铁线渡，一百五十里江水，全都在高山深谷之间奔流，落差达到五千余尺，平均一里江水就要落下三十余尺，大大小小的瀑布随处可见，有些地方，江面在山崖上铺开达数百尺，江水磅礴而下，直落百余尺，真要让人疑心这水是从天上来的；在另一些地方，冰蓝的鬼怒川似乎是平静的，其实那只是表象，川水为两壁的岩石所激，回旋环复，使表面一层川水流速变缓，然而在这浅浅一层静水之下，却是又深又急的暗流，这样的暗流便是羽毛也浮不起，一落入水中就要被卷进数十尺深的江底，再也浮不上来。

丝虫古径沿着鬼怒川的西岸修建。雁返湖之前的那段丝虫古径，已极崎岖难行，而鬼怒川的这一段，更是险极，许多地方不得不修造栈道才能通过，这些栈道修建在绝壁之上，往上望，是高高的青天，往下望，是深深的峡谷，一线冰蓝江水在峡谷间流过。有些地方，丝虫古径紧贴着江水前行，一边是绝壁，一边是流速极快的鬼怒川水，栈道被夹在绝壁与川水之间，栈道之下，川水几乎是无声地往前奔流，河道异常平滑，以至于江水流过却了无声息。有时，在瀑布落下的地方，鬼怒川冲出了深达数百尺的河道，成为一片乌蓝色的瀑布潭，潭水回旋激荡，形成或明或暗的漩涡，有些漩涡可以深达数十尺，从栈道上望下去，如同一个乌黑吓人的鬼眼。

薄暮时分，三人终于停了下来。此时他们身处高崖之上，极目远眺，橙黄落日正缓缓沉入地平线之下，西边的天空为云彩所覆，那些云彩被落日残晖映得姹紫嫣红，如同浓春时节的花园，而东方的天空已经暗下去了。

低头，已看不到河流，川水在山岩上激荡的巨响，传入他们耳中也变成了汩汩的微声，盘旋飞舞的山风把丝丝水气带入他们鼻中。

三个人没有生火，只是把干粮吃了一些，再喝些山泉，并排躺倒在山径边，不一会儿就都睡着了。支离屠和令良打着呼噜，支离屠的呼噜声长而低，令良的呼噜声短而高。令无言不打呼噜，年轻人是不打呼噜的，他们只会说梦话，在梦里，令无言仿佛见到了启明星。

这一夜安然地过去了。

黎明时分，和往日里不一样，第一个醒来的不是支离屠，而是令无言，他一醒来就望向东边的天空，那片天空仍沉睡在黑暗里，大部分星辰都落下去了，唯有三角形的密罗还在燃放着淡绿色的光芒。

令无言陷入了沉思中。在他仅余的、同时又已变得越来越模糊的凝聚前的记忆里，"启明星"这个词，似乎有着非同一般的意义。然而他不知道自己为什么会有这种感觉。他喜欢这个词，喜欢到仿佛这个词是他的母亲，仿佛这个词是他的家园和祖国，然而他又确实地知道，直到昨天，他才第一次听说这个词。此前，他不知道这个世界上还有启明星，从未听过，也从未见过。

他再次抬头，望向东边的天空，黑沉沉的天空似乎有了些变化，像一潭墨里掺入了一杯淡淡的牛乳，山的阴影也若有若无地显现出来。突然，一颗微小的星出现在山巅上，仔细看，它是接近于椭圆形的，它的光是银白色的，随着时间的推移，这光渐渐变得明亮。

支离屠和令良也醒了,两人坐在令无言身边,令良说:"这就是启明星呀,只在太阳出来前的短短的一刻里,出现在正东方的天空上,太阳一出来,就看不见它啦!"

"宗主,"令无言说,"请说出它的故事吧!"

支离屠盘腿坐在地上,点起一管旱菸,深深吸了一口,两眼望着启明星,缓缓道:"在很久很久以前,久到连支离坞都还不存在,久到洪水才刚退去不久,那时九州大地上有二十二个国家和一座城,那座城,就是启明星城。她的位置,是在澜州海岸以东数百里,就是如今的夜沼海上。据说,夜沼海那一带,在极久远以前,本不是海洋,而是一个巨大的湖泊,洪水侵入之后,才成为了海洋的一部分,但仍留下了大量的岛屿,启明星城,就建在其中一个岛屿上。其实那时她并不叫启明星城,这是后来的人对她的称呼,当时的人,称她为巢阁城,只因那城里的人,都信奉巢母。"

听到"巢母"这个词,令无言的身体不由自主地抖了一下,仿佛这个词是一个重锤,重重地捶打在他的心口上,但他没有出声,仍继续听支离屠说下去。

支离屠说到"巢母"这个词时,稍稍停了一下,抬头看了眼正在迅速变得明亮起来的启明星,此刻是它最美的时候,美得仿佛一颗钻石,幻出了璀璨的光彩。终于,他继续道:"巢母的信徒,几乎都是魅,自然的,巢阁城里的人,也几乎都是魅,只因巢母自己,其实也是魅,按你们的话说,是一个虚魅。这情形,倒果真和河络信奉真神差不多,据说河络的孩子成年时,也要依真神的吩咐来决定自己的职业,巢阁城里的魅们,每当遇到大事,也要询问巢母,让巢母来决定,巢母有时会给他们肯定的答案,他们就去做,有时会给他们否定的答案,他们就不做,有时,巢母并不回答,他们便依着自己的心去决定做还是不做。他们依照巢母的回答去做的事,从来没有做错的时候。这样，巢阁城就成了当时九州上最伟大的城，这城里的每一个人都是平等的，这城里的每一个人都是富足的，这城里的每一个人都是自由的……"

令良嘟囔道："我不相信有这样的城！"

令无言却道："我信！"

支离屠道："不管你们信不信，书里就是这样说的。不仅如此，巢阁城还是军力最强大的城市，他们发明了很多战争机械，其中也有机甲，更可怕的是，巢阁城里的魅还通晓各种各样的秘术，他们的秘术强大到可以召唤海啸，引起地震……幸好，巢母反对战争，喜欢和平。每当二十二国之间发生战争的时候，巢母就会命令巢阁城里的魅去平息战争，主持公道，正是因为有巢阁城的存在，九州虽然分为二十二个国家，但却在大部分时间都保持着和平，直到龙出现。"

"龙？那应该也不是很久远的事呀，那时支离坞应该已经建立起来了吧？"令良问道。

支离屠道："还要更早，至少还要比支离坞的建立再早上一百年，因为龙将生而未生时，巢阁城里的魅就知道啦！关于龙的出生，原本有许多传说，但都失传了，如今我们只知道他出生在涣海的一座活火山里，但也有可能不准确，他也有可能出生得更早，或出生在更偏远的地方。龙的诞生，是一件极其让人震惊的事。千万年来，关于龙族有各种各样的传说和猜测，但却从未真正有龙出现在九州上，不要说活着的龙，便是死去的龙，甚至是死去的龙留下的一点点骨头、鳞片，全都没有被发现过。如今，一条真正的龙，生出来了，虽然当时他还小，但谁也不知道他将来会如何。于是巢阁城的魅去拜见巢母，关于龙，他们向巢母提出了各种各样的问题，巢母都没有回答，直到有一天，他们问，魅是不是应该远离，把九州留给龙的时候,巢母回答说:'是!'这是第一次,巢阁城为应不应该听从巢母的话而起了争执,他们争论了很久,都没有达成协议。二十二国也为这件事起了纷争,有暗中欢迎巢阁城离开的,也有不希望他们离开的,最后,魅毕竟还是听从了巢母的话,他们决定离开九州——带着巢母和他们的家园!"

令无言低声道:"于是,巢阁城离开了大地,飞上了天空……"

"是!"支离屠道,"没有人知道他们是怎么做到的,整个岛屿,整座城市,腾空而起,向着东方飞去,飞到了极远极远的地方,远到便是羽人的海船,也航行不到那里。"

"于是巢阁城就成了启明星?"令良问道。

"对,"支离屠道,"直到如今,那巢阁城仍飘浮于东浩瀚洋之上,每当太阳升起时,炽烈的阳光照射在巢阁城的底部,她便向大地和海洋反射出耀目的光芒,这光芒是如此明亮,以至于远在万万里之外的我们,也能看到这座伟大而古老的浮城。"

令良悻悻地道:"那些魅活得倒是爽快,却把我们留给了龙去统治。"

支离屠道:"恐怕也未必,一些残简中提到,百余年前,启明星出现了异象,在半夜里就亮起来了,其光芒也与往常不同,呈火红色,如同启明星上燃起了大火一般。如果真是这样,那这大火一定燃烧了很久,因为即便在白日里,也可以清晰地看到这火红的启明星在亮着,足足亮了数月之久才缓缓熄灭。九州上的人为此而哭泣,觉得自己丧失了希望,许多人放弃了抵抗,龙军团势如破竹,在短短十几年时间里统一了东陆。"

伴着支离屠逐渐低落的话语声,启明星也渐渐消隐在越来越明亮的天空里。

令良喃喃道:"原来我们魅还有这么一段历史,我竟然毫不知情,真是白活这么多年了。"

支离屠道:"龙禁绝了一切与启明星和魅有关的历史,并将魅视为妖物残忍杀害,于是短短几十年间,这段历史就消泯殆尽了,如果不是我的老师朱悲,我也不会知道这么多。"

启明星刚刚消隐,仿佛只是喘口气的工夫,太阳就从群山那犬牙一般的阴影后喷薄而出,先是一点点朱红色,越来越多,越来越红,越来越亮,于是阳光就如怒潮一般,从东向西奔涌而来!

铁线渡不是一个渡口,而是一道铁索桥,丝虫古径的栈道到这里结束。

从铁线渡沿着鬼怒川的西岸再往前去,便是愈来愈陡峭的绝壁,直至数十里外才陡然下落,形成雷眼山脉在宛中平原的最后一道悬崖——赤瀑崖,站在崖顶上,向前望,极目是千里宛中平原的苍翠,左边,向下望,则是鬼怒川的一缕白线,蜿蜒伸入宛中平原的最深处,再往左,就是北邙莽莽苍苍的崇山峻岭,右边,则是莫合山淡蓝的山影。

在山谷最狭窄最高峻的地方,雷眼河络建造了这道铁索桥,丝虫古径从这里跨过鬼怒川。鬼怒川东岸的地势与西岸正相反——山岭逐渐变得平缓,直至悄无声息地融入宛中平原的怀抱之中。

黄昏,支离屠、令良和令无言在铁线渡前停了下来。在苍茫的暮色里,铁线渡的铁索向鬼怒川的对岸滑落,垂吊的铁索如夸父的长辫一般,延伸入越来越迷蒙的暮霭中,无法看到对岸的情形。

风在铁索之下盘旋,发出悲凉的呼啸,鬼怒川的涛声隐隐传来,如同虚魅的哀吟。

三人决定在破败的桥堡里睡一夜,明天一早再走。他们的心情都很轻松，毕竟，再往前去，就进入北邙的地界了，虽然从地图上看，到青水湖还有好几天的行程，但道路比丝虫古径要好走得多。

一只雉鸡飞过他们的头顶，被令无言抓了下来，正好成了他们的晚餐。支离屠把雉鸡拔毛洗净，把半熟的野果塞进雉鸡肚子里，再用香草的根茎把雉鸡肚子缝起，就在火上烤起来。令无言不喜吃肉，坐在火堆边吃支离屠找来的野果子充饥。

桥堡虽然已经坍塌了一半，但仍可看出它原本极为高大，十根粗大铁索被埋入桥堡下的石台中，这十根铁索是铁线渡的底索，另有两根栏索，位置比底索稍高，也同样被埋入石台中。

铁线渡，已有几百年的历史，年岁与丝虫古径一样古老，但如今这些铁索已非河络最早修建它时的那些铁索。百余年前，这些铁索曾经被砍断过。

一边吃着香喷喷的雉鸡肉，支离屠一边说起当年的故事。

一百多年前，龙已经统一了五海，涣海、潍海、滁潦海、天拓海和博雅海的鲛人，全都臣服于他，北邙的河络也大都归顺。这些河络为鲛人制造了陆行机甲，使他们得以登陆作战，更重要的是，北邙河络历经数百年开掘出来的、贯通了北邙地底并直达海洋的地下水道，也交给鲛人去利用，鲛人从地下水道进入攀天海，再沿攀天海进入雁返湖，袭击并攻取了和风镇。

和风镇失守后，丝虫古径被一截为二，原本据守在铁线渡的三百雷眼河络战士失去了退路和后援。他们是雷眼河络联盟最勇武最强壮的三百名武士，装备了重甲、弩箭和利斧，每个人都能以一当百。三百武士的首领巨斧多则得知和风镇失守后，决定斩断铁线渡，然后带着三百武士回身去攻打和风镇。在对岸与三百武士对峙的龙军团士兵看到他们准备斩断铁索，立即发起了强攻。凭借着劲弩、重甲和利斧，三百武士守住了铁线渡，至少有近千名龙军团士兵死在了铁线渡的铁索上，他们大多也是河络——北邙的河络，他们连尸体都没有留下，全都落入了铁线渡下的鬼怒川中。十根底索和两根栏索全被砍断，十二根铁索接二连三地向鬼怒川落下去，十二条黑色长鞭，十二条黑色巨蛇，在深谷间呼啸而落，那情形如同噩梦一般可怖。许多北邙河络武士还在铁索桥上向着对岸攀爬，铁索一落下去，他们也纷纷往下掉，没吭一声就消失在鬼怒川的迷雾中，人命真如蝼蚁一般轻贱呀！

巨斧多则命令所有人脱下重甲，只带劲弩和利斧，沿丝虫古径往和风镇轻装急行，留下在对岸无可奈何地望着他们的数千龙军团士兵。攻占和风镇的鲛人士兵同样也是三百人，他们每人都装备了陆行机甲，率队的千夫长名叫青蟾灭明，他带着两百名士兵赶往太阳峰方向，在那里，距和风镇大约三十里处，有一道关隘，名叫虫眼关，守在那里就足以挡住雷眼河络的反扑，余下一百名鲛人士兵，其中五十名留守和风镇，余下五十名则去突袭铁线渡。青蟾灭明完全没有想到，巨斧多则竟会主动放弃铁线渡，率所有武士来攻打和风镇。那五十名鲛人士兵在暗夜里与巨斧多则的三百河络武士相遇，脱去重甲的河络武士十分敏捷，而鲛人士兵则为陆行机甲所累，他们拥挤在狭窄的栈道上，既无法前进，也无法退后——当前面的鲛人士兵已经接二连三地死在河络的利斧之下时，后面的鲛人士兵还在沿着栈道往前推挤。河络们轻捷地在陆行机甲上蹦跳，瞅准了陆行机甲的透明面罩下斧，面罩被砍坏之后，水从面罩中倾泻而下，鲛人士兵惊慌失措，有许多士兵慌乱地挣脱机甲，跃入鬼怒川中。然而这些士兵也没能逃脱性命，鬼怒川的湍流把他们卷入深深的河底，又翻卷上河面，他们如同洪流中的蝼蚁一般被水流带走，一路冲撞着两岸的礁岩，当他们被下游的龙军团士兵捞上来时，已经被撞成了一个个血糊糊的肉团。

清晨，巨斧多则来到了和风镇外，而留守的鲛人士兵大多还在雁返湖里沉睡，几个在陆行机甲中警戒的鲛人士兵被杀死。巨斧多则勒令一个被俘的鲛人士兵吹响螺号，呼唤沉睡中的鲛人从雁返湖下浮起，然而迎接这些鲛人的却是雨点般的弩箭。就这样，又有五十名鲛人士兵死去，一夜之间，巨斧多则就夺回了和风镇，而且未损失一兵一卒。

青蟾灭明带着鲛人士兵突袭了虫眼关，那里只有不到一百名河络武士，这些河络武士完全没有料到和风镇会失守，鲛人竟能越过铁线渡突袭虫眼关，因此大多在睡梦中就被杀死。青蟾灭明占领虫眼关后，把所有守关的武器都搬到另一边，让它们对着太阳峰方向的丝虫古径，在青蟾灭明料想中，雷眼河络将从这个方向强攻虫眼关，而龙军团则会在三四天之内，越过铁线渡来到他的身后。

同样的偷袭再次发生，只不过这一次偷袭者变成了雷眼河络，而被偷袭者则成了鲛人。身着陆行机甲的鲛人过于庞大，而虫眼关是为河络武士修建的，二百名鲛人机甲武士挤在狭小的虫眼关里，几乎无法动弹，即便巨斧多则没有偷袭他们，仅靠青蟾灭明这二百名鲛人，恐怕也很难守住无水而又狭小的虫眼关。就这样，凭着巨斧多则率领的三百名河络武士，丝虫古径在一夜之间又被夺了回来。

雷眼河络在攀天海河口立起铁栅，彻底封住了鲛人偷袭的路线，而铁线渡的铁索也一直垂落在鬼怒川上，没有再重新连上。

靠着巨斧多则的机智和勇武，雷眼河络联盟在龙军团的虎视之下继续存在了十年，直到龙焰降临。

故事说完，雉鸡肉也吃完了，篝火边的三人一时间沉默下来，不约而同的，都在向往巨斧多则的风姿。

明月悄然升起，悬在山谷之上，鬼怒川的迷雾在月光下显得益发凄清哀冷——千百年来，这迷雾究竟埋葬过多少生灵？

令无言清啸一声，跃起在残破的桥堡之上，四下一望，便纵身跃入山谷中。他背上的雪白羽翼轻盈张开，滑翔于迷雾之上，又俯冲入迷雾中，紧贴着鬼怒川的水面飞行，忽然又挺身鼓翼，直向月亮飞去。他越飞越高，鬼怒川被甩在了脚下，铁线渡也被甩在了脚下，低头看，苍茫月色里，鬼怒川水如灰银一般流淌，群山莽莽，唯见一星篝火，在铁线渡的西边孤独地摇曳。

第九章 青水湖

越过铁线渡后,他们离开了丝虫古径,转向东北方行去。

天气越来越热。宛州本就是东陆最热的一个州,虽已入秋,仍热得要让人喘不上气来。山路两边都是常绿的阔叶乔木,树冠巨大,上面挂满了各种各样的果实,猕猴在树上跳跃,还有彩羽的鹦鹉成群地在树木间飞过,如同彩色的云朵。

青水湖并非一个湖泊,而是一个位于北邙深处的盆地。据说久远以前,这里是曾经有过一个咸水湖的,这个咸水湖是洪水降临时海水涌入内陆所形成,洪水退去后,咸水湖与外海失去了联系,只能依靠北邙主峰无诺峰上的冰川融水和宛州的丰沛降水补充水分。青水湖中生活着一个鲛人部族,这个部族随着洪水迁徙到北邙山中,看中了青水湖的美丽和丰饶,留了下来,然而洪水退去之后,他们失去了外出的通道,而青水湖的水位又在逐年下降,水中的盐分也在逐年减少,越来越不适合他们生存,他们急着要找到一条回归到大海去的水道。

青水湖下,本有一个河络的地下城。洪水汹涌而来,淹没了地下城，并使地下城成为青水湖的一部分，而原本生活在地下城中的河络部族，在洪水来临时几乎全被淹死，只有很少的几百个河络，因为在地面上狩猎、采集、种植、观星而幸存，他们在青水湖边建起了一个村落，后来的史书将这个村落称为青水村，而这支残存下来的河络，也被称为青水河络。

青水湖中的鲛人与青水河络从对抗到合作，历经百年，其间发生了无数可歌可泣的故事，最终，青水河络决定帮助鲛人打通水道，排干青水湖，让鲛人回到大海，而青水河络自己也可以回到地下城去生活。

花费了十年，工程才完工，鲛人与河络一起欢宴，并发誓将结成永远的盟友，然后鲛人就欢天喜地地离开了，不过，仍然有一些鲛人留下来与青水河络生活在一起，青水河络部族也成为有史以来第一个由鲛人和河络共同组成的崭新部族。

后来，当海里的鲛人沿着星降之后新生的水系向宛州深处挺进的时候，青水部族成为北邙山各个河络部族与鲛人沟通的媒介——青水部族里的每个河络都会鲛语，每个鲛人都会河络语，他们在一起生活了将近百年，形成了独特的河络鲛人文化，而且也正是他们最先发明出了可以进入水中的河络惜风和可以搭载鲛人上岸的陆行机甲。

然而，当龙军团彻底控制了北邙，并开始在宛州大规模传播潮神教时，青水河络却选择了坚持他们的真神信仰，坚持他们已经坚持了数百年的河络文化和习俗。他们依旧能打造魂印武器，依旧能制造惜风，依旧生活在地下城中，当北邙山和雷眼山的所有河络都放弃了真神信仰，臣服于龙的伟力时，唯有他们仍然听命于自己的阿络卡和夫环。

不仅仅是帝国的官僚体制无法进入地下城，帝国的教育和贡举体制也无法进入地下城，最后，帝国的国教——潮神教，更无法进入地下城。很多人把青水河络的地下城当成了一个坞堡，一个位于南方的"支离坞"，甚至，在某些方面，他们比支离坞更像支离坞。

然而他们的人口仍在逐年减少。帝国建立之初，他们的人口——包括河络和鲛人——有接近一万之多，在青石奥罗离开地下城外出浪游求学的时候，他们的人口已降至不足五千，主要原因在于，许多河络不再能接受地下城的生活，移居到地面上去了，还有许多河络则改信了潮神教，或索性参加科举考试当官去了，当然也有许多河络选择成为商人，无论如何，来自外部世界的诱惑太多太多。青石奥罗之所以离开，也是因为他在反思，青水河络是否仍要坚持真神信仰，是否仍要坚持生活在地底下，是否仍要坚守他们已坚守了五百年的传统？

然而还没等他得出结论，他就死在了海心城。

当青石奥罗在鹰潭生活和学习时，总是忍不住要向支离屠讲述自己的部族和自己的地下城，或许这样絮絮叨叨的讲述可以排解他的思乡之情，因此支离屠虽然没有到过青水湖，却已经对地下城十分了解，其实即便没有地图，支离屠也相信自己一定能够穿越北邙的莽莽丛林，找到青石奥罗的家乡。

然而，他们却在青水湖里迷路了。

虽然已经干涸了两百年，但这个盆地仍然十分潮湿闷热，遍布泥沼和水潭，到处都生长着蕨类植物和叶子巨大的草本植物，这些草本植物的花朵怪异而艳丽，而蕨类植物则把它们粗如儿臂的茎秆低垂向经年不见阳光的潭水。是啊，阳光是这里最奢侈的珍宝，在古木的遮蔽下，你可能走上一个时辰也见不到一丝阳光。闷热、潮湿,再加上绕着你嗡嗡作响的乌黑蚊群和偶尔从树上垂挂下来的巨蟒,以及在密林中隐身的金钱豹,足以让每个初次来到这里的人心醉神迷而又心惊胆战。

大约是因为树木生长太快,或许还有地形的变化,不仅青石奥罗之前对家乡的描述如今很多已经对不上了,即便是地图也无法帮助支离屠确定地下城的入口,他只能依照大概的方向来寻找地下城,原本可以作为标记的树木和山石全都不见了,在画着巨大古木和山石的地方,只有墨绿的深潭和葱茏的灌木。

三个人绝望地在森林内走着,地下城的入口明明近在咫尺,他们却无法找到。

突然令良停下了脚步,低头看向脚下,仿佛想要看穿地底。在前面开路的支离屠和走在令良身后的疲惫不堪的令无言也停了下来。

令良摇了摇头,道:"地底下好像有魅!"

"会不会是未无鬼?"支离屠问。

令无言反问道:"未无鬼怎么会到地底下去呢?难道他还比我们先找到青水部的地下城?他又怎么会知道我们要来这里?"

令良沉思着,道:"确实像是未无鬼,但又不像……不对,它消失了,可能只是我的错觉,也可能只是一个沉睡中的虚魅吧?"

"无论如何,还是先找到青水部……"支离屠还没有把话说完,令良就猛然抬起头来,望向前方。

而支离屠腰上的赤眉刀也在同一瞬间猛然一震。

在正前方,距离三人不到一箭之地,在一棵枯木之上,突然出现了一个黑衣人。

竟然真的是未无鬼,一个更为狰狞的未无鬼——他的脸上横过一道赤红刀疤,显然是支离屠在朱颜海时砍向他的那一刀留下的,这道赤红刀疤把未无鬼的鼻子和嘴都切成两半,皮肤翻卷开来,令人触目惊心!

他是怎么来到这里的?他又怎么会知道支离屠会来到这里?

但这些问题此刻都来不及回答了。

以未无鬼脚下那棵枯树为中心,死亡以极快的速度向四周蔓延,树叶凋零,花朵枯萎,虫蚁如雨点般落满地面,来不及逃走的兽类发出惊恐而无助的哀鸣……

"快跑!"令良高呼,"我挡住他!"

"不,"支离屠跨前一步,拔出赤眉,"我去杀了他!"

令良把支离屠往后推。"他在召唤桃炎,去,快去找到青水部……"

此时,那黑色的火已经在未无鬼的脚下燃起,黑色的冰冷的火,越来越大,然后未无鬼一挥手……

桃炎便离开了那棵枯树,向支离屠直冲过来。冬天降临。

九月的宛州竟于瞬间从火炉变成冰窟。

"走呀!"令良用力把支离屠往后一推,大喝一声冲上前去,"喳!"他怒吼道。

于是那枯死的灌木和青草,还有树的枝杈,全都变成钢铁的刀剑,如同复仇一般,指向桃炎身后的未无鬼,在三人之前竖起一道钢铁的墙。桃炎猛然撞在墙上,却并不后退,而是疯一样地反复撞着,铁墙在它的撞击下渐渐变白,变脆。

令良的脸已涨得通红。"走呀!"他喊。

然而支离屠并没有走,他跨前一步,守在令良跟前。

身后的令无言也没有走,他张开双翼,飞起在空中,向枯树上的未无鬼射出连珠七箭。

令良绝望地咆哮:"快走呀你们……快走呀!"

他已经支撑不住,铁墙在桃炎的冲击下摇摇欲倒,而未无鬼只是冷笑,那些刀剑伤不到他,令无言的箭矢也伤不到他,他自己就是死亡的化身,唯有他才能给别人带来死亡。

桃炎冲破了墙的阻碍,直向支离屠冲来。紧急之中,令无言双手幻出一团赤焰,抛向支离屠,把支离屠包裹其中。桃炎的身体穿过支离屠,赤焰的热抵御了桃炎的冰寒,支离屠虽然被冻伤,但并没有死,而支离屠身后的令良却连求救声都没来得及发出就被黑火吞没。令无言怒吼,疯一样地把箭接连向桃炎射去,然而那些箭还没有射中桃炎就已经变成了灰。

未无鬼飘了过来,幻境猛然吞没了支离屠:

青石奥罗,一个矮壮而温柔的河络,穿着打铁时穿的皮裙——皮裙上全是铁水烫出的烧痕。"屠哥儿,你来了!"他说。

支离屠愕然,转头四顾,竟然又回到了青石奥罗的地穴里。炉子里火光熊熊,光焰照亮了青石奥罗的脸,他穿着皮裙,手里拿着粗大的铁钳子。"把赤眉给我,我帮你打造至坚至柔的武器!"

青石奥罗向支离屠伸出手,要支离屠把赤眉刀交给他。

支离屠猛然醒悟过来。"不,你不是青石奥罗,你已经死了!"

于是火和光都消失,眼前依旧是刺骨的寒。未无鬼站在他的面前,令良消失了,令无言也消失了,桃炎不见了,明明只过了一小会儿,却又似乎已经过了极长久的时间。

未无鬼笑起来。"我的雕虫小技,总是无法骗过宗主!"

支离屠猛然跃起,却不是跃向未无鬼,而是跃入旁边的深潭——他记得令良说过:唯有水能隔绝未无鬼的精神力。

潭水已经冻成了冰,但幸好冰层并不厚,被支离屠的身体一撞便碎裂开来。冰层下面的水依旧温热,支离屠摆动双腿向下潜去,他不知道也不关心潭水之下会有什么,也不在乎潜下去之后又将在哪里浮起。

光线黯淡下去，没有听到头顶上水的声音，显然末无鬼并没有追下来，支离屠稍稍放了心，或许令良和令无言都死了吧，但如今还不是悲痛的时候，他强压下痛楚的感觉，把赤眉插回鞘中，继续向下潜去，直潜入无边的黑暗里，一丝光也看不到。

　　少年时与鲛人在大麦河中一起生活，练出了他极好的水性，在水里闭气半个时辰不成问题。他先是直向下潜，潜到底后贴着底向旁边平游，他相信这潭水不可能是无边无际的，总有希望能找到岸。然而出乎他的意料，潭水竟十分的广阔，显然这已经不是一个深潭，而是一个地下湖。他仰头向上望，只见到黑暗之上仿佛有一个星空，寥落的星光在黑而厚的天空上闪烁——然而怎么会是星空呢？那应该是盆地里的一个个深潭吧，全都与这地下湖连通在一起，它们的光透进这地下湖里，从湖底向上看，便如同是夜空和夜空里的星光。

　　支离屠脑袋里灵光一闪：这不就是青石奥罗口中的水库吗？原来青水河络把地面上的湖水排干后，又把留在地下城里的湖水拦起来，建成了一个地下水库，并利用这水库的水能挖掘矿藏。

　　明白了这是水库，支离屠心里便有了底。他继续向旁边游，终于发现湖底出现了斜度，于是沿着这斜坡向上游去，果然游到了湖岸。他爬上岸，大口地吸着地底下清冷潮湿的空气，仰躺在地上休息。

　　缺氧令他有些恍惚，茫然不知自己是如何来到这无边的黑暗中，然而总有一丝消除不去的痛楚萦绕在他的心里，终于他把一切都想起来了，令良和令无言都已经死了！悲痛压垮了他，但他并没有哭，只是变得冷漠，冷漠到仿佛连自己是否仍然活着也不再关心。

　　从遥远的地方，传来"噗"的一声微响，有什么东西掉进了水里。

未无鬼也跳下来了,他想。

于是勉力站起,在黑暗里转头四顾。奇怪呀,在乌黑无光的地底竟然有亮光,而且并不遥远,也不是在湖的那边,而是就在他的身后。他向那亮光走去。

这亮光不是火光,也不是灯光,呈淡青色,虽然不明亮,但却非常稳定,没有一丝的晃动。

走了几十步,他来到了那亮光跟前,是镶在地上的一块晶石,显然经过人工的打磨和安装,是专用于照明的。

他知道自己真的找到了青水部的地下城。

青石奥罗曾经向支离屠讲述过青水部地下城的历史:

星降之前,青水部就已经存在,当然那时她并不叫"青水部",而是被称为"铜山部",居住在这里的河络也被称为"铜山河络"。最初这里是一个巨大的铜铁矿,河络们一边挖掘矿石一边在矿山里建造地下城,到星降之前,这里的矿山已挖掘了长达百年,深入地下数千尺,居住在这里的河络也达到数万人。

铜山部的位置,位于北邙山脉靠宛州这侧的山麓,面向宛中平原。从博雅海吹来的湿润而温暖的海风滋润着这片山麓,使这里富饶、炎热而且潮湿,多年的地壳运动制造了大量的矿藏并把它们推送到接近地表的地方。铜山河络除了挖掘和冶炼矿石,也锻造武器,浇铸铜器,此外他们还分出部分人口,在地面采集瓜果、种植庄稼、狩猎和畜养动物以及观察和记录星辰的运行。

在星降之前二十年,观星者就警告说星辰的运行出现异动,要求河络们加固地下城,并尝试向地下更深处挖掘以躲避即将到来的星降之劫。当星降到来时,虽然爆发了连续的地震,火山也大量喷发，但铜山部死于星降的河络并不算多，大约只有数百人，但观星者没有预料到海啸的发生，当潮水涌来时，河络们几乎毫无准备，大部分河络被潮水淹死，只有少部分河络存活下来。活下来的大部分都是在地表活动的河络，这使铜山河络的冶炼和锻造工艺几乎失传，直到后来青水河络进入地下城，挖出了记录这些工艺的石册，才重新发展起来。

铜山部的地下城实际上就是一个巨大的露天矿坑，河络们居住在废弃的矿洞里（因此越接近地表人口越集中），宗教区育儿区以及议事厅也集中在接近地表的地方，而冶炼区锻造区则处在地下城的下部，并且随着地下城越挖越深而下移。为了躲避即将到来的星降之劫，河络们在地下城的最底部修建了坚固的堡垒，并将大量物资集中在那里。堡垒与上部的地下城是隔绝的，仅有数条通道通往上部地下城。这座堡垒确实是有效的，当地下城在星降所造成的地震中几乎全部坍塌时，河络们躲避在堡垒中，大部分都存活下来。

地震结束之后，河络们从堡垒中出来，开始修复坍塌的地下城，这时海潮涌来（有充分证据证明海潮的发生与鲛人有关，至少鲛人的存在使海潮变得更巨大更汹涌），河络们毫无准备，几乎全被淹死。

铜山部并不是唯一一个被淹的地下城，实际上北邙山西麓的河络地下城几乎全都被海潮吞没，幸运存活下来的河络不到一成。

将近两百年后，青水部河络在青水湖中的鲛人的帮助下进入被淹没的地下城，并通过通道进入了同样已被淹没的地下堡垒。他们从那里继续向下挖出一条水道（此前鲛人已经挖了一部分但被巨兽挡住），这条水道最终接通了北邙山下的地下河。青水湖的湖水通过这条水道排入地下河中，河络建造了水闸控制水的排放，为了留给鲛人充足的搬迁时间，水排得并不快，最后足足花了好几年才把湖水排尽。

湖水被排尽之后，整个青水湖变成一个潮湿的盆地，植物在这里生长，后来的人已经完全看不出这里曾经是一个巨大的湖泊。

位于盆地之下的堡垒则变成一个地下湖，青水河络进入地下城后，把这个地下湖改造成一个地下水库（在堡垒的基础上修建了大坝），河络们在大坝的另一边修建了新的地下城，他们借助水力来挖矿，不愿离开的鲛人则生活在水库中。河络与鲛人相互学习，发展出了有史以来最为精妙的冶炼和锻造工艺，在这个部落里，真神信仰和潮神信仰并存，河络语和鲛人语都是通用语。

支离屠所站的地方，是一条狭长的伸入水库深处的石堤，晶石就镶在石堤的地面上，显然主要是用来标明石堤的所在，而不只是用来照明。支离屠终于认出了这个地方，在青石奥罗的口中，这道石堤名为"水街"，是河络和鲛人交易物品的地方，当然也是河络和鲛人交谈议事的场所。在这个河络鲛人部族里，河络有自己的阿络卡，鲛人也有自己的潮语贤者，但他们有共同的夫环，这个夫环由河络和鲛人共同推举，可以是河络，也可以是鲛人。

支离屠沿着水街往前走，地下湖的湖水拍在石堤上，发出"汩汩"的微响，在这平缓的微响中，似乎总有一丝细音在打乱它的节奏，支离屠知道，这必定是水中的未无鬼在寻找自己。他加快了脚步，大约跑了几百步之后，就看到有往上的石级，支离屠大步向上跑去，石级上同样镶有晶石，勉强足够照亮每一级台阶。

足足有几百级台阶，然后是一片平平的石板地，显然支离屠已经登上了大坝的顶层，他满怀期望地朝下望去，然而大坝之下，只是一片黑暗的死寂，偶尔闪烁着几星晶石的荧光。其实当支离屠发现水库里没有鲛人的时候,他就已经有不祥的预感——这是一座空荡荡的地下城,没有鲛人,也没有河络,青石奥罗的家乡,已经衰败、灭亡。

支离屠找到了大坝另一面向下的石级,他向下跑去,指望着还能在地下城里找到最后的几个河络,或许他们能帮他击退未无鬼,甚至还能帮他锻造出至坚至柔的武器,他绝望地幻想着。在他的身后,隔着厚厚的大坝,未无鬼已经爬上了堤岸。

从大坝那边,传来未无鬼的笑声和喊声:"宗主,这里没有河络,也没有鲛人了,这是一座空城!"

未无鬼似乎想要用这个事实来击垮支离屠的意志——你看,你走了数千里,跨越了宁州、潍海、澜州、中州和宛州,失去了两个忠诚而宝贵的挚友,才来到这里,可是这里却是一座空空的城,再也没有人能帮你了!

除了向地下城的更深处跑,支离屠已经没有别的路可以走,好像要跑到地的最深最暗处去,好像要把自己埋葬在最黑的黑暗里,这里连晶石也没有了,除了摸索着踉跄着沿着向下的石阶跑下去,他还能做什么呢?未无鬼那死亡的气息渐渐逼近,支离屠知道自己无法抵抗他的强大和他所制造的无边无际的幻象,自己迟早会拱手把赤眉献上,并俯伏在他的脚下。

在似乎已经没有路的地方,他再次听到潺潺水声——在地下城的最深处,有一条地下河,河水应该是来自水库,显然因为河络和鲛人都已经不在了,水库的水闸也没有打开,所以这条地下河的河水并不丰沛,只是如一条小溪般在地底默默地流淌着。隔着潺潺水声,有一个晶石在河上亮着,这是最后最深的一个晶石了。似乎是出于本能,支离屠跃入水中,向那块晶石跑去。

水并不深,最深处只没到支离屠的大腿,但却异常的冰寒,比水库里的水要冷得多。晶石镶嵌在石壁上，借着微光，支离屠发现这里似乎是一个神殿，然而供奉的却不是真神，支离屠知道地下城供奉真神的神殿所在，绝不会是这里，何况，真神神殿也绝不会是这样的——在神殿的最中心，有一个巨大的水坛，坛中的水寒冷如冰，即便站在坛外，也能把支离屠冻得发抖。

青石奥罗从来没有对支离屠提起过这个神殿，在支离屠的回忆中，似乎每次青石奥罗说到这条地下河时，都会有意转换话题，显然他并不想提起这个神殿，或者，更可能的是，他不能提到这个神殿。

未无鬼已经来到了地下河河岸边，支离屠听到他的脚步声，还有他平缓的呼吸声，感受到了他那异乎寻常的死亡气息。支离屠知道自己已无路可退，他拔出赤眉——它早已在支离屠的腰间跳个不停了，它早已不耐烦，渴望着与河对面的魅决一死战。

但未无鬼并没有马上过来，他犹豫了，他为什么犹豫，他怕这个神殿吗？但这只是一座空空的神殿——但它真的是空空的神殿吗？

支离屠猛然回头，望向水坛，那里似乎传来了水花荡漾的微小声音。

再一转回头，未无鬼已经登上了神殿，然而他没有看支离屠，也没有看赤眉刀，他紧紧地盯着神殿中心的水坛，支离屠第一次在他的眼睛里看到了畏惧。

水坛里的水声越来越响，伴着"哗哗哗"的声音，从水坛里升起一个鲛人——一个苍老的鲛人，虽然他还在黑暗里，但仅仅只是凭着感觉，支离屠就知道，他是一条老得不能再老的老鲛。

这条老鲛看了一眼支离屠，仿佛认出了支离屠是谁一般，点了点头，然后他看向未无鬼。

不知道为什么，支离屠突然觉得这条老鲛和未无鬼很像，不是长得很像，而是似乎完全就是同一个人，只不过一个年轻，一个年老，然而支离屠又明确地知道，他们决不可能是同一个人，因为他们不仅容貌长得完全不一样，甚至连种族都不一样——然后支离屠突然明白过来，这条老鲛，也是一个魅，而且肯定是一个跟未无鬼有极深渊源的魅，或许，他就是令良之前提到的那个隐藏在地底下的转瞬即逝的"虚魅"。

未无鬼已经完全不再搭理支离屠，他紧紧盯着水坛中的老鲛，突然爆发出狂笑。"你是黑须陀！你躲在这黑暗的地底下，已经多少年了？"

那个被未无鬼称为"黑须陀"的老鲛沙哑着道："谷玄之子？是龙把你造出来的？！"

未无鬼越过支离屠，缓缓走近水坛，看着黑须陀。"对，是皇帝造出了我！"

黑须陀在黑暗里笑了一下——其实支离屠只看得见黑须陀苍老灰黄的眼珠子在黑暗里闪了一闪，但支离屠知道黑须陀笑了。

突然之间，未无鬼似乎在老下去，在以肉眼可见的疾速老下去，皮肤灰败了，乌发变得雪白，牙齿一颗颗掉落，嘴瘪下去……似乎未无鬼身上的时间被压得紧紧的，紧到缩成了一小团，于是只是短短的一瞬，百年就过去，于是未无鬼缩成了苍老的一小团，倒在地上，叹了口气，死了。

那条水坛里的老鲛黑须陀，抬起头来，看着支离屠手上的赤眉刀，道："等了它一百年，终于等到了，我还以为这一天永远不会到来！"

第十章　黑须陀

黑暗里，这条老鲛拼命地从水坛里探出身子，向支离屠伸出一只手来，手指尖颤巍巍地指向赤眉刀。在晶石微弱的光里，这只手枯干、皱缩，手指节变形、凸起，指间的蹼薄如脆纸，蹼上的细小血管根根可见——那血管并不是鲜红的，而是枯黑如晒干的蚯蚓。他浑浊而潮湿的双眼里全是贪婪的光，仿佛沙漠里干渴的旅人看到了一眼甘泉，又或是地狱中的饿鬼见到满桌的佳肴。

支离屠不由自主退了一步，赤眉在他的手里振动，发出低低的嗡响，这嗡响像是怜悯，又像是斥责。之前在面对未无鬼的时候，赤眉也同样振动并发出嗡鸣声，但那时它发出的嗡鸣声却是饱含着痛恨的，如同面对大敌的勇士，想要冲上去饮血。

支离屠确认这鲛人也是一个魅，而且是一个跟未无鬼有极深渊源的魅，但他似乎并没有敌意。他对赤眉也并不畏惧，同时，赤眉对他也不像对未无鬼那样充满仇恨，至少，他应该不是自己的敌人。

"你是什么人？"支离屠问。

老鲛缩回水坛里，只露出一个硕大的头颅在水坛外——他真是太老太老了，是支离屠所见过的最老的活物，就算在黑暗中支离屠看不清他的容貌，但仅凭着他那双满是疲惫和厌倦的浑浊双眼，支离屠就知道，这老鲛已经老到对一切都不再感兴趣，除了死亡。

"我是黑须陀啊！"老鲛可怜巴巴地回答，眼睛仍盯着赤眉，"你的刀是从哪里来的？"

支离屠犹豫了一下，答道："是一个朋友送给我的。"

"你的朋友……是什么人？"黑须陀又慢慢从水里探出身子，用热切的目光看着赤眉。

"一个魅，"支离屠黯然，"他已经不在了。"

"不在了？死了？"黑须陀把手伸出水坛，指向赤眉，"是死在这把刀下吗？"

"不，"支离屠摇摇头，"是被他杀死的。"

支离屠指了指地上未无鬼的尸体——很小的一个尸体，像是一个小小的黑黑的洞。

黑须陀看了一眼地上，道："那他只是寻常的死，并不是真正的死。"

支离屠疑惑："真正的死？什么才是真正的死？"

"就是能让我死的死。"

支离屠一时间不知道该说什么才好，他不知道黑须陀说的是什么意思。

两人都沉默着，于是寂静仿佛突然有了重量，重重地压在支离屠的心上。

突然，黑须陀从水里探出半个身子吼叫起来："还没有人来吗？你们都死到哪儿去了？地鼠莱尼！炎焰波努！还有那条小鲛人，青鱼通古!你们都跑到哪里去了?我黑须陀醒了,你们还不赶紧过来!"

喊声在空空的地下城里回荡,却始终没有人回应。

"这里除了我和你,再没有旁的人了!"支离屠冷冷地道。

"怎么会,我刚来到这里时,这里还有几千人……不,这里还有上万人,单是鲛人就有近千人!"老鲛的声音慢慢低落下去,又变回一副可怜巴巴的样子。

"你是什么时候来到这里的?"支离屠问。

老鲛陷入迷茫中,半晌,他终于不太肯定地说:"好像很久了,我醒来多少次了?我总是二十年醒来一次,又钻回水坛里沉睡,每次都没什么变化,只有那些河络和鲛人,生的生,死的死……"

"你到底醒来几次了?"

"五次……六次?我记不清啦,我只记得,最后一次醒来时,一个正准备外出游学的苏行,来向我告别……"

"这个苏行是不是叫青石奥罗?"

"对,"老鲛兴奋地从水坛里跃出半个身子,水坛里的水都"哗啦啦"泼出来了,"你也知道他,他是我记忆里最棒的一个苏行,他答应我,一定要找到那个能杀死龙的人……"

老鲛猛然停了下来,把脸转向支离屠。"青石奥罗呢?他人在哪里?不要告诉我他也已经死了!"

"他死了,被龙杀死了,在海心城,十几年前就死了。"

"十几年前就死了,"老鲛叹道,又把身子缩了回去,"那你又怎么会来到这里,是青石奥罗让你来的吗?"

"不是,我来到这里,是为了求得那至坚……"支离屠停了下来,自己为什么要把刺杀龙的事也告诉这个鲛人?

但黑须陀已经接下去说道:"至坚至柔的武器?原来你已经知道

至坚至柔的武器可以杀死龙,是青石奥罗告诉你的吗?"

"不,是我的老师朱悲告诉我的,他也是青石奥罗的老师。"支离屠决定信任他。

"朱悲?青石奥罗跟我提到过他,他说他要去找一个名叫朱悲的人,并要拜他为师。哼,他还不如留在地下城里拜我为师呢!这世上还有谁比我更清楚怎么才能杀死龙呢?想必你的老师所教你的,也是从我这里得来的吧。"

支离屠有些不悦,他压下心里的怒火,不想跟这个老得不能再老的鲛人计较。

"你说,你曾让青石奥罗去寻找能够杀死龙的人?"支离屠换了个话题。

老鲛上上下下打量着支离屠。"他找到了,就是你!"

支离屠一愣。"什么?"

"你就是能杀死龙的人。"

"为什么?"

"这说来话就长了,"老鲛把头缩进水里,"人已经有了,如今最要紧的,是炎焰波努还活着……"

他的声音从水下传上来,变得模糊不清,随后连他的人也消失了。

地下城里重又变得寂静无声,随后,似乎有一阵阵轻微的振动从水坛向四面八方传导出去,这振动极微弱,就像在水里拂过的微风。支离屠知道老鲛在干什么,他在呼唤地下城里的鲛人,用鲛人特有的方式。

很快,老鲛从水坛里探出头来,眼里满含失望。"一个人也没有,没有河络,没有鲛人,只有我和你!"

他仿佛终于认清了现实,颓然趴在水坛边上,突然他又扬起头来。"至少还有你……和这把刀!巢母一定还在保佑着我,终于让我等来了这把刀!"

"巢母?"支离屠也扬起头来,他已经把赤眉收回了鞘中,"启明星城的巢母?她还在吗?"

"你也知道巢母、知道启明星城?"老鲛有些诧异,"而且你还想杀死龙,那就好办了!"

"什么好办了?"

"全都好办了呀!"老鲛若有所思地用手指头敲着水坛的边沿,"让我来告诉你一切。"

支离屠紧绷的神经放松下来,他确定这个老鲛不是自己的敌人。这时冻伤造成的疼痛攥住了他,还有饥饿和寒冷——自从他跃入潭水中,又被未无鬼追逐,穿过了整个地下城,这一路跑下来,他一直没有休息过,身上也一直都是湿淋淋的,而他前胸和后背又还有大片的冻伤,而水坛边又格外的阴寒。

"这里好冷。"支离屠蹲下来,浑身打颤,但他没法坐在地上,石板冷得像冰。

老鲛把头从水坛里探出来,瞪着支离屠。"你受伤了!我竟然没有看出来,我只想着那把刀了。"

老鲛不再说话,低头冥思,然后慢慢抬起右手,手掌平平地张开,在他枯干的掌心里,有一小团黑色的火。

这团黑火与桃炎的火很相似,而且也像桃炎的火一样寒冷,甚至似乎还要更寒冷些,它无声地晃动着,像是一个刚出生的黑小孩。

"你的火跟未无鬼的火很像。"支离屠疲倦地说,他前胸后背都有冻伤,如今这些地方像被火灼烤一般,火辣辣地疼。

"那当然,"老鲛看着自己掌心的那一小团火,"我和他都是谷玄之子,不过他是正用谷玄之力,而我则是反用。"

"什么……正用……反用……"支离屠终于还是躺了下去,但后背的伤痛立即让他侧过来,不敢平躺。

"好了,你得相信我,"老鲛说,"我来给你治。"

话音刚落,老鲛手一扬,把那一小团黑火向支离屠抛来,黑火一落在支离屠身上,就扩散开来,颜色也变成近于墨黑的蓝,把支离屠浑身上下都包裹起来。

支离屠的感觉很奇怪,他觉得这火是寒冷的,但又觉得它是温暖的。他第一次有这样的感觉,冷和暖混合在一起,像冰与火水乳交融。

然后他就睡着了。

醒来,依旧是无边无际的黑暗,慢慢转头,看到静静发出绿光的晶石和水坛里的黑须陀。

一切仿佛都没有变化。

但身上的伤似乎已经好了,肚子也不觉得饿了,甚至,他都不觉得冷了,但他仍然觉得疲倦,疲倦得仿佛已经劳作了一辈子。

"过了多久了?"支离屠问。

"谁知道呢?"黑须陀说,"没人在乎这个,再长的时间对我来说也不过是一小段……一小刹那!"

"为什么?"支离屠慢慢站起来,摸了摸赤眉,还在腰上。

"因为我是谷玄之子,永不死亡。"黑须陀说。

支离屠看了看地上未无鬼的尸体,他蜷缩着,像一个婴儿——得把它找个地方葬了,他想。他抬起头,指着未无鬼的尸体,说:

"他也是谷玄之子,可是他死了。"

"他没有死,没有真正死,"黑须陀摇着头说,"他的肉体死了,但他的虚魅还在。"

他仰起头来,似乎在感受着什么,接着说道:"已经走了,他的虚魅。谷玄之子就算失去了肉体,精神也不会消散,而且当他还是实魅时,他还能自行从外部吸取生命力——一切活物的生命力都会被他吸取……"

支离屠想到了什么,问道:"这么说,你也在吸取一切活物的生命力?"

黑须陀慢慢点头。"所以我会一直休眠,二十年才醒一次,要不然整个青水部地下城,整个盆地上的生灵,都会因为我活着而渐渐衰弱,直到死去。我这一次醒来,已经是醒得最久的一次了,以前,我醒来的时间不会超过一个时辰。"

"这么说,此时此刻,我的生命力,也在被你吸取?"支离屠问。

黑须陀再次点头。"就像光总是要照亮暗处一样,别的活物的生命力总是要流向我,所以我也没法死亡,除非……在启明星城,一直在流传着关于这把刀的故事,我们称它为'杀生切',因为它能杀死一切魅,真正的杀死,不只是肉体的死,也是精神的死。死在它刃下的魅,精神会立即彻底消散,既不能再被别的魅吸收,更不可能成为怨灵,甚至都不可能再成为别的魅的原料。这是真正的死,彻底地堕入虚无,所以我们也称它为'虚无渊',你们怎么称呼它?"

"'赤眉',我的朋友告诉我它叫'赤眉'。"

"这可能是它的真名。"

"你为什么离开启明星城?"支离屠不想再谈"赤眉"的事,他提出自己最关心的问题。

"巢母将我造出来,就是为了让我离开……"

"造出来?"支离屠很诧异。

"这在启明星城并不是一件很了不起的事,那些最纯粹、最强大的魅,都是巢母造出来的。巢母制造的魅,最强大的,便是十二星辰之子,而我是其中之一,虽然我与他们都不一样。"

支离屠指了指地上的未无鬼,问:"他也是造出来的吗?"

"当然,"黑须陀很肯定地说,"他一定是龙造出来的。十二星辰之子不可能在自然中诞生出来,因为魅的成形需要非常长的时间,也需要非常多的精神原质,这些精神原质不可能完全纯粹。自然形成的魅总是由多种原质构成,虽然原质也是同质相吸的,从而使魅成形之后体现出不同的个性,但无论如何,不可能完全纯粹,唯有在巢母的'魅模'之中,才有可能造出由纯粹而单一的精神原质构成的星辰之子。

"即便在启明星城上,也没有几个人知道我被制造出来了,我一直躲藏在启明星城的最深处。那是一个无星无月的夜晚,突然有一个声音在我的脑子里催促我,让我尽快离开启明星城,尽快跃入大海之中,尽快游向东陆,那一定是巢母的声音。我一落入海里,就不眠不休地向西游去,巢母一直在催促我,直到几天之后,在我的身后,启明星城上燃起大火,当火烧起来时,巢母的声音终于消失了。"

"东陆上都在传说,是龙把启明星城毁灭了。"

"除了龙,还有谁有这样的伟力,能把我的故乡摧毁,把我的母亲杀死?"黑须陀沉浸在悲伤里。

这让支离屠感到讶异,在未无鬼的身上,支离屠只感受到了冷酷、残忍和无情,而同为谷玄之子,黑须陀却有着丰沛的感情。

"你是……启明星城上唯一幸存的魅?"支离屠小心翼翼地问,怕自己的问题会让黑须陀更伤心。

"应该是吧,即便还有别的幸存的魅,他们也不可能再回到东陆来。我应该是这里唯一一个来自启明星城的魅了,跨越了浩瀚的大洋,来到这陌生的地方,孤独地生存,并且永远无法死亡。"

"那么,巢母为什么让你回来?"

"为了找到能杀死龙的人,并且把这句话告诉他……"

"哪句话?"

"'唯至坚至柔者能屠龙。'"

"这句话,是巢母说的?"

"对,从我被制造出来的那一刻起,这句话就铭刻在我的脑海里,我能遗忘一切,但我忘不了这句话。"

支离屠沉思了一下,疑惑地问道:"你为什么不自己去屠龙?"

"我杀不了龙。"

"为什么?"

"龙能感受到魅的存在,如同魅能感受到别的魅的存在一样,我一靠近龙,龙就会发现我。"

"那怎样的人才能屠龙?"

"没办法形容出来,我只有看到他,我才知道。"

"……那么,"支离屠思索了片刻,问出那最关键的问题,"怎么样的武器,才是至坚至柔的武器?"

"巢母……没有说。"黑须陀似乎有些郁闷,"我之所以留在青水河络这里,也是因为他们拥有九州唯一的魂印武器锻造师,然而连他们也没有能锻造出至坚至柔的武器,而如今,连这唯一的锻造师,也没有了……"

"那么,我要怎样,才能杀死龙?"

黑须陀慢慢地、艰难地抬起他硕大而苍老的头颅，用浑浊的、苍白的、如同瞎了一般的双眼瞪着支离屠，慢吞吞地说："我刚才说过，魅能感受到魅，而龙，也能感受到魅。"

"你是说……龙也是魅？"

"我靠近过他，悄悄的，远远的，我能感受到他，正如他能感受到我。"

"但巢母并没有告诉你龙是魅！"

"……没错。"

"那他就不应该是魅，你见过如他那般强大的魅吗？"

"没有见过，可是，巢母不也是魅吗？"

两人再次陷入沉默。

终于，黑须陀说："可以把'杀生切'给我瞧瞧吗？"

支离屠把赤眉从腰上解下，连鞘一起递给他。

黑须陀颤抖着双手捧起刀，然后一点点地把它抽出那暗绿色刀鞘，即便在阴暗的地下城里，刀刃上的赤红游龙仍清晰可见。

"启明星城上有一个传说，"黑须陀看着赤眉，表情贪婪而又畏惧，"说这把刀，'杀生切''虚无渊'，或者按你们的叫法，'赤眉'，是那个把龙从火山里孵化出来的人所锻造，这把刀里封印着赤龙之灵。他之所以锻造出这把刀，是为了在龙失去控制的时候，用它来把龙杀了……"

"未无鬼一直想得到这把刀，"支离屠回想朱颜海上的情形，"我还以为是因为他害怕赤眉，难道其实是因为龙害怕赤眉吗？"

"但当人们到巢母那里去询问时，问她'杀生切'是不是可以杀死龙的时候，却没有得到巢母的回答，她没有否认，也没有不否认，她一个字也没有说。"

支离屠沉思着。

黑须陀把赤眉插回刀鞘，还给支离屠。"你不能再从我这里得到什么了。巢母交给我的任务，我已经完成，自从启明星城被毁灭至今，过了多少年了，我这个老鲛，孤独地活在这里，先是被人厌恶，然后又被人畏惧，最后，又被人当成神明崇拜……我曾经试着去刺杀龙，见识过他的强大，如果我不是谷玄之子，必定已经死在他的龙焰之下，但如今我对他并没有一点仇恨……我为什么要杀他？难道最应该死的不正是我自己吗？"

"我应该怎么做？"支离屠焦急地问，"怎么做才能杀死他？"

"我不知道，"老鲛已经无比厌倦，"但至少你能杀死我，我已经把巢母的话告诉你了，作为报答，请你把我杀死，用这把刀。"

老鲛探出头来，用枯干的手指指着赤眉，拼命地把自己的脖子伸出来，并用手在脖子上比划了一下。"就这样，你可以把我的头拿去给龙，他可能会感兴趣。"

黑须陀的脖子比他的手臂粗不了多少，上面全是皱缩的皮。

支离屠拔出赤眉，刀在他手里微微颤抖，好像有点畏惧，又好像在期待着什么。

支离屠已经累得连刀也举不起来了，他知道这是因为自己的生命在流向老鲛的缘故，他重重地喘着气，慢慢地、拼尽所有的力量，把赤眉举过自己的头顶。

"黑须陀，你……真的……不愿再活下去了吗？"

"你太啰唆了！"

"那我，就动手了！"

"快点！"

"启明星城，是什么样的？"

三二七

"我说了你就会动手吗?"

"告诉我。"

"她永远沐浴在阳光里……"

支离屠的刀落了下去,老鲛的头从水坛上滚落。

"……我骗你的,我也……不知道……她的……样子。"

没有血,黑须陀的身子慢慢滑进了水坛里,而他的头则翻滚着,最后停在了未无鬼尸体的旁边,在晶石的绿光里,他的嘴角上仿佛还带着一丝狡黠诡异的笑。

天启篇

第一章 挑战

帝国纪元九十二年，星降四四七年。

这一年的春天来得特别晚，已经正月底了，帝都天启还被冰雪覆盖着，没有一丁点儿要化冻的迹象。

然而冷归冷，冻归冻，二月初二龙诞日这一年一度帝国最重要的节日，照旧还是得过，不仅要过得喜庆，过得热闹，而且还一定要比往年过得更喜庆，更热闹。

正月十五还没到，各地进贡的队伍就陆续进了天启城，最早来到的是楚郡的队伍，长长的马队，马背上驮着绸缎、果品、香猪肉等等楚郡的特产；接着来到的是滁潦郡的队伍，这个队伍是支巨大的船队，由十几艘大海船组成，船上满载着新鲜的鱼类、珠贝、珊瑚等等贡物，领头的鲛人贵族胖得像一头鲸，虽然帝都的雪都还没化，他却若无其事地在帝都的水道里畅游，丝毫不觉得冷；再接着，就是雷中郡的队伍，几十头地鼠驮着雷眼山的特产，缓缓穿过端门，走上九州大道。进入正月下旬，各国的使团也陆续地来了，瀚州的几个蛮族部族：沙陀、柔如、突鲁，分别派了使团来到帝都，接着是殇州的夸父使团，他们骑着六角牦牛来到，吸引了大批看热闹的帝都民众，来自遥远的南浩瀚洋的鲛人使团也来了，因为是冬日，他们是驾驶机甲从帝都的南正门端门进城的。虽然帝国正与宁州激战，但羽人的使团依旧来到，他们不仅是来祝贺皇帝的寿辰的，同时也是来议和的。最晚来到的，是来自雷州五大自由城邦的使团，五个城邦共同组成一个使团，使节由奥诺利斯的城主普罗米什亲自担任，可以说是非常的隆重了，为此鸿胪寺卿还出城十里去迎接使团的到来，这也是往年从来没有过的事。

二月初一，晡时，五海长街上，帝国各郡为明天的游行庆典准备的花车陆续就位。五海长街用青石铺成，阔达百余尺，中间还有宽达三十尺的驰道，专供皇帝和六百里加急的驿马行走，驰道两旁用石栏围起，再植上绿树。如今树上的叶子都落尽了，嫩芽也还没有长出来，雪倒是已扫得干干净净，再用朱红的颜料在街面上划出每个郡花车的指定位置，按惯例，排在最前面的是京畿郡的花车，而排在最后的，则是擎梁郡的花车，这二十几辆花车一左一右，依次在驰道两旁排列下去，再加上花车下舞蹈的人群，整支游行队伍长达数里。

天黑之后，午门之前燃起几千根牛油大蜡烛，每根都粗如儿臂，花车上的火把和蜡烛也都燃起，还有五海长街两侧本就有的路灯，把午门前映得如同白昼。等待游行的人群错杂着拥挤在五海长街上，一开始人们还热火朝天，有议论的，有唱歌的，有跳舞的，但毕竟抵不住那越来越深的寒意，再加上又飘起了雪，于是喧嚣声也随着雪的越下越大慢慢沉寂下去。有人支撑不住，回到花车里去避寒，慢慢的，人们都挤到自己的花车里去了，挤不进去的，就紧贴着花车躲避寒风。那些牛油蜡烛，因为没有人照看，也一支支地被风吹灭，被雪打熄，五海长街变得冷冷清清，仿佛从不曾热闹过。

雪下了一整夜，有几个年老体弱的人没有撑过去，被冻死了，人们赶在天亮前把冻死的人从花车里拖出来，用板车拉走，至于究竟是怎么安排他们的尸体的，人们并不关心，毕竟游行大典马上就要开始了，大家得把昨晚被雪和寒意夺去的时间再夺回来——得把花车上的雪扫干净，把风吹倒的旗帜重新插好，人们脸上的妆也要重新化好……还有很多很多事情要做，几个人的命又算得了什么，只要他们的死不影响到皇帝的寿辰就好。

黎明时，雪终于停了，五海长街已被雪花盖得严严实实，人们把花车上的雪扫去，街道上的雪就不去管它了。看热闹的人群如海潮一般一波一波地涌来，把午门前的广场和五海长街两侧站得满满当当。这一天却是个响晴的天气，红红的日头升起来，朝霞铺满天空。

辰时，皇帝来到午门上，莹润如玉、神明一般威严而又如父亲一般慈和，身着银白的龙袍，头戴高高的冠冕，他朝午门下密密麻麻如蝼蚁一般的民众挥手，于是"万岁"声山呼海啸般响起。

游行庆典之后，皇帝在北苑的崇丘阁设下盛宴，款待各国的使团。北苑在皇城之北，方圆数百里，是皇帝的猎苑，崇丘阁建于北苑的正中央，高达百尺，以百根巨柱撑起高阁，站在阁上，向北，可以远眺淡蓝色的铭泺山，向南，是阔大无边的天启帝都和苍茫无垠的中央平原。

崇丘阁阔可容千人，朝廷四品以上官员和各国使团皆来赴宴。皇帝端坐于御座之上，朝廷百官和各国使团分别坐于两侧，中间则有舞伎翩翩起舞以助酒兴。酒过三巡，帝国最有名的鲛人歌者来到崇丘阁上，高歌一曲《万寿无疆》，其声辽远有如龙吟。

宴罢，各国使团分别献上自己带来的贺礼。夸父使团献上千年寒冰，夏日置于屋中，满座生寒；蛮族使团牵来踏火野马，传说它四蹄飞腾时足间会有赤焰燃起；南浩瀚洋的鲛族献上鲸牙百枚，据说每枚鲸牙皆是鲸歌化成，光滑如玉，剔透如冰，坚硬如金石……终于，轮到宁州的羽人使团献上他们的贺礼了，羽人使团的使节，是花籽城的女城主，羽人城邦联盟的盟主，宁州最有名的鹤雪者花如雪。她虽然已年过五十，身姿却依旧苗条，步履也依旧矫捷，她的手上，只捧着一纸帛书。她来到御座之下，行罢羽人的敛翼礼，高声道："宁州使团使节花如雪，为熹帝国皇帝献上贺礼，此贺礼虽只是一幅帛书，想必却是皇帝最期盼的贺礼呢！"

"哦！"皇帝在御座上微微欠身，微笑问道，"是什么贺礼呢？"

花如雪朗声道："是宁州羽人与熹帝国的和约！"

虽然大家都料到花如雪会带和约过来，但此刻到来的时候，阁内的众人，仍然忍不住骚动起来。

帝国与宁州的战争，已经打了将近一年。最初，秋叶军团和落雁军团都可算势如破竹，秋叶军团在武侯黑鳟赤明的带领下，先是不费吹灰之力，攻下了青囊城，稍做休整后继续北上，直指位于蓝湖南岸的花籽城；落雁军团的情形没有秋叶军团顺利，先是主帅火烈楚荆被鹤雪刺杀身亡，随后又费了不少劲才攻下厌火城，而主帅鹿舞库莫又被支离屠杀死，帝国派了第三个主帅河络风行雷隆来到厌火，风行雷隆率领落雁军团沿三寐河北上，目标是位于清源河南岸的虹彩城。

此时战争逐渐进入了胶着状态，东路的秋叶军团进入宁州的茫茫森林之后，举步维艰，不断被羽人偷袭，羽人并不与帝国军队正面对抗，而是隐身于密林之中，凭借他们的双翼、对地形的熟悉和精准的射术杀伤帝国的士兵，有时，一整个帝国士兵小队都被羽人杀死，而士兵们却连羽人的影子都没看到，更不用说反击了；而西路的落雁军团情形也十分不利，他们倒是顺利来到了虹彩城下，但虹彩城依山而建，巨木建成的城墙高达数丈，城外又密密的全是巨树，风行雷隆带来的攻城器械全都不能用，只能先把虹彩城包围了，与城中羽人僵持。

进入秋天之后，气温逐渐降低，帝国军队的情形更是艰难。首先是粮草的运送，落雁军团可以借三寐河和清源河以船舶运输粮草，情形还好一些，虽然也不断有羽人骚扰，但运输线至少还控制在帝国手中；秋叶军团就十分不好办了，羽人在承河上游建了大坝，截断了承河的水流，秋叶军团本想借助承河的水路运送粮草，却因承河干枯而无法实现。黑鳟赤明花了大力气开辟出陆上运输线路，又沿途设了几十个军营派数万士兵驻守，却仍然不断被羽人阻隔，而宁州本地的出产，又以蔬果为主，难以满足帝国军团的需要。羽人在撤离青囊城时把所有青囊面粉都带走，而宁州出产面粉的城市，除了青囊城，便只有黄囊城，黑鳟赤明被逼无奈，决定派出一支船队偷袭位于宁州东海岸的黄囊城，这支船队刚进入东浩瀚洋就被羽人的轻羽舟偷袭，全军覆没。

在海上，帝国海军也陷入困境，正如支离屠所预料的，羽人的轻羽舟轻灵迅捷，进退自如，偷袭得手后立即逃逸，等帝国海军的援兵来到时，早已看不到轻羽舟的影子。

冬天到来之前，落雁军团和秋叶军团同时对羽人发起了最后的决战，双方都知道，如果雪下下来之后帝国军团还留在宁州的森林中，那时都不需要羽人去杀死他们了，宁州寒冷的冬天就足以把他们全都冻死。在虹彩城下，风行雷隆以攻为守，以进为退，他对虹彩城的进攻声势浩大，随后就趁着夜色的掩护，带着军队沿清源河两岸撤退。羽人发现他们撤退之后，一路追了下来，不断对帝国军团进行攻击，但风行雷隆仍然带着大部分人撤入了厌火城，他们进入厌火城的那一天，宁州冬天的第一场雪也落下了。秋叶军团就没有那么幸运了，黑鳟赤明知道，除了攻下花籽城，秋叶军团已无退路。攻下花籽城，秋叶军团还可以在花籽城中过冬，攻不下，要么就是在宁州的密林中被活活冻死饿死，要么就是在撤退的途中被羽人用箭射死。花籽城紧依着蓝湖南岸建成，帝国军团缺少海军支援，只能从东、南、西三面包围花籽城，花籽城北面的水路却是畅通无阻的，羽人可以借水路把援兵和给养不断运入城中，这也正是黑鳟赤明冒险派船队去偷袭黄囊城的原因之一，若能攻下黄囊城，帝国海军便可从黄囊城沿源河上溯进入蓝湖，从北面攻击花籽城，然而这冒险的偷袭也失败了。这一失败其实早已注定了秋叶军团的覆灭，最终，仅有黑鳟赤明一人回到了东陆——他是游回来的。

正因此，在二月初二这一天，在北苑的崇丘阁，当羽人的使节、花籽城城主花如雪高傲地取出和约，准备与帝国缔结和平的时候，无论是羽人还是帝国的官员以及百姓，全都认为，皇帝陛下会接受羽人的这份大礼，毕竟，事实已经证明，帝国是无法攻下宁州的。

皇帝微微一笑，道："这份礼物，请花城主带回宁州吧，朕的帝国，并不需要！"

花如雪眉头扬起，她没有料到皇帝连看都不看就拒绝了和约，在宁州羽人的料想中，和约的缔结难免要经过漫长的谈判，但帝国最终必将接受和平。

阁内的众人也没有料到皇帝会如此干脆地拒绝和约。这一年的战争打下来，帝国损失了将近二十万的军队，户部也已拿不出更多金铢再派新的军队到宁州去，澜州的几个郡因为承担了大部分的粮秣和兵器锻造，那里的河络贵族已怨声载道，而海军的失利，也使鲛人贵族失去了战意……阁上传出低低的"嗡嗡"声，各国使团的成员还有帝国官员们交头接耳，交换对皇帝拒绝和平的看法。

皇帝缓缓站了起来。在天启，他总是以夸人形象出现，但又不完全是夸人的样子。他的身材颀长，比一般的夸人要高得多，几乎接近于一个夸父的身高，他的头上有龙的角，身上不时现出鲛人的鳞甲，他的头发如河络的头发那般细密光滑。他的形象本就是帝国的象征，人们相信，一旦征服了宁州，皇帝陛下就会生出羽人一般的双翼。

百官都跪了下来，使团的成员也都低首行礼，连花如雪也被皇帝神明一般的气势所慑服。

"花城主，朕不需要你献上的和平，相反，朕倒有三份礼物，要送给你！"

随着皇帝的话音落下，从崇丘阁下，走上来两个鲛人金吾卫，这两个鲛人金吾卫都驾驶着机甲，在他们中间，是从宁州逃回来的武侯黑鳟赤明。黑鳟赤明并没有驾驶机甲，他甚至都没有身着盔甲，他几乎是赤裸的，他的鳞甲也没有显现出来，青黑的皮肤、凌乱的灰发、疲惫而苍老的面容，拖在地上的长长的鲛尾——他是作为一个囚犯被带上来的。

"花城主，"皇帝道，"他便是率领十万大军去进攻宁州的黑鳟赤明，这十万大军，都葬送在宁州的密林里了，只有他一个人逃了回来，你们羽人一定很想要他的命吧，毕竟，有很多羽人死在了他的手上。"

阁上的鲛人贵族骚动起来，黑鳟赤明是鲛人贵族中地位和威望最为尊崇的，虽然他兵败之后只身逃回了东陆，但鲛人们一直以为皇帝会饶他一命。赤珠青夔站了起来，正想说些什么，皇帝却一挥手，道："卫侯，朕知道你要说什么，这仗，是你们要打的，这十万大军的性命，也是你们葬送在宁州的，如果黑鳟赤明都不该死，那该死的，就是朕了！"

皇帝话都说到这份上，赤珠青夔只能重又坐了下去。

就在崇丘阁上，当着百官和使团的面，金吾卫把武侯黑鳟赤明的头颅砍了下来，自始至终黑鳟赤明都沉默着，直到临刑前的一刻，他才说："赤珠丹辉的心情，黑鳟赤明终于体会到了！"

黑鳟赤明的长子，控鹤监使黑鳟延之也在崇丘阁上，他也只能伏在地上低声饮泣，黑鳟赤明的头一被砍下来，他就爬了出来，哽咽着道："请陛下开恩，容小臣收葬父亲遗体。"

皇帝道："这是你应该做的，不用问朕。"

说罢，又转身对花如雪道："花城主，这是朕的第一份礼物，第二份礼物，请诸位随我来。"

皇帝从御座上站了起来，向崇丘阁外走去，大家也急忙跟上。

崇丘阁建于高台之上，此台高达五丈，完全由石头建成，台下则是阔可容万人的校场，校场之外，则是千顷碧波池。此时，从崇丘阁望下去，校场上不知何时已经趴伏着一架巨大的蝎形机甲，此机甲全由钢铁制成，在阳光下闪烁着乌金色。皇帝一走出崇丘阁，这蝎形机甲的两只巨钳便高高举了起来，在震耳欲聋的"轰隆"声里，巨钳重重地砸在校场地上，黄尘漫天扬起，黄尘散去之后，地面上出现了两个大坑。

骄傲如花如雪，看到这个恐怖的机甲，也不免脸上微微变色。

皇帝淡淡地道："花城主，这个小机器，名为'火蝎'，明日它会动身前往宁州，帝国为了运送它跨过大海，还特意建造了一艘大海船，你们一定会喜欢它的。"

皇帝说罢转身走入崇丘阁内,众人都还沉浸在火蝎带来的晕眩中,过了好一会儿,才乱糟糟地回到崇丘阁内,重新落座。

等众人都坐好,皇帝道:"还有第三份礼物。"

从御座之后,从那高高的紫檀木制成的屏风之后,传来沉重的脚步声,是一个巨人在步上崇丘阁,仅凭着他的脚步声人们就知道这个人必定是一个强壮如六角牦牛一样的夸父。

花如雪疑惑地看了殃州使团一眼,夸父使节默默地摇了摇头。

那个夸父终于从御座后走了出来,皇帝已经很高了,这夸父甚至比皇帝还高出了两个头,他的身躯更是庞大如同山岳,这是一个真正的巨人,人们不得不仰起头来才能看到他的脸,崇丘阁竟然因他的出现而变得矮小了。

"花城主,"皇帝道,"这是朕的第三份礼物,这个夸父,名为未无天,他是新的秋叶军团的主帅,一开春,他就会到秋叶城去,那里有两万士兵在等着他。"

花如雪知道,和平已经是绝无可能的事了,她一边行礼,一边向自己的使团方向扫了一眼,她的随从们也同时站了起来,聚到花如雪身边,他们脚步一致,倒退着退出了崇丘阁,一到阁外的台阶上,他们的雪白羽翼就闪现出来,阁内众人眼睛一花,他们已经腾空飞起。

在崇丘阁的两侧,不知何时,飞下来两个鹤雪者,一个银翼,一个墨翼,他们手里都张着弓和箭。进入崇丘阁的人,都不能携带武器,显然这两个鹤雪者并非使团成员,他们一定是隐身于崇丘阁之上,一旦和谈失败,就飞下来刺杀,但他们的目标并不是皇帝,而是未无天,箭矢从两个鹤雪者的弓上射出,射向未无天的双眼。未无天虽然身材高大,动作却快如闪电,他的右手一抄,已经把两支箭都抓住。

一击不中，鹤雪者已振翼飞上高天，待众人追出，天空上已空无一物，使团的成员和两个刺客，都消失了，唯余两支箭，仍在未无天的手中。

最早，帝国是拥有飞行惜风的，这些飞行惜风的飞行能力，虽然无法与鹤雪者相提并论，但论体格和力量，却比羽人要强得多。帝国建立之后，信仰真神的河络越来越少，能够制造惜风的河络也越来越少，原有的惜风破损、衰老、死去，到如今，已经没有人能够制造惜风了，也已经没有惜风存在于帝国境内了，这古老的、流传了千年之久的河络绝艺，就和魂印武器的锻造术一样失传了，而且恐怕也没有可能再重新出现于世间。

崇丘阁上，那些帝国的贵族们——那些衣着华丽、身体肥胖、皮肤细嫩的河络贵族们，那些藏身于金镶玉饰的陆行机甲中的鲛人贵族们，重又想起了墨鲅伏乞和火烈楚荆的死，想起他们是如何丧生于鹤雪者凌空射下的利箭的，他们知道皇帝的决定是正确的，只要鹤雪者仍然存在，帝国就不可能得到真正的和平和安宁；想想刚才的鹤雪者可能还在崇丘阁的上方滑翔，将他们的弓箭对着地上的众人，这些贵族就不寒而栗。

人们重新向皇帝行礼，坐回自己的位置，贵族们的表情都有些怏怏，使节们的表情则各有不同，有震惊，有得意，有暗喜，有淡然……

一时间，崇丘阁安静下来。

一个大胡子使节站了起来，走到御座前，向皇帝行礼，他是雷州五大自由城邦的使节普罗米什。这时人们才想起，该轮到他们献上寿礼了。

普罗米什道:"尊贵的皇帝陛下,我是五大自由城邦的使节普罗米什,代表雷州五大自由城邦,即西布斯城、艾罗斯城、阿莱亚城、阿尔斯城和奥诺利斯城,向您献上寿礼,愿您福如东海,寿比南山!"

普罗米什说完,向自己使团的方向点了点头,一个使团成员退行出去,到阁外拍了拍手,于是一箱箱的礼物从崇丘阁外抬进来,有帕帕尔河里挖出的青玉,有五彩而又善言的鹦鹉,有西布斯城产的稻米,有逢南河河口里捕来的无骨而又多肉的鲅鱼制成的鱼干……五大自由城邦所献上的寿礼,可以称得上是丰盛了。最后,在崇丘阁内,竟堆起了高高的一座小山。

普罗米什一箱箱地把这些礼物打开,细致而又周到地向皇帝介绍,最后,当所有礼箱都打开了也都介绍完了之后,普罗米什道:"尊贵的皇帝陛下,五大自由城邦还有一件重要的礼物要献给您,但这件礼物是不能用箱子抬上来的,我请求陛下允许他自己走上来晋见。"

听普罗米什的口气,这个礼物竟然是一个人。皇帝微笑着点了点头,太监一叠声地呼喊下去:"宣五大自由城邦的礼物晋见!"

一众贵族和使节听到太监一本正经地喊出这句话,都笑起来,在他们的料想中,普罗米什应该是带了一个美人过来要献给皇帝,于是众人都睁大了眼睛,望向崇丘阁外,想看看这美人究竟能有多美。

没过多久,从崇丘阁下,慢慢走上来一个人,一个中年男子,光从他的背后照过来,让众人一时间看不清他的面容,但是当他走入阁中,人们一下就认出了他——支离屠,那个因为杀死了鹿舞库莫而被帝国通缉的、曾经的晋北盟的盟主、支离坞的宗主支离屠。

支离屠慢慢步入崇丘阁,站在御座下,仰头直视皇帝的脸,皇帝与他对视，旁边的金吾卫恼怒支离屠的无礼，向前跨出了一步，但被皇帝阻止了。

支离屠的手上，捧着一枝柳条，那柳条上，隐隐有两三点绿意，应该是刚刚才生出的嫩芽。支离屠并不跪下，而是如普罗米什那般鞠了个躬，然后道："皇帝陛下，九州唯一的真龙，愿您生日快乐，我支离屠，便是五大自由城邦献给您的礼物！"

贵族们哗然。"杀了他！""车裂！""凌迟！""用他的心祭祀鹿舞库莫！"

皇帝挥了挥手，喧嚷停止了。"支离屠，你胆子不小！"

支离屠不动声色，又跨前了两步，把柳条轻轻扔在皇帝脚前，道："屠这一路走过来，到处都是冰天雪地，然而却在北苑的碧波池边，发现了一棵柳树，它是整个帝都第一个生出了嫩芽的树吧，屠折了一枝下来，以此为刀、为匕、为箭、为枪……屠把这柳枝扔在皇帝陛下的脚前，并依东陆最古老的风俗，向皇帝陛下提出决斗的请求，以报我先祖支离海死于皇帝陛下口中的血仇！"

贵族们先是愕然，然后哗然，最后是疯狂地怒吼，"放肆！""无礼！""把他打下去！"

各国使团的成员们面面相觑，任他们打破脑壳，也弄不明白，普罗米什和支离屠这究竟是什么意思，他们究竟想干什么？皇帝怎么可能答应与支离屠决斗？就算皇帝答应了，又有谁能够在决斗场上单对单地杀死龙呢？不，无论有多少人，也不可能杀死龙，他是九州唯一的神明，是九州唯一一个永生不死的神明！

然而，更出乎众人意料的事发生了。

"朕，接受你的挑战！"

第二章 决斗

帝国的贵族们，有畜养斗奴的传统。这个传统，是鲛人贵族从海里带来的。最初，当鲛人还只是在海洋里生活，当他们的城市或者建筑在坚固的珊瑚礁上，或者以海藻为材料建造在温暖的洋流之上时，他们喜欢畜养凶猛的鲨鱼并让鲨鱼相互撕咬来取乐：两条重达千斤的大白鲨被关在一个巨大的铁笼子里，两条鲨鱼都已经饿坏了，它们知道只有胜者可以得到血食，它们不得不相互撕咬直到对方的肚肠像海带一样在水里飘舞。这种娱乐在鲛人的部族里广泛盛行，当他们来到陆地上生活，他们也把这野蛮血腥的娱乐带了上来，但在陆地上很难找到合适的鲨鱼，于是他们用斗奴代替鲨鱼。斗奴从奴隶中挑选出来，加以训练，然后进入斗场。最初，帝国的奴隶大多是崑人或河络，鲛人与河络结盟之后，河络奴隶被解放，于是只有崑人为奴，帝国建立之后，皇帝又制定了法律：崑人不得为奴！因为如果允许崑人为奴，帝国的人口将会逐年减少——崑人平民往往因为欠债无法偿还而不得不卖身为奴，也有不少崑人平民为了逃避赋役而主动投身贵族的庄园中为奴。因此，无论是在帝国建立之前还是之后，鲛人贵族总是倾向于主动挑起战争，因为唯有通过战争他们才能抢得战俘，而战俘对他们而言即是奴隶。如今，帝国的奴隶大多是从宁州和瀚州抢来的羽人或蛮族，偶尔也会见到夸父，他们大多在鲛人贵族的陆地农庄中从事繁重的劳动，少部分则成为斗奴，在斗场中与别的斗奴以命相争。

天启帝都最大的斗场，位于雍门内的斗场坊，整个斗场坊的主要建筑就是一个大斗场，大斗场以青石建成，高达十余丈，里面可容纳上万观众，在大斗场的周围，有许多小店铺，出售小食、旗帜、服装等等，另外还有一个由帝国经营的大赌场，观众们可以在这里下注。

皇帝与支离屠决斗的地点，就定在大斗场，时间是二月初十的辰时。

二月初二那一天，支离屠在崇丘阁以柳枝为剑，向皇帝发出决斗挑战，之后，他就随着普罗米什一起离开崇丘阁，回到帝国专用于接待使节的礼宾院。支离屠因杀死鹿舞库莫而被通缉，但皇帝特许他在决斗之前保有自由，虽然如此，京兆尹仍然在礼宾院安排了数十个金吾卫驻守，说是为了保护支离屠和其他使节的安全，其实是以防万一，不让支离屠逃走。

但支离屠也并没有逃走的打算，从二月初二到二月初九，八天的时间，他一直留在礼宾院里，甚至连礼宾院的前院都没有去过。他最常去的地方，是礼宾院的后院，后院不大，院内有一个小池，池边种着花树。

二月初二之后，天气开始回暖，小池里的冰急速融化，在夜里发出轻微的"嘎吱"声，到二月初五的时候，池边的海棠花枝上，迸出了第一星嫣红。

微风中带着一丝温润的湿气，阳光也不再白得森然，而是温柔娇媚有如少女，路上的雪化成了水，四处流淌，再被车驶马踏，变成一片泥泞。人们只能在路沿上小心翼翼地行走，少男和少女迫不及待地把棉袍脱了，换上夹衣，数着手指头计算着，期待踏青饮春酒把臂欢歌的日子快点到来。

普罗米什已经五十多岁了，早已不再是当年那个无所畏惧又无所顾忌的青年武士，这些年来，他作为奥诺利斯城的城主和五大自由城邦联盟的盟主，为了维持五大自由城邦的繁华与安宁，操碎了心，他的眉间不知何时已堆满了皱纹，头发也白了好多，背也有些佝偻了，看起来像一个六十多岁的老者。他没有多余的心思去关心春天是否已经到来，在礼宾院里，他除了为支离屠担心，除了想尽一切办法去挽回支离屠的生命，他已不能再想其他事情。他不明白支离屠为什么要到天启城来，不明白支离屠为什么要把自己当成礼物献给皇帝，更不明白支离屠为什么要与皇帝决斗，他尤其不明白的是，皇帝为什么居然会答应与支离屠决斗。

去年年末，支离屠悄悄来到奥诺利斯，与支离屠重逢的狂喜过去之后，普罗米什意识到，他必须保住支离屠来到奥诺利斯这个秘密，否则一旦帝国来要人，奥诺利斯将左右为难，不交人，意味着得罪帝国甚至与帝国开战，交出人来，不仅普罗米什不愿意，奥诺利斯城和其他四座城邦，也咽不下这口窝囊气。但支离屠却对普罗米什说，没有必要保守这个秘密，他之所以来到奥诺利斯城，就是为了让普罗米什把他带到天启去，而他将依照九州的古风，在天启与皇帝决斗。

普罗米什问支离屠,为什么要做这么荒唐的事情,在奥诺利斯城活下去不好吗?支离屠说,他活着就是为了杀死皇帝——杀死龙,而这次决斗,是他唯一的机会。

普罗米什知道支离屠的性情,他决定的事,自己是绝对无法改变的,而普罗米什的内心深处,其实又何尝没有这样渴望呢?奋死一战,将皇帝杀死于决斗场上,一想到这场面,普罗米什就觉得热血沸腾。于是,趁着每年二月初二向帝国进贡的机会,普罗米什把支离屠带到了帝都。

二月初二那天的晚上,春妮和石春悄悄来到礼宾院。虽然支离屠早就来到了天启,但却不让普罗米什把这消息传出去,他担心消息一传出去抓捕他的官差就会到来,这样他就没有当面向皇帝挑战的机会了。到二月初二的晚上,不用普罗米什派人去传播消息,天启城已经因支离屠而沸腾,人们都在怒骂支离屠不知天高地厚,冒犯皇帝的威严,同时赞颂皇帝的宽宏大量,居然接受了支离屠的挑战。而对春妮而言,她并不在乎这一切,无论支离屠做了什么或没做什么,她只知道支离屠是自己的丈夫。

她隐约知道,去年的夏天,支离屠悄悄来看过自己,最初她并没有把握,只是觉得那老乞丐的眼神像自己的丈夫,但几天之后,一个穿黑衣的年轻而又冷酷的钦使来到支离坞,这钦使仿佛能够看穿人的心思,他看了春妮一眼,就冷冷地说:"支离屠来过,他在哪里?"春妮摇头否认。那黑衣钦使似乎并不需要春妮回答,他像是自言自语,又像是在说出春妮心里的秘密:"十有八九还在鹰潭……"

黑衣人转身离去,而春妮却陷入自责中,仿佛是因为自己没有保守住秘密支离屠才身陷险境。她守在村口等黑衣人从鹰潭回来,看到他是一个人从山里走出来的,春妮才稍稍放下了心。

二月初二的这一夜,在礼宾院里,夫妻两个相对而坐,桌上一支蜡烛"哔哔卟卟"燃着,普罗米什和石春坐在两边。窗外春雨如丝,夫妻两个仿佛有千言万语想说,但一时间又不知从何说起。

"老爹和大娘怎么就……走了?"支离屠记得去年的夏天,他扮成乞丐去看春妮时,她并没有戴孝。

"宁州开战以后,两老的身体就不好,去年冬天又缺粮,天气又冷得很,他们就没挨过去。"春妮说得淡淡的,仿佛悲痛已经都过去了。她头发花白,脸上皱纹多了许多,再不见年轻时那种无忧无虑把一切都交托给支离屠的神情。

"埋在了坞下?"

"埋在了坞下。"

"你……?"

"石头把我接来了这儿。"

石头是石春的小名。石春跟着说:"是我回支离坞去,操办了两老的葬礼,又把娘接了来,她在支离坞一个人呆着,也没意思。"

石春入伍后,隶属于帝国的落雁军团,随风行雷隆深入宁州腹地,直攻到虹彩城下,又幸运地沿着三寐河撤回了厌火城,虽然保住了一条命,但一只脚却瘸了,他从军队里退了出来,回到天启,继续经营西市那个商铺。

支离屠知道春妮不愿到支离破那里去,而樱儿又一直没有消息,那么除了石春能够照顾她,也再没有旁的人可以托付了。

支离屠瞧瞧石春,苦笑着说:"石头,爹对不起你!"

石春摇摇头:"不说这些!"

"你娘以后还得靠着你,我这里先道个谢!"支离屠站起来,向石春做了个揖。

慌得石春赶紧扑通跪下来:"爹,你这是什么话!"

支离屠扶起石春,道:"樱儿那边,你就别等她了,她配不上你，你找一个好姑娘，成个家，好好过日子吧！"

石春低着头，并不吭声。

这屋里的人都知道，到了二月初十那一天，无论决斗是胜是负，支离屠是绝没有活下去的可能的，因此支离屠这几句话，就是最后的托付。

普罗米什不喜欢把气氛弄得这么沉重，他打起哈哈："我们奥诺利斯城里有许多能干的姑娘，他们就喜欢石头这样的汉子，石头和春妮，索性跟我一起回雷州去算了，我在那里给石头找个姑娘成亲！"

石春抬起头来，慢慢道："多谢伯父的好意，我……还是想留在这里，再等等……"

支离屠倒没有想到，原来石春对支离樱，还这么痴情。

临别时，支离屠让石春和春妮再不要来了，旁的人也不要再来见他，有什么事，转托普罗米什就可以了。

他怕太多的亲情和友情会消磨掉他赴死的勇气。

在余下的时间里，他忙于记录与屠龙有关的一切：朱悲的计算与死亡、自己在天启城中的武器锻造、在夜北高原上的追捕与逃亡、朱颜海上赤眉与未无鬼的对决、令良与令无言的死、青水部的所在以及青水部的灭亡、在青水部与黑须陀的相遇、未无鬼的死以及黑须陀对他所说的一切：龙可能是一个魅。一想到黑须陀的话，支离屠就无法平静。他把这一切都记录在《屠龙纲要》里，紧接在朱悲的笔迹之后。他知道自己很可能会失败，知道黑须陀的话很可能是错的：龙并不是魅！龙就是龙！但他更知道，即便自己失败了，这失败也不会是毫无价值的，正是这一点让他能够坚持下去，让他能够安心等候他渴望而又惧怕的那一天渐渐临近。

二月初十，天还没亮支离屠就醒了。街上在打五更，梆子声有些涩，带着迟到的初春的潮气。

他把《屠龙纲要》和"刺"用一块包袱皮包好，放在桌上，再把赤眉握在手中，静静坐着等待天明。

赤眉仿佛感受到他既期待又忐忑的心情，在他的手里微微地震动。

天微亮时，传来普罗米什沉重而急促的脚步声，门猛地被推开，奥诺利斯城主大踏步走进来，似乎比谁都要焦急。"他也被煎熬着。"支离屠想。

"我还有最后一件事要交托给你。"支离屠站起来对普罗米什说。

他指指桌上的包袱。"这包袱里的东西，你收着，等找到合适的人，就转交给他。"

普罗米什一夜都没睡好，眼角是红的，眼睛里满是血丝，嗓音也嘶哑。"交托给谁？谁才是合适的人？"

"你看了里面的东西，自然知道。"

"哼，又跟我打哑谜！"

他一把抓起包袱，拎在手上。"外面接你去大斗场的官差已经来了，还聚了不少看热闹的人。"

"嗯！"支离屠紧紧握住赤眉，抬起头来，大步走了出去。

下了一夜的春雨，天亮时悄悄地停了，初升的太阳挂在春阳门城门楼的檐角上，橙黄而光洁，淡青的岁正挂在雍门的城楼上，正与太阳相对。

这么多天里，支离屠第一次来到礼宾院的前院，值守的金吾卫像上了彩的泥人一般站在大门两侧，不知什么缘故，支离屠觉得他们对自己并没有恨意，反倒带着敬意与惧意。

大门外拥挤着一大早就来看热闹的人群，都是天启城里的崑人平民，挨挨挤挤地站在金吾卫画出的警戒线之外，少说也有近千人，一看到支离屠出来，人群就拼了命地往前挤，每个人都想看一看支离屠的模样。有人在大喊着给支离屠打气，有人欢呼，但更多的人沉默着，只是用热切而期盼的目光望着支离屠。

"他们希望我赢？"支离屠苦笑着想。

他跨上金吾卫给他牵来的一匹枣红马，在数十个金吾卫的前后护卫下，出了礼宾院所在的使节坊，坊外是青石墁地的黄花街，沿街向北行，再左拐进入东西向的五海长街，然后他们沿着五海长街向西行。

一路上都是看热闹的人群，全都是天启城的崑人平民，都是焦黄而瘦削的脸，穿着破烂的衣衫，虽然已经回暖，但许多人还穿着过冬的破袄，那些破袄的衣领和袖子上全是黑黑的油污，布面破了也没有缝，露出黑黄的棉絮。他们多是沉默的，即便呼喊着什么也是压低了嗓门。

支离屠还以为人们会用石头来迎接他，没有想到即便在帝都天启，竟然也会有那么多人希望他能在决斗中获胜，有些人甚至称他为"宗主"，虽然他知道那人既不是晋北盟的人，更不是支离坞的人。然而他知道自己是会让这些人失望的，或者不如说，他越来越害怕自己会让这些人失望，不知道为什么，越是靠近大斗场，这种感觉就越强烈，然而已经没有退路可走了，除了向前去，而向前去可能就是唯一的退路。

他紧紧握住赤眉。"如今只能依靠你了。"他低声说。而赤眉则用漫长的沉默来回应他,从这漫长的沉默里,支离屠清楚地感觉到了赤眉的恐惧,这是从未有过的——原来连无所畏惧的赤眉刀,也惧怕龙!

在专用于斗奴进出的角门前,金吾卫停下了,支离屠下马,角门已经打开。从大斗场里传来人群的嘈杂声,如同一个巨大而又忙碌的蜂巢。支离屠跟着两个金吾卫从角门进入斗场内部。

角门内很暗,一股浓重的潮气混杂着陈年的尿臊味、屎臭和腐烂食物的恶臭扑面而来,支离屠几乎窒息。壁上燃着微弱的烛火,支离屠好一会儿才看清里面的情形:两边都是关押斗奴的牢房,每一间里都挤着好几个斗奴,这些斗奴一看到有人来了,都扑到铁栅栏前来观看,他们立即就认出了支离屠,有人发出有节奏的欢呼,很快所有斗奴都跟着欢呼起来。

支离屠压抑住自己的心跳,沉默着从斗奴中间穿过,向着大斗场内走去。他不愿让这些人失望,但他知道自己很可能会让他们失望。

辰时未到,支离屠还得等候,金吾卫把他领进斗场深处的一间小室,有人给支离屠带来一些吃的:一大杯牛乳和几块麦饼。支离屠吃不下东西,但他强迫自己把牛乳喝完,麦饼也全都吃下去。

这些天来,他无数次地想象过与皇帝决斗的情形。大斗场是一个巨大的椭圆形建筑,分为三层,最下面一层是一个巨大的水池,里面装满了水,深度足有三丈,这个水池又被一道环形的铁栅栏分成两部分,栅栏内是斗奴角斗的斗池,栅栏外则是鲛人贵族观战的场所;水池之上是河络贵族观战的包厢,这些包厢专为河络设计,环绕着水池围成一圈，河络贵族可以从水面上清楚观看斗池内的情形；再往上才是鼍人官员的观众席和普通鼍人平民的观战台阶。整个大斗场形成一个倒圆锥形，大斗场外，围绕着圆锥底部建成一圈石屋，这些石屋一部分用来关押斗奴，一部分是赌场，还有一部分则是经营食物、玩具、旗帜等等的店铺。斗奴的角斗分成两类，一类是穿着潜行衣或潜行机甲相斗，另一类则是赤身在斗池中相搏。龙并不需要潜行衣或潜行机甲，他必会以鲛族形态与支离屠角斗，而支离屠也将赤身入水，虽然这是寒冷的初春，但支离屠必须保有人族的尊严，正如龙为了他的尊严必须接受支离屠的挑战一样。如果如黑须陀所言，龙真的是魅，那么当他看到赤眉时，他一定会感到恐惧，然而作为九州唯一的真龙、作为九州唯一的神、作为熹帝国万寿无疆的皇帝，他不能恐惧，甚至都不能躲避支离屠的攻击，这也正是支离屠认为决斗是最好的杀死龙的机会的原因；但如果龙不是魅，那么支离屠目前为止所做的一切都毫无意义，而很可能，龙就是龙，并不是魅，如果赤眉的预感正确的话。支离屠回想起在朱颜海上，赤眉面对未无鬼时，它是跃跃欲试的，是勇猛甚而贪婪的，而如今的赤眉与当时正好相反，支离屠知道它感到畏惧，想要逃避。

"但已无路可退，唯有直面龙，发起最后一击！"支离屠对自己说，也是对赤眉说。

门外传来机甲的钢足与石头撞击的"咣咣"声。"一个鲛人贵族？这时候会来到这里的，只有赤珠青夔。"支离屠想。

石室的门被推开，一个藏身于陆行机甲中的鲛人贵族走了进来，支离屠并不站起，只是抬头看向鲛人的脸。透过机甲的透明面罩,可以看到里面的鲛人已经有四十余岁,赤红的海藻一般的长发有些发灰,灰眼珠子,瘦削的脸,严肃的方下巴,额头上堆起"川"字纹。

"在下赤珠青夔!"鲛人沉声说道。

"卫侯来此何事?"

"青夔想,宗主必定不肯使用潜水机甲,初春水冷,青夔带了一瓶酒来,请宗主喝了御寒。"

"卫侯有心了!"

支离屠站起,向赤珠青夔施礼。

赤珠青夔从机甲的暗袋里取出一瓶酒,放在桌上。

"二十年的晋阳春,我从酒窖里找出来的,自己先试了一口,辣!"

他又取出一个杯子,倒满。"敬宗主一杯!"赤珠青夔两手捧起酒杯送到支离屠面前。

支离屠接过酒杯,向赤珠青夔点头示意,仰脖饮尽。

赤珠青夔拱手道:"就此别过!"说完,便控制着陆行机甲转身走出了石室。

支离屠自己一个人慢慢地饮尽了那瓶"晋阳春",果然是好酒,喝了两杯下去,一线热气就从丹田处升起,随着血液慢慢地流注全身,一瓶饮完,支离屠的身体热烘烘的,只想高歌一曲。

这时候本应当唱一首慷慨激昂的曲子,但支离屠往日里并不唱歌,这时候想唱时,一时间却想不起来有什么曲子可唱。倒是才十五岁时,父亲第一次带他到石头瘤子喝酒,那时听魅女弹着月琴唱的一首曲子,却浮现在他脑海里。

他便哑着声唱起来："俏娘儿指定了杜康骂。你因何造下酒，醉倒我冤家。进门来一跤儿跌在奴怀下，那管人瞧见，幸遇我丈夫不在家。好色贪杯的冤家也，把性命儿当做耍。"

"杜康"却是一个古人，传说是他造出了第一坛酒。

他唱时，不由得就想起年轻时，与春妮缠绵缱绻的时光，心里不由得生出一丝柔情来，他知道自己最对不起的人，还是春妮。

把这首曲子唱完，他却嫌自己唱得难听又不合时宜，摇头苦笑。

一个金吾卫走到门前向支离屠示意。支离屠知道辰时已到，便把残酒饮尽，酒瓶放回桌上，抓起赤眉，随着金吾卫往斗池走去。

通往斗池的通道狭小、阴暗、寒冷又潮湿，是专给斗奴进出用的。借着黯淡的烛光，可以看到墙上和地上遍布乌黑的血迹，通道的尽头，是一扇生满了锈的大铁门，金吾卫用力推开铁门，伴着铁门的"吱嘎"声，观众的欢呼如海啸般涌入支离屠耳中。支离屠紧紧握住赤眉，偏着身子从金吾卫身前走过，大步走到铁门外。他的耳朵里除了观众的欢呼声什么也听不到。铁门在他身后如无声一般关上，他抬头四面仰望，观战台阶上黑压压站满了人，这些人虽然是崑人平民，但并不像外面街道上的崑人平民那样穷困，衣着要齐整得多，他们多数都是崑人中的商人或匠人；稍稍往下，是沉默的崑人官员专用的观众席，支离屠不知道支离破会不会在那里；再低一些，就是河络贵族的包厢了，包厢环绕着斗池的水面建造，为了保证斗奴不能从水中跃上包厢，包厢与水面之间有将近一丈的距离。

支离屠低头看看斗池里的水，水就在他的脚下，显然这些水是昨晚才从外面引进来的，因为皇帝要在斗池里决斗，这水还格外的洁净清澈，上面甚至还撒了花瓣。池水极深，支离屠估算至少有两三丈深，但因池水极清澈，因此可以轻易地看到锥形的池底——池底上遍布刀、剑、锤、箭等等武器的凿、砍、刺、敲、砸所形成的

支離屠

九州·刺龙

DRAGON SLAYER

痕迹。

"之前留下的血迹早就清干净了吧?"支离屠想。

一波新的更猛烈的欢呼声响起,是皇帝来到了斗池边,他没有带武器,空着双手,也没有穿衣服,只着一件及膝的鲛丝水裤,赤裸的他显得更为雍容华美温润如玉。他朝斗池另一边的支离屠微微点了点头,率先跃入了池水中,他的身体虽然十分高大,但跃入池水的动作却轻盈灵动,一星水花也没有溅起来。

在支离屠所站的这一边,立着一架崑人专用的潜水机甲,看得出来,皇帝并不想占支离屠的便宜,因此安排了一架最好的潜水机甲给支离屠用,但出乎所有人的意料,支离屠并不打算使用机甲。他把赤眉轻轻放在池边,慢慢地、一件一件地脱去自己的衣服,连一件水裤也没有穿,他完全赤裸地站在上万观众面前,虽然他已将近五十岁,但身上却仍然没有一丝一毫的赘肉,然后他弯腰拿起赤眉,抽出,蹲下,刀鞘重又放回池边。

赤眉在他的手里"嗡嗡"地响着,是恐惧,是愤怒,也是冲动。"我们一起面对这最后的一战!"支离屠说。

他深深吸了一口气,轻轻跃入池水中。

毛骨悚然的冰寒,逼得支离屠的肌肤往身体里一缩,像要缩到五脏六腑里去,然后热气又慢慢从五脏六腑里往外渗,渐渐地暖了整个身子。

支离屠望向对面的皇帝,他并没有现出完全的鲛人形态,只是在耳后生出了两个鲛人的腮,鲛尾并未出现,他的双足仍在,显然他并不认为对付支离屠需要用到鲛尾。

皇帝看到支离屠并未使用潜水机甲,嘴角浮起一丝微笑。

支离屠收紧了手足，憋住气，让身体慢慢沉入池底，越来越深的水压迫他的耳和肺，但还在他能承受的范围里，他稍稍吐了一口气，让心跳慢下来。

皇帝也随着他一起沉到池底。

在这里，尘世的一切都消逝了，安静如同墓穴，水面上那上万观众的震天动地的呼喊声全被隔绝，支离屠只听到自己越来越缓慢的心跳。

无数的鲛人贵族在斗池的铁栏外游动，皇帝一跃入水中，他们就齐齐合掌俯身向皇帝行礼。

皇帝以他一贯的雍容姿态站在池中，对鲛人贵族们的行礼视若无睹，他俯首看着支离屠，等待支离屠的攻击。

支离屠知道在水里不方便使用劈砍的招式。他朝皇帝点了点头，他们之间相隔大概有三丈余的距离。他右手持赤眉前指，左手与右手并拢，低头，缩脚，待赤足碰到斜的池壁，他用尽全力一蹬，身子如游鱼一般向皇帝滑去。他并拢双足，如海豚般上下摆动，他的速度并没有减慢反倒越来越快，不过是瞬息之间，已来到皇帝面前。他收手、出刀，用力朝皇帝的心口刺去。

支离屠只希望自己的速度足够快，而皇帝又对自己足够轻视和大意，赤眉能够在皇帝的鳞甲出现之前就刺入皇帝的身体。

皇帝显然并没有料到支离屠在水下仍然有这么快的速度，但他原本也没有想过要躲避，他张开双臂承受了支离屠的一击，龙鳞在赤眉刺中前就已闪现出来，仿佛它能提前预知危险。赤眉没伤到皇帝，但皇帝仍被支离屠的一刺击得向后一仰，不得不在水中退了两步。

皇帝脸上露出温润的微笑，仿佛在说："他们畏惧赤眉，但我并不畏惧赤眉，赤眉伤不到我！"

支离屠知道一切都已经结束了,黑须陀的推断是错误的,龙并不是魅,但其实早在这一击发出之前,他就已经有了预感,因此他也并没有感到失望,反倒觉得如释重负。他把身体交给水,让水的浮力托起自己,一边向上升起,一边把肺里的气吐出来。头一露出水面,出乎他意料,大斗场里竟然是安静的,他在水里仰头四望,仿佛在确认这世界并没有什么变动,然后他从水里爬出来,盘腿坐在池边,把赤眉平放在足前。

按决斗的规矩,这是决斗者承认自己失败了。

只有少部分观众知道支离屠认输了,他们首先欢呼起来,然后随着皇帝从池水中升起,欢呼声迅速响遍了大斗场,而且一浪高过一浪,皇帝抬手示意,欢呼声平息。

"我不会在这里取支离屠的性命,"皇帝朗声说道,"虽然依照决斗的规矩,胜者可以取败者的性命,但那是以前,如今,帝国已经成立了九十年,支离屠理应交给大理寺,由大理寺依律行事!"

欢呼声再一次响起,而且持续了很久很久都没有平息。

"万岁!万岁!帝国万岁!皇帝万岁!真龙万岁!……"

第三章 秋决

支离屠被金吾卫从大斗场带走，来时他骑马，被人群簇拥着，仿佛一个英雄，去时却被关在槛车里，颈上戴着重枷，手上脚上也都戴着镣铐，成了一个囚徒；他来时看热闹的人群用热切的目光望着他，期盼他能创造奇迹战胜皇帝，他离去时，这同一群人却用石头和烂鸡蛋来招呼他，将他视为失败者和懦夫。

皇帝没有在决斗时杀死自己，这出乎支离屠的意料。在槛车里，在从大斗场到大理寺狱的路上，他一直在思考这个问题：皇帝为什么没有杀死自己？他专心致志地思考，以至于对周围的一切视而不见，听而不闻，然而他没有想出答案，他唯一知道的是，自己还得继续活下去。

大理寺卿张汤是个酷吏，人人畏之如虎，他想要把八松郡郡守、支离屠的弟弟支离破和卫侯赤珠青夒牵连到支离屠的案子里来，他对支离屠动用了各种酷刑，逼迫支离屠招供说自己是受支离破和赤珠青夒指使才刺杀了鹿舞库莫的。支离屠受尽了折磨，却一直坚持说这一切事都是自己一个人所为，与他人无关。

支离屠曾经以为未无鬼是最可怕的人，可如今他才知道，张汤才是这个帝国里最可怕的恶魔。

张汤出身贫寒，据说他祖父是一个仵作，他中了举人之后，在刑部干了几年推官，很快以心狠手辣擅长审问犯人出名，他发明出各种闻所未闻的刑具，拷问得犯人欲生不得欲死不能，最后总要按张汤的要求招供。皇帝把他调到大理寺任大理寺丞，几年之后，又擢升他为大理寺卿，成为九卿之一。帝国之内，上到丞相，下到升斗小民，全都闻其名而色变，遇其人则重足，他任大理寺卿这几年，死在他手上的大官儿，没有十个，也有八个，小民就更不用说了，数都数不清。

支离屠二月初十进的大理寺狱，一直被关押到五月初，大大小小的酷刑经历了几十次，浑身上下就没有一块好肉，但他一直没按张汤的要求招供，支离屠也不知道，要把支离破和赤珠青夔牵连进这案子里来，究竟是张汤自己的意思，还是皇帝的想法。他只是抱定了一个信念：要死也只能自己一个人死，绝不能牵扯到旁的人。

开春后，未无天率领的两万河络地鼠铁骑渡过霍苓海，在青囊城的废墟上登陆，稍作休整，即沿承河两岸北上。因为有火蝎开路，帝国军的前进速度极快，四月初已经兵临花籽城下。在厌火城，风行雷隆的军队经过休整，再次沿三寐河北上，同样于四月初来到虹彩城下。

四月初十，正当宁州的战争如火如荼的时候，澜州三郡的河络府君突然联合起来叛乱，要求帝国停止对宁州羽人的征伐，并且还要把八松郡郡守支离破槛送帝都，他们指控支离破与支离屠同谋，刺杀了鹿舞库莫。共有六个河络府君联兵叛乱，短短半个月内，他们就占领了澜州一半的州县。八百里加急的急报接连不断地送到皇帝面前，要求派兵的、报告州县失守的、请求皇帝运粮的……至于弹劾支离破的奏章，更是堆成了山。

天启城里风声鹤唳，传闻八松城很快就要失守，澜州河络叛军将要南下，越过晋北走廊，强攻洺洙关，直指天启城。共有五万叛军围攻八松城，这些河络叛军都给养充足且擅长攻城，更备有多架攻城机甲，然而八松郡郡守支离破奇计频出，城内虽然仅有不足一万的崑人士兵，且多是老弱伤残，但在支离破鼓舞下，同仇敌忾，坚守城池。河络围攻八松半月，竟然攻不下来。

皇帝并没有向澜州派兵，他十分笃定，四月二十四日还与百官一起出城踏青饮酒欢歌，四月二十五日，第一个河络叛将的头颅被送到天启城皇帝御前，随后不断有头颅送来，十天之内，六个反叛的河络府君就死了四个，每个都是在睡梦中被割去了头颅。叛军崩溃了，还活着的两个河络府君互相攻击，并且同时派使者到八松城去向支离破投降，表示自己的反叛是被迫的。

叛乱就这样平息下去，几乎没有影响到宁州的帝国军，皇帝向澜州派去六个新的府君，每个都是崑人，而八松郡郡守支离破被召回天启陛见。皇帝褒奖支离破坚守八松城，却没有提支离屠的事，支离破列出一张几十人的名单，请求皇帝奖赏，其中就有支离屠的儿子支离简，皇帝看都不看，全都按支离破的请求奖赏，有官职的加官进职，没官职的赏赐钱财。

五月初，张汤停止了对支离屠的审问，按支离屠的口供结了案，只判支离屠一人秋后处斩，旁的人一个也没牵扯，支离屠也被转到刑部大牢。

从二月初十，到五月初，原本以为马上就要到来的死亡，被拖延下来，原本以为已经不需要去考虑的事，如今却成了支离屠心头唯一还需要考虑的事。支离坞已经不存在了，支离樱失踪多年，支离简已交给支离破照管，春妮和石春在二月初十决斗一结束就被普罗米什带去了雷州，黑须陀交托给自己的事情也已办完，他已经证明了龙绝不可能是魅，老师朱悲留下的《屠龙纲要》，自己已经续写并交托给了普罗米什，连同青石奥罗留下的惜风"刺"，也都一并交给他。这世上已经没有什么需要他去牵挂的了，他可以了无挂碍地去死，尤其是在他被张汤用各种常人无法忍受的酷刑拷打的时候，他甚至恨不得自己马上就能死去。

然而，当拷打停止，满身是血的他被拖回牢房，在剧痛中昏死过去，又在蒙眬中慢慢醒来，看见一线清光从牢房装着铁栏的小窗透入，清光里无数飞尘和小虫子在飞舞，被深埋在他内心深处的那点活下去的渴望重又苏醒，像隆冬里的被深埋在雪里的种子，遇到了一点点泥土的温暖，一点点水的滋润，便又生起了萌芽的念头。但下一次的拷打马上又来了，于是这念头又被残忍地打压下去，一次又一次，那点想要活下去的念头也被越埋越深，以至于仿佛真的没有了。

在刑部大牢里，情形却比在大理寺狱要好得多，他就是一个等着秋后处斩的死囚，虽然仍戴着重重的脚镣，但至少不会再有个张汤来拷打他了，吃的也好了一些，而且也会有人来探望他，支离破和支离简、赤珠青夔，还有一些旁的人——以前晋北盟的人、支离坞的人，还有许多他原本并不相识的人，都会来看望他，给他带来吃的、穿的，甚至还有书籍和他喜欢的花草。

支离破坚守八松城，在澜州平叛时立了大功，如今朝廷上下，都知道宁州战争结束之后，支离破必定要回到帝都，甚至有可能当上首辅，如今只是因为帝国军的后勤还要依靠他，所以皇上才让他留在澜州。而赤珠青夔虽然常做些出格的事，但他在鲛人贵族内有极崇高的威望，鲛人军队更是全在他的手上，皇上决不会轻易动他，尤其是此时正处于战争的关键时候。

有支离破和赤珠青夔两个实力派庇护，支离屠在刑部大牢里也得到了不少优待。他独自住一间牢房，牢房虽然狭小但却干净，食物也洁净，谈不上可口但绝不难吃，有时，遇上节日，还能喝上酒吃上肉。牢头知道支离屠擅长园艺，便把刑部大牢的小园交给支离屠去打理，牢里的其他囚犯又都敬重支离屠，知道他是晋北盟的盟主、支离坞的宗主，知道他刺杀过鹿舞库莫，更知道他是帝国里唯一敢与皇帝决斗的人。在这里，支离屠甚至觉得平静而幸福，唯一让他遗憾的，是春妮、樱儿和简儿不在自己身边。

六月，宁州的战争进入到最后阶段。

第二次的宁州战争，帝国的策略已经完全改变。

首先，不再像第一次战争那样，派出以十万计的军队。未无天麾下只有两万河络地鼠铁骑，他们以火蝎开道，一路急进，直取花籽城。这两万地鼠铁骑，每个铁骑除了自带了数十斤粮食，又还各带着一只驮鼠，每只驮鼠背上背着五百斤黑煤，共计两万只驮鼠，哪只驮鼠背上的黑煤用尽了，它就成为地鼠铁骑的食物。这两万地鼠铁骑一路烧杀抢掠，所经之处，全都被烧成焦土。

风行雷隆的部队人数要多些，达到五万，全由崑人组成，这五万崑人步卒一路沿三寐河北上——他们在三寐河沿岸建起许多堡砦，帝国军队就驻扎在这些堡砦中，平日沿河巡逻，遇袭便燃起堡砦上的狼烟，附近堡砦的步卒看到狼烟即赶来救援。用这种方式，风行雷隆保证了三寐河航道的畅通，使厌火城的军援能源源不断运到虹彩城下。在虹彩城外共有三万步卒，风行雷隆四月初来到虹彩城下后，令士兵伐木建起营寨，围而不攻，虹彩城内的羽人数次强攻帝国军的营寨，都失败了。邻近城邦前来救援的羽人军队同样也无法攻破风行雷隆的营寨，风行雷隆把营寨前的树木全都伐倒，留出几箭远的白地，唯有能够飞翔的羽人能飞近营寨，那些身着皮甲的羽人步卒都早早地倒在帝国军的箭下，而能够飞翔的羽人士卒并不多，且都是羽人精锐，羽人也并不愿以自己的精锐来冒险强攻。

在海上，帝国的策略同样改变了，鲛人军队由以前的被动护送运粮船，改为主动出击。赤珠青夔亲率鲛人鲨骑突袭了羽人的几处军港，把停泊在军港内的轻羽舟尽数烧毁，随后赤珠青夔又率两千鲛人精锐远征位于宁州东海岸的黄囊城，黄囊城的羽人军队极少，且未料到鲛人会在没有海船护卫补给的情况下随着五月的海潮远征千里，虽然拼死抵抗，但仍未守住。赤珠青夔夺下黄囊城后，继续率鲛人沿源河溯流西进，来到蓝湖重镇花籽城下，与未无天的地鼠铁骑一起围攻花籽城。

在火蝎的铁钳之下，花籽城的树木城墙如同纸糊，黄囊城的失守和鲛人的到来彻底击溃了羽人守军的意志，花籽城只守了短短十天就被攻下，数万羽人丧生于此，花籽城城主花如雪城破之后不愿撤离，将箭射尽之后，自杀而死。六月，未无天已来到雪因湖畔。他的两万河络地鼠铁骑深入宁州腹地，转战数千里，杀伤羽人五万余，自己却只折损了不到五千。

攻下花籽城后，赤珠青夔继续沿源河北上，先未无天一步进入雪因湖，而羽人城邦联盟所在地雪桐城，就在雪因湖的西岸。这是帝国军进入宁州以来，第一次直接威胁雪桐城。

花籽城被攻下后，风行雷隆撤去了虹彩城北面的布防，有意放虹彩城城内的羽人从此处逃走，同时却在出口处张起大网，那些能够飞翔的羽人大多一头撞入大网中被死死缠住，随后又被帝国军活活射死。风行雷隆不费一兵一卒，夺下虹彩城，随后率五千精锐步卒东进，与未无天和赤珠青夔一起从东、南、西三面攻打雪桐城。

此时已是六月末，虽然帝国军节节胜利，战果辉煌，但攻到雪桐城下时，也已是强弩之末。未无天的地鼠铁骑人员损失虽然不大，但却已疲累不堪，有厌战之心；赤珠青夔的两千鲛人军队的给养是大问题，自从远征以来，他们一直以捕鱼为食，到他们进入雪因湖时，已经吃了一个月生鱼；风行雷隆的崑人士兵的补给更是大问题，从虹彩城到雪桐城之间全是丘陵和森林，风行雷隆虽然只带了五千精锐步卒，但这五千步卒每天的粮食也够他头痛的。

每个人都知道，帝国军必须以最快的速度攻下雪桐城，然后与羽人议和，否则将迎来溃败甚至全军覆没。

而羽人则相反，雪桐城北靠莫若山脉，那里并没有帝国军。当时他们有两条道路可选，或者放弃雪桐城撤入莫若山中，或者坚守雪桐城与帝国军决一死战。羽人联盟议会的元老经过数日争吵，最后坚守雪桐城的议案以全票通过。事后证明这个议案的通过对羽人而言是一个绝大的错误，然而在当时，在家园被侵占、被劫掠、被焚毁之后，谁也无法选择退缩，因为退缩就意味着背叛。后来的史官以为，如果他们选择保存实力，放弃雪桐城退入莫若山脉，然后等帝国粮尽退军时再跟踪追杀，那么羽人将最终取得战争的胜利，而如今却相反，他们把羽人最后的精锐都投入到雪桐城保卫战中，雪桐城最终仍然失守，而羽人的精锐也牺牲殆尽。

羽人在雪桐城的策略，是想坚守到七月初七明月之力最盛时，全体羽人士卒飞起，从西、南两面给风行雷隆的崑人步卒和未无天的河络铁骑以最后一击，同时封锁雪因湖的出口，迫使鲛人投降。而帝国军正相反，他们必须在七月初七之前攻下雪桐城，否则必将失败。

羽人太过自信，他们自以为依靠巨木城墙、鹤雪的射术和羽人的轻捷，完全可以在雪桐城守到七月初七之后，但是，在火蝎的狂暴双钳之下，以巨木森林建起的城墙依次倒塌。三天之内，河络铁骑和崑人步卒就从城墙缺口冲入雪桐城中，他们燃起大火，这九州最伟大、最美丽、最古老的森林之城，在这大火中化为灰烬。

在雪桐城的巨木城墙倒塌之后，火蝎所食用的黑煤也燃尽了。其实早在花籽城被攻下后，两万驮鼠背上的黑煤就已被火蝎烧光，攻下花籽城后，因为花籽城北面有一座巨大的露天黑煤矿藏，火蝎的燃料得到补充，这对帝国的胜利有着决定性的意义，然而羽人未却意识到这一点，在花籽城失守后，并没有尽全力守护矿藏。

雪桐城被攻下之后，帝国已无力也无意再战，羽人的军队也伤亡殆尽，议和成了顺理成章的事。

帝国提出两个条件，其一，在宁州设厌火郡，并入帝国版图，又设羁縻府鹰翔府，由羽人自治；其二，所有鹤雪作为人质，由帝国军押送至天启，自此以后只能在天启生活。

谈判仅持续了五天，协议就达成了，羽人完全接受帝国的条件。羽人意识到，态势很清楚，谈判持续得越久，对帝国就越有利，帝国军可以借助谈判的时间恢复，一旦他们重新获得战力，他们甚至有可能继续向北深入，到那时羽人就连自治都不行了，鹰翔府会变成鹰翔郡。

这一年的七月初七，是自由的宁州的最后一个羽翔日，许多羽人在这一夜借着明月之力飞起，然而，他们并没有在明月落下之前回到大地上，而是一直飞翔下去，直到他们的精神之翼消失，然后，活活摔死在宁州的青土之上。

七月初八，羽人联盟盟主银青云在和平协议上写下自己的名字，随后，他带着宁州仅余的四百二十三个鹤雪（墨鸢的哥哥墨翼亦在其中）随帝国军一起离开宁州到天启去。出于尊敬，未无天并未刺伤他们的展翼点，只是给他们戴上了脚镣。他们与帝国军一起，先是沿源河东行，回到蓝湖岸边，在花籽城废墟上停留数日，然后沿承河南下，向青囊城行去。这条道路也是帝国地鼠铁骑的进攻路线，一路所见，皆已成焦土，很多地方的树木仍在燃烧，青烟从土里源源不绝地冒出来，那是仍在地底默默燃烧的树根。八月初四，他们来到青囊城，前面就是辽阔无垠的霍苓海。银青云向未无天提出，在离开宁州之前，让所有鹤雪者最后再飞一次。未无天同意了，解开了他们的脚镣。四百二十三个鹤雪者一起振起双翼，飞上渺远的高天。有人担心他们会逃走，未无天仰头望天，冷冷答道："鹤雪者，是你这样的人可以仰望的吗？"

这句话刚说完，只见四百二十三个白点从天上直落下来，如同四百二十三颗白日流星。

"鹤雪之血，至此绝矣！"未无天叹息道。

宁州羽人的臣服以及澜州河络叛乱的被镇压，并没有让帝国得到众人所期盼的海晏河清。在澜州，河络们开始宣扬"回归"：回归河络的传统，回到地下城去生活，放弃潮神信仰，重新信仰真神，放弃经商，重新以开采、冶炼、锻造、养殖和种植为生。在擎梁

鶴雪

九州·刺龙
DRAGON SLAYER

郡，一些河络已经开始实行这种理念：他们进入擎梁山脉，找到一个上古时期的河络地下城，并搬到里面生活。这个地下城早已成为废墟，但即便是废墟也十分宽广，足以容纳成千上万的河络居住。

在宁州，虽然大规模的战争已经止息，但也并不平静，一些不愿臣服的羽人从丘陵地带退入莫若山脉和鹰翔山脉，与山地羽人联合起来，对抗留守宁州的帝国军。他们结成小股部队，神出鬼没，专事偷袭，一击得手立即退入密林之中，帝国拿他们一点办法也没有。

在中州各郡，甚至在帝畿，慢慢形成了一股崇拜支离屠和支离坞的风潮，人们借此对抗帝国越来越严厉的统治和越来越僵化、教条、腐朽的潮神教。这些崇拜者中有许多是原本生活在坞堡中的崑人平民，他们自由自在惯了，对帝国的统治本就颇多腹诽，因此他们崇拜支离屠和支离坞并不奇怪。让人讶异的是，许多鲛人贵族和河络贵族也暗中崇拜支离屠。一直以来，皇帝都在有意压制、削弱鲛人贵族和河络贵族的地位和权力，扶持像支离破这样的崑人新贵，这让鲛人贵族和河络贵族不满，但他们不敢明着对抗皇帝，只能把对皇帝的不满寄托在支离屠身上。

从二月与皇帝决斗失败入大理寺狱，到七月帝国与宁州羽人签下和约，再到八月宁州鹤雪者不愿离开宁州在青囊废墟上集体自杀，这几个月的时间里，支离屠在帝国和宁、雷两州的声望节节攀升。

随着支离屠声望的攀升，在天启帝都，也接连发生了好几起让人触目惊心的事件。最早，六月十二日，在天启帝都，大理寺卿张汤在上朝的路上，被人残忍地击杀，他的尸体倒在九州大道道边的阴沟里，胸口上一个血淋淋的大洞。他是被大铁椎一击毙命的，他的护卫也一并被杀死，他的官轿被大铁椎击成碎片。凶手很快就被抓到，是一个哑巴铁匠，一个夸父。他本是斗奴，因连胜了三十场，凭着斗奴法条获得了自由，得到自由后，他就在帝都当一个铁匠，二十年没有离开过他的铁匠铺。击杀张汤时，他已年过五十，他不识字，也说不出话，他的大铁椎是他自己用铁匠铺里的废铁打造的，杀了人后，他就带着大铁椎回到铁匠铺里睡觉，沾满血的大铁椎随意丢在火炉边。他杀了朝廷命官，而且手段骇人听闻，按帝国的律条，被判了车裂之刑。行刑时，六匹马竟然都没能拉开他的身体，又临时找了六头驯象来替代，才终于把这可怕的巨人给杀了。

六月底，杀了张汤的哑巴铁匠还在狱中，便又发生了一件让人震惊的杀人事件。赤衣卫左统领谢昆被几个晋北的少年击杀于西市的酒楼上。这几个少年年纪都不大，最大的不到二十，最小的才十四岁，他们假装喝醉酒打了起来，趁谢昆不备以匕首刺杀了谢昆，然后割下谢昆的头颅逃出天启。没过两天他们就被抓住了，抓住他们并不难，他们不仅没有隐藏自己的行迹，反倒一路高歌向着支离坞狂奔，手上还拎着谢昆血淋淋的脑袋。他们想把谢昆的脑袋带到支离坞去，并在那里祭奠晋北的英灵，如果可以，他们还想复兴支离坞，重建晋北盟。少年们的梦想看起来就像一个笑话，但越是可笑的梦想，往往越拥有震撼人心的力量。许多人为少年们求情，求皇帝留下他们的性命，但他们依旧被判了斩立决，被押到西市，在千万人面前，一个一个地被砍了头。他们毕竟还是少年，没有真正面对过死亡，当死亡真的降临，有人在刑场上哭了，有人脚软得被刽子手拖着走。然而在众人的眼中，他们的死似乎比哑巴铁匠的死更壮烈，也更凄楚。

一个名叫公孙士的官员对皇帝说，支离屠不能再活下去，否则像张汤和谢昆被杀这样的事件会层出不穷。有人反驳说，张汤和谢昆的死与支离屠没有关系，支离屠被关在监狱里，根本不可能指使杀人。公孙士说，正是因为支离屠没有指使杀人，因此才更危险。皇帝微笑，不置可否，只是挥手让争论双方都退下。

秋决的日子愈来愈近。进入八月中旬，金吾卫抓住了一伙想要挖地道救出支离屠的年轻人，他们的计划十分周密：先是买下刑部牢狱高墙外的一幢民居，然后又买通了一个狱卒，探听到支离屠牢房的具体位置，他们用铁锹挖土，用竹筐把土从地道里搬出来，倒在屋墙下，他们挖了足足有将近一个月，眼看就要挖到支离屠牢房下的时候，出了意外。这一年的八月，雨水格外的多，十六日那一天，足足下了一天一夜的雨，整个天启城都被淹了，河沟里浊浪翻滚，阴沟里的水满溢出来，淹没了街道。地道里也被灌满了水，那几个没日没夜在地道里挖土的年轻人，都被淹死在里面，只有一个水性极好的年轻人逃出来。水退之后，地道和地道里的尸体都暴露了，金吾卫追查到那个逃出来的人，又顺藤摸瓜，抓到那个给他们透露支离屠牢房具体位置的狱卒。据说地道被水淹没的时候，他们已经挖到距离支离屠的牢房不足十步远的地方，京兆尹对他们的行动十分惊讶：地道足足有数百步长，最深处达十几尺，最高最宽处足够一个人直立行走。地道虽然很长，但却十分牢固，即便被水淹没也没有垮塌。那个从地道里游出来的年轻人和那个狱卒，被判了水决，他们被投进鲨池里，被鲨鱼活活地吞吃了。

这所有的事，支离屠都知道，皇帝似乎迫不及待地想要支离屠知道这些事——又有人因为他而惨死了。那个哑巴铁匠，那些想要复兴晋北盟的少年，还有那个逃出了被水淹没的地道又被投入鲨池的年轻人，以及那个狱卒，他们临死前，都曾被带到支离屠的牢房里，与支离屠见上一面。有些是他们自己要求要跟支离屠见面的，有些则是皇帝强迫他们来的。

支离破来帝都觐见皇帝时，曾顺带到刑部大牢来见支离屠。他自然是先见了皇帝才来见支离屠的。

自从上次在支离坞下分别，支离屠有一年多没见到他了，时间其实并不长，但支离破的相貌却让支离屠感到惊讶——他老了许多，鬓角灰白了，额头也多了好几道皱纹，眼神虽然依旧坚毅，但却没了以前略带嘲弄的意味，反而透出些许悲凉。支离破似乎也对支离屠相貌的变化感到讶异，他站在牢房外，隔着粗如儿臂的铁栏杆，盯着支离屠看了很久，仿佛认不出来的样子。

牢头亲自陪着支离破进来，弓着腰，没有了往日里在犯人面前的趾高气扬，他从腰间一大串铜钥匙里取出一把，手忙脚乱打开铜锁，用力推开牢门，请支离破进去。

支离屠坐在老旧的小桌边，天光从高高的小窗上射下来，正照在桌面上，桌上一只破陶盆，里面养着睡莲，还有一本讲述星降前古老历史的书。

支离破把带来的食盒盖子打开，一样样把里面的东西拿出来，摆在小桌上，是一角晋阳春，一碟豆腐干，一碟炸蜂蛹，还有一盘风干的野鸡肉，都是支离屠喜欢的下酒菜。

支离屠拿起晋阳春，给支离破斟一杯，自己一杯，也不敬支离破，捏起酒杯先一口饮尽。老兄弟俩就一口酒一口菜地喝起来，半天，支离破迸出一句话："简儿守八松，守得不错，是个将才！"

支离屠不吭声，继续喝。

支离破又迸出一句话："樱儿……还是没消息！"

支离屠点点头。

眼看酒就要喝完，支离破郑重地看了一眼支离屠，咳了一声，说:"哥哥你知不知道,按律条,凡是秋后才行刑的,都……可以不死的。"

"知道,"支离屠喝酒,"是皇帝让你来的吧!"

支离破不吭声。

"你也不容易,"支离屠说,"还是我好,要活就活,要死就死,直来直去,不用愁!"

支离破把酒杯放下:"我也不知道我做得对不对!"

支离屠抬头看一眼弟弟:"你可从来都是对的。"

支离破摇头:"八松城内外,死了好几万人,哼!"

支离屠没说话。

酒还没喝完,支离破就走了,临走出牢门前,支离破突然回过身来,说:"祖奶奶说过的话,你还记得不?"

支离屠一个人自斟自酌,只当没有听见。

支离破说的免死律条,支离屠自然知道,凡是秋后才行刑的死囚,都可以向皇帝请求免死,条件很简单:接受宫刑,入宫为奴,也就是当太监。支离破说的祖奶奶说过的话,支离屠自然也记得,他们口中的祖奶奶就是支离兰,她临死前曾对支离暮澜说过:"活下去,就有希望!"而这句话,支离暮澜临死前也曾对支离屠说过。

当刑部判支离屠秋后处斩的时候,支离屠就知道了,皇帝是想逼他入宫为奴来折辱他。但支离屠一直没有吭声,于是皇帝就不断把那些为了支离屠而死去的人带来给支离屠看,想逼支离屠主动开口,但支离屠却一直沉默着,眼看就要到行刑的日子了,还是没有动静,皇帝自己沉不住气,让支离破到牢里来提醒支离屠。

然而皇帝又哪里知道支离屠的想法,对支离屠来说,活下去或不活下去,都是没所谓的事。他觉得自己已经完成了自己的使命,虽然并没有杀死龙,也没有找到朱悲所说的"至坚至柔"的武器,但他以为凭自己的本事，就算再多活五十年，恐怕也没有可能完成这两件事，因此即便明日便去死，他也可以坦然接受，既然如此，又何必去忍受那宫刑之辱，去为了无谓的活着而入宫为奴呢？

那些因他而死去的人，支离屠觉得他们很不值得，若支离屠能对他们说话，支离屠必定要说：何必再为了我而付出你们宝贵的生命呢？好好地活下去，好好地爱你们的家人，好好地享受活着的每一天，不是很好吗？如果能够制止他们，支离屠甚至愿意立即付出自己的生命，但狱卒们把支离屠看得很紧，并不给他独处的机会，也不会给他任何能伤害到自己的东西。

因此，在刑部大牢里，支离屠只是百无聊赖地活下去，别人或许会以为，他最害怕的便是行刑的那一天到来，而其实，支离屠最盼望的，反倒正是行刑的那一天能早点到来。

按例，秋决总是在九月的二十三日，行刑的时间，是午时三刻，行刑的地点，是西市口。

经过了一个雨水连绵的夏季，入了秋之后，就一直没有再下雨，也没有刮一丝风，到了九月二十三日这一天，帝都已经连着一个多月没有下过一滴雨了，薄薄的浮尘笼罩在天启城的上空，把原本应该是高远的秋日天空染成了土黄色。

和支离屠一起被砍头的，还有两个人，支离屠不知道他们究竟犯了什么罪，不过他们既然没有选择入宫为奴，那他们应该也是被判了斩立决的。三个死囚，一人一辆槛车，每个人都戴着重枷和脚镣。刑部的大牢在天启城的北角，他们得先从角门出皇城，然后沿着五海长街往西市去。沿路都是看热闹的人，让支离屠想起二月里的那次与皇帝的决斗，当时也是沿着五海长街往西边去，然而当时是满怀着希望去的,如今却是安心去赴死。

西市口已经清出了一大片空场,空场中间用木头搭起一个台子,台子周围聚集了数千看热闹的人,人群之外,是数百名金吾卫执戈护卫,在西市高高的市楼上,又立着许多弩手,弩弦都已拉开,锋利的弩箭对着下面的人群,箭头在阳光下闪着银光。

先被砍头的是另外两个人,然而绝大部分人是来看支离屠被砍头的。当那两个人都被砍了头,尸体也被拖走,支离屠被押到血淋淋的铡刀下时,人群里有人痛哭起来,高呼着"宗主",如同被砍头的是他们的父祖,有几个年轻人持刀冲出想要劫法场,却立即被弩箭射倒。

支离屠不能理解这一切,不理解他们为什么会因为自己的死而痛哭,不理解他们为什么要为自己献出生命,然而,无论如何,他想,这一切马上就要结束了。

他跪在铡刀下,跪在这血腥的、无情的但同时又公正的刑具之下,如同跪在制定了千古不变的律法的神明之下,如同跪在星辰之下,如同跪在墟神与荒神之下,在那一刻,支离屠就是这样想的。

他闭上眼,等待铡刀落在自己的颈上。

但是监斩的太监却走出来,取出黄绫的圣旨。

支离屠并没有被赦免,皇帝觉得他与支离屠之间的游戏还没有玩够,他把支离屠被砍头的时间,无限期地延迟了。

第四章 宫刑

在写给普罗米什的信里，支离屠解释了自己为什么最终还是接受了宫刑：

我知道，人们并不认同我做的事，认为我背叛了他们，是一个懦夫。他们曾把太多的荣耀加在我的身上，曾把太多的爱加在我的身上，同时也曾把太多的责任压在我的肩上，其实我只是一个平凡的人，没有什么天资，相貌和智慧都十分普通，除了会莳花弄草，并没有什么特别的才能，人们之所以尊敬我，其最初的原因，不过是因为我复姓支离，是支离坞的宗主和晋北盟的盟主，而后面那两个身份，其实又都不过是从我的姓氏来的，与我自己并没有多大的关系。而我这辈子所做的一切看似重要的事，又都是从我的宗主和盟主的身份中来，其实任何一个支离坞的宗主和晋北盟的盟主，遇到我当时所遇到的情形，也必定会做出那些事。若我并不姓支离氏，也并非支离坞的宗主和晋北盟的盟主，那么我这辈子大约也不过是一个老老实实勤勤恳恳的农夫，在支离坞种一辈子的庄稼，养一辈子的海棠和樱花。

所以像我这样的一个人,做了一些背叛和懦弱的事,也并没有什么让人惊讶的吧!然而我终究还是忍不住要写这封信为自己辩白,大约是出于人总是要寻求同情和畏惧孤独的天性。上古时期,燮朝的时候,有一个名叫姬让的人,为了复仇,变易了姓名,伤残了自己的肢体,弄哑了自己的喉咙,切断了自己的舌头,然后他进到仇人的府第里,成为仇人的奴隶,又经过了许多日子,终于有机会近距离地接触到他的仇人,并把仇人给杀死。我现在大约也只能用这样的故事来安慰和激励自己了。

然而我也知道辩白是没有用的,说自己是因为还想刺杀皇帝所以才接受了宫刑入宫为奴,这样的解释,真不如说自己是因为畏死而接受宫刑更让人容易接受一些吧!何况,一件事情的意义,既不是由促使它发生的原因决定的,也不是由做这件事的人的主观意愿决定的,更不是由人们对这件事的看法和做这件事的人的自我辩解决定的,一件事情的最终的意义,是由这件事最后所引发的结果来决定的。

所以其实我也没必要写这封信吧!

石春这孩子必定在痛骂我吧!

春妮的身体好吗?你的身体又如何呢?我们的老一辈都去世了,现在也轮到我们慢慢地变老了,回想少年时,在鹰潭边读书的光景,仿佛就发生在昨日一般,人生真是短促如同朝露!

保重!我以后大约也不会再给你们写信了,就当我已经死去好了!

弟阿基里什顿首。

因为是写给普罗米什的信,所以支离屠用自己的奥诺利斯名字落款。

关于他的接受宫刑以求免死,其实还有一个最主要的原因,支离屠并没有说出来。支离屠很清楚,如果自己的刑期一直拖延下去,那么将会有更多的人因自己而死去,皇帝会把这些人一次又一次地送到他的面前,让支离屠看到他们临死前的绝望、痛苦和迷狂。对支离屠来说,与其让别人因自己而死去,还不如让自己安心地去承受活下去的痛苦和屈辱为好。他并不觉得这些人的死有什么意义,而正因此,他就更同情和怜悯他们,而他又无法忍受这样的同情和怜悯,他觉得这样的同情和怜悯是对被同情者和被怜悯者的污辱,或许正是因为这个缘故,所以他才不愿在信中提到这一点。

而且,在他想来,一个人一旦开始同情和怜悯别人了,那这个人距离成为一个废物也就不远了。

所以他宁愿用这种最屈辱的方式活下去——失去男性的象征,失去曾经的荣耀和爱戴,成为一个最低贱最卑微最被人鄙视的奴隶,成为自己最想杀死的人的奴仆。这些事确确实实让他感受到了痛苦,然而同时也让他感受到了快乐,这样的快乐是蕴藏在痛苦之中的,唯有他感受到了痛苦,他才会觉得快乐,像一个生于火中的苦行者,唯有烈火焚身的痛苦才能让他感受到短暂的清凉。

辉煌而又巍峨的天启宫城,位于天启帝都的北部,面积是皇城的三分之二,方圆近百里。

宫城的正南门,名为青门,由青门进去,是一个巨大的广场,广场的地面墁以青石，其阔可容万人。广场尽头，步上百级汉白玉的石阶，是雄伟的皇极殿，皇帝在此理政，百官于此朝会。皇极殿之后，是一条阔三十尺的南北向驰道，驰道两旁种植了高大的绿柏，绿柏下是深一丈阔两丈的清渠。由皇极殿往北，依次是永寿殿、永昌殿、永信殿，永信殿东为昭阳殿，西为长秋殿，永信殿之后，又有大夏殿、临华殿、宣德殿、通光殿、高明殿、建始殿、广阳殿、信阳殿、椒房殿、长亭殿等等，散落分布于宫城之中。又有荨园、夏园两座御花园，园中各有一个阔达数顷的人工湖，荨园之湖名为荨池，夏园之湖名为夏池，湖深数丈，湖中又建有无数楼阁，以供皇帝与他的鲛人妃子戏乐。所有宫殿和湖园之间，皆有深达丈许的清渠连通，有些宫殿更是完全建在水中，如清明殿、沅香殿、淼极殿等。宫城的北正门，名为章门，由章门出去，是阔达千顷的碧波池，碧波池北，便是高达百丈的崇丘阁，崇丘阁北，直达北莽，便是皇帝的猎苑北苑，其方圆有千余里，比整个天启帝都还大。

　　皇帝有数十位妃嫔，其中既有鲛人和崑人，也不乏河络与羽人，甚至还有几位蛮族和夸父族的妃子，皇帝对她们一视同仁，并没有特别的偏爱，无论是绿发的鲛人妃子，还是又高又壮戴石头项链的夸父族妃子，都很少能得到皇帝的临幸。皇帝不好女色，常常数月甚至数年都不与妃子同床，但有时候，他又会于一夜之间临幸数十位妃子，这之前并没有什么预兆。皇帝对妃子的选择也并没有什么特别之处，嫔妃们的容貌、种族、身量、性格等等，都各不相同，似乎是随意挑选的。

　　虽然皇帝能够一夜御数十女，但皇帝却从未能让他的妃子们怀过身孕，更没有诞下过哪怕是一个龙胎，但既然皇帝自己就是长生不老的，那么他究竟有没有龙子又有什么关系呢？自从皇帝从龙卵中诞生出来，至今已有二百余年，最初的一百年，人们还能看到皇帝的成长，但是当他年满百岁之后，他的容颜就再没有任何的变化了。当然，迁都天启之后，他的臣民们也无法再看出他的容颜是不是有变化，因为皇帝的容颜在迁都之后就一直在随心所欲地变化。迁都之前，在臣民面前，皇帝一直以鲛人形象出现，迁都之后，皇帝多以接近崑人的容貌出现在臣民面前，宫廷内外还传言，当皇帝临幸河络妃子时，他会以河络男子的相貌出现，临幸夸父族妃子时，他会以夸父男子的相貌出现，临幸羽人、蛮族和鲛人妃子时，他也都以相应的相貌出现，当然，无论皇帝以六族中的哪个族类出现，他的容貌都俊美无比同时又温润如玉，让人一眼就能认出，他就是九州唯一的神明。

支离屠遭受宫刑，是十月初的事。在蚕室养了半个多月的伤，十一月间，他正式入宫为奴，在身上烙了龙印，穿上了太监的衣帽。

天启宫城中的太监，多是崑人，但也不乏羽人、蛮族和夸父，其中也有很少的一些太监是鲛人和河络，这些鲛人和河络太监，原本大多出身尊贵，因为犯了杀头的死罪，才不得不净身为奴，入宫当了太监。鲛人太监多安排在水宫如清明、沉香、淼极等殿，这些鲛人太监常时多待在水殿之中，并不太管理宫中的日常事务；河络太监掌握宫中实权，像黄门令、中黄门等职位，多由河络太监担任。崑人太监是宫中太监的主力，这些崑人太监并不一定是因为犯了罪才入宫的，有不少崑人太监是主动净身入宫为奴的，至于他们净身入宫的原因，则五花八门，有些是因为家里贫穷，有些是因为传统，有些则是因为对潮神的信仰，希望入宫后能有更多的机会接近皇帝。至于那些羽人、夸父和蛮族太监，则多是成了战俘之后，被迫净身入宫的,他们是宫中地位最低下的太监,杂活、脏活、累活,都由他们来干。

支离屠入宫后,皇帝并没有特别分派职位给他,掌事的河络太监知道他擅长园艺,便把他安排到萼、夏两园去,让他在御园令手下当一个园丁太监,这是一个辛苦活计,日晒雨淋,且又不能接触嫔妃和皇帝,难有上升和领赏的机会,但支离屠对入宫本就没什么期待,而莳花弄草又是他所喜欢的,所以满心欢喜地就去了。

御花园自然与寻常百姓家的花园不同,不仅仅是大,最让支离屠喜欢的是里面种植了许多从九州各地移植来的珍奇花卉。比如碧鸢尾,产自宁州莫若山的密林中,花开时如彩鸢之尾羽,灿烂夺目,支离屠久闻其名,直到进入宫中才第一次见到,太监们把这珍奇的花卉如种草一般种在一片向阳的坡地上,却并不知道它们是喜欢阴凉的植物,让支离屠暗暗在心里叹惜暴殄天物;支离屠还曾于偶然间看到一大片月光莲植于萼池的一角,月光莲是睡莲的一种,产于宛州,因为星降而灭绝,支离屠只有在书中才能看到它的模样,却突然于不经意间,看到一大片月光莲就在自己面前,乐得他差点儿惊呼出声;在夏园的最深处,支离屠还找到产自雷州的雷红花,如一把巨伞般生长在密林中,暗红的叶子像血一样刺目,这种雷红花在雷州本土也极难见到了,只有在原始深林的最深处还有生长,也不知道它究竟是如何来到天启城中的。

然而支离屠最喜欢的,还是海棠和樱花,萼园和夏园中自然也不乏这两种植物。夏园中宛州、越州、雷州的花木较多,海棠和樱花则多种植在萼园中,支离屠也把他的大部分时间花在萼园里,把这园里的数百株海棠和数十棵樱花都当成了自己的子女一般照料。

次年的一月，皇帝把支离破从八松郡召回了天启，任命他为郎中令。在熹帝国，郎中令是九卿之首，其地位仅次于丞相，常常被视为丞相的继任者。现任丞相李审已年过古稀，屡次向皇帝请求致仕，但皇帝皆未恩准，只因一时间还找不到合适的继任者，支离破回到天启任郎中令，众人皆知，是为担任丞相做准备。

支离破从八松郡回来的第二天，皇帝就召见了他。与支离破一起来觐见的还有丞相李审，主臣三人在宣德殿中相见，皇帝赐座，三个人一直从早晨说到下午，连午饭都是在宣德殿里吃的。

支离破提出了变法的主张。首先，帝国境内，要"九州同文，六族同语"。帝国的前身，是鲛人与河络的联盟，因此帝国建立之后，自然便以鲛语和河络语为官话，鲛人最初只有语言没有文字，因此帝国文书皆用河络文书写。而朝堂之上，最初多用鲛语，后来因为崑人官员渐渐增多，且鲛语不方便陆地种族交流，崑语才逐渐被官员们接受，成为朝堂上的常用语，但许多鲛人贵族和河络贵族是不屑于使用崑语的，因此皇帝上朝的时候，殿堂上常常会鲛语、河络语和崑语混杂着用。支离破主张把崑语定为唯一的官话，帝国文书使用崑文书写，帝国学校使用崑语教学，并以崑文编定教材，帝国各级机构亦使用崑语交流；其次，废除鲛币，只使用金铢银毫和铜子为钱币，并将造币权从诸侯和地方上收回，只有朝廷才有造币权。鲛币多以贝壳为之，最初只在海洋地区通行，鲛人与河络联盟建立之后，才逐渐通行于陆地。帝国建立之后，鲛币与金铢银毫铜子同时通行于市，而造币权则为多个河络部族瓜分，各个部族所造钱币成色不一，造成了市场的混乱；再次，统一度量衡，废除鲛人、河络、崑人度量衡杂用的情况，以崑人度量衡为帝国标准，因绝大多数农民是崑人，而帝国之赋税，主要来自崑人农户，之前那些鲛人和河络官员在收税时，往往故意错乱度量衡，盘剥农户，中饱私囊，于帝国有百害而无一利；其四，建立军爵制，设二十等军爵，不论种族，只以首级论军功，不同军爵可以获得相应的土地以及赋税减免；其五，重修历法，原先的历法杂用鲛人历、河络历和崑人历，错误百出，不敷日常所用，重修历法迫在眉睫；其六，兴修驿道和驰道，使帝国境内道路通畅，帝国政令能及时传达，税赋能及时转输，货物能四通八达。

这六条建议，皇帝全部采纳，并立即下了口谕，任命支离破为郎中令，主持变法。

在后来的史书中，人们把这次变法称为"支离变法"，这也是熹帝国漫长的四百年历史中的第一次变法。然而在鲛人贵族和河络贵族的口中，这次变法被称为"支离乱政"，因为"支离乱政"，鲛人和河络失去了贵族地位，而崑人则慢慢成为帝国的主人。

支离简随着支离破一起回到了天启，如今他是支离破的幕僚和护卫，是支离破的左膀右臂。虽然支离屠就在宫城中，但是内外悬隔，支离破和支离简就算想见支离屠，也无法见到；何况他们也没有空去想这些事，变法的诏令一下，支离破和支离简就忙得连吃饭睡觉的时间都没有了。

无论宫城外闹得如何沸反盈天，支离屠在宫城内的生活仍然安静而规律，确实，人们看不起他，宫女遇到他会绕道走，甚至还要啐上一口，太监们则仇视他，特别是那些羽人太监，把亡国灭族的仇恨都转移到支离屠身上，仿佛是支离屠杀了他们的妻子和孩子。然而支离屠对这一切都不在意，他只是一心一意地去照管那些花草树木。天还没有亮,他就从低等太监睡的大通铺上爬起来,把修枝剪别在腰带上,嘴里哈着白气到园子里去。群星在天上旋转、闪耀——这是一月间,冰雪仍覆盖着大地,天启的夜空上,火红的裂章和雪亮的亘白最引人注目。在支离屠的内心里,爱与仇恨并没有消泯,但更宏大恢远的星空降了下来,包容了所有的一切,以至于连痛苦也变得仿佛微不足道了。

如果这时候有一个人,与支离屠在园子里相遇,一定会被他那专注而又平和的面容感染。随着年纪的增长他的鼻子变得越来越宽,鼻孔也变大了,原先那似乎有些盛气凌人的鹰钩鼻,变得不再那么咄咄逼人;他的灰眼睛变得浑浊了,不那么漂亮了,但也因此而少了一些冷酷,多了温柔和内敛;他的两个拳头一样高耸的颧骨,因为年纪的关系,被越来越老皱的皮肤遮没,变得不再那么突出;他的长下巴也皱缩了,上面长满了灰白的胡子,再没有以前那种刀一样的锐利感觉。

他专注地在一棵樱花树下干活,仔细而小心地剪去每一根冗枝,他知道到了三月的某一日,这棵樱花树上将开出怎么样的花,是白的、绯的还是赤的,是四瓣的六瓣的还是千重的。这些树和花就像是他的孩子,他满足于此,不再去想别的事,不想春妮、支离简和支离樱,不想支离坞和晋北盟,甚至都不想如何才能屠龙。

一月初二那天,天还没亮,一个羽人宫女爬上了皇极殿高高的檐角,谁也不知道她是怎么躲过重重的守卫,从后宫来到这里的,更不知道失去了双翼的她是如何爬上去的。她来自青囊城,她的家人全都被鲛人鼓起的海潮淹死了,她很幸运地被救起,但又很不幸地被带到天启,割去了展翼点,成了一个最低贱的宫女。她从皇极殿高高的檐角跃下,摔死在殿前的石阶上,腥红的血洒在被月光照得银白的雪地上。太监们等她跳下来等了好久——天实在太冷了,如果她再不跳下来，太监们可能都要被冻死了。宫女一死，太监们就迫不及待地把她的尸体拖走，染了血的白雪被铲起运走，一切又都恢复原样，万籁俱寂，天地无声。

皇帝对这一切一无所知，他太忙了。

一大早，天还没亮，皇帝就得起床。平常他如果不在嫔妃那里过夜，一个人独睡的话，他就睡在广阳殿里，那个殿里只有太监，没有宫女，而且太监还多是老河络太监，服侍了皇帝几十年了。梳洗、早膳过后，太阳才过了檐角，皇帝穿上龙袍，乘着御辇，到皇极殿去上朝。百官已经在皇极殿等着了。平常就算没什么大事，朝会结束时也已是巳时，再稍微拖一拖，到午时还没结束也是有的。用了午膳后，皇帝会休息半个时辰，然后到宣德殿去批阅奏章，听丞相奏报各种具体事宜，如果九卿有事，还要分别禀奏。变法开始后，支离破每天都要和丞相一起到宣德殿来，与皇帝商量种种事情。皇帝在宣德殿的时间没有一个定准，快了，能在晚膳前就出来，慢了，要一直忙到深夜。能在晚膳前就出来的情形是极少的，绝大多数时候，都要在宣德殿里用晚膳甚至宵夜，如果丞相或郎中令正好还在宣德殿里，便会与皇帝一起用膳。

皇帝威严，但并不严酷，他很少在朝堂上斥责朝臣，更不用说打板子了，如果皇帝认为某个朝臣有过失，也不会直接下诏旨责罚，而是会将之送到廷尉或大理寺卿那里去勘核审问，若廷尉或大理寺卿回奏该人无罪或无过失，皇帝也不会坚持己见。总之，世人皆知皇帝有无尽的权力，但皇帝自己却甚少动用这种权力。

皇帝不仅勤政，精力旺盛，而且也极其聪明，如果检览史书，想要找到一个比当今皇帝更完美的人主，是根本不可能的。他所下的谕旨从没有出错的时候，他善于听取进谏，也愿意听取进谏，前面说过，他虽然有数十妃嫔，但他并不好色。他对饮食的要求很简单，洁净而已，他对衣物的要求也很简单，不求华美，得体足矣。宫城虽然广大，但他平日所来往的不过皇极、广阳、宣德数殿而已，以至于常常有朝臣进谏，请皇帝注意休息，平常也应该有一点声色之娱，皇帝对这些进谏总是一笑而过，既不采纳，亦不斥责。

但皇帝也有让朝臣们感到畏惧的一面，他耳目聪明，总是能够知晓许多不为人知的事，大到宁州战争的进展，小到朝臣回家后如何跟小妾调情，他无不知晓，而朝臣们却不知道皇帝究竟是如何得知这些消息的。最让人感到恐惧的，是澜州"六府君之叛"的平息，皇帝仿佛早已知道这几个河络府君将要叛乱，他端坐于朝堂之上，数日之间，叛乱府君的头颅便接连被送来，而朝臣们根本不知道这几个府君是如何死的，以及究竟是谁杀死了他们，朝臣们不免会感到自己脖子上凉飕飕的，担心自己也会于睡梦之间，就被人割去了头颅。

一月初三，也就是羽人宫女自杀的次日，支离屠正在蓼园的暖房里忙碌，一个小黄门大摇大摆地走进来，说皇帝要支离屠立即到宣德殿去，有事儿。

支离屠疑惑地看看这个小黄门，把花锄插在土里，洗了手，整了整衣衫，换了双干净鞋子，跟在小黄门后往宣德殿走。

宣德殿在蓼园南边，距离皇极殿不远，是一座外表朴素的小殿。跨过高高的门槛，掀开厚厚的帘子，里面是一个小暖阁，穿过小暖阁才是正殿，殿内正中，燃着一大盆炭火，殿里弥漫着温暖的香氛，应该是在角落里还燃着暖香。

皇帝坐在梨木书案后，龙椅后是雕花檀木屏风，案旁坐着一个龙钟老者，是丞相李审，另一边手执文书站着的，是支离屠的弟弟、郎中令支离破。

主臣三人在说着事，但显然他们都在等支离屠的到来。

支离屠依着一个低等太监的礼节，向皇帝行礼，又向丞相和郎中令行礼。皇帝瞥了眼支离屠，微微一笑，让支离屠平身。

支离破放下文书，向支离屠行礼问好，丞相李审也站起来，郑重其事向支离屠回礼。支离屠有些诧异，在宫中的这段日子里，他已经习惯了人们对他的无礼甚至污辱。

皇帝心不在焉地问支离屠这一段时间在宫中过得如何，又问支离屠的妻儿如何安置，支离屠随声应答，他知道皇帝决不会只为了问这些事就特意把自己唤来的，果然，皇帝在龙椅上稍稍坐直了身子，突然换了个腔调问道："朕听支离破说，你之所以接受宫刑，并不是因为贪生怕死，而是因为你杀朕的心还没有消泯？"

支离屠抬头看了支离破一眼，低头答道："郎中令所言无误，但要说屠完全没有贪生怕死之心，恐怕也未必。"

皇帝"呵呵"一笑，道："你倒是个老实人。"

他转头对小黄门道："传朕口谕，支离屠可以在宫中任意行走，任何人不得阻拦！"

小黄门伏身领旨，退着出去了。

丞相李审下意识地想要起身阻止，但马上又坐下了。

皇帝道："丞相还怕朕被支离屠杀了吗？"

李审起身道："不敢，微臣见识短浅，让陛下取笑了。"

皇帝一撑案子，站了起来。他平日里只以一个高个子崑人的身量出现，只有在举行祭礼、会见使节或参加集会时，才会现出庄严法相。他走到支离屠身边，突然低下头来，对支离屠笑道："支离

三八九

屠，朕有个好消息要告诉你，你必定会惊喜万分。"

支离屠抬眼瞧瞧支离破，支离破微微摇头，显然他也不知道皇帝葫芦里究竟卖的什么药。

皇帝拍了拍手，对着屏风后道："青妃，出来吧！"

从檀木屏风后，缓缓走出来一个女子，身着淡青色宫装，头戴凤钗，娉娉婷婷，艳丽逼人，她向皇帝行礼，又向支离屠行礼，口中道："支离宗主！"

支离屠从错愕，到惊讶，到欢喜，再到悲伤，随后是一阵阵的晕眩，几乎要站立不住——原来他日思夜想的樱儿就在这皇宫里，而且已经成了皇帝的嫔妃。

他俯下身来行礼，颤声道："青妃娘娘！"

在他的心里，欢喜、仇恨和悲伤同时翻腾起来，他知道皇帝是想用这样的方式来羞辱自己："你看，朕不仅让你失去了男根，朕还夺走了你最钟爱的女儿！"

他压下心跳，平静地跪伏在地上，口里喃喃道："谢主隆恩！陛下万岁万岁万万岁！"

第五章 刺龙

支离屠到宣德殿去见皇帝几天之后，御园令低头哈腰地来见支离屠，说支离屠不用在御花园里干活了，皇帝指名要他到广阳殿去当内侍。

支离屠是青妃的父亲这件事，宫女和太监们都知道了，他们再见到支离屠时，至少表面上都变得恭敬起来，原本那些见到他就要啐上一口的宫女，赶着叫他"屠叔"，那些仿佛恨不得要吃了支离屠的羽人太监，也不太敢明着表现出自己的恨意。

所谓"到广阳殿去当内侍"，其实是给皇帝掌亵器，就是掌管皇帝大小便用的器具，说起来很低贱，但是因为能够随时亲近皇帝，却成了太监们最羡慕的职位之一。支离屠知道皇帝的想法，他既是想借着这件事羞辱支离屠，也是想用这件事来证明，这个帝国的每一个人，都逃不脱他的权力之手，就如同鹿舞库莫在厌火城下所曾做过的一样。而皇帝这样做，更是要证明，他决非鹿舞库莫这样的凡人，他是神，即便把支离屠安置在最亲近的地方，支离屠也伤害不了他。

而支离屠也确实伤害不了皇帝，他只能老老实实当一个内侍，白天，站在角落里，随时等着侍候皇帝如厕：为皇帝更衣，递上厕筹、干枣，为皇帝用清水清洗，端上装满撒了花瓣的净水的铜盆，递上擦手的丝巾。晚上，站在皇帝的帷帐旁，皇帝稍有动静就要趋前去伺候：皇帝要喝水了，皇帝要小解了要大解了……尤其是到皇帝出巡的时候，支离屠更要捧着玉虎子，与一众内侍一起，站在皇帝的身后。而人们则指指点点，说："看，那个捧着玉虎子的太监，就是曾经的支离坞的宗主、晋北盟的盟主，他曾经不可一世，要与皇帝决斗，而如今却成了皇帝的奴隶，侍候皇帝如厕，他的女儿更成了皇帝的妃子，要为皇帝侍寝。"

有一个七品的言官，上了奏折，说支离屠是青妃的父亲，依礼不该任皇帝的内侍。皇帝把那个言官召进了宣德殿，当着支离破的面，说你奏折里说的，都是朕的家事，你看连郎中令都没有说朕，你倒说起来了，是不是管得太宽了点儿？皇帝的语气十分和蔼，然而那个言官却吓出了一身冷汗，跟跄着退了出去。

自从在宣德殿见了支离樱一面之后，支离屠便再没有见到过她。支离屠很想去见女儿，但他又害怕，若没有得到女儿的允许，自己贸然去见她，会不会惹得她不高兴，毕竟，支离屠清楚记得，在宣德殿里，女儿并没有称自己为"父亲"，她口里说的是"支离宗主"。在支离屠听来，她并非只是因为在皇帝面前才这样称呼自己，她之所以这样称呼支离屠，是为了讽刺他，因为支离屠早已不再是也不配是支离坞的宗主了。即便如此，支离屠对女儿也没有丝毫的责怪，他理解女儿的想法，世人不都是这样看待他的吗？支离屠只想对女儿说，自己对不起她，没有尽到父亲之责，她所受的一切苦难，其根源都不过在于自己的失于照管，而后又逼着她嫁给了她不爱的人。支离屠想知道女儿这些年来究竟都经历了一些什么，想知道她究竟是如何成了皇帝的妃子的，想知道她在皇宫里究竟过得如何，他想知道关于女儿的一切。然而他又惶恐、彷徨，下不了去见女儿的决心，后来他终于明白，自己之所以没有去见女儿，并不只是因为要侍候皇帝，也并不只是因为女儿没有召唤他，最主要的原因，是因为自己害怕见到她，害怕她责怪自己，害怕她再一次称自己为"支离宗主"！

一月初十这一天，皇帝从皇极殿上朝回来，脸色铁青，显然是在努力压抑怒火，这样的情形是从不曾有过的。以前，皇帝自然也有不高兴的时候，但笑一笑，挥一挥手，也就过去了，他是皇帝，是真神，是龙，是明君贤主，没有谁敢惹他不高兴，他自己也不应该有不高兴的时候。

但这一回，他是真生气了，鲛人贵族和河络贵族在朝堂上联合起来抵制变法，鲛人反对以崑语为帝国的官方语言，河络则无论如何不愿放弃造币权。

匆匆用过午膳，皇帝又到宣德殿去与群臣议事，丞相李审和郎中令支离破都在那里，与往日不同的是，鲛人和河络的几个权臣，也在宣德殿等候皇帝，其中自然也有卫侯赤珠青夔。在鲛人贵族里，赤珠青夔却是一个异数，他是支持支离破变法的，皇帝把他叫来，自然是想增加己方的一些砝码。

寻常太监轻易是不能进宣德殿的，皇帝每次在宣德殿议事，都只带着常日跟着的几个河络老太监，所以每天皇帝用过午膳到宣德殿理政议事的这段时间，是支离屠稍微闲散一些的时候。往常这个时候，若没有人安排活计给他，他便会到御花园里去照看他的花木，虽然在寒冬里，那些花木也沉寂着，并没有多少要他照管的地方。

一月初十这一天的下午,他终于下定了决心,不管女儿想不想见他,他都要去见女儿,因为他想女儿已经想得心都要碎了。

支离樱居住的地方,在昭阳殿。

帝国虽然没有皇后,但嫔妃之间还是无形中分了等级,昭阳殿在嫔妃所居住的宫殿中是最大的,距离广阳殿也最近,因此居住在昭阳殿的妃子,地位也最高。支离樱是夏天时来到宫内的,此前昭阳殿已经空了数年,支离樱一进皇宫,皇帝就让她住进昭阳殿里,很是让其他的嫔妃嫉妒,但当她们看到支离樱的容貌,就不免有些自惭形秽,觉得皇帝让她住在昭阳殿里,也并非没有道理。

支离樱的容貌并不能说是完美无缺,在挑剔的人看来,她的下巴未免长了一些,鼻子也不免太尖,但她的神情中那种天真无邪的风味,加上举止间透出来的满不在乎和天不怕地不怕的慵懒,还有长长的天生就带着娇媚风情的凤眼,别说是男人,便是女人也不免要为她神魂颠倒。

皇帝从未被哪个女人迷惑住,但是支离樱来到宫中后不久,皇帝就破天荒的,在昭阳殿里待足了一夜未走。所有嫔妃对此都艳羡不已,因为她们所得到的待遇,至多不过是被太监们卷在绸被里送到广阳殿去,一沾雨露,就被送走,许多时候,皇帝甚至连被子里究竟是谁都不知道也懒得知道。

支离屠忐忑不安地慢慢挪到昭阳殿前,看见门开着,就上前低声下气给女官问好,又问青妃娘娘安好。女官很和善,还给支离屠回了礼,但话却无情:"娘娘说,若宗主来了,就让他回去,娘娘不想见他!"

支离屠吃了闭门羹,垂头丧气地回去,但心里又隐隐有一点高兴,因为女儿毕竟还说了不想见自己,她若是对自己已经完全地漠然了，那是连这句话也不会说的。

过了十五之后，春天突然就来了，春潮从西边和南边汹涌而来，几天之内，就把天启帝都全都淹没。天变蓝了，岁正低垂着像一个巨大的青色气球，风温润，雨细如毛，冰雪化了，柳树发芽了，青草长出来了，大家伙也纷纷脱了棉袄，换上夹衣。春日的暖阳照得人背上暖烘烘的，稍稍干上点活儿，就要冒汗。

皇帝妥协了，他没有收回河络的造币权，因为即便收回了造币权，矿山和造币的工场也还在河络的手上，还一样的需要他们继续制造钱币，因此跟这几个河络部族是没法闹翻的。但是鲛币停止了在陆地上通行，只准在海市上使用，市面上的鲛币逐渐兑换成金铢，鲛语和河络语仍然可以在朝堂上使用，皇帝的诏书仍用河络语书写，但是帝国的普通文书、帝国学校所用的教材、潮神教的经书等等，则全用崑文书写和印刷。

鲛人贵族接受了皇帝的旨意，同意以崑语为官方语言，同时放弃鲛币，这其中卫侯赤珠青夔起到了很大的作用。

随着二月初二龙诞日的临近，朝廷上下在忙着变法的同时，也在准备起龙诞日的庆祝大典。这一次的大典比上一次的更为盛大，因为宁州已经被征服，瀚州蛮族部落和殇州夸父部落也送来了比往年多得多的贡品，稍稍有些扫兴的是，雷州五大自由城邦的贡品比往年要少了许多，贡使也只是一个没有什么声望的年轻人。

每天的下午，皇帝去宣德殿时，支离屠依旧一有空闲，就往御花园去。海棠嫣红的花蕾已经从黑黑的枝上绽出来了，樱花树也绿了，萼园和夏园里一派欣欣向荣的景象。

这一天，支离屠正低着头在园子里忙碌的时候，支离樱悄悄来到了他的身旁,她穿着青色帛裙,因为初春的寒意,她还披了条镶了珍珠白绸边的淡绿色披风,她用披风把身子裹紧,低声道:"那株绯樱,开起来必定格外好看!"支离屠抬起头来,泪水模糊了他的双眼。

支离樱不太愿意谈起自己的经历,只断断续续地对支离屠说,自己后来又被关进了牢房里,是因为别的事进去的,别人并不知道她是谁。去年的夏天,突然有钦差把她提出牢房,带到了宫里,她本来还想在皇帝面前隐瞒身份,但皇帝却说,正因为她是支离樱,才让她从牢里带出来,让她当上了青妃,如果她不是支离樱,那就送她回牢里去。

支离屠只要女儿安好,便一切都好,既然女儿不愿说这些事,支离屠也便不再问。

春天来了,变法推行下去了,新的一个龙诞日也越来越近,但皇帝的心情似乎并没有变好。他把广阳殿里那几个侍候了他几十年的河络老太监全都放出了宫去,圣旨里说的是让他们荣休恩养,其实却与驱赶出宫无异,因为皇帝认为他们已经不值得信任,他们在暗地里给外面的河络权臣通风报信,还以为皇帝并不知道,但皇帝又不能把他们杀了,皇帝担心杀了他们,会激起河络的全面叛乱。

不仅是广阳殿里的太监全都换成了崳人,黄门令、中书令、谒者令、内庭令也全都换成崳人太监,总之,河络太监已经失势,宫内是崳人太监在掌事。

皇帝越来越离不开支离樱,每天晚上,他或者到昭阳殿去,或者把支离樱召到广阳殿来,这是从未有过的事——一个女人俘获了皇帝的心。

支离屠仍然在当他的内侍，掌管皇帝的亵器，侍候皇帝如厕，清洗玉虎子、便桶，随时添加塞鼻子的干枣。皇帝似乎也离不开他了，有时甚至会带他到宣德殿去，到了夜里，如果皇帝到昭阳殿去，他也会把支离屠带上。

自从皇帝爱上了支离樱，在夜里，他有时会表现出他脆弱如同孩子的一面，当他表现出这一面时，支离屠就会产生错觉，觉得他并不是真的皇帝、不是龙，而是一个普通的富家子弟，甚至是个纨绔之子，喜欢美色、美酒，奢靡浪费，无所事事，精神萎靡，脾气古怪而又多变，每当这时候，支离屠就会失去杀死他的决心，会觉得他真的是自己的女婿，是自己的女儿的爱人。

有时候，皇帝会一整个晚上不睡，跟支离樱在鸳鸯帐里颠鸾倒凤，这对皇帝倒是寻常，毕竟他是可以一夜御遍几十个嫔妃的真龙，而支离樱居然也能一晚上不睡胡天胡帝，这让支离屠很是惊讶。每当这时候，支离屠总是很尴尬：作为内侍他不能离开，作为父亲，他又不应该留在此地。到第二天，皇帝仍然一大早就醒来，精神头十足，面色沉静地去上朝，这也是让支离屠惊讶的地方，而支离樱总是要睡到将近午时才醒来，脸上疲倦而又满足——她已经累得没法下床了，下床了也走不动路，只能在床上再待上一个下午。

御花园的海棠，在一夜之间，全都开放。萼园有海棠五十三株，夏园有海棠二百三十二株，两园的海棠多是木瓜海棠，唯有种在萼池和夏池边的二十二株海棠是垂丝海棠，这二十二株海棠与别的海棠不同，要晚几天开放，其花色花形也与木瓜海棠不一样，它们的枝条间也没有暗刺。

夏园有一株海棠，尤其粗壮，树围足有一抱，树高近三丈，这株海棠其实是支离屠的老相识，修建天启城时，各地皆要进贡花草树木，这株老海棠是当时的八松郡郡守从支离坞索要而来，然后拿去进贡的。当年支离屠把它从支离坞后的山坡上挖出来时，心痛如割，因此当他来到宫城当了园丁之后，对这株海棠也是格外的照顾。

这株海棠也仿佛认得支离屠一般，在这一年的春天格外热烈地盛放起来，成百上千的花朵从它青黑的、老壮的、虬曲的枝条间绽放出来，格外的硕大，格外的嫣红，它那些粗粗的、遍藏暗刺的枝条森然地立着，如剑戟一般指向春日的天空，仿佛在向老天爷示威："你看，我不怕你，无论你的力量多么的强大，我都不怕你，我都一定要活下去，再老，再流离，再被人看不起，我也要把我的花开出来，还要开得比别人的都好！"

皇帝也爱花，吩咐支离屠每日折几枝花供在他寝宫的花瓶里，支离屠便每日一大早去御花园剪下几枝花来，或海棠、或玉兰、或山茶……然后擎在手里带回广阳殿去，若皇帝已经醒了，他会兴致勃勃地从支离屠手里接过花来，把花瓶里的旧花弃了，把新花插进去——皇帝也知道海棠枝上藏着暗刺，每次接过海棠花枝时，他也会小心翼翼，避开那些枝上的刺。把花插进花瓶里之后，皇帝还要左看右看，看插得合不合宜，漂不漂亮，若觉得花瓶不对，还要吩咐太监去换一个花瓶。每当这时候，支离屠就觉得皇帝就如同一个邻家的少年一般天真而稚气，甚至还有一些可爱。皇帝知道支离樱喜欢樱花，虽然樱花的枝条都还寂寞着，但他已兴致勃勃地筹划着要与支离樱在盛开的樱花树下饮春酒取乐。

在这骀荡的春光里，支离屠有些恍惚，有些不解，像并没有活在现实里一般，所有的这一切，天启，宫城，女儿，皇帝，春天，海棠，自己，都不像是真实的，反倒像是被编造出来的，自己怎么就成了一个太监？自己难道不是一个宗主吗？自己的女儿怎么就成了皇帝的妃子？春妮在哪里？晋北在哪里？支离坞在哪里？澜州在哪里？九州又在哪里？那些逝去的岁月又究竟去了哪里？他觉得自己像是在做梦。

然而他被二月初一夜里的焰火惊醒了。这一夜没有宵禁，天启城中的东、西、南三市皆有灯会，皇帝登午门观灯，与民同乐，午夜里还要燃放焰火，然后次日早晨，还有盛大的游行，游行结束之后，还有百兽戏、角觝比赛以及奴隶的血腥角斗。

支离屠一夜没睡。清晨，天还没亮，支离屠就悄悄离开了广阳殿，向夏园走去。皇帝和支离樱还在帷帐里沉睡，皇帝今日不用上朝，所以大约会睡到辰时一刻才醒，之后他就要到午门去，以法身出现观赏游行，接受臣民们对他生辰的祝福。

修枝剪别在支离屠的腰带上，这是支离屠用惯的修枝剪，刃口用精钢打造，十分锋利，宽窄两刃咬合得非常紧密，用它来修剪花木的枝条是一种享受。它轻巧精致，把手正好贴合支离屠的手形，刃口轻轻咬住枝条，像在轻吻它们一样，手稍稍用力，细小而又清脆的"咔"的一声，宽窄两刃合拢了，花枝被剪下来，汁液沾在刃口上，像花细小的血。

太阳还没有出来，但东边天空上已经露出了鱼肚一样细腻的白，岁正悬于西边的天上，群星寥落，唯有火红的裂章还在闪耀。露珠打湿了支离屠的鞋面，他推开那些急切地向他贴近的花枝，像推开他所钟爱的幼子，向那株老海棠走去。

在树下，他仰头望，灰黑的天空被分割开来，花在天空下仿佛是黑色的，仿佛是用黑色的绢绸剪出来的影子。支离屠挑中了一根不太粗也不太细的花枝，那根枝上的花朵是最多的，他轻抚花枝，像在安慰它，让它不要害怕，然后从腰上取下花枝剪，咬住枝条，"咔嚓"，海棠枝被剪下来，露水从枝上落下打湿了支离屠的头发和脸。支离屠就站在树下，仔细地用花枝剪的宽刃把枝条粗的一端削得如匕首般锋锐，然后他把花枝剪重新别在腰上，擎着那枝海棠回广阳殿去。

鸟儿已经开始啼鸣，守门的太监没有盘问支离屠，他们早已习惯支离屠在宫中随意行走，一个正在殿前庭院里扫地的宫女向支离屠问好，称赞海棠花的美丽。皇帝和支离樱还在沉睡，殿内没有旁的人，太监们默认每夜都是支离屠守在皇帝身边，支离屠稍稍把花枝放低，轻轻掀开帷帐，朝里望了望，巨大的眠床上，皇帝赤裸着身体平躺着沉睡，鸭绒绸被被他掀到了一边，支离樱蜷缩在被子里，背对着皇帝，像婴孩那样睡着，乌丝铺满了枕面。

这一瞬间，支离屠突然想转身离去，放弃所有的一切，他低下头，深深吸了口气，终于还是抬脚跨上了那张用宁州紫檀木打制的巨大龙床。他不知道自己做得对不对，甚至觉得自己是在做一件绝不该做的罪恶的事，他甚至希望自己不要成功，但无论如何，他知道自己必须去完成这件事，因为除了完成这件事他这辈子已经没有别的事可以做了。他半跪下来，把花枝尖锐的那端向皇帝的胸口扎去，用尽了毕生的力量，狠狠地扎下去。

鳞甲并没有显现，因为这只是、仅仅是一枝海棠，一枝美丽的、柔弱的、开满了鲜花的海棠，然而花枝却仍然如利刃一般扎入了皇帝的胸口，刺穿了那颗正在"怦怦"跳动的龙的心脏。皇帝猛醒过来，剧痛扭曲了他的脸，血从他的口鼻中喷吐出来，把粉白的帐幕染成猩红。

支离屠不知道是应该失望还是应该高兴，他只能木然地半跪在那里，用尽全力，把花枝向更深处扎下去。

支离樱被惊醒了，她尖叫，哭泣，扑过来想把花枝从皇帝的胸口拔出，但皇帝推开了她，用最后的一点力气对支离屠说："快带她……离开。"

他指着支离樱，咽下了最后一口气。

支离屠松开了紧紧攥住花枝的手，他抬头看着支离樱，内心茫然若失，既不觉得狂喜，也不觉得悲伤，只有一点点的轻松，一点点的软弱，像一个一直在等待死亡降临的病人，终于等来了期盼已久的结局。

（完）

大事记

星降150年二月初二
龙于涣海北部一火山口中破壳而出。

星降180年　支离坞元年
支离祁来到鹰嘴岩,建立支离坞。

星降220年　支离坞41年
支离坞建成石头坞堡。

星降223年　支离坞44年
支离北去世,支离晋任宗主。

星降225年　支离坞46年
支离坞与乌旗军大战,乌旗军败。

星降226年　支离坞47年
乌旗军首领乌重死。

星降330年　支离坞151年
龙焚毁启明星城,巢母彻底死亡,谷玄之子黑须陀凝聚。河络失去希望放弃抵抗,与鲛人结盟。

星降332年　支离坞153年

黑须陀刺杀龙失败，蛰伏于青水部地下城。

星降333年　支离坞154年

晋北盟与乌旗军结盟，与龙军团战于天启，宗主支离铁线阵亡。支离海任宗主。支离兰生。

星降348年　支离坞169年

晋北盟与龙军团签下和约，龙军团经晋北走廊北征澜州。

星降349年　支离坞170年

支离兰与奥诺利斯流浪者结婚。青瑚旋云死于支离坞下，支离海死于龙焰。支离兰任宗主。

星降352年　支离坞173年

流浪者进入锁河山打游击。

星降355年　支离坞176年

流浪者于雪樱树下被赤珠丹辉砍头。支离雷生。龙军团征服澜州。

星降356年　支离坞177年　帝国元年

熹帝国建立，定都海心城。

星降374年　支离坞195年　帝国19年

支离雷自海心城回到支离坞，与母亲支离兰决裂，与红石雨燕结婚。

星降375年　支离坞196年　帝国20年

支离雷加入帝国远征军，远征殇州。

星降376年　支离坞197年　帝国21年

支离暮澜生。

星降377年　支离坞198年　帝国22年

帝国远征军全军覆没于殇州，赤珠丹辉自杀。支离雷临阵叛投夸父，助夸父守冰城，战死于殇州。红石雨燕跳河自杀。

星降401年　支离坞222年　帝国46年

支离屠生。

星降405年　支离坞226年　帝国50年

支离兰去世。支离破生。支离暮澜任宗主。

星降408年　支离坞229年　帝国53年

朱悲来到支离坞。

星降412年　支离坞233年　帝国57年

朱悲建理庐于支离坞，讲授理学。

星降420年　支离坞241年　帝国65年

支离破离开支离坞，到海心城求学。

星降421年　支离坞242年　帝国66年

支离屠与叶春妮结婚。

星降422年　支离坞243年　帝国67年

猛虎扎卡叛乱失败，求救于支离坞，支离暮澜与猛虎扎卡一起战死于支离坞下。支离屠任宗主。支离樱生。

星降425年　支离坞246年　帝国70年

帝国高官向崀人开放，韩昌任廷尉，李审任丞相。

星降426年　支离坞247年　帝国71年

朱悲率理宗十子奔赴海心城，宣扬理宗，与龙辩难，死于龙吻。理宗十子殉难。

星降427年　支离坞248年　帝国72年

支离破考上进士，任翰林院庶吉士。

星降428年　支离坞249年　帝国73年

支离破上疏请求迁都。任将作大监，建新天启城。支离简生。

星降430年　支离坞251年　帝国75年

支离屠到天启服苦役。

星降443年　支离坞264年　帝国88年

支离屠举家迁往天启。

星降444年　支离坞265年　帝国89年

帝国迁都天启。

星降445年　支离坞266年　帝国90年

支离樱被判绞刑。支离破任八松郡郡守。支离简随支离破至八松郡。墨鲅伏乞被鹤雪者刺杀身亡。

星降446年　支离坞267年　帝国91年

四月，帝国军远征宁州。四月底，黑鳟赤明水淹青囊城。八月，鹿舞库莫攻下厌火后屠城。支离屠杀鹿舞库莫后逃亡，于朱颜海击退未无鬼。九月，令良令无言与未无鬼斗于青水湖，令良溢出，令无言重伤后失踪，随后黑须陀于青水部地下城以谷玄之术逼未无鬼溢出，救出支离屠。

星降447年　支离坞268年　帝国92年

二月初二，支离屠于崇丘阁挑战龙，二月初十，支离屠与龙决斗失败，被关入大理寺狱。四月，澜州六府君之乱平息。七月，宁州羽人投降。八月，宁州鹤雪者于青囊城废墟上空自杀。九月二十三，支离屠的死刑被无限期推迟。十月，支离屠接受宫刑，十一月，支离屠入宫为太监。

星降448年　支离坞269年　帝国93年

一月，支离破返回帝都任郎中令，"支离变法"开始。一月初三，支离屠与支离樱重逢。二月初二，支离屠刺杀龙。

DRAGON SLAYER

神castle・刺龙之

·海南博哥书签·————

九州系列（即将出版）
星野
《九州·英雄》
关海青
《九州·天空城》
《九州·铁甲风暴》
《九州·死国幻境》
《九州·狮牙之槊》
遥控
《九州·花鸟之卷》
水泡
《九州·虎之卷》系列
小青
《九州·骑兽者说》系列
白白白白
《九州·潮汐稻香》
苏寒烟
《九州·昔我往》

新九州系列（即将出版）
水泡
《九州·舞叶司》
潘多
《九州·秋血士骑》
翱翔
《九州·朗疆之殇》系列
排演胶
《九州·北辞》
秋凶信
《九州·乱离之域》
冈向岛
《九州·日见之寿》系列
沉水
《九州·紫麟之旅》系列
罗薯薯啊

◎装帧设计 / 哪飓设计工作室　◎策划/编　米　◎装帧设计

海南景奇幻文化公子台
weibo.com/tianjiankt

重庆出版社天鹿阅读馆
cqdjs.tmall.com

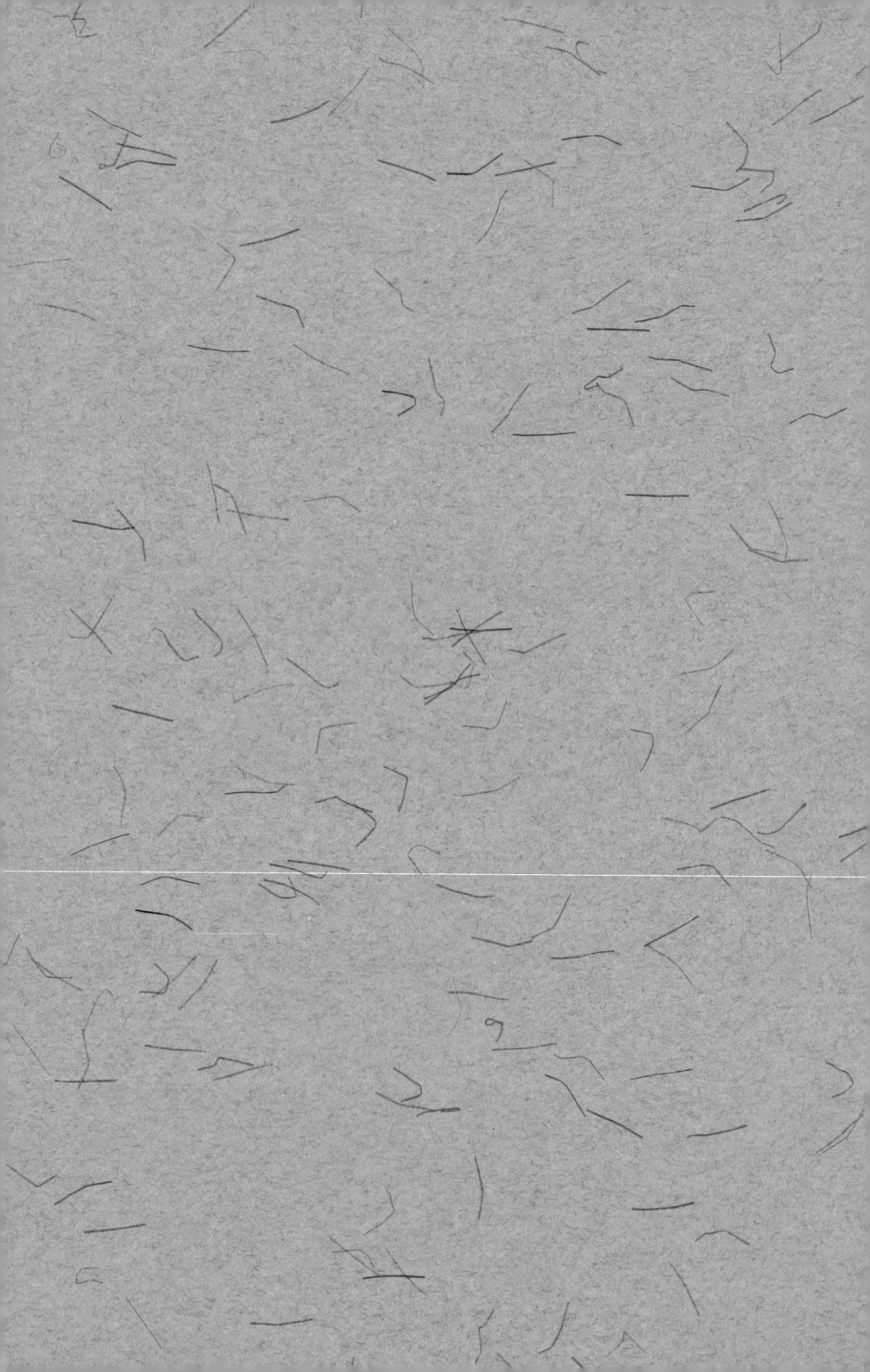